Харпер Ли

Харпер
Ли

Убить
пересмешника...

АСТ
москва

УДК 821.111(73)-31
ББК 84 (7Сое)-44
Л55

Серия «XX век — The Best»

Harper Lee
TO KILL A MOCKINGBIRD

Перевод с английского Норы Галь, Р. Облонской

Художник В. Ненов

Компьютерный дизайн А. Смирнова

Печатается с разрешения издательства Barnett, Bugg, Lee & Carter
и литературного агентства Andrew Nurnberg.

Ли, Харпер.

Л55   Убить пересмешника... : [роман] / Харпер Ли; [пер. с англ. Норы Галь, Р. Облонской]. — Москва: АСТ, 2015. — 412, [4] с. — (XX век — The Best).

ISBN 978-5-17-083520-1

История маленького сонного городка на юге Америки, поведанная маленькой девочкой.

История ее брата Джима, друга Дилла и ее отца — честного, принципиального адвоката Аттикуса Финча, одного из последних и лучших представителей старой «южной аристократии».

История судебного процесса по делу чернокожего парня, обвиненного в насилии над белой девушкой.

Но прежде всего — история переломной эпохи, когда ксенофобия, расизм, нетерпимость и ханжество, присущие американскому югу, постепенно уходят в прошлое.

«Ветер перемен» только-только повеял над Америкой. Что он принесет?..

УДК 821.111(73)-31
ББК 84 (7Сое)-44

ЧАСТЬ ПЕРВАЯ

Юристы, наверно, тоже когда-то были детьми.

Чарлз Лэм

Глава 1

Незадолго до того, как моему брату Джиму исполнилось тринадцать, у него был сломан локоть. Когда рука зажила и Джим перестал бояться, что не сможет играть в футбол, он ее почти не стеснялся. Левая рука стала немного короче правой; когда Джим стоял или ходил, ладонь была повернута к боку ребром. Но ему это было все равно, лишь бы не мешало бегать и гонять мяч.

Через несколько лет, когда все это было уже дело прошлое, мы иной раз спорили о событиях, которые к этому привели. Я говорила — все пошло от Юэлов, но Джим, а он на четыре года старше меня, уверял, что все началось гораздо раньше. Началось с того лета, когда к нам приехал Дилл, сказал он, Дилл первый придумал выманить из дому Страшилу Рэдли.

Я сказала, если добираться до корня, так все пошло от Эндрю Джексона*. Если бы генерал Джексон не прогнал индейцев племени Ручья вверх по ручью, Сай-

---

* Джексон Эндрю (1767—1845) — президент США, чья политика способствовала освоению новых земель.

мон Финч не приплыл бы на своей лодке вверх по Алабаме, — и что бы тогда с нами было? Людям взрослым уже не пристало решать спор кулаками, и мы пошли и спросили Аттикуса. Отец сказал, что мы оба правы.

Мы южане; насколько нам известно, ни один наш предок не сражался при Гастингсе*, и, признаться, кое-кто в нашей семье этого стыдится. Наша родословная начинается всего лишь с Саймона Финча, родом из Корнуэла, он был лекарь, а еще промышлял охотой, ужасно благочестивый, а главное, ужасный скряга. Саймону не нравилось, что в Англии людям, которые называли себя методистами, сильно доставалось от их более свободомыслящих братьев: он тоже называл себя методистом, а потому пустился в дальний путь — через Атлантический океан в Филадельфию, оттуда в Ямайку, оттуда в Мобил и дальше в Сент-Стивенс. Памятуя, как сурово Джон Уэсли осуждал многоглаголание при купле-продаже, Саймон втихомолку нажил состояние на медицине, но при этом опасался, что не сможет устоять перед богопротивными соблазнами — начнет, к примеру, рядиться в золото и прочую мишуру. И вот, позабыв наставление своего учителя о тех, кто владеет людьми как орудиями, он купил трех рабов и с их помощью построил ферму на берегу Алабамы, миль на сорок выше Сент-Стивенса. В Сент-Стивенс он вернулся только однажды, нашел себе там жену, и от них-то пошел род Финчей, причем рождались все больше дочери. Саймон дожил до глубокой старости и умер богачом.

* В 1066 году в битве при Гастингсе норманский герцог Вильгельм I нанес поражение англосаксонским войскам и стал королем Англии. Предки Финчей не участвовали в этой битве, следовательно, Финчи не принадлежат к старинной английской аристократии.

Мужчины в нашей семье обычно так и оставались на ферме Саймона «Пристань Финча» и выращивали хлопок. Хоть «Пристань» и выглядела скромно среди окружавших ее поистине королевских владений, но давала все, что нужно для независимого существования, только лед, пшеничную муку да одежду и обувь привозили пароходом из Мобила.

Распря между Севером и Югом, наверно, привела бы Саймона в бессильную ярость, ведь она отняла у его потомков все, кроме земли; однако они остались земледельцами, и лишь в двадцатом веке семейная традиция нарушилась: мой отец, Аттикус Финч, поехал в Монтгомери изучать право, а его младший брат поехал в Бостон изучать медицину. На «Пристани Финча» осталась одна только их сестра Александра; она вышла замуж за тихоню, который целыми днями лежал в гамаке у реки и гадал, не попалась ли уже рыба на его удочки.

Закончив ученье, мой отец вернулся в Мейкомб и занялся адвокатской практикой. Мейкомб — это окружной центр милях в двадцати к востоку от «Пристани Финча». В здании суда у Аттикуса была контора, совсем пустая, если не считать вешалки для шляп, плевательницы, шахматной доски да новенького Свода законов штата Алабама. Первые два клиента Аттикуса оказались последними, кого повесили в мейкомбской окружной тюрьме. Аттикус уговаривал их признать себя виновными в непредумышленном убийстве, тогда великодушный закон сохранит им жизнь; но они были Хейверфорды, а кто же в округе Мейкомб не знает, что все Хейверфорды упрямы как ослы. У этих двоих вышел спор с лучшим мейкомбским кузнецом из-за кобылы, которая забрела на чужой луг, и они отправили кузнеца на тот свет, да еще имели неосторожность сделать это при трех свидетелях, а потом уверяли, что так этому сукину сыну и надо, и воображали, будто это их вполне оправдывает. Они твердили, что в убийстве с заранее обдуманным намерением не виновны, и Аттикус ничем не мог им помочь, кроме как присутствовать при казни, после чего, должно быть, он и проникся отвращением к уголовным делам.

За первые пять лет жизни в Мейкомбе Аттикус не столько занимался адвокатской практикой, сколько практиковался в строгой экономии: все свои заработки он вложил в образование младшего брата. Джон Хейл Финч был на десять лет моложе моего отца и решил учиться на врача как раз в ту пору, когда хлопок так упал в цене, что его и выращивать не стоило; потом Аттикус поставил дядю Джека на ноги, и с деньгами у него стало посвободнее. Он любил Мейкомб, он был плоть от плоти округа Мейкомб, знал всех здешних жителей, и они его знали; а благодаря стараниям Саймона Финча Аттикус был если не в кровном родстве, так в свойстве чуть ли не со всеми семействами города.

Мейкомб — город старый, когда я его узнала, он уже устал от долгой жизни. В дождь улицы раскисали, и под ногами хлюпала рыжая глина; тротуары заросли травой, здание суда на площади осело и покосилось. Почему-то в те времена было жарче, чем теперь: черным собакам приходилось плохо; на площади тень виргинских дубов не спасала от зноя, и костлявые мулы, впряженные в тележки, яростно отмахивались хвостами от мух. Крахмальные воротнички мужчин размокали уже к девяти утра. Дамы принимали ванну около полудня, затем после дневного сна — в три часа — и все равно к вечеру походили на сладкие булочки, покрытые глазурью из пудры и пота.

Люди в те годы двигались медленно. Разгуливали по площади, обходили одну лавку за другой, все делали с расстановкой, не торопясь. В сутках были те же двадцать четыре часа, а казалось, что больше. Никто никуда не спешил, потому что идти было некуда, покупать нечего, да и денег ни гроша, и ничто не влекло за пределы округа Мейкомб. Но для некоторых это было время смутных надежд: незадолго перед тем округу Мейкомб объяснили*, что ничего не надо страшиться, кроме страха.

Наш дом стоял на главной улице жилой части города, нас было четверо — Аттикус, Джим, я и наша кухарка Кэлпурния. Мы с Джимом считали, что отец у нас неплохой: он с нами играл, читал нам вслух и всегда был вежливый и справедливый.

Кэлпурния была совсем другая. Вся из углов и костей, близорукая и косая; и рука у нее была широкая, как лопата, и очень тяжелая. Кэлпурния вечно гнала меня из кухни и говорила, почему я веду себя не так хорошо, как Джим, а ведь она знала, что Джим старше; и она вечно звала меня домой, когда мне хотелось еще погулять. Наши сражения были грандиозны и всегда кончались одинаково. Кэлпурния неизменно побеждала, больше потому, что Аттикус неизменно принимал ее сторону. Она жила у нас с тех пор, как родился Джим, и, сколько себя помню, я всегда ощущала гнет ее власти.

---

* Слова из речи президента Франклина Рузвельта (1882—1945).

Мама умерла, когда мне было два года, так что я не чувствовала утраты. Она была из города Монтгомери, урожденная Грэм; Аттикус познакомился с нею, когда его в первый раз выбрали в законодательное собрание штата. Он был тогда уже пожилой, на пятнадцать лет старше ее. В первый год после их свадьбы родился Джим, после него через четыре года — я, а еще через два года мама вдруг умерла от разрыва сердца. Говорили, что это у Грэмов в роду. Я по ней не скучала, но Джим, наверно, скучал. Он хорошо помнил маму и иногда посреди игры вдруг длинно вздыхал, уходил за гараж и играл там один. Когда он бывал такой, я уж знала: лучше к нему не приставать.

Когда мне было около шести лет, а Джиму около десяти, нам летом разрешалось уходить от дома настолько, чтоб слышать, если Кэлпурния позовет: к северу — до ворот миссис Генри Лафайет Дюбоз (через два дома от нас), к югу — за три дома, до Рэдли. У нас никогда не было искушения перейти эти границы. В доме Рэдли обитало неведомое страшилище, стоило упомянуть о нем — и мы целый день были тише воды, ниже травы; а уж миссис Дюбоз была сущая ведьма.

В то лето к нам приехал Дилл.

Как-то рано утром мы с Джимом вышли на задворки, и вдруг в огороде у соседки мисс Рейчел Хейверфорд, среди грядок с кольраби, что-то зашевелилось. Мы подошли к проволочной изгороди поглядеть, не щенок ли это, — у мисс Рейчел фокстерьер должен был ощениться, — а там сидел кто-то коротенький и смотрел на нас. Над кольраби торчала одна макушка. Мы стояли и смотрели. Потом он сказал:

— Привет!

— Сам привет, — вежливо ответил Джим.

— Я Чарлз Бейкер Харрис, — сказал коротенький. — Я умею читать.

— Ну и что? — сказала я.

— Я думал, может, вам интересно, что я умею читать. Может, вам надо чего прочитать, так я могу...

— Тебе сколько? — спросил Джим. — Четыре с половиной?

— Скоро семь.

— Чего ж ты хвастаешь? — сказал Джим и показал на меня большим пальцем. — Вон Глазастик сроду умеет читать, а она у нас еще и в школу не ходит. А ты больно маленький для семи лет.

— Я маленький, но я уже взрослый.

Джим отвел волосы со лба, чтоб получше его разглядеть.

— Поди-ка сюда, Чарлз Бейкер Харрис. Господи, вот так имечко!

— Не смешней твоего. Тетя Рейчел говорит, тебя зовут Джереми Аттикус Финч.

Джим нахмурился.

— Я большой, мне мое имя подходит. А твое длинней тебя самого. На целый фут*.

— Меня все зовут просто Дилл. — И Дилл полез под проволоку.

— Лучше бы сверху перелез, — сказала я. — Ты откуда взялся?

Дилл взялся из Меридиана, штат Миссисипи, он приехал на лето к своей тете мисс Рейчел и теперь всегда будет летом жить в Мейкомбе. Его родные все мейкомбские, мать работает в Меридиане в фотографии,

---

* Фут (*англ.*) — единица длины, равная 30,5 см.

она послала карточку Дилла на конкурс красивого ребенка и получила премию в пять долларов. Она отдала их Диллу, и он на эти деньги целых двадцать раз ходил в кино.

— У нас тут кино не показывают, только иногда в суде про Иисуса, — сказал Джим. — А ты видел что-нибудь хорошее?

Дилл видел кино «Дракула»*, это открытие заставило Джима поглядеть на него почти с уважением.

— Расскажи, — попросил он.

Дилл был какой-то чудной. Голубые полотняные штаны пуговицами пристегнуты к рубашке, волосы совсем белые и мягкие, как пух на утенке; он был годом старше меня, но гораздо ниже ростом. Он стал рассказывать нам про Дракулу, и голубые глаза его то светлели, то темнели; вдруг он принимался хохотать во все горло; на лоб ему падала прядь волос, и он все время ее теребил.

Когда Дилл разделался с Дракулой, Джим сказал — похоже, что кино поинтереснее книжки, а я спросила, где у Дилла отец.

— Ты про него ничего не говорил.

— У меня отца нет.

— Он умер?

— Нет...

— Как же так? Раз не умер, значит, есть.

Дилл покраснел, а Джим велел мне замолчать — верный знак, что он изучил Дилла и решил принять его в компанию. После этого у нас на все лето установился свой распорядок. Распорядок был такой: мы пере-

---

* Фильм по роману ужасов Брэма Стокера (1847—1912), его герой — вампир.

страивали свой древесный домик — гнездо, устроенное в развилине платана у нас на задворках, ссорились, разыгрывали в лицах подряд все сочинения Оливера Оптика, Виктора Эплтона и Эдгара Райса Бэрроуза*. Тут Дилл оказался для нас просто кладом. Он играл все характерные роли, которые раньше приходилось играть мне: обезьяну в «Тарзане», мистера Крэбтри в «Братьях Роувер», мистера Деймона в «Томе Свифте». А потом мы поняли, Дилл немножко колдун, вроде Мерлина, — великий мастер на самые неожиданные выдумки, невероятные затеи и престранные фантазии.

К концу августа нам наскучило снова и снова разыгрывать одни и те же спектакли, и тут Дилл надумал выманить из дому Страшилу Рэдли.

Дом Рэдли заворожил Дилла. Сколько мы его ни предостерегали, сколько ему ни толковали, этот дом притягивал его, как луна море, но притягивал только до фонарного столба на углу, на безопасном расстоянии от ворот Рэдли. Тут Дилл застывал: обхватит рукой толстый столб, смотрит во все глаза и раздумывает.

Дом Рэдли стоял в том месте, где улица к югу от нас описывает крутую дугу. Если идти в ту сторону, кажется, вот-вот упрешься в их крыльцо. Но тут тротуар поворачивает и огибает их участок. Дом был низкий, когда-то выбелен известкой, с большой верандой и зелеными ставнями, но давным-давно уже облез и стал таким же грязно-серым, как и весь двор. Прогнившая дранка свисала с крыши веранды, густая листва дубов не пропускала солнечных лучей. Поредевшие колья забора, шатаясь, как пьяные, ограждали двор перед до-

* Авторы детских приключенческих книг. Особенно была популярна серия книг Бэрроуза о Тарзане.

мом — «чистый» двор, который никогда не подметался и весь зарос сорной травой.

В этом доме обитал злой дух. Так все говорили, но мы с Джимом никогда его не видели. Говорили, он выходит по ночам, когда нет луны, и заглядывает в чужие окна. Если вдруг похолодает и у кого-нибудь в саду померзнут азалии, значит, это он на них дохнул. Все мелкие тайные преступления, какие только совершаются в Мейкомбе, — это его рук дело. Как-то на город одно за другим посыпались непонятные и устрашающие ночные происшествия: кур, кошек и собак находили поутру жестоко искалеченными; и хотя виновником оказался полоумный Эдди, который потом топился в Заводи, все по-прежнему косились на дом Рэдли, словно не хотели отказываться от первоначальных подозрений. Ни один негр не решался ночью пройти мимо этого дома — уж непременно перейдет на другой тротуар и начнет насвистывать для храбрости. Площадка для игр при мейкомбской школе примыкала к задворкам Рэдли; возле курятника у Рэдли росли высоченные пекановые деревья, и спелые орехи сыпались с ветвей на школьный двор, но никто к ним не притрагивался: орехи Рэдли ядовитые! Бейсбольный мяч, залетевший к Рэдли, пропадал безвозвратно, о нем никто и не заикался.

Тайна окутала этот дом задолго до того, как родились мы с Джимом. Перед семейством Рэдли были открыты все двери в городе, но оно держалось очень замкнуто — грех в Мейкомбе непростительный. Рэдли не ходили в церковь, хотя в Мейкомбе это главное развлечение, а молились Богу у себя дома; можно было пересчитать по пальцам случаи, когда миссис Рэдли днем выходила из дому, чтоб выпить чашку кофе с соседками, а на собраниях миссионерского общества ее не видали ни разу. Мистер Рэдли каждое утро в половине двенадцатого отправлялся в город и уже через полчаса возвращался, иногда с пакетом в руках: с покупками из бакалейной лавки — догадывались соседи. Я так и не поняла, как старик Рэдли зарабатывал свой хлеб. Джим говорил, что он «скупает хлопок» (вежливый оборот, означавший «бьет баклуши»), но мистер Рэдли с женой и двумя сыновьями жили в нашем городе с незапамятных времен.

По воскресеньям двери и ставни у Рэдли были закрыты — тоже наперекор мейкомбскому обычаю: у нас закрывают двери только в холода или если кто-нибудь болен. А по воскресеньям полагается делать визиты: женщины ходят в корсетах, мужчины — в пиджаках, дети — в башмаках. Но никто из соседей в воскресный день не поднялся бы на крыльцо к Рэдли и не окликнул: «Привет!» Двери у них были сплошные. Я как-то спросила Аттикуса, были ли у них когда-нибудь двери с москитной сеткой, и Аттикус сказал — да, но еще до того, как я родилась.

Рассказывали, когда младший сын Рэдли был подростком, он свел дружбу с Канингемами из Старого Сарэма — многолюдным и загадочным племенем, обитавшим на севере нашего округа, и впервые за всю историю Мейкомба они сколотили что-то вроде шайки. Они не так уж много буянили, но и этого было довольно, чтобы о них судил и рядил весь город и три священника увещевали их с трех церковных кафедр: они слонялись возле парикмахерской, по воскресеньям ездили автобусом в Эбботсвил в кино; ходили на танцульки

в известный всему округу игорный притон на берегу
Алабамы — гостиницу «Капля росы и приют рыболо-
ва» и даже пробовали пить виски. Ни один человек в
Мейкомбе не отважился сказать мистеру Рэдли, что его
сын связался с дурной компанией.

Однажды вечером, разойдясь больше обычного,
мальчишки прикатили на главную площадь задом на-
перед на взятом у кого-то взаймы дрянном «фордике»,
оказали сопротивление почтенному церковному ста-
росте мистеру Коннеру, который пытался их задержать,
и заперли его во флигеле для присяжных во дворе суда.
Весь город решил, что этого им спустить нельзя; мистер Коннер заявил, что узнал всех до одного в лицо и
так этого не оставит, — и вот мальчишки предстали перед судом по обвинению в хулиганстве, нарушении общественной тишины и порядка, оскорблении действи-
ем и сквернословии в присутствии женщин. Судья
спросил мистера Коннера, откуда это последнее обвинение, и мистер Коннер сказал — ребята ругались так
громко, что их наверняка слышали все женщины во
всем Мейкомбе. Судья решил отправить мальчишек в
ремесленную школу штата, куда иной раз посылали
подростков просто для того, чтобы у них был кусок хлеба и крыша над головой. Это была не тюрьма, и это не
считалось позором. Но мистер Рэдли думал иначе. Если
судья отпустит Артура, мистер Рэдли уж позаботится,
чтоб Артур больше не доставлял хлопот. Зная, что у
мистера Рэдли слово не расходится с делом, судья охотно отдал ему сына.

Другие мальчишки поступили в ремесленную школу и получили лучшее среднее образование, какое только можно получить в пределах нашего штата; один из

них даже окончил потом высшее техническое училище в Оберне. Двери дома Рэдли были закрыты наглухо и по воскресеньям и в будни, и целых пятнадцать лет никто больше ни разу не видал младшего сына мистера Рэдли.

А потом настал день, который смутно помнил и Джим, когда Страшила Рэдли дал о себе знать, а кое-кто его и увидел. По словам Джима, Аттикус не любил говорить о Рэдли, и, когда Джим про них спрашивал, Аттикус отвечал одно: занимайся своими делами, а в дела Рэдли не суйся, они тебя не касаются. Но после того случая, рассказывал Джим, Аттикус покачал головой и сказал «гм-гм».

Почти все сведения Джим получил от нашей соседки мисс Стивени Кроуфорд, завзятой сплетницы, — она-то уж знала все доподлинно. По ее словам, Страшила сидел в гостиной, вырезал какие-то заметки из «Мейкомб трибюн» и наклеивал в альбом. В комнату вошел мистер Рэдли-старший. Когда отец проходил мимо, Страшила ткнул его ножницами в ногу, потом вытащил ножницы, вытер кровь о штаны и вновь принялся за свои вырезки.

Миссис Рэдли выбежала на улицу и закричала, что Артур их всех сейчас убьет, но, когда прибыл шериф, Страшила все так же сидел в гостиной и вырезал что-то из газеты. Ему было тогда тридцать три года.

Мисс Стивени сказала — мистеру Рэдли предложили отправить Страшилу на время в Таскалузу, это будет ему полезно, но старик сказал — нет, ни один Рэдли в сумасшедшем доме не сидел и сидеть не будет. Страшила не помешанный, просто он иногда бывает раздражительным. Подержать его под замком можно, а судить не за что, никакой он не преступник. Шериф не решился посадить Страшилу в тюрьму вместе с неграми, и его заперли в подвале здания суда.

Как Страшилу вновь перевели из этого подвала домой, Джим помнил очень смутно. Мисс Стивени Кроуфорд рассказывала — некоторые члены муниципалитета сказали мистеру Рэдли, что, если он не заберет Страшилу из подвала, тот зарастет плесенью от сырости и помрет. И потом, не может же Страшила весь век жить на средства округа.

Никто не знал, каким образом мистеру Рэдли удалось запугать Страшилу так, чтоб он не показывался на люди; Джим думал, что Страшила почти все время сидит на цепи, прикованный к кровати. Но Аттикус сказал — нет, не в том дело, можно и другими способами превратить человека в привидение.

Помню, изредка мне случалось видеть, как миссис Рэдли открывает парадную дверь, подходит к перилам веранды и поливает свои канны. А вот мистера Рэдли, когда он шагал в город и обратно, мы с Джимом видели каждый день. Он был худой, жилистый, глаза какие-то блеклые, даже не поймешь, какого они цвета. Торчат острые скулы, рот большой, верхняя губа тонкая, а нижняя толстая. Мисс Стивени Кроуфорд говорила — он уж до того прямой и правильный человек, что слушает одного только Бога, и мы ей верили, потому что мистер Рэдли был прямой, как громоотвод.

С нами он не разговаривал. Когда он шел мимо, мы опускали глаза и говорили: «Доброе утро, сэр», а он в ответ только покашливал. Его старший сын жил в Пенсаколе; на Рождество он приезжал домой, он был один из немногих, кто на наших глазах входил в этот дом или выходил из него. Люди говорили, с того дня, как мистер Рэдли взял Артура из подвала, дом словно вымер.

А потом настал день, когда Аттикус сказал — если мы станем шуметь во дворе, он нам задаст, и велел Кэлпурнии, чтоб мы не смели пикнуть, пока его не будет дома. Мистер Рэдли умирает.

Мистер Рэдли не торопился. Улицу по обе стороны от его дома перегородили деревянными ко́злами, тротуар посыпали соломой, все машины и повозки сворачивали в объезд. Доктор Рейнолдс всякий раз, приезжая к больному, оставлял свою машину возле нас и к дому Рэдли шел пешком. Мы с Джимом целыми днями ходили по двору на цыпочках. Наконец ко́злы убрали, и мы с крыльца смотрели, как мистер Рэдли отправился мимо нашего дома в последний путь.

— Вот хоронят самого подлого человека на свете, — проворчала себе под нос Кэлпурния и задумчиво сплюнула.

Мы посмотрели на нее во все глаза: Кэлпурния не часто позволяла себе вслух судить о белых.

Все соседи думали — когда мистер Рэдли отправится на тот свет, Страшила выйдет на свет Божий, но они ошибались: из Пенсаколы вернулся старший брат Страшилы и занял место отца. Разница была только в возрасте. Джим сказал — мистер Натан Рэдли тоже «скупает хлопок». Однако мистер Натан отвечал нам, когда мы с ним здоровались, и иногда он возвращался из города с журналом в руках.

Чем больше мы рассказывали Диллу про семейство Рэдли, тем больше ему хотелось знать, тем дольше он простаивал на углу в обнимку с фонарным столбом и тем дольше раздумывал.

— Интересно, что он там делает, — бормотал он. — Вот возьмет сейчас и высунется из-за двери.

— Он по ночам выходит, когда темно, — сказал Джим. — Мисс Стивени Кроуфорд говорит, раз она проснулась среди ночи, а он смотрит на нее в окошко... смотрит, а сам похож на мертвеца, голова точь-в-точь как череп. Дилл, а ты его не слыхал? Ты ночью не просыпался? Он ходит вот так (и Джим зашаркал ногами по гравию). Думаешь, почему мисс Рейчел так запирает на ночь все двери? Я сам утром сколько раз видал у нас на задворках его следы, а раз ночью слышим — он скребется в окно у заднего крыльца, Аттикус вышел, а его уже нет.

— Вот бы поглядеть, какой он, — сказал Дилл.

Джим нарисовал довольно похожий портрет Страшилы: ростом Страшила, судя по следам, около шести с половиной футов; ест он сырых белок и всех кошек, какие только попадутся, вот почему руки у него всегда в крови, ведь кто ест животных сырыми, тому век не отмыть рук. У него длинный кривой шрам через все лицо; зубы желтые, гнилые; он пучеглазый и слюнявый.

— Давайте выманим его из дому, — сказал Дилл. — Я хочу на него поглядеть.

Джим сказал:

— Что ж, если тебе жизнь надоела, поди и постучи к ним в парадную дверь, только и всего.

Наш первый налет состоялся, только когда Дилл поспорил с Джимом на книжку «Серое привидение» против двух выпусков «Тома Свифта», что Джим не посмеет сунуться в ворота Рэдли. Джим был такой: если его раздразнить, нипочем не отступит.

Джим думал три дня. Наверно, честь ему была дороже жизни, потому что Дилл его донял очень легко.

— Ты трусишь, — сказал он в первый же день.

— Не трушу, просто невежливо ломиться в чужой дом.

Назавтра Дилл сказал:

— Ты трусишь, тебе к ним во двор одной ногой и то не ступить.

Джим возразил, что он ведь сколько лет каждый день ходит в школу мимо Рэдли.

— Не ходишь, а бегом бегаешь, — сказала я.

Но на третий день Дилл добил его: он сказал Джиму, что в Меридиане люди похрабрее мейкомбских, он сроду не видал таких трусов, как в Мейкомбе.

Услыхав такие слова, Джим прошагал по улице до самого угла, прислонился к фонарному столбу и уставился на калитку, которая нелепо болталась на самодельной петле.

— Надеюсь, ты и сам понимаешь, Дилл Харрис, что он всех нас прикончит, — сказал Джим, когда мы подошли к нему. — Он выцарапает тебе глаза, и тогда не говори, что это я виноват. Помни, ты сам это затеял.

— А ты все равно трусишь, — кротко сказал Дилл.

Джим попросил Дилла усвоить раз и навсегда, что ничего он не трусил.

— Просто я никак не придумаю, как бы его выманить, чтоб он нас не поймал.

И потом, Джим обязан помнить о своей младшей сестре.

Как только он это сказал, я поняла — он и вправду боится. Когда я один раз сказала, что ему слабо́ спрыгнуть с крыши, он тоже вспомнил о своей младшей сес-

тре. «Если я разобьюсь насмерть, что будет с тобой?» —
спросил он тогда. Прыгнул с крыши, но не разбился,
и больше не вспоминал, что он в ответе за свою млад-
шую сестру, пока не оказался перед воротами Рэдли.

— Что, слабо́ тебе? Хочешь на попятную? — сказал
Дилл. — Тогда, конечно...

— Дилл, такие вещи надо делать подумавши, — сказал Джим. — Дай минуту подумать... это все равно как
заставить черепаху высунуть голову...

— А как ты ее заставишь? — поинтересовался Дилл.

— Надо зажечь у нее под пузом спичку.

Я сказала — если Джим подожжет дом Рэдли, я скажу Аттикусу.

Дилл сказал — поджигать черепаху гнусно.

— Ничего не гнусно, надо же ее заставить, и ведь
это не то что кинуть ее в огонь, — проворчал Джим.

— А почем ты знаешь, что от спички ей не больно?

— Дурак, черепахи ничего не чувствуют, — сказал
Джим.

— А ты что, сам был черепахой?

— Ну знаешь, Дилл!.. А теперь не мешай, дай подумать... Может, если мы начнем кидаться камнями...

Джим думал так долго, что Дилл пошел на уступки.

— Ладно, не слабо́, ты только подойди к дому, до-
тронься рукой — и «Серое привидение» твое.

Джим оживился:

— Дотронусь — и все?

Дилл кивнул.

— Значит, все? — повторил Джим. — Смотри, а то я
дотронусь, а ты сразу станешь орать — не по правилам!

— Говорят тебе, это все, — сказал Дилл. — Он, наверно, как увидит тебя во дворе, сразу выскочит, тут

мы с Глазастиком накинемся на него и схватим и объясним, что мы ему ничего плохого не сделаем.

Мы перешли через улицу и остановились у ворот Рэдли.

— Ну, валяй, — сказал Дилл. — Мы с Глазастиком тут.

— Сейчас, — сказал Джим. — Не торопи меня.

Он зашагал вдоль забора до угла, потом обратно — видно, изучал несложную обстановку и решал, как лучше проникнуть во двор; при этом он хмурился и чесал в затылке.

Я смотрела, смотрела на него — и фыркнула.

Джим рывком распахнул калитку, кинулся к дому, хлопнул ладонью по стене и помчался обратно мимо нас, даже не обернулся поглядеть, что толку от его набега. Мы с Диллом мчались за ним по пятам. Благополучно добежали до нашей веранды и, пыхтя и еле переводя дух, оглянулись.

Старый дом стоял по-прежнему хмурый и унылый, но вдруг нам показалось, что в одном окне шевельнулась штора. Хлоп. Легкое, чуть заметное движение — и дом снова замер.

Глава 2

В начале сентября Дилл попрощался с нами и уехал к себе в Меридиан. Мы проводили его на пятичасовой автобус, и я ужасно скучала, но потом сообразила — через неделю мне в школу! Еще ничего в жизни я не ждала с таким нетерпением. Зимой я часами просиживала в нашем домике на платане, глядела на школьный двор, подсматривала за школьниками в бинокль Джима, изучила все их игры, не спускала глаз с красной куртки Джима, когда ребята кружили и петляли по двору, играя в жмурки, втайне делила все их радости и неудачи. И ужасно хотела быть с ними вместе.

В первый день Джим снизошел до того, что сам отвел меня в школу, обычно это делают родители, но Аттикус сказал — Джим с удовольствием покажет мне мой класс. Наверно, тут совершилась выгодная сделка: когда мы рысцой огибали угол дома Рэдли, я услыхала необычный звук — в кармане у Джима позвякивали монетки. Перед школьным двором мы замедлили шаг, и Джим стал мне толковать, чтоб в школе я к нему не приставала, не просила разыграть главу «Тарзан и люди-муравьи», не докучала намеками на его личную жизнь и не ходила за ним хвостом в переменки. Мое место в первом классе, а место Джима — в пятом. Короче говоря, чтоб я не путалась у него под ногами.

— Что ж, нам с тобой больше нельзя играть вместе? — спросила я.

— Дома мы будем жить, как жили, — сказал Джим. — Только сама увидишь, в школе не то, что дома.

Так оно и оказалось. В первое же утро наша учительница мисс Кэролайн Фишер вызвала меня и перед всем классом отлупила линейкой по ладони, а потом поставила в угол до большой перемены.

Мисс Кэролайн была молодая — двадцать один, не больше. Волосы темно-рыжие, щеки розовые и темно-красный лак на ногтях. И лакированные туфельки на высоком каблуке, и красное платье в белую полоску. Она была очень похожа на мятную конфетку, и пахло от нее мятной конфеткой. Она снимала верхнюю комнату у мисс Моди Эткинсон, напротив нас, и, когда мисс Моди нас с ней познакомила, Джим потом несколько дней ходил, как в тумане.

Мисс Кэролайн написала свое имя на доске печатными буквами и сказала:

— Тут написано, что меня зовут мисс Кэролайн Фишер. Я из Северной Алабамы, из округа Уинстон.

Класс зашептался: у жителей тех мест характер известный, наверно, и мисс Кэролайн такая же. (Когда 11 января 1861 года штат Алабама откололся от Соединенных Штатов, округ Уинстон откололся от Алабамы* — в округе Мейкомб это знает каждый младенец.) В Северной Алабаме полным-полно противников «сухого закона», не весть сколько ткацких фабрик, сталелитейных компаний, республиканцев, профессоров и прочих людей без роду, без племени.

Для начала мисс Кэролайн стала читать нам вслух про кошек. Кошки вели друг с другом длинные беседы, ходили в нарядных платьицах и жили на кухне в теплом домике под печкой. К тому времени, как миссис Кошка позвонила в аптеку и заказала пилюли из сушеных мышей в шоколаде, весь класс так и корчился от смеха. Мисс Кэролайн, видно, было невдомек, что ее ученики — мальчишки в рваных рубашках и девчонки в платьях из мешковины, все, кто, едва научившись ходить, уже собирает хлопок и задает корм свиньям, — не очень восприимчивы к изящной словесности. Дочитав до конца, она сказала:

— Какая милая сказка, не правда ли, дети?

---

* Когда начинался конфликт между Севером и Югом, жители этого округа оказались на стороне северян.

Потом подошла к доске, огромными печатными буквами выписала на ней весь алфавит и, обернувшись к классу, спросила:

— Кто знает, что это такое?

Знали все: большинство сидело в первом классе второй год.

Наверно, мисс Кэролайн выбрала меня потому, что помнила, как меня зовут. Когда я стала читать все буквы подряд, меж бровей у нее появилась чуть заметная морщинка; потом она заставила меня прочитать вслух полбукваря и биржевой бюллетень из «Мобил реджистер», убедилась, что я грамотная, и посмотрела на меня уже с легким отвращением. И велела мне сказать отцу, чтобы он меня больше не учил, это помешает мне читать как полагается.

— Но он меня ничему не учил, мисс Кэролайн, — удивилась я.

Она улыбнулась и покачала головой.

— Аттикусу некогда меня учить, — прибавила я. — Знаете, он вечером всегда такой усталый, он только сидит в гостиной и читает.

— Если не он, так кто же тебя учил? — сказала мисс Кэролайн совсем не сердито. — Кто-то ведь учил? Не с пеленок же ты читаешь газеты.

— А Джим говорит — с пеленок. Он читал одну книжку, и там я была не Финч, а Пинч. Джим говорит, меня по-настоящему зовут Джин-Луиза Пинч, но, когда я родилась, меня подменили, а по-настоящему я...

Мисс Кэролайн мне, видно, не поверила.

— Не будем давать волю фантазии, деточка, — сказала она. — Итак, передай отцу, чтобы он больше тебя не учил. Учиться читать лучше по всем правилам. Скажешь ему, что теперь я возьмусь за тебя сама и постараюсь исправить зло...

— Как вы сказали, мэм?

— Твой отец не умеет учить. А теперь садись.

Я пробормотала, что прошу прощенья, села на свое место и начала думать, в чем же мое преступление. Я никогда не училась читать нарочно, просто как-то так выходило, что я каждый день без спросу рылась в газетах. А может, я научилась читать за долгие часы в церкви? Не помню, было ли такое время, когда я не умела читать псалмы. Если разобраться, чтение пришло само собой, все равно как сама собой я научилась не глядя застегивать сзади комбинезон и не путаться в шнурках башмаков, а завязывать их бантом. Уж не знаю, когда именно строчки над движущимся пальцем Аттикуса стали делиться на слова, но, сколько себя помню, каждый вечер я смотрела на них и слушала последние новости, проекты новых законов, дневники Лоренцо Дау — все, что читал Аттикус, когда я перед сном забиралась к нему на колени. Пока я не испугалась, что мне это запретят, я вовсе не любила читать. Дышать ведь не любишь, а попробуй не дышать...

Понимая, что мисс Кэролайн мною недовольна, я решила не искушать судьбу и до конца урока смотрела в окно, а потом настала перемена, и весь первый класс высыпал во двор. Тут меня отыскал Джим, отвел в сторону и спросил, как дела. Я рассказала.

— Если б можно, я бы ушла домой. Джим, эта тетка говорит, Аттикус учил меня читать, так пускай больше не учит...

— Не горюй, — стал утешать меня Джим. — Наша учительница говорит, мисс Кэролайн преподает по новому способу. Ее этому выучили в колледже. Скоро во всех классах так будет. При этом способе по книжкам почти не учатся, вроде как с коровами: если хочешь узнать про корову, надо ее подоить, ясно?

— Ага, но я не хочу изучать коров, я...

— Как так не хочешь? Про коров надо знать, в нашем округе на них половина хозяйства держится.

Я только и спросила, не спятил ли он.

— Вот дуреха, я просто объясняю тебе, что первоклашек теперь учат по новому способу. Называется — «Десятичная система Дьюи».

Я никогда не подвергала сомнению истины, которые изрекал Джим, не усомнилась и теперь. «Десятичная система Дьюи» наполовину состояла в том, что мисс Кэролайн махала у нас перед носом карточками, на которых было выведено печатными буквами: КИТ, КОТ, ВОТ, ДОМ, ДЫМ. От нас, видимо, не требовалось никаких комментариев, и класс в молчании принимал эти импрессионистские откровения. Мне стало скучно, и я принялась писать письмо Диллу. На этом занятии меня поймала мисс Кэролайн и опять велела сказать отцу, чтоб он перестал меня учить.

— И, кроме того, — сказала она, — в первом классе мы пишем только печатными буквами. А по-письменному будешь учиться в третьем классе.

Тут виновата была Кэлпурния. Наверно, иначе в ненастную погоду ей бы от меня житья не было. Она задавала мне урок: нацарапает на грифельной доске вверху все буквы по-письменному, положит рядом раскрытую Библию и велит переписывать главу по-письменному. Если я выводила буквы похоже, она давала мне в награду кусок хлеба с маслом, густо посы-

панный сахаром. Учительница она была строгая, не
часто бывала мною довольна и я не часто получала награду.

— Все, кто ходит завтракать домой, поднимите
руки, — сказала мисс Кэролайн, и я не успела доду-
мать, как еще меня обидела Кэлпурния.

Все городские ребята подняли руки, и мисс Кэролайн внимательно оглядела нас.

— Все, у кого завтрак с собой, достаньте его.

Неведомо откуда появились ведерки из-под патоки, и на потолке заплясали серебряные зайчики. Мисс
Кэролайн ходила между рядами парт, заглядывала в ведерки и в бумажные пакеты и то одобрительно кивала,
то слегка хмурилась. Возле парты Уолтера Канингема
она остановилась.

— А где твой завтрак? — спросила она.

По лицу Уолтера Канингема каждый первоклассник
сразу видел — у него глисты. А по его босым ногам сразу видно было, откуда это у него. Глисты бывают оттого, что ходишь босиком по хлеву и по грязи, где валя-
ются свиньи. Будь у Уолтера башмаки, в первый день
занятий он бы, конечно, их надел, а потом все равно
ходил бы в школу босой до самых холодов. Зато на нем
была чистая рубашка и старательно залатанный комбинезон.

— Ты сегодня забыл взять с собой завтрак? — спросила мисс Кэролайн.

Уолтер смотрел прямо перед собой. На его тощей
щеке дергался мускул.

— Ты забыл сегодня завтрак? — опять спросила мисс
Кэролайн.

У него опять дернулась щека.

— Угу, — пробормотал он наконец.

Мисс Кэролайн подошла к своему столу и достала кошелек.

— Вот тебе двадцать пять центов, — сказала она. — Поди и купи себе поесть. Деньги отдашь мне завтра.

Уолтер помотал головой.

— Нет, мэм, спасибо, — тихо сказал он.

В голосе мисс Кэролайн послышалось нетерпение:

— Поди сюда, Уолтер, и возьми деньги.

Уолтер опять помотал головой.

Когда он замотал головой в третий раз, кто-то прошептал:

— Скажи ей, Глазастик!

Я оглянулась и увидела, что почти все городские ребята и все загородные смотрят на меня. Мы с мисс Кэролайн уже дважды беседовали, и они все уставились на меня в простодушной уверенности, что из столь близкого знакомства рождается взаимопонимание.

Так и быть, надо вступиться за Уолтера. Я встала.

— Э-э... мисс Кэролайн...

— Что тебе, Джин-Луиза?

— Мисс Кэролайн, он Канингем.

И я села на место.

— Что такое, Джин-Луиза?

Мне казалось, я сказала очень ясно. Всем нам было ясно: Уолтер Канингем врет почем зря. Никакого завтрака он не забывал, никакого завтрака у него и не было. Сегодня нет, и завтра не будет, и послезавтра. Он, наверно, в жизни своей не видал трех четвертаков сразу.

Я сделала еще одну попытку:

— Мисс Кэролайн, ведь Уолтер из Канингемов.

— Не понимаю, Джин-Луиза. О чем ты говоришь?

— Это ничего, мэм, вы скоро всех в округе узнаете. Канингемы никогда ничего не возьмут бесплатно — ни у прихода, ни у муниципалитета. Они ни у кого ничего не берут, обходятся тем, что есть. У них мало что есть, но они обходятся.

В нравах племени Канингемов — вернее, одной его ветви — я начала разбираться минувшей зимой. Отец Уолтера приходил к Аттикусу за советом. Однажды вечером они долго и скучно толковали в гостиной про ущемление прав, а на прощанье мистер Канингем сказал:

— Уж не знаю, мистер Финч, когда я смогу с вами расплатиться.

— Пусть вас это не заботит, Уолтер, — сказал Аттикус.

Я спросила Джима, что такое ущемление, он объяснил — когда тебе прищемят хвост, и тогда я спросила Аттикуса, сможет ли мистер Канингем когда-нибудь нам заплатить.

— Деньгами не сможет, — сказал Аттикус, — но до конца года он со мной рассчитается. Вот увидишь.

И мы увидели. Как-то утром мы с Джимом нашли на задворках гору хвороста для растопки. Потом на заднем крыльце откуда-то взялся целый мешок орехов. На Рождество появилась корзинка остролиста. Весной мы нашли еще мешок молодой репы, и тут Аттикус сказал, что мистер Канингем заплатил ему с лихвой.

— Почему это он платит репой? — спросила я.

— Потому, что иначе ему платить нечем. У него нет денег.

— А мы бедные, Аттикус?

Аттикус кивнул:

— Да, конечно.

Джим наморщил нос.

— Такие же бедные, как Канингемы?

— Ну, не совсем. Канингемы не горожане, а фермеры, по ним кризис ударил больнее всего.

Аттикус сказал — в городе многие люди бедны потому, что бедны фермеры. Округ Мейкомб — фермерский; докторам, адвокатам, зубным врачам каждый грош трудно достается. Ущемление прав не единственная беда мистера Канингема. Та часть его земли, которой он имеет право распоряжаться, не спросясь совладельца, заложена и перезаложена, и жалкие гроши, которые он получает наличными, приходится отдавать в уплату процентов. Если бы мистер Канингем не говорил лишнего, его взяли бы на общественные работы, но если он бросит свою землю, она пропадет, а он предпочитает голодать, но сохранить ее, и притом голосовать за кого хочет. Мистер Канингем — из породы непреклонных, сказал Аттикус. У Канингемов нет денег заплатить юристу, вот они и платят чем могут.

— А знаете, доктор Рейнолдс тоже так работает, — сказал Аттикус. — Когда родится ребенок, он берет с родителей меру картофеля. Мисс Глазастик, если вы подарите меня своим вниманием, я вам объясню, что значит ущемление прав. Джим иногда очень точно определяет, что к чему.

Если бы я могла объяснять так же просто и понятно, как Аттикус, я бы избежала кое-каких неприятностей и уберегла нашу учительницу от горького разочарования, но я не умела и поэтому сказала:

— Мисс Кэролайн, вы Уолтера только зря срамите. У него дома нет четвертака, чтоб вам вернуть, а хворост вам ни к чему.

Мисс Кэролайн сперва остолбенела, а потом схватила меня за шиворот и потащила к своему столу.

— Джин-Луиза, ты мне надоела, — сказала она. — Ты во всех отношениях плохо начинаешь, моя милая. Протяни руку.

Я думала, она сейчас плюнет мне на ладонь — в Мейкомбе только для этого и протягивают руку, это освященный веками обычай, так скрепляют у нас всякий уговор. Не совсем понимая, о чем же это мы с ней уговорились, я оглянулась на ребят, но весь класс в таком же недоумении смотрел на меня. Мисс Кэролайн взяла со стола линейку, раз пять или шесть легонько хлопнула меня по руке, а потом велела стать в угол. Тут только до ребят дошло, что мисс Кэролайн меня отлупила, и все покатились со смеху.

Мисс Кэролайн пригрозила, что им тоже достанется, и первый класс опять захохотал, отрезвило его только появление мисс Блаунт. Коренная жительница Мейкомба, пока еще не посвященная в тайны «Десятичной системы Дьюи», мисс Блаунт стала на пороге — руки в боки — и заявила:

— Если тут в классе еще кто-нибудь пикнет, всех взгрею, так и знайте! Мисс Кэролайн, из-за этого крика и шума шестой класс не может сосредоточиться на пирамидах.

В углу я стояла недолго. К счастью для мисс Кэролайн, зазвенел звонок, и все пошли завтракать. Я выходила последней и видела — мисс Кэролайн тяжело опустилась на стул и уронила голову на руки. Если б она обошлась со мной получше, я бы ее пожалела. Она была такая хорошенькая.

Глава 3

Я немного отвела душу — налетела во дворе на Уолтера Канингема и давай тыкать его в землю носом, но тут подошел Джим и велел его отпустить.

— Связалась с маленьким.

— Никакой он не маленький, — сказала я. — Из-за него я плохо начала.

— Брось, Глазастик! За что ты его?

— У него не было завтрака, — сказала я и объяснила, как мне попало из-за Уолтерова питания.

Уолтер поднялся на ноги и молча слушал. Он слегка сжал кулаки, будто ждал — вот-вот мы оба на него накинемся. Я затопала было на него, чтоб он убирался, но Джим придержал меня за плечо. Внимательно оглядел Уолтера, потом спросил:

— Твой папа — мистер Уолтер Канингем из Старого Сарэма?

Уолтер кивнул.

Он был такой чахлый и тощий, будто отродясь не ел досыта, глаза голубые, как у Дилла Харриса, и слезятся, веки красные, а в лице ни кровинки, только кончик носа красный и мокрый. Он беспокойно теребил лямки комбинезона, дергал крючки.

Джим вдруг весело улыбнулся ему.

— Пойдем к нам завтракать, Уолтер, — сказал он. — Мы будем очень рады.

Уолтер просиял, но сразу опять насупился.

Джим сказал:

— Наш отец с твоим отцом друзья. А Глазастик — она просто шалая. Больше она тебя не тронет.

— Это еще как сказать, — возмутилась я: чего ради Джим дает обещания, не спросясь меня? Но ведь драгоценное время уходит. — Ладно, Уолтер, я тебя лупить не буду. А ты фасоль любишь? Наша Кэл здорово стряпает.

Уолтер стоял столбом и кусал губы. Мы с Джимом уже махнули на него рукой и почти дошли до Рэдли, и тут он заорал вдогонку:

— Эй, я с вами!

Когда Уолтер нас догнал, Джим завел с ним светский разговор.

— Тут живет злой дух, — сказал он дружески и показал на дом Рэдли. — Слыхал про него?

— Как не слыхать, — ответил Уолтер. — В первый год в школе я чуть не помер — наелся орехов, говорят, он их нарочно отравит да и кидает через забор.

Сейчас, когда мы шли втроем, Джим вроде совсем не боялся Страшилы Рэдли. Даже расхвастался.

— Один раз я подошел к самому дому, — сказал он Уолтеру.

— Некоторые подойдут один раз к самому дому, а потом мимо и то бегом бегают, — сказала я облакам в небе.

— Кто это бегает, мисс Придира?

— Ты бегаешь, когда один.

Пока мы дошли до нашего крыльца, Уолтер и думать забыл, что он Канингем. Джим побежал на кухню и сказал Кэлпурнии, чтоб поставила лишнюю тарелку:

у нас гость. Аттикус поздоровался с Уолтером и завел разговор про урожай, а мы с Джимом ничего в этом не понимали.

— Я ведь почему сижу в первом классе, мистер Финч, мне каждую весну надо помогать отцу собирать хлопок, но теперь у нас еще один подрос, тоже может работать на плантации.

— Вы за него заплатили меру картофеля? — спросила я.

Аттикус поглядел на меня и покачал головой.

Уолтер стал накладывать себе еду, и все время, к нашему с Джимом удивлению, они с Аттикусом разговаривали, как равные. Аттикус толковал что-то про фермерское хозяйство, и вдруг Уолтер прервал его и спросил, нет ли у нас в доме патоки. Аттикус позвал Кэлпурнию, и она принесла кувшин с патокой. Она стояла и ждала, пока Уолтер нальет себе. Уолтер стал лить патоку на овощное рагу и на мясо. Он бы, наверно, и в стакан с молоком налил, но тут я спросила, что это он делает.

Он быстро отставил кувшин, даже серебряная подставка звякнула, и зажал руки в коленях. И понурился.

Аттикус посмотрел на меня и опять покачал головой.

— Так ведь он весь свой завтрак утопил в патоке, — сказала я. — Он все залил...

Тут-то Кэлпурния и пригласила меня на кухню. Кэлпурния была в бешенстве, а в бешенстве она всегда начинала говорить неправильно. В спокойном состоянии она разговаривала ничуть не хуже самых грамотных людей в Мейкомбе. Аттикус говорил — Кэлпурния образованнее почти всех цветных.

Она поглядела на меня, скосив глаза, и морщинки между бровей стали заметнее.

— Может, кто ест и не так, как мы, а все одно ты им за столом не перечь, — яростно зашептала она. — Этот малый — твой гость, захочет — пускай скатерть жует, а ты знай помалкивай, поняла?

— Да он не гость, Кэл, он просто Канингем...

— Не мели языком! Какое твое дело, кто он есть! Пришел в дом, значит, гость, и нечего нос задирать, смотри ты, какая важная выискалась! Родные твои, может, и получше Канингемов, да только ты их срамишь! Не умеешь вести себя за столом — ешь на кухне!

Увесистым шлепком Кэлпурния подтолкнула меня к дверям столовой. Я забрала свою тарелку и доела завтрак на кухне — хорошо, хоть не пришлось после такого унижения сидеть вместе со всеми. Кэлпурнии я сказала — ладно же, пускай только отвернется, вот пойду и брошусь в Заводь, тогда пожалеет. И потом, она уже меня сегодня втравила в беду, это все она виновата, зачем учила меня писать.

— А ну-ка помолчи! — сказала Кэлпурния.

Джим и Уолтер ушли в школу, не дождавшись меня, — стоило задержаться и потом нестись одной во весь дух мимо дома Рэдли, лишь бы открыть Аттикусу глаза на злодейства Кэлпурнии.

— И вообще она любит Джима больше меня, — сказала я под конец и предложила Аттикусу сейчас же ее прогнать.

— А ты не замечаешь, что Джим доставляет ей вдвое меньше хлопот? — сурово сказал Аттикус. — Я не намерен расставаться с Кэлпурнией ни сейчас, ни потом. Мы без Кэл дня прожить не можем, ты об этом когда-нибудь думала? Так вот, подумай, как она о тебе заботится, и изволь ее слушаться. Поняла?

Я вернулась в школу и сидела и ненавидела Кэлпурнию, как вдруг мои мрачные мысли прервал отчаянный крик. Я подняла голову. Посреди класса стояла мисс Кэролайн, ее всю перекосило от ужаса. За перемену она, видно, немного пришла в себя и взялась учить нас дальше.

— Живая! Живая! — визжала она.

Все мальчишки разом кинулись ей на выручку. Господи, подумала я, мыши испугалась! Чарли Литл, по прозвищу Коротышка, человек на редкость снисходительный ко всякой живой твари, даже к букашкам, спросил:

— Куда она побежала, мисс Кэролайн? Говорите скорей!.. Закрой-ка дверь, — велел он мальчишке, сидевшему за ним, — сейчас мы ее изловим. Скорей, мэм, скажите, куда она побежала?

Мисс Кэролайн показала трясущимся пальцем не на пол и не на свой стол, а на какого-то незнакомого мне верзилу. Коротышка нахмурился, но спросил мягко:

— Это вы про него, мэм? Ясно, он живой. Он вас напугал, что ли?

— Я прохожу, а у него по волосам ползет... прямо по волосам ползет... — еле выговорила мисс Кэролайн.

Коротышка расплылся до ушей.

— Ничего страшного, мэм. Эка невидаль — вошка! Садитесь спокойно за свой стол и поучите нас еще малость.

Коротышка тоже, как многие мейкомбские жители, не знал, когда ему в следующий раз случится поесть, зато он был прирожденный джентльмен. Он взял мисс Кэролайн под локоть и отвел к учительскому столу.

— Вы не беспокойтесь, мэм, — сказал он. — Вошек бояться нечего. Сейчас я вам принесу воды попить.

Хозяина вошки весь этот переполох нимало не встревожил. Он почесал голову, нащупал непрошеную гостью и двумя пальцами ее придавил.

Мисс Кэролайн не сводила с него расширенных от ужаса глаз. Коротышка принес ей воды в бумажном стаканчике, она с благодарностью выпила, и к ней наконец вернулся дар речи.

— Как тебя зовут, дружок? — кротко спросила она.

Верзила захлопал глазами.

— Кого? Меня?

Мисс Кэролайн кивнула.

— Баррис Юэл.

Мисс Кэролайн заглянула в список.

— У меня тут числится Юэл, а имени нет. Как пишется твое имя?

— Не знаю. Дома меня зовут Баррис — и все.

— Ну хорошо, Баррис, — сказала мисс Кэролайн. — Я думаю, мы тебя на сегодня освободим от занятий. Поди домой и вымой голову.

Она достала из ящика стола толстую книгу, перелистала и с минуту читала про себя.

— Хорошее домашнее средство от... Баррис, поди домой и вымой голову дегтярным мылом. А потом протри кожу керосином.

— Для чего это?

— Чтобы избавиться от... от вшей. Понимаешь ли, Баррис, от тебя могут заразиться другие дети, ты ведь этого не хочешь, правда?

Баррис встал. Первый раз в жизни я видела, чтоб человек был такой грязный. Шея темно-серая, руки шелушатся, под ногтями траур. Умыта у него была только самая серединка лица, величиной в ладонь. Раньше его никто не замечал — наверно, потому, что все утро класс развлекали мы с мисс Кэролайн.

— И, пожалуйста, Баррис, — прибавила мисс Кэролайн, — прежде чем прийти завтра в школу, прими ванну.

Верзила вызывающе захохотал:

— Думаете, вы меня прогнали, хозяйка? Я сам уйду. На нынешний год я уже отучился.

Мисс Кэролайн посмотрела на него с недоумением:

— Что ты хочешь сказать?

Он не ответил, только презрительно фыркнул.

— Он из Юэлов, мэм, — объяснил кто-то из самых старших ребят, и я подумала — она все равно не поймет, не поняла же, когда я сказала про Канингемов. Но мисс Кэролайн слушала внимательно. — У нас полна школа Юэлов. Они каждый год приходят в первый день, а потом бросают. В первый день это их инспекторша заставляет, потому что грозится шерифом, а дальше она ничего не может. Она думает, в список их записала, в первый день в школу загнала — ну и по закону все в порядке. А вы потом круглый год отмечайте — мол, на уроках не был, и все...

Мисс Кэролайн и удивилась, и огорчилась.

— Но что же смотрят их родители?

— Мать у них померла, — был ответ, — а отцу наплевать.

Баррису Юэлу этот разговор явно польстил.

— Я в первый класс третий год хожу, — гордо сказал он. — Коли изловчусь, так на тот год во второй переведут.

— Пожалуйста, садись, Баррис, — сказала мисс Кэролайн.

Вот тут она дала маху. До сих пор Юэл все терпел, а теперь разозлился.

— Как бы не так!

Коротышка встал.

— Отпустите его, мэм, — посоветовал он. — Он подлый парень, просто подлый. Еще заварит кашу, а у нас тут есть маленькие.

Коротышку самого-то было от земли не видать, но, когда Баррис Юэл обернулся к нему, он быстро сунул руку в карман.

— Ну, ну, полегче, — предостерег он, — а то ты у меня сдохнешь — не охнешь. Топай отсюда.

Баррис, кажется, испугался мальчонки вдвое меньше себя, и мисс Кэролайн воспользовалась его минутной растерянностью.

— Иди домой, Баррис, — сказала она. — Не то тебе придется иметь дело с директором. Так или иначе, я должна буду ему обо всем доложить.

Юэл фыркнул и неторопливо, нога за ногу, двинулся к выходу. Отошел на безопасное расстояние, обернулся и крикнул:

— И докладывай, черт с тобой! Нашлась училка сопливая, видали мы таких. Думает, она меня выгнала. Это я сам ушел, так и запомни! Захотел — и ушел.

Он выждал еще минуту, уверился, что она плачет, и только тогда, лениво шаркая ногами, вышел вон из класса.

Мы все сгрудились вокруг учительского стола и, кто как мог, утешали мисс Кэролайн — подлый этот Юэл... не по-честному... таких и учить нечего... это не по-мей-комбски, мисс Кэролайн, наши так не поступают... да вы не горюйте, мэм... мисс Кэролайн, может, вы нам еще почитаете? Вот про кошек было очень даже интересно...

Мисс Кэролайн улыбнулась, громко высморкалась, сказала: «Спасибо, мои милые, теперь садитесь по местам», раскрыла книгу и повергла весь первый класс в недоумение длиннейшим рассказом про жабу, которая почему-то жила в доме.

Когда мне в четвертый раз за этот день пришлось миновать дом Рэдли (и уже второй раз — галопом), настроение у меня было самое мрачное, под стать этому дому. Если весь школьный год будет так же насыщен бурными переживаниями, как первый день, это, пожалуй, даже занятно, но если при этом целых девять месяцев нельзя будет ни читать, ни писать, так уж лучше я удеру.

Под вечер мой план был готов, когда мы побежали встречать Аттикуса, я даже не старалась перегнать Джима. Мы всегда встречали Аттикуса после работы и бежали к нему, как только он показывался из-за угла почты. Аттикус, видно, забыл, что днем я впала в немилость, и забросал меня вопросами про школу. Я отвечала нехотя, и он не стал настаивать.

Кэлпурния, видно, поняла, что у меня был тяжелый день, и позволила мне смотреть, как она собирает к ужину.

— Закрой глаза и открой рот, — сказала она.

Она не часто баловала нас хрустящими хлебцами и вечно говорила — некогда, но сегодня мы оба ушли в школу, и у нее-то день был легкий. Она знала, как я люблю хрустящие хлебцы.

— Соскучилась я, — сказала она. — В доме стало так пусто, пришлось часа в два включить радио.

— А почему? Мы с Джимом все равно дома не сидим, вот только если дождь...

— Ну да, — сказала Кэлпурния, — но если кликнуть, кто-нибудь да прибежит. Я полдня только и делаю, что вас кличу. Что ж, — прибавила она, поднимаясь с табурета, — пожалуй, я как раз успею подсушить хлебцы. А теперь беги, не мешай мне накрывать на стол.

Она наклонилась и поцеловала меня. Что это на нее нашло, подумала я на бегу. Видно, сама знает, что виновата, и хочет мириться. Всегда ко мне придиралась, а теперь поняла наконец, что это несправедливо, пожалела, а прямо сказать не хочет, потому что упрямая. За этот день я устала от незаслуженных обид.

После ужина Аттикус сел в кресло, взял газету и позвал:

— Будем читать, Глазастик?

Этого я уже не могла вытерпеть и ушла на веранду. Аттикус вышел следом.

— Что случилось, Глазастик?

Я сказала — мне нездоровится и, если он не против, я в школу больше не пойду.

Аттикус сел на качели, закинул ногу на ногу и сунул руку в кармашек для часов; он всегда уверял, что так ему лучше думается. Он молча, сочувственно ждал, и я решила укрепить свои позиции.

— Ты ведь не учился в школе — и ничего, ну и я не буду. Ты меня сам учи, вот как дедушка учил вас с дядей Джеком.

— Не могу, — сказал Аттикус. — Мне надо зарабатывать на хлеб. И потом, если ты не станешь ходить в школу, меня посадят в тюрьму. Так что прими сегодня магнезию, а завтра пойдешь учиться.

— Да нет, я здорова.

— Так я и думал. А что же случилось?

Слово за слово я рассказала ему про все мои злоключения.

— ...и она говорит, ты меня учил неправильно, и нам никогда-никогда больше нельзя читать. Пожалуйста, больше не посылай меня в школу, ну пожалуйста!

Аттикус поднялся и пошел в другой конец веранды. Он долго и старательно изучал там ветку глицинии, потом вернулся ко мне.

— Прежде попробуй выучиться одному нехитрому фокусу, Глазастик, — сказал он. — Тогда тебе куда легче будет ладить с самыми разными людьми. Нельзя по-настоящему понять человека, пока не станешь на его точку зрения...

— Это как?

— Надо влезть в его шкуру и походить в ней.

Еще Аттикус сказал — я сегодня многому научилась, и мисс Кэролайн тоже кое-чему научилась. Например, не предлагать Канингемам подаяния; но, если бы Уолтер и я влезли в ее шкуру, мы бы поняли, что это она не в обиду, а по ошибке. Не может же она в один день привыкнуть ко всем мейкомбским обычаям, и не надо ее винить, если она чего-то не знает.

— Провалиться мне! — сказала я. — Вот я не знала, что ей не нравится, когда читают, а она меня винила... Слушай, Аттикус, мне совсем ни к чему ходить в школу! — вдруг догадалась я. — Я же тебе сказала про Барриса Юэла! Он приходит только в первый день. Инспекторша записывает его в список — и по закону все в порядке...

— Это не годится, Глазастик, — сказал Аттикус. — Иногда, в особых случаях, закон можно обойти. В твоем случае закон неумолим. Так что придется тебе ходить в школу.

— А почему Юэлу можно, а мне нельзя?

— Ну, слушай.

И Аттикус сказал — Юэлы всегда были позором для Мейкомба, уже целых три поколения. Сколько он помнит, ни один Юэл дня не жил честным трудом. Вот когда-нибудь на Рождество, когда будем прибираться после праздника, он возьмет меня с собой и покажет, где и как они живут. Они живут не как люди, а как животные.

— Будь у них хоть на грош желания учиться, они всегда могли бы ходить в школу, — сказал Аттикус. — Можно, конечно, и силой их заставить, но это глупо — силой тащить таких людей, как Юэлы, туда, куда им не хочется...

— Так ведь если я завтра не пойду в школу, ты меня тоже силой потащишь.

— Довольно об этом, — сухо сказал Аттикус. — Ты такой же человек, как все, мисс Глазастик Финч. И веди себя, как положено по закону.

Он сказал — Юэлы не такие, как все, у них свои нравы. При некоторых обстоятельствах обыкновенные люди благоразумно предоставляют им кое-какие преимущества, попросту говоря, смотрят сквозь пальцы на некоторые их поступки. К примеру, позволяют Юэлам не ходить в школу. Или еще: Бобу Юэлу, отцу Барриса, разрешают стрелять дичь и расставлять силки даже не в охотничий сезон.

— Но это очень плохо, Аттикус! — сказала я.

В округе Мейкомб охота в неположенное время преследуется по закону, и все жители тоже не прощают виновникам.

— Да, конечно, это незаконно, — сказал мой отец, — и что это плохо — тоже верно. Но когда человек все пособие пропивает, его дети очень горько плачут от голода. Я не знаю у нас в округе такого землевладельца, который пожалел бы для этих детей зайца, даже если их отец и поймает его незаконно.

— А все-таки мистер Юэл нехорошо делает...

— Конечно, нехорошо, но он никогда не исправится. Разве от этого ты станешь осуждать и его детей?

— Нет, сэр, — пробормотала я. Потом сделала последнюю попытку: — Но если я буду ходить в школу, мы никогда больше не сможем читать...

— Это тебя сильно огорчает?

— Да, сэр.

Аттикус как-то по-особенному поглядел на меня, и я насторожилась.

— Ты знаешь, что такое компромисс? — спросил он.

— Это когда обходят закон?

— Нет, когда уступают друг другу и таким образом приходят к соглашению. К примеру, если ты согласишься учиться в школе, мы с тобой будем каждый вечер читать, как прежде. Договорились?

— Да, сэр!

— Можно обойтись и без обычных формальностей, — сказал Аттикус, увидав, что я собираюсь плюнуть ему на ладонь.

Когда я уже отворила дверь, он сказал вдогонку:

— Кстати, Глазастик, в школе лучше не упоминай о нашем с тобой уговоре.

— А почему?

— Боюсь, что наша деятельность не встретит одобрения высших авторитетов.

— Это как?

Мы с Джимом давно привыкли, что отец говорит языком завещаний и кодексов, и, если не понимали какого-нибудь выражения, всегда имели право перебить его и спросить, что это значит по-человечески.

— Я никогда не ходил в школу, — сказал Аттикус, — но боюсь, если мисс Кэролайн услышит, что мы с тобой каждый вечер читаем, она напустится уже на меня, а этого мне совсем не хочется.

Весь этот вечер мы с Джимом хохотали до упаду, потому что Аттикус с невозмутимым видом читал нам длинный рассказ про человека, который неизвестно почему взобрался на флагшток и не хотел слезать, и после этого Джим решил всю субботу просидеть в нашем домике на платане. Он забрался туда после завтрака и не слезал до захода солнца, не слез бы и на ночь, но Аттикус перерезал коммуникации и прервал снабжение. Весь день я лазила на платан и бегала обратно в дом по поручениям Джима, таскала ему книжки, еду, питье, а когда несла на ночь одеяло, Аттикус сказал — если не обращать на Джима внимания, он слезет.

И Аттикус был прав.

Глава 4

В школе мои дела и дальше шли не лучше, чем в первый день. В благих, но напрасных стараниях обучить меня «групповому действию» штат Алабама извел целые мили бумаги и вагоны карандашей, а грандиозный план никак не претворялся в жизнь. К концу моего первого учебного года то, что Джим называл «Десятичной системой Дьюи», распространилось уже на всю школу, так что мне не пришлось сравнить ее с другими методами преподавания. Но было и еще с чем сравнивать: Аттикус и дядя Джек когда-то учились дома, а знали все на свете — во всяком случае, чего не знал один, то знал другой. И ведь отца столько лет подряд выбирали в законодательное собрание штата, и каждый раз единогласно, а он понятия не имел о хитроумных приемах, без которых, как полагали мои учителя, нельзя воспитать хорошего гражданина. Джима учили наполовину по «десятичной системе», а наполовину по самой обыкновенной — просто заставляли ломать голову над трудными задачками, и он как будто неплохо действовал что в группе, что в одиночку; но по Джиму судить нельзя: еще не родился на свет человек, который придумал бы, как удержать его от чтения. Ну а я знала только то, что вычитала из журнала «Тайм» и из всякой печатной страницы, какая дома попадалась мне под руку, а в классе еле-еле тянула лямку, в которую нас впрягла новая педагогическая система, принятая округом Мейкомб, и все время мне казалось, что меня обкрадывают. Как и почему, я не понимала, но все-таки зачем это нужно, чтобы я двенадцать лет подряд помирала со скуки?

Весь этот год уроки у меня кончались на полчаса раньше, чем у Джима — он учился до трех часов, — и я одна мчалась во весь дух мимо дома Рэдли и останавливалась только на нашей веранде, где мне уже ничто не грозило. Но однажды я на бегу заметила нечто такое, что задохнулась от неожиданности, огляделась по сторонам и повернула назад.

На самом краю участка Рэдли росли два виргинских дуба; корни их выползали на дорогу, она была вся неровная, горбатая. И вдруг в стволе одного дуба что-то блеснуло.

Из ямки, откуда выпал сучок, мне подмигивал, сверкая на солнце, комочек серебряной фольги. Я поднялась на цыпочки, еще раз торопливо оглянулась и вытащила два пакетика жевательной резинки без верхней бумажной обертки.

Я чуть было не сунула их сразу в рот, да вспомнила, где я. Побежала домой и уже на веранде осмотрела мою добычу. По виду жвачка была совсем свежая. Понюхала — пахнет вкусно. Я лизнула жвачку и подождала немножко. Осталась жива — и сунула всю ее в рот. Это была «двойная мятная».

Пришел из школы Джим и сразу спросил, что это я жую и где столько взяла. Я сказала — нашла.

— Что найдешь, есть нельзя.

— Так ведь я не на земле нашла, а в дупле.

Джим недоверчиво хмыкнул.

— Нет, правда, — сказала я. — Вон на том дубе, который поближе к школе.

— Выплюнь сейчас же!

Я выплюнула. Все равно в жвачке почти уже не осталось никакого вкуса.

— Я полдня ее жую и еще не умерла, меня даже не тошнит.

Джим топнул ногой:

— Ты что, не знаешь, что те деревья даже трогать нельзя? Помрешь!

— Ты ведь тогда тронул стену!

— Это другое дело! Иди полощи горло сейчас же, слышишь?

— Не хочу, тогда весь вкус во рту пройдет.

— Не станешь полоскать — скажу Кэлпурнии.

Пришлось послушаться Джима: с Кэлпурнией связываться не хотелось. Почему-то с тех пор, как я пошла в школу, наши отношения совсем изменились: Кэлпурния уже не тиранила меня, не придиралась и не мешалась в мои дела, а только потихоньку на меня ворчала. А я иной раз шла на большие жертвы, лишь бы ее не сердить.

Близилось лето; мы с Джимом никак не могли его дождаться. Это была наша любимая пора: летом ночуешь на раскладушке на задней веранде, затянутой сеткой от москитов, или даже пробуешь спать в домике на платане; летом столько вкусного в саду, и все вокруг под жарким солнцем горит тысячами ярких красок; а главное, лето — это Дилл.

В последний день учения нас отпустили из школы пораньше, и мы с Джимом шли домой вместе.

— Может, завтра приедет Дилл, — сказала я.

— Наверно, послезавтра, — сказал Джим. — У них, в штате Миссисипи, распускают на день позже.

Когда мы подошли к виргинским дубам на участке Рэдли, я показала пальцем на то дупло от сучка — сто раз я говорила Джиму, может, он наконец поверит, что тут-то я и нашла жевательную резинку, — и вдруг опять увидела блестящую серебрушку.

— Вижу, Глазастик! Вижу!..

Джим огляделся по сторонам, схватил аккуратный блестящий пакетик и сунул в карман. Мы побежали домой и на веранде стали разглядывать находку. В несколько слоев фольги от жевательной резинки была старательно завернута маленькая коробочка. В таких бывают венчальные кольца — бархатная, красная, с крохотной защелкой. Джим открыл ее. Внутри, одна на другой, лежали две начищенные до блеска монетки, в пенни каждая. Джим оглядел их со всех сторон.

— Индейская голова, — сказал он. — Смотри, Глазастик, одна — тысяча девятьсот шестого года, а одна — тысяча девятисотого. Старинные!

— Тысяча девятисотого, — эхом повторила я. — Слушай, Джим...

— Погоди, дай подумать.

— Джим, по-твоему, это чей-нибудь тайник?

— Нет. Тут, кроме нас, никто и не ходит, только если кто-нибудь из больших...

— У больших тайников не бывает. Джим, ты думаешь, нам можно оставить их себе?

— Сам не знаю, Глазастик. Ведь неизвестно, кому их отдавать. Тут никто не ходит, я точно знаю... Сесил делает крюк через весь город.

Сесил Джейкобс жил в дальнем конце нашей улицы, в доме за почтой, и каждый день топал лишнюю милю*, лишь бы не проходить мимо Рэдли и миссис Генри Лафайет Дюбоз. Миссис Дюбоз жила через два дома от нас;

---

* Миля (сухопутная) — единица длины, равная приблизительно 1,6 км.

все соседи в нашем квартале сходились на том, что свет не знал другой такой мерзкой старухи. Джим ни за что не пошел бы мимо ее дома один, без Аттикуса.

— Как же нам быть, Джим?

Находку полагается хранить — вдруг отыщется хозяин, и только если не отыщется, тогда она твоя. Сорвать иной раз камелию в саду мисс Моди Эткинсон, или в жаркий день глотнуть парного молока от ее коровы, или полакомиться чужим виноградом у нас вовсе не считалось нечестным, но деньги — дело другое.

— Знаешь что, — сказал Джим, — пускай они побудут у нас до осени, и тогда мы спросим всех ребят. Наверно, это кто-нибудь из загородных спрятал, а сегодня спешил после школы на автобус — и позабыл про них. Хозяин у них есть, уж это точно. Видишь, как он их начистил? Он их бережет.

— Ну ладно, а жвачку он зачем прятал? Она ведь долго лежать не может.

— Не знаю, Глазастик. А только эти монетки, наверно, кто-то не зря спрятал, они со значением...

— Это как?

— Понимаешь, на них индейская голова... в общем они от индейцев. Они заколдованные, понимаешь, и приносят счастье. И не то что на обед вдруг будет жареная курица, а настоящее — чтоб долго жить, или там быть всегда здоровым, или не провалиться на контрольной, — в общем вроде этого... и кому-то они очень нужны. Я их пока спрячу к себе в сундучок.

Но прежде чем пойти к себе, Джим еще долго глядел на дом Рэдли. Видно, опять думал.

Через два дня приехал Дилл, гордый и торжествующий: он сам ехал поездом от Меридиана до станции

Мейкомб (эта станция только так называется, а на самом деле она находится в округе Эббот), и там его встретила мисс Рейчел в единственном такси нашего города; и он обедал в вагоне-ресторане и видел двух сиамских близнецов, они сошли с поезда в Бэй-Сент-Луис — как мы на него ни кричали, он клялся, что все это чистая правда. Вместо ужасных голубых штанов, пристегнутых пуговицами к рубашке, он теперь носил настоящие шорты и кожаный пояс; он не вырос, но стал как-то плотнее; и он сказал, что видел своего отца. Его отец выше нашего, и у него остроконечная черная борода, и он президент железнодорожной компании Луисвил — Нэшвил.

— Я немножко помогал машинисту, — сказал Дилл и зевнул.

— Так тебе и поверили, — сказал Джим. — Молчи уж лучше. Во что будем играть?

— В Тома, Сэма и Дика, — сказал Дилл. — Идем в палисадник.

Дилл хотел играть в братьев Роувер, потому что там все три роли благородные. Ему явно надоело играть в наших представлениях характерные роли.

— Они мне надоели, — сказала я.

Мне надоела роль Тома Роувера: он посреди кино вдруг теряет память, и больше про него ничего не сказано, только в самом конце его находят где-то на Аляске.

— Придумай что-нибудь новое, Джим, — сказала я.

— Надоело мне придумывать.

Каникулы только начались, а нам уже все надоело. Какое же у нас получится лето?

Мы поплелись в палисадник, Дилл выглянул на улицу и уставился на мрачный дом Рэдли.

— Я... чую... смерть, — сказал он.

Я прикрикнула на него, но он стоял на своем:

— Правда чую.

— Это как? Кто-то умирает, а ты его можешь издали унюхать?

— Нет, не так: я понюхаю — и знаю, умрет этот человек или нет. Меня одна старушка научила. — Дилл вытянул шею и понюхал меня. — Джин... Луиза... Финч, — сказал он с расстановкой, — ты умрешь через три дня.

— Замолчи, а то я тебя так отлуплю, век будешь помнить. Вот как дам...

— Хватит тебе, — заворчал Джим. — Можно подумать, что ты веришь в жар-пар.

— А то, может, ты не веришь, — сказала я.

— Что это за жар-пар? — спросил Дилл.

— Знаешь, как бывает — идешь вечером по дороге, кругом никого нет, и вдруг попадаешь в жаркое место, — стал объяснять Джим. — Жар-пар — это если человек умер, а на небо ему не попасть, он и шатается по пустым дорогам, где никого нет, и, если на него налетишь, после смерти сам будешь такой, будешь шататься по ночам и высасывать дух из живых людей...

— А как же его обойти?

— Никак не обойдешь, — сказал Джим. — Иногда он возьмет да и загородит всю дорогу. Но если непременно надо пройти, ты только скажи: «Жив, не помер, свет души, пропусти, не задуши». Тогда он не обвернется вокруг тебя и...

— Не верь ему, Дилл, — сказала я. — Кэлпурния говорит, это все просто негритянские сказки.

Джим грозно посмотрел на меня, но сказал только:

— Так что ж, будем мы сегодня играть или нет?

— Давайте кататься в колесе, — предложила я. Джим вздохнул.

— Ты же знаешь, мне в него уже не влезть.

— Будешь толкать.

Я сбегала за дом, вытащила из-под заднего крыльца старую автопокрышку и прикатила в палисадник.

— Чур, я первая, — сказала я.

Дилл сказал — лучше он будет первый, ведь он только приехал.

Джим рассудил нас: я буду первая, а Дилл покатается подольше, и я свернулась клубком внутри покрышки.

До последней минуты я не догадывалась, что Джим разозлился, как это я заспорила с ним про жар-пар, и только и ждал случая мне отплатить. Он толкнул колесо изо всей силы, и оно понеслось по тротуару. Земля, небо, дома в бешеном круговороте слились у меня перед глазами, в ушах шумело, я задыхалась. Высвободить руки и затормозить я не могла, они у меня были прижаты коленками к груди. Оставалась одна надежда, может, Джим обгонит меня или колесо запнется о какой-нибудь выступ на тротуаре. Я слышала — Джим с криком мчится вдогонку.

Колесо наскочило на кучу щебня, свернуло вбок, перекатилось через дорогу, с размаху стукнулось обо что-то, и я вылетела на мостовую, как пробка из бутылки. Меня тошнило, голова кружилась; лежа на асфальте, я затрясла головой, хлопнула ладонями по ушам, чтоб все стихло и стало на место, и услыхала крик Джима:

— Беги, Глазастик! Скорей!

Я подняла голову — передо мной было крыльцо Рэдли. Я так и застыла.

— Вставай скорей! — вопил Джим. — Чего ты там застряла?

Уж не знаю, как я встала, ноги подкашивались.

— Колесо захвати! — орал Джим. — Тащи его сюда. Ошалела ты, что ли?

Наконец я вышла из оцепенения и кинулась к ним, хоть у меня и дрожали коленки.

— А колесо?! — закричал Джим.

— Сам бери! — крикнула я в ответ.

Джим сразу замолчал.

— Поди да возьми, оно прямо за воротами. В тот раз ты даже стену тронул, помнишь?

Джим с яростью посмотрел на меня, но вывернуться не мог, побежал по тротуару, замешкался в воротах, потом ринулся во двор и вернулся с колесом.

— Видала? — Он смотрел презрительно и торжествующе. — Раз-два — и готово. Ей-богу, Глазастик, ты иногда ведешь себя, как самая настоящая девчонка, даже противно.

Он кое-чего не знал, но я решила — не скажу.

В дверях появилась Кэлпурния и закричала:

— Лимонад пить! Идите скорей в тень, пока не изжарились живьем!

Летом так было заведено: когда солнце поднимется высоко, пить лимонад. Кэлпурния вынесла на веранду кувшин и три стакана и пошла заниматься своими делами. Я не особенно огорчалась, что Джим на меня злится. Выпьет лимонаду — и подобреет.

Джим проглотил залпом второй стакан и хлопнул себя по животу.

— Придумал! — объявил он. — Играем в новую игру, такой еще не бывало!

— Во что? — спросил Дилл.

— В Страшилу Рэдли.

Иногда я видела Джима насквозь: он придумал это, чтоб доказать мне, что он никаких Рэдли не боится, он храбрый герой, а я трусиха.

— В Страшилу Рэдли? Это как? — спросил Дилл.

Джим сказал:

— Глазастик будет миссис Рэдли...

— Это мы еще посмотрим, — начала я. — Во-первых...

— Ты чего? — сказал Дилл. — До сих пор боишься?

— А может, он выйдет ночью, когда мы все спим... — сказала я.

Джим зашипел на меня:

— Откуда ему знать, во что мы играем? И вообще его там, наверно, уже нет. Он умер сто лет назад, и они его запихали в каминную трубу.

— Давай с тобой играть, а Глазастик, если боится, пускай смотрит, — сказал Джиму Дилл.

Я прекрасно знала, что Страшила Рэдли сидит у себя дома, но доказать не могла, приходилось держать язык за зубами, а то опять скажут — я верю в жар-пар, а я среди бела дня про него и не думаю.

Джим распределил роли: я — миссис Рэдли, мое дело выходить и подметать крыльцо. Дилл — старик Рэдли: он ходит взад-вперед по тротуару, а когда Джим с ним заговорит, он в ответ только кашляет. Джим, конечно, сам Страшила, он прячется под парадным крыльцом и время от времени визжит и воет.

Лето шло своим чередом, и наша игра тоже. Мы ее отделывали и шлифовали, придумывали все новые диалоги и сюжетные повороты и наконец сочинили настоящую пьеску, которую разыгрывали каждый день на новый лад.

Дилл получался злодеем из злодеев: он всегда вживался в любую характерную роль и в решающие минуты, если надо, даже становился выше ростом. Он не уступал самым худшим своим героям, а это были отпетые разбойники и варвары. Я без особой охоты исполняла все женские роли. На мой взгляд, это представление было куда скучнее Тарзана, и все лето меня не оставляла тревога, хоть Джим и уверял, что Страшила Рэдли давно умер и ничего со мной не случится, ведь целый день и он, и Кэлпурния под боком, а ночью и Аттикус дома.

Джим родился героем.

Обрывки сплетен и слухов, издавна повторявшихся в нашем квартале, мы связали в настоящую драму: миссис Рэдли когда-то была красавицей, но потом вышла замуж за мистера Рэдли и потеряла все свои деньги. Она потеряла также почти все зубы, волосы и указательный палец правой руки (это присочинил Дилл: однажды ночью, когда Страшиле не удалось поймать на обед ни одной белки и кошки, он отгрыз у матери палец); целыми днями она сидит в гостиной и плачет, а Страшила строгает ножом столы и стулья, и когда-нибудь в доме совсем не останется мебели, одни только стружки.

Потом мы все трое изображали мальчишек, попавшихся в хулиганстве; я для разнообразия играла роль судьи; Дилл уводил Джима, заталкивал его под крыльцо и тыкал в него шваброй. По ходу дела Джим вновь появлялся — уже в роли шерифа, толпы горожан или мисс Стивени Кроуфорд, которая могла порассказать про семейство Рэдли больше всех в Мейкомбе.

Когда наступал черед коронного номера Страшилы, Джим прокрадывался в дом, улучив минуту, тайком от Кэлпурнии хватал из ящика швейной машины ножницы, возвращался на веранду, садился на качели и начинал резать газету. Дилл шел мимо и кашлял в сторону Джима, и Джим делал вид, что вонзает ножницы ему в бедро. С того места, где стояла я, все это вполне можно было принять за чистую монету.

Каждый день, когда мистер Натан Рэдли проходил мимо, направляясь, по обыкновению, в центр города, мы замолкали на полуслове и не двигались, пока он не скрывался из виду. Что бы он с нами сделал, если б заподозрил?.. Стоило появиться любому из соседей, и мы прерывали игру, но один раз я увидела — стоит напротив мисс Моди Эткинсон с садовыми ножницами в руках и, позабыв про недостриженную живую изгородь, смотрит на нас во все глаза.

Однажды мы уж очень увлеклись, разыгрывая главу двадцать пятую тома второго нашего романа «Одно семейство», и не заметили, как вернулся к завтраку Аттикус — он стоял на тротуаре, похлопывал себя по колену свернутым в трубку журналом и смотрел на нас. Солнце поднялось высоко, был уже полдень.

— Что это у вас за игра? — спросил Аттикус.

— Ничего, — сказал Джим.

По его уклончивому ответу я догадалась, что наша игра — секрет, и не стала вмешиваться.

— А для чего тебе ножницы? И почему ты рвешь газету? Если это сегодняшняя, я тебя выдеру.

— Ничего.

— Что «ничего»?

— Ничего, сэр.

— Дай сюда ножницы, — сказал Аттикус. — Это не игрушка. Все это, случаем, не имеет отношения к Рэдли?

— Нет, сэр, — сказал Джим и покраснел.

— Надеюсь, что так, — коротко сказал Аттикус и ушел в дом.

— Джи-им...

— Молчи! Он пошел в гостиную, там все слышно.

Когда мы очутились в безопасности на задворках, Дилл спросил Джима: разве нам больше нельзя играть в Страшилу?

— Не знаю, Аттикус не сказал, что нельзя...

— Джим, — сказала я, — по-моему, Аттикус все равно все знает.

— Нет, не знает. А то бы он так и сказал.

Я вовсе не была в этом уверена, но Джим сказал — вся беда в том, что я девчонка, девчонки вечно воображают невесть что, поэтому их все терпеть не могут, и, если хочешь быть настоящей девчонкой, можешь убираться и играть с кем-нибудь другим.

— Ладно, — сказала я. — Можешь играть в Страшилу. Увидишь, что будет.

Что нас застал Аттикус — это была уже вторая причина, почему мне расхотелось играть. Первая появилась в тот день, когда я вкатилась в колесе во двор к Рэдли. Я трясла головой, меня мутило, от воплей Джима звенело в ушах, и все-таки я расслышала тогда еще один звук, совсем тихий, с тротуара его слышно не было. В доме кто-то смеялся.

Глава 5

Я так и знала, что дойму Джима, — в конце концов ему это надоело, и, к моему великому облегчению, мы забросили игру в Страшилу. Правда, Джим уверял, что Аттикус вовсе ее не запрещал, стало быть, можно продолжать; а если бы Аттикус и запретил, есть выход: возьмем и назовем всех по-другому, и тогда нам никто ничего не сможет сказать.

Дилл очень обрадовался такому плану действий. Вообще Дилл совсем прилип к Джиму, и я стала злиться. Еще в начале лета он сказал — выходи за меня замуж, но очень скоро про это забыл. Как будто участок застолбил и я его собственность: сказал, что всю жизнь будет любить одну меня, а потом и внимания не обращает. Я его два раза поколотила, но это не помогло, он только больше подружился с Джимом. Они с утра до вечера торчали в домике на платане, что-то затевали и выдумывали и звали меня, только когда им нужен был третий. Но от самых сумасбродных затей я и без того на время отошла, хоть меня и могли за это обозвать девчонкой, и почти все оставшиеся летние вечера просиживала на крыльце мисс Моди Эткинсон.

Нам с Джимом всегда позволяли бегать по двору мисс Моди при одном условии — держаться подальше от ее азалий, но отношения у нас с ней были какие-то неопределенные. Пока Джим с Диллом не начали меня сторониться, она для меня была просто соседка и соседка, только, пожалуй, добрее других.

По молчаливому уговору с мисс Моди мы имели право играть у нее на лужайке, есть виноград (только не обрывать ветки с подпор) и пускаться в экспедиции по всему участку за домом — условия самые великодушные, и мы даже редко с нею заговаривали, боялись нечаянно нарушить хрупкое равновесие этих отношений; но Джим и Дилл повели себя так, что я поневоле сблизилась с мисс Моди.

Мисс Моди терпеть не могла свой дом: время, проведенное в четырех стенах, она считала загубленным. Она была вдова и при этом женщина-хамелеон: когда копалась в саду, надевала старую соломенную шляпу и мужской комбинезон, а в пять часов вечера, после ванны, усаживалась на веранде, точно королева нашей улицы, — нарядная, красивая и величественная.

Она любила все, что растет на земле, даже сорную траву. Но было одно исключение. Стоило ей обнаружить у себя во дворе хоть один подорожник — и начиналась новая битва на Марне*: мисс Моди устремлялась на врага с жестянкой и поливала его корни какой-то ядовитой жидкостью, — мы непременно отравимся насмерть, если не будем держаться подальше, говорила она.

— А разве нельзя его просто выдернуть? — спросила я один раз, когда у меня на глазах разыгралось целое сражение с жалким росточком высотою едва в три дюйма**.

— Выдернуть, детка? Ты говоришь, выдернуть? — Мисс Моди подняла обмякший побег и провела по нему большим пальцем снизу вверх. Из него посыпались крохотные зернышки. — Да один такой побег мо-

---

* У реки Марны во время Первой мировой войны (1914—1918) французские войска дважды одержали победу над германской армией.

** Дюйм — единица длины, равная 2,5 см.

жет загубить целый огород. Смотри. Осенью семена подсохнут и ветер разнесет их по всей округе!

Лицо у мисс Моди стало такое, словно речь шла по меньшей мере о чуме египетской.

Не в пример прочим жителям Мейкомба, мисс Моди всегда говорила живо и решительно. Каждого из нас она называла полным именем; когда она улыбалась, во рту у нее возле глазных зубов сверкали два крохотных золотых выступа. Один раз я стала восхищаться ими и сказала — может, когда вырасту, у меня тоже будут такие.

— Смотри! — сказала мисс Моди и, щелкнув языком, великодушно показала мне, как вынимается ее вставная челюсть, чем окончательно скрепила нашу дружбу.

Доброта мисс Моди распространялась и на Джима и Дилла в редкие минуты, когда они не были заняты своими таинственными делами: мы пожинали плоды талантов мисс Моди, прежде нам неизвестных. Никто во всем нашем квартале не умел печь такие вкусные пироги. С тех пор как между нами установились отношения полного доверия, она всякий раз кроме большого пирога пекла еще три маленьких и потом кричала через улицу:

— Джим Финч, Глазастик Финч, Чарлз Бейкер Харрис, подите сюда!

Мы тотчас являлись на зов и всегда бывали вознаграждены.

Летом сумерки долгие и тихие. Чаще всего мы с мисс Моди молча сидели вдвоем у нее на веранде и смотрели, как заходит солнце, и небо становится желтое, потом розовое, и ласточки летают совсем низко и скрываются за крышей школы.

— Мисс Моди, — сказала я раз в такой вечер, — как вы думаете, Страшила Рэдли еще жив?

— Его зовут Артур, и он жив, — сказала мисс Моди, медленно покачиваясь в большом дубовом кресле-качалке. — Чувствуешь, как сегодня пахнет моя мимоза? Прямо как в раю.

— Угу. А откуда вы знаете?

— Что именно, детка?

— Что Стр... мистер Артур еще жив?

— Какой мрачный вопрос! Впрочем, это, наверно, потому, что предмет мрачный. Я знаю, что он жив, Джин-Луиза, потому что я пока не видела, чтобы его вынесли из его дома.

— А может, он умер и его запихнули в каминную трубу.

— С чего ты взяла?

— Джим говорил.

— Гм-гм... Он с каждым днем становится все больше похож на Джека Финча.

Нашего дядю Джека Финча, брата Аттикуса, мисс Моди знала с детства. Почти ровесники, они вместе росли на «Пристани Финча». Отец мисс Моди, доктор Фрэнк Бьюфорд, был давний сосед Финчей. По профессии врач, по призванию садовод и огородник, он без памяти любил копаться в земле и потому остался бедняком. А дядя Джек этой своей страсти воли не давал, цветы растил только на подоконнике у себя в Нэшвиле и потому остался богатым. Каждый год на Рождество дядя Джек приезжал к нам в гости и каждый год во все горло орал через улицу мисс Моди, чтобы она выходила за него замуж. А мисс Моди орала в ответ:

— Кричи громче, Джек Финч, чтоб на почте слышали, а то мне тебя не слыхать!

Нам с Джимом казалось, что это странный способ делать предложение, но дядя Джек вообще был со странностями. Он говорил — это он старается разозлить мисс Моди, сорок лет старается и все никак не разозлит, и мисс Моди нипочем бы за него не вышла, она только всегда его дразнит, и от ее насмешек одна защита — нападать, и все это нам казалось ясно и понятно.

— Артур Рэдли просто сидит у себя дома, только и всего, — объяснила мне мисс Моди. — Если бы тебе не хотелось выходить на улицу, ты тоже сидела бы дома, верно?

— Ага, но мне все равно захотелось бы на улицу. А ему почему не хочется?

Мисс Моди прищурилась.

— Ты всю эту историю знаешь не хуже меня.

— Но я не знаю, почему так. Мне никто не говорил.

Мисс Моди языком поправила вставную челюсть.

— Ты ведь знаешь, старик Рэдли был из баптистов, которые омывают ноги...

— Так ведь вы тоже из них?

— Я не такая твердокаменная, Глазастик. Я просто баптистка.

— А просто баптисты не моют ноги?

— Моют. У себя дома в ванне.

— А молитесь вы не так, как мы...

Наверно, мисс Моди решила, что проще объяснить приметы баптизма, чем символ веры.

— Баптисты, которые омывают ноги, всякое удовольствие считают за грех, — объяснила она. — Знаешь, один раз в субботу приехали они из лесу в город и давай кричать мне через забор, что я со своими цветами пойду прямо в ад.

— И цветы пойдут в ад?

— Да, мэм. Цветы будут гореть вместе со мной. Эти ногомойщики полагают, что я слишком много времени провожу под божиим небом и слишком мало сижу в четырех стенах над словом божиим.

Я вдруг увидела, как мисс Моди жарится в аду (а он у каждого протестанта свой), и сразу засомневалась, правду ли говорят в проповедях. Конечно, язык у мисс Моди злой, и она не так усердно занимается добрыми делами, как мисс Стивени Кроуфорд. Но только круглый дурак может доверять мисс Стивени, а мисс Моди человек надежный — это мы с Джимом знаем наверняка. Она никогда на нас не ябедничает, не притворяется перед нами, не сует нос в наши дела. Она нам друг. Понять невозможно, почему такой разумный человек может быть осужден на вечные муки!

— Это несправедливо, мисс Моди. Вы самая хорошая женщина на свете.

Мисс Моди широко улыбнулась.

— Благодарю вас, мэм, — сказала она. — Дело в том, что ногомойщики всякую женщину считают сосудом греха. Они, видишь ли, понимают Библию слишком буквально.

— И мистер Артур для того сидит дома, чтоб не видеть женщин?

— Понятия не имею.

— По-моему, это очень глупо. Если уж мистеру Артуру так хочется в рай, он бы хоть на крыльцо выходил. Аттикус говорит, Бог велит любить людей, как себя...

Мисс Моди перестала раскачиваться в качалке.

— Ты еще слишком мала и не поймешь, — сказала она сурово, — но бывают люди, в руках у которых Библия опаснее, чем... чем бутылка виски в руках твоего отца.

— Аттикус не пьет виски! — возмутилась я. — Он сроду капли в рот не брал... Ой, нет, он сказал, что один раз попробовал виски — и ему не понравилось.

Мисс Моди рассмеялась:

— Я не то хотела сказать. Я говорю — если бы Аттикус Финч даже напился пьяным, он все равно не был бы таким злым и грубым, как иные люди в самом лучшем своем виде. Просто есть такие люди, они... они чересчур много думают о том свете и потому никак не научатся жить на этом. Погляди на нашу улицу, и увидишь, что из этого получается.

— По-вашему, это правда — все, что говорят про Стра... про мистера Артура?

— Что именно?

Я рассказала.

— Это на три четверти негритянские сказки, а на четверть выдумки мисс Кроуфорд, — хмуро сказала мисс Моди. — Стивени Кроуфорд однажды даже рассказала мне, будто проснулась она среди ночи, а он смотрит на нее в окно. А я спросила: «Что же ты сделала, Стивени? Подвинулась и дала ему место?» Тогда она на время прикусила язык.

Еще бы не прикусить! Мисс Моди кого угодно заставит замолчать.

— Нет, деточка, это дом печали, — продолжала она. — Артура Рэдли я помню мальчиком. Что бы про него ни говорили, а со мною он всегда был вежлив. Так вежлив, как только умел.

— Вы думаете, он сумасшедший?

Мисс Моди покачала головой:

— Может, и нет, а должен бы за это время сойти с ума. Мы ведь не знаем толком, что делается с людьми. Что делается в чужом доме за закрытыми дверями, какие тайны...

— Аттикус со мной и с Джимом всегда одинаково обращается — что дома, что во дворе!

Я чувствовала, мой долг — вступиться за отца.

— О господи, девочка, да разве я о твоем отце! Я просто старалась объяснить, что к чему. Но уж раз о нем зашла речь, я тебе вот что скажу: Аттикус Финч всегда один и тот же, что у себя дома, что на улице... Я пекла торт, хочешь взять кусок с собой?

Я очень даже хотела.

Назавтра я проснулась и увидела Джима с Диллом на задворках, они о чем-то оживленно разговаривали. Я вышла к ним, а они опять свое: иди отсюда.

— Не пойду. Двор не твой, Джим Финч, двор и мой тоже. Я тоже имею право тут играть.

Дилл с Джимом наскоро посовещались.

— Если останешься, будешь делать все, как мы велим! — предупредил меня Дилл.

— Ты чего задаешься? Какой командир нашелся!

— Поклянись, что будешь делать, как велим, а то мы тебе ничего не скажем, — продолжал Дилл.

— Больно ты стал важный. Ладно уж, рассказывайте.

— Мы хотим передать Страшиле записку, — глазом не моргнув, заявил Джим.

— Это как же?

Я старалась подавить невольный ужас. Мисс Моди хорошо говорить, она старая и ей уютно сидеть у себя на крылечке. А мы — дело другое.

Джим собирался насадить записку на удочку и сунуть сквозь ставни в окно Рэдли. Если кто-нибудь пойдет по улице, Дилл зазвонит в колокольчик.

Дилл поднял руку — в ладони у него был зажат серебряный обеденный колокольчик моей матери.

— Я подойду с той стороны, — говорил Джим. — Мы вчера с улицы видели, там один ставень болтается. Может, я хоть на подоконник записку положу.

— Джим...

— Нет уж, мисс Придира, сама ввязалась, так нечего теперь на попятный!

— Да ладно, только я не хочу сторожить. Джим, знаешь, в тот раз кто-то...

— Нет, будешь сторожить. Ты обойдешь дом с тылу, а Дилл будет смотреть за улицей, если кто пойдет, он зазвонит. Поняла?

— Ладно уж. А что вы ему написали?

Дилл сказал:

— Мы его просим очень вежливо, пускай он иногда выходит из дому и рассказывает нам, что он там делает, и пускай он нас не боится, мы ему купим мороженого.

— Вы просто спятили, он всех нас убьет!

Дилл сказал:

— Это я придумал. По-моему, если он выйдет и посидит с нами немножко, ему станет веселее.

— А почем ты знаешь, что ему дома скучно?

— Попробовала бы ты сидеть сто лет взаперти и питаться одними кошками! Спорим, у него борода выросла вот до этих пор.

— Как у твоего папы?

— У моего папы нет бороды, он... — Дилл запнулся, словно припоминая.

— Ага, попался! — сказала я. — Раньше ты говорил — у твоего папы черная борода...

— А он ее летом сбрил, если хочешь знать! Могу показать тебе письмо. И еще он мне прислал два доллара...

— Ну да, рассказывай! Может, он тебе еще прислал кавалерийский мундир и саблю? Врунишка ты и больше никто!

Отродясь я не слыхала, чтоб кто-нибудь так врал, как Дилл Харрис. Среди всего прочего он семнадцать раз летал на почтовом самолете, и побывал в Новой Шотландии, и видел живого слона, и его дедушка был сам бригадный генерал Джо Уилер*, и он оставил Диллу в наследство свою шпагу.

— Молчите вы, — сказал Джим. Он слазил под крыльцо и вытащил желтое бамбуковое удилище. — Пожалуй, этим я достану с тротуара до окна.

— Если кто такой храбрый, что может пойти и дотронуться до стены, так и удочка ни к чему, — сказала я. — Тогда прямо пошел бы да и вышиб дверь.

— Это... другое... дело... — отчеканил Джим. — Сколько раз тебе повторять?

Дилл достал из кармана листок бумаги и подал Джиму. И мы осторожно двинулись к дому Рэдли. Дилл остановился у фонаря, а мы с Джимом завернули за угол.

* Уилер Джон (1836—1906) командовал кавалерией южан во время Гражданской войны между Севером и Югом (1861—1865).

Я прошла вперед и стала так, чтобы можно было заглянуть за угол.

— Все спокойно, — сказала я. — Никого не видать.

Джим обернулся к Диллу, тот кивнул.

Джим привязал записку к удилищу и протянул его через палисадник к окну. Он тянулся изо всех сил, но удилище оказалось коротковато, не хватало нескольких дюймов. Он все тыкал удилищем в сторону окна, наконец мне надоело смотреть издали, и я подошла к нему.

— Никак не закину записку, — пробормотал Джим. — В окно-то попадаю, а она там не отцепляется. Иди на улицу, Глазастик.

Я вернулась на свой пост и стала глядеть за угол на пустынную дорогу. Время от времени я оглядывалась на Джима, он терпеливо старался закинуть записку на подоконник. Она слетала наземь, и Джим снова тыкал удилищем в окно, и под конец я подумала, если Страшила Рэдли ее и получит, так прочитать не сможет. Я глядела вдоль улицы, и вдруг зазвонил колокольчик.

Я круто обернулась — вот сейчас на меня кинется Страшила Рэдли с оскаленными клыками... но это был не Страшила, а Дилл, он тряс колокольчиком перед самым носом Аттикуса. У Джима сделалось такое лицо, прямо смотреть жалко, и я уж ему не сказала — «говорила я тебе...». Нога за ногу он поплелся по тротуару, волоча за собой удилище.

— Перестань звонить, — сказал Аттикус.

Дилл зажал язычок колокольчика, стало тихо-тихо, я даже подумала, лучше бы он опять зазвонил. Аттикус сдвинул шляпу на затылок и подбоченился.

— Джим, — сказал он, — ты что здесь делаешь?

— Ничего, сэр.

— Не виляй. Говори.

— Я... мы только хотели кое-что передать мистеру Рэдли.

— Что передать?

— Письмо.

— Покажи.

Джим протянул ему грязный клочок бумаги. Аттикус с трудом стал разбирать написанное.

— Зачем вам, чтобы мистер Рэдли вышел из дому?

— Мы думали, ему с нами будет весело... — начал Дилл, но Аттикус только взглянул на него, и он прикусил язык.

— Сын, — сказал Аттикус Джиму, — слушай, что я тебе скажу, повторять я не намерен: перестань мучить этого человека. И вы оба тоже.

Как живет мистер Рэдли — его дело, говорил Аттикус. Захочет он выйти на улицу — выйдет. Хочет сидеть дома — имеет на это право, и нечего всяким надоедам (а это еще очень мягкое название для таких, как мы) совать нос в его дела. Кому из нас понравится, если вечером перед сном Аттикус без стука вломится к нам в комнату? А ведь, в сущности, так мы поступаем с мистером Рэдли. Нам кажется, что мистер Рэдли ведет себя странно, а ему самому это вовсе не кажется странным. Далее, не приходило ли нам в голову, что, когда хочешь что-нибудь сказать человеку, вежливее постучать в парадную дверь, а не лезть в окно? И последнее: пока нас не пригласят в дом Рэдли, мы будем держаться от него подальше и не будем играть в дурацкую игру, за которой Аттикус однажды нас застал, и поднимать на смех кого бы то ни было на нашей улице и вообще в нашем городе...

— Вовсе мы его не поднимали на смех, — сказал Джим. — Мы просто...

— Ах, значит, этим вы и занимались?

— Чем? Поднимали на смех?

— Нет, — сказал Аттикус. — Только разыгрывали историю его жизни на глазах у всех соседей.

Джим, кажется, даже возмутился:

— Не говорил я, что мы разыгрываем его жизнь! Не говорил!

Аттикус коротко усмехнулся:

— Вот сейчас и сказал. И чтоб больше вы все трое этими глупостями не занимались.

Джим смотрел на отца, разинув рот.

— Ты ведь, кажется, хочешь быть юристом? — Аттикус как-то подозрительно поджал губы, словно они у него расплывались.

Джим решил, что выкручиваться бесполезно, и промолчал. Аттикус ушел в дом за какими-то бумагами, которые он с утра забыл захватить, и тогда только Джим сообразил, что попался на старую-престарую юридическую уловку. Он стоял на почтительном расстоянии от крыльца и дожидался, чтобы Аттикус вышел из дому и опять направился в город. И когда Аттикус отошел так далеко, что уже не мог услышать, Джим заорал ему вслед:

— Хотел быть юристом, а теперь еще подумаю!

Глава 6

— Хорошо, — сказал Аттикус, когда Джим спросил, можно ли нам посидеть с Диллом у пруда мисс Рейчел, ведь завтра Дилл уезжает. — Попрощайся с ним за меня, на будущий год летом мы его ждем.

Мы перепрыгнули через низенькую ограду между нашей подъездной дорожкой и двором мисс Рейчел. Джим крикнул перепелом, из темноты отозвался Дилл.

— До чего тихо, ни ветерка, — сказал Джим. — Глядите.

Он показал на восток. За садом мисс Моди вставала большущая луна.

— Даже вроде от нее жарко, — сказал Джим.

— Что на ней сегодня, крест? — спросил Дилл, не поднимая головы. Он мастерил из бечевки и обрывка газеты папиросу.

— Нет, просто женщина. Не зажигай эту штуку, Дилл, будет вонь на весь город.

Когда в Мейкомбе смотришь на луну, видно, что там женщина. Она сидит перед зеркалом и расчесывает волосы.

— Без тебя нам будет скучно, — сказала я Диллу. — Может, пойдем караулить мистера Эйвери?

Мистер Эйвери снимал квартиру напротив миссис Генри Лафайет Дюбоз. По воскресеньям он с блюдом в руках собирал в церкви пожертвования; кроме этого, он каждый вечер до девяти часов сидел на крыльце и чихал. Однажды вечером нам посчастливилось увидать одно представление — наверно, оно было единственное, сколько мы потом ни караулили, оно не повторилось. Мы спускались с крыльца мисс Рейчел, как вдруг Дилл остановил нас:

— Ух, поглядите!

И показал через улицу. Сперва мы только и увидали заросшую глицинией веранду, а потом оказалось — из листвы бьет струя, описывает дугу и, наверно, за добрых десять футов оттуда падает на землю, в круг желтого света от уличного фонаря. Джим сказал — мистер Эйвери не попадает в яблочко, Дилл сказал — он, наверно, выпивает по бочке в день: они заспорили, кто попадет дальше и ловче, а я в этом состязании не участвовала, потому что не отличалась талантами в этой области, и опять почувствовала себя отверженной.

Дилл потянулся, зевнул и сказал что-то чересчур небрежно:

— Придумал. Пошли гулять.

Так я ему и поверила! В Мейкомбе никто не ходит гулять просто так, без цели.

— А куда, Дилл?

Дилл мотнул головой в южном направлении.

— Ладно, — сказал Джим.

Я запротестовала было, но он сказал самым сладким голоском:

— А ты с нами не ходи, ангелочек, тебя никто не просит.

— И тебя не просят. Забыл, как...

Но Джим не любил вспоминать прежние неудачи: из всего, что сказал тогда Аттикус, он, видно, только и усвоил, как ловко юристы умеют докапываться до правды.

— А мы ничего такого и не делаем, Глазастик, мы только дойдем до фонаря и обратно.

Мы молча брели по тротуару и прислушивались к скрипу качелей на соседских верандах, к тихим по-вечернему голосам взрослых на улице. Время от времени до нас доносился смех мисс Стивени Кроуфорд.

— Ну? — сказал Дилл.

— Ладно, — сказал Джим. — Шла бы ты домой, Глазастик.

— А вы что будете делать?

Они только собирались заглянуть в окно с оторванным ставнем — вдруг увидят Страшилу Рэдли? — а я, если не хочу идти с ними, могу сейчас же отправляться домой и держать свой длинный язык за зубами, вот и все.

— А почему это вам взбрело дожидаться нынешнего вечера?

Потому что вечером их никто не увидит, потому что Аттикус в это время по уши уйдет в книжку и если настанет конец света, он и то не заметит, и если Страшила Рэдли их убьет, так у них пропадут не каникулы, а учение, и потому что в темном доме легче что-нибудь разглядеть темным вечером, а не средь бела дня, понятно мне это?

— Джим, ну пожалуйста...

— В последний раз тебе говорю, Глазастик, не канючь — или убирайся домой. Ей-богу, ты становишься самой настоящей девчонкой!

После этого у меня уже не оставалось выбора, и я пошла с ними. Мы решили подлезть под проволочную изгородь на задворках Рэдли — там не так опасно, что нас увидят. За изгородью с той стороны был большой сад и узкий деревянный сарайчик.

Джим приподнял нижнюю проволоку и махнул Диллу: пролезай. Я полезла следом и подержала проволоку, пока пролезал Джим. Он еле протиснулся.

— Только тихо, — прошептал он. — Да смотрите не наткнитесь на кольраби, а то будет такой треск — мертвецы проснутся.

После таких наставлений я ползла как черепаха. Потом увидела при свете луны, что Джим уже далеко и машет нам, и двинулась быстрей. Мы подошли к калитке, ведущей на задний двор. Джим тронул ее. Калитка заскрипела.

— Плюньте на нее, — зашептал Дилл.

— Завел ты нас, Джим, — пробормотала я. — Как мы потом выберемся?

— Тс-с... Плюй на петли, Глазастик.

Мы плевали, пока не пересохло во рту, потом Джим осторожно отворил калитку. Мы были на задворках.

С тыла дом Рэдли выглядел еще неприветливей, чем с фасада: во всю стену тянулась ветхая, полуразвалившаяся веранда, на нее выходили две двери, между ними два темных окна. С одного края крышу веранды подпирал не столб, а неотесанное бревно. В углу стояла приземистая печурка; над нею висела вешалка для шляп, призрачно поблескивало зеркало, и в нем отражался лунный свет.

Джим тихо охнул и замер на одной ноге, не решаясь ступить второй.

— Чего ты?

— Куры... — шепнул он еле слышно.

Да, со всех сторон нас ждали невидимые препятствия. Дилл впереди тоже на что-то наткнулся и выдохнул: «О господи!» Мы прокрались за угол дома, к окну с болтающимся ставнем. Заглянуть в окно Джим не мог — не хватало нескольких дюймов росту.

— Сейчас я тебя подсажу, — прошептал он Диллу. — Нет, погоди.

Он взял меня за руку, мы сделали из рук седло и подняли Дилла. Он ухватился за подоконник.

— Скорей, — прошептал Джим, — долго мы тебя не удержим.

Дилл стукнул меня по плечу, и мы опустили его на землю.

— Что видел?

— Ничего. Шторы. Но где-то там светится огонек.

— Пошли отсюда, — зашептал Джим. — Поворачиваем назад. Ш-ш, — зашипел он, когда я хотела возразить.

— Попробуем с той стороны, — сказал Дилл.

— Не надо, — взмолилась я.

Дилл приостановился и пропустил Джима вперед. Джим хотел подняться на заднюю веранду, у него под ногой скрипнула ступенька. Он замер, потом осторожно передвинулся. Ступенька молчала. Через две следующие он занес ногу на веранду и чуть не потерял равновесие. Но все-таки не упал и осторожно опустился на колени. Подполз к окну, поднял голову и заглянул внутрь.

И тут я увидела тень. Тень человека в шляпе. Сперва я подумала — это дерево, но ветра не было, а стволы ходить не умеют. Веранда была залита лунным светом, и тень, четкая, будто вырезанная ножницами, направлялась к Джиму.

После меня ее увидел Дилл. Он закрыл лицо руками.

Потом тень упала на Джима, и он увидел ее. Он прикрыл голову руками и замер.

Тень остановилась в двух шагах от Джима. Подняла руки, потом опустила. Потом повернулась, опять прошла по Джиму, по веранде и скрылась за домом так же неслышно, как появилась.

Джим спрыгнул с веранды и кинулся к нам. Распахнул калитку, протолкнул в нее нас с Диллом и погнал между грядками кольраби. На полдороге я споткнулась, и тут грянул выстрел.

Дилл и Джим растянулись на земле рядом со мной. Джим дышал, как загнанная лошадь.

— Через школьный двор... скорей, Глазастик!

Он придержал нижнюю проволоку, мы с Диллом перекатились на ту сторону и уже почти добежали до густой тени одинокого дуба на школьном дворе, хватились, а Джима с нами нет. Побежали назад, а Джим застрял в проволоке и старается вылезть из штанов. Наконец высвободился и в одних трусах побежал к дубу.

Но вот мы и за дубом. И тут мы совсем оцепенели, один только Джим не потерял способности соображать:

— Надо скорее домой, а то нас хватятся.

Мы бежим по школьному двору, проползаем под изгородью на Олений луг, что за нашим домом, потом через вторую изгородь — к нам на задворки, на крыльцо, и тут Джим дал нам передохнуть. Отдышавшись, мы с самым невинным видом проходим в палисадник. Выглядываем на улицу и видим, у ворот Рэдли собрались соседи.

— Пойдем туда, — сказал Джим. — А то они удивятся, где мы.

У своей калитки стоял мистер Натан Рэдли с дробовиком в руках. Перед ним на тротуаре — Аттикус, мисс Моди и мисс Стивени Кроуфорд, в двух шагах от них мисс Рейчел и мистер Эйвери. Нас никто не заметил.

Мы тихонько подошли к мисс Моди, она оглянулась.

— А вы все где были? Разве вы ничего не слыхали?

— Что случилось? — спросил Джим.

— В огород к мистеру Рэдли забрался негр, и мистер Рэдли в него стрелял.

— О-о! И попал?

— Нет, — сказала мисс Стивени, — он стрелял в воздух. Напугал негра так, что он весь побелел. Говорит, если кто увидит белого негра, так это тот самый и есть. Говорит, у него второй ствол заряжен и, если в огороде еще что-нибудь шелохнется, он будет бить прямо в цель, будь то собака, негр или... Джим Фи-инч!

— Что, мэм?

Тут заговорил Аттикус:

— Где твои штаны?

— Штаны, сэр?

— Да, штаны.

Что тут было говорить. Джим стоял перед всеми в одних трусах. Я тяжело вздохнула.

— Э-э... мистер Финч!

В ярком свете уличного фонаря я видела — Дилл готовится соврать: глаза у него расширились, пухлая ангельская рожица стала еще круглее.

— Что скажешь, Дилл? — спросил Аттикус.

— Я... я их у него выиграл, — туманно объяснил Дилл.

— Как так выиграл?

Дилл почесал в затылке, провел рукой по лбу.

— Мы там у пруда играли в раздевальный покер.

Мы с Джимом облегченно вздохнули. Соседям, видно, тоже все стало понятно, они так и застыли. Только что это за покер такой?

Мы так и не успели это узнать, мисс Рейчел вдруг завопила, как пожарная сирена:

— О господи, Дилл Харрис! Играть у моего пруда в азартные игры? Вот я тебе покажу раздевальный покер!

Аттикус спас Дилла от немедленного увечья.

— Одну минуту, мисс Рейчел, — сказал он. — Я никогда раньше не слыхал, чтобы они занимались чем-либо подобным. Вы что же, играли в карты?

Джим очертя голову кинулся спасать положение:

— Нет, сэр, просто в спички.

Не всякий сумеет так найтись, как мой брат! Спички — штука опасная, но карты — верная погибель.

— Джим и Глазастик, — сказал Аттикус, — чтоб я больше не слышал ни о каком покере. Джим, поди с Диллом и возьми свои штаны обратно. Разберитесь между собой сами.

— Не бойся, Дилл, — сказал Джим, когда мы побежали прочь, — ничего она с тобой не сделает. Аттикус ее заговорит. А ты быстро сообразил. Слушай... слышишь?

Мы приостановились и услышали голос Аттикуса:

— ...ничего серьезного... все они проходят через это, мисс Рейчел...

Дилл успокоился, но нам с Джимом покоя не было. Откуда Джиму утром взять штаны?

— Я дам тебе какие-нибудь свои, — предложил Дилл, когда мы дошли до дома мисс Рейчел.

Джим сказал:

— Спасибо, в твои мне не влезть.

Мы попрощались, и Дилл ушел в дом. Потом, видно, вспомнил, что мы с ним помолвлены, выбежал опять и тут же при Джиме наскоро меня поцеловал.

— Пиши мне, ладно? — заорал он нам вдогонку.

Не останься Джим без штанов, мы бы все равно плохо спали в эту ночь. Я свернулась на своей раскладушке на задней веранде, и каждый ночной шорох казался мне оглушительным: зашуршит гравий у кого-то под ногами — это рыщет Страшила Рэдли, подгоняемый жаждой мести; засмеется где-то в темноте прохожий-негр — это гонится за нами Страшила; ночные мотыльки бьются о проволочную сетку на окне — это Страшила в бешенстве рвет ее; платаны надвигались на нас, живые, злобные. Долго я томилась между сном и явью, потом услышала шепот Джима:

— Трехглазка, ты спишь?

— Ты что, спятил?

— Тс-с... У Аттикуса уже темно.

В слабом свете заходящей луны я увидела — Джим спустил ноги с кровати.

— Я пошел за штанами, — сказал он.

Я так и села.

— Не смей! Не пущу!

Джим торопливо натягивал рубашку.

— Надо.

— Только попробуй — и я разбужу Аттикуса.

— Только попробуй — и я тебя убью.

Я вцепилась в него и заставила сесть рядом со мной. Надо как-нибудь его отговорить.

— Мистер Натан утром их найдет. Он знает, что это ты потерял. Конечно, будет плохо, когда он их принесет Аттикусу... Ну и все, и ничего тут не сделаешь. Ложись!

— Это я все и сам знаю, — сказал Джим. — Потому и иду.

Меня даже затошнило. Вернуться туда одному... Как это сказала мисс Стивени: у мистера Натана второй ствол заряжен, и, если в огороде шелохнется негр, собака или... Джим это понимал не хуже меня. Я чуть с ума не сошла от страха.

— Не надо, Джим, не ходи! Ну, выдерет Аттикус — это больно, но пройдет. А там тебя застрелят. Джим, ну пожалуйста!..

Джим терпеливо вздохнул.

— Понимаешь, Глазастик, — тихо сказал он, — сколько я себя помню, Аттикус меня ни разу не ударил. И мне неохота пробовать.

А ведь и правда. Аттикус только грозил нам чуть не каждый день.

— Значит, он ни разу тебя ни на чем таком не поймал.

— Может быть, но... мне неохота пробовать, Глазастик. Зря мы туда сегодня полезли.

Вот с этого часа, наверно, мы с Джимом и начали отдаляться друг от друга. Случалось, он и раньше ставил меня в тупик, но ненадолго. А этого я понять не могла.

— Ну пожалуйста, не ходи! — упрашивала я. — Знаешь, как там будет страшно одному...

— Да замолчи ты!

— Ну выдерет... ведь это не то, что он никогда больше не будет с тобой разговаривать или... Я его разбужу, Джим, честное слово, я...

Джим сгреб меня за ворот пижамы и чуть не задушил.

— Тогда я пойду с тобой... — еле выговорила я.

— Нет, не пойдешь, ты только наделаешь шуму.

Ну что с ним делать. Я отодвинула щеколду и держала дверь, пока он тихонько спускался с заднего крыльца. Было, наверно, часа два. Луна уже заходила, и перепутанные на земле тени становились неясными, расплывчатыми. Белый хвостик рубашки Джима то подскакивал, то нырял в темноте, точно маленький призрак, бегущий от наступающего утра. Я вся обливалась пóтом, но подул ветерок, и стало прохладно.

Наверно, он пошел в обход, по Оленьему лугу и через школьный двор, — по крайней мере, он двинулся в ту сторону. Это дальше, и волноваться еще рано. Я ждала — вот сейчас настанет время волноваться, вот грохнет дробовик мистера Рэдли. Потом как будто скрипнула изгородь. Но это только почудилось.

Потом послышался кашель Аттикуса. Я затаила дыхание. Иной раз, вставая среди ночи, мы видели, он еще читает. Он говорил, что часто просыпается по ночам, заходит поглядеть на нас, а потом читает, пока опять не заснет. Я ждала — вот сейчас он зажжет лампу — и вглядывалась, не просочится ли в коридор струйка света. Но было по-прежнему темно, и я перевела дух.

Ночные мошки и мотыльки угомонились, но чуть подует ветерок — и слышно, как на крышу падают платановые шишки, а где-то вдалеке лают собаки, и от этого в темноте совсем уж тоскливо и одиноко.

Вот и Джим возвращается. Белая рубашка перескочила через ограду и становится все больше. Вот он поднялся по ступеням, задвинул щеколду, сел на кровать. Не говоря ни слова, показал найденные штаны. Потом лег, и некоторое время я слышала, как трясется его раскладушка. Скоро он затих. Больше я его не слышала.

Глава 7

Целую неделю Джим был мрачный и молчаливый, я попробовала влезть в его шкуру и походить в ней, как посоветовал мне тогда Аттикус: если бы мне пришлось в два часа ночи пойти одной во двор к Рэдли, назавтра бы меня хоронили. Поэтому я оставила Джима в покое и старалась ему не надоедать.

Начались занятия в школе. Второй класс оказался не лучше первого, даже хуже: у нас перед носом опять махали карточками и не позволяли ни читать, ни писать. По взрывам хохота за стеной можно было судить, как подвигается дело в классе у мисс Кэролайн; впрочем, там осталась целая команда вечных второгодников, и они помогали наводить порядок. Одно хорошо, теперь у меня было столько же уроков, сколько у Джима, и обычно в три часа мы шли домой вместе.

Один раз возвращаемся мы через школьный двор домой, и вдруг Джим заявляет:

— Я тебе еще кое-что не рассказал.

За последние несколько дней он мне и двух слов кряду не сказал, надо было его подбодрить.

— Про что это? — спросила я.

— Про ту ночь.

— Ты мне про ту ночь вообще ничего не говорил.

Джим отмахнулся, как от комара. Помолчал немного, потом сказал:

— Я тогда вернулся за штанами... когда я из них вылез, они совсем запутались в проволоке, я никак не мог их отцепить. А когда вернулся... — Джим шумно перевел дух. — Когда вернулся, они висели на изгороди, сложенные... как будто ждали меня.

— Висели и ждали...

— И еще... — Джим говорил очень ровным голосом, без всякого выражения. — Вот придем домой, я тебе покажу. Они были зашиты. Не как женщины зашивают, а как я бы сам зашил. Вкривь и вкось. Как будто...

— ...как будто кто знал, что ты за ними придешь.

Джим вздрогнул.

— Как будто кто прочитал мои мысли... и знал, что я буду делать. Ведь никто не может заранее сказать, что я буду делать, для этого надо знать меня самого, правда, Глазастик?

Он говорил очень жалобно. Я решила его успокоить:

— Этого никто не может сказать заранее, только свои, домашние. Даже я и то иногда не знаю, что ты будешь делать.

Мы шли мимо нашего дерева. В дупле от выпавшего сучка лежал клубок бечевки.

— Не трогай, Джим, — сказала я. — Это чей-то тайник.

— Непохоже, Глазастик.

— Нет, похоже. Кто-нибудь вроде Уолтера Канингема приходит сюда в большую перемену и прячет разные вещи, а мы их у него отнимаем. Знаешь, давай не будем ничего трогать и подождем два дня. Если никто не возьмет, тогда возьмем мы, ладно?

— Ладно, может, ты и права, — сказал Джим. — Может, какой-нибудь малыш прячет тут свои вещи от больших. Ты заметила, в каникулы тут ничего не бывает.

— Ага, — сказала я, — но летом мы тут и не ходим.

Мы пошли домой. На другое утро бечевка была на том же месте. На третий день Джим взял ее и сунул в карман. С тех пор все, что появлялось в дупле, мы считали своим.

Во втором классе можно было помереть со скуки, но Джим уверял, что с каждым годом будет лучше, у него сперва было так же, только в шестом классе узнаешь что-то стоящее. Шестой класс ему, видно, с самого начала понравился; он пережил короткий египетский период — старался делаться плоским, как доска, одну руку выставлял торчком перед собой, другую заводил за спину и на ходу ставил одну ступню перед другой, а я смотрела на все это разинув рот. Он уверял, будто все древние египтяне так ходили. Я сказала — тогда непонятно, как они ухитрялись еще что-то делать, но Джим сказал — они сделали куда больше американцев, они изобрели туалетную бумагу и вечное бальзамирование, и что бы с нами было, если б не они? Аттикус сказал мне — отбрось прилагательные, и тогда все выйдет правильно.

В Южной Алабаме времена года не очень определенные: лето постепенно переходит в осень, а за осенью иногда вовсе не бывает зимы — сразу наступают весенние дни, и за ними опять лето. Та осень была долгая и теплая, даже почти не приходилось надевать куртку. Как-то в погожий октябрьский день мы с Джимом быстро шагали знакомой дорогой, и опять пришлось остановиться перед нашим дуплом. На этот раз в нем виднелось что-то белое.

Джим предоставил мне хозяйничать, и я вытащила находку. Это были две куколки, вырезанные из куска мыла. Одна изображала мальчика, на другой было что-то вроде платья.

Я даже не успела вспомнить, что колдовство бывает только в сказках, взвизгнула и отшвырнула фигурки.

Джим мигом их поднял.

— Ты что, в уме? — прикрикнул он и стал стирать с куколок рыжую пыль. — Смотри, какие хорошие. Я таких никогда не видал.

И он протянул мне фигурки. Это были точь-в-точь двое детей. Мальчик — в коротких штанах, клок волос падает до самых бровей. Я поглядела на Джима. Прядь каштановых волос свисала от пробора вниз. Прежде я ее не замечала.

Джим перевел взгляд с куклы-девочки на меня. У куклы была челка. У меня тоже.

— Это мы, — сказал Джим.

— По-твоему, кто их сделал?

— Кто из наших знакомых вырезывает?

— Мистер Эйвери.

— Он совсем не то делает. Я говорю — кто умеет вырезывать фигурки?

Мистер Эйвери изводил по полену в неделю: он выстругивал из полена зубочистку и потом жевал ее.

— И еще кавалер мисс Стивени Кроуфорд, — подсказала я.

— Верно, он умеет, но ведь он живет за городом. Ему на нас и смотреть-то некогда.

— А может, он сидит на веранде и смотрит не на мисс Стивени, а на нас с тобой. Я бы на его месте на нее не смотрела.

Джим уставился на меня не мигая, и наконец я спросила, что это он, но он ответил только — ничего, Глазастик. Дома он спрятал кукол к себе в сундучок.

Не прошло и двух недель, как мы нашли целый пакетик жевательной резинки и наслаждались ею вовсю: Джим как-то совсем забыл, что вокруг Рэдли все ядовитое.

Еще через неделю в дупле оказалась потускневшая медаль. Джим отнес ее Аттикусу, и Аттикус сказал —

это медаль за грамотность; еще до нашего рожденья в школах округа Мейкомб бывали состязания — кто лучше всех пишет, и победителю давали медаль. Аттикус сказал — наверно, кто-то ее потерял, мы не спрашивали соседей? Я хотела объяснить, где мы ее нашли, но Джим меня лягнул. Потом спросил — а не помнит ли Аттикус, кто получал такие медали? Аттикус не помнил.

Но лучше всех была находка через четыре дня: карманные часы на цепочке и с алюминиевым ножичком; они не шли.

— Джим, по-твоему, это такое белое золото?

— Не знаю. Покажем Аттикусу.

Аттикус сказал — если бы часы были новые, они вместе с ножиком и цепочкой стоили бы, наверно, долларов десять.

— Ты поменялся с кем-нибудь в школе? — спросил он.

— Нет, нет, сэр! — Джим вытащил из кармана дедушкины часы, Аттикус давал их ему поносить раз в неделю, только осторожно, и в эти дни Джим ходил как стеклянный. — Аттикус, если ты не против, я лучше возьму эти. Может, я их починю.

Когда Джим привык к дедушкиным часам, ему наскучило весь день над ними дрожать и уже незачем было каждую минуту смотреть, который час.

Он очень ловко разобрал и опять собрал часы, только одна пружинка и два крохотных колесика не влезли обратно, но часы все равно не шли.

— Уф! — вздохнул он. — Ничего не выходит. Слушай, Глазастик...

— А?

— Может, надо написать письмо тому, кто нам все это оставляет?

— Вот это хорошо, Джим, мы скажем спасибо... чего ты?

Джим заткнул уши и замотал головой.

— Не понимаю, ничего не понимаю... сам не знаю, Глазастик... — Джим покосился в сторону гостиной. — Может, сказать Аттикусу... Нет, не стоит.

— Давай я скажу.

— Нет, не надо. Послушай, Глазастик...

— Ну чего?

Весь вечер у него язык чесался что-то мне сказать: то вдруг повернется ко мне, а у самого глаза блестят, то опять передумает. Передумал и на этот раз:

— Да нет, ничего.

— Давай писать письмо. — Я сунула ему под нос бумагу и карандаш.

— Ладно. Дорогой мистер...

— А почем ты знаешь, что это мужчина? Спорим, это мисс Моди... Я давно знаю, что это она.

— Э-э, мисс Моди не жует жвачку! — Джим ухмыльнулся. — Ох, она иногда здорово разговаривает. Один раз я хотел ее угостить, а она говорит — нет, спасибо, жвачка приклеивается к нёбу, и тогда становишься бес-сло-вес-ной! Красиво звучит, правда?

— Ага, она иногда очень красиво говорит. Хотя верно, откуда ей было взять часы и цепочку?

«Дорогой сэр, — стал сочинять Джим. — Мы вам очень признательны за ча... за все, что вы нам положили в дупло. Искренне преданный вам Джереми Аттикус Финч».

— Если ты так подпишешься, он не поймет, что это ты.

Джим стер свое имя и подписался просто: «Джим Финч». Ниже подписалась я: «Джин-Луиза Финч (Глазастик)». Джим вложил письмо в конверт.

На другое утро, когда мы шли в школу, он побежал вперед и остановился у нашего дерева. Он стоял ко мне лицом, глядел на дупло, и я увидела — он весь побелел.

— Глазастик!!!

Я подбежала.

Кто-то замазал наше дупло цементом.

— Не плачь, Глазастик, ну, не надо... ну, не плачь, слышишь... — повторял он мне всю дорогу до школы.

Когда мы пришли домой завтракать, Джим в два счета все проглотил, выбежал на веранду и остановился на верхней ступеньке. Я вышла за ним.

— Еще не проходил... — сказал он.

На другой день Джим опять стал сторожить — и не напрасно.

— Здравствуйте, мистер Натан, — сказал он.

— Здравствуйте, Джим и Джин-Луиза, — на ходу ответил мистер Рэдли.

— Мистер Рэдли... — сказал Джим.

Мистер Рэдли обернулся.

— Мистер Рэдли... э-э... это вы замазали цементом дырку в том дереве?

— Да. Я ее запломбировал.

— А зачем, сэр?

— Дерево умирает. Когда деревья больны, их лечат цементом. Пора тебе это знать, Джим.

Весь день Джим больше про это не говорил. Когда мы проходили мимо нашего дерева, он задумчиво похлопал ладонью по цементу и потом тоже все о чем-то думал. Видно, настроение у него становилось час от часу хуже, и я держалась подальше.

Вечером мы, как всегда, пошли встречать Аттикуса с работы. Уже у нашего крыльца Джим сказал:

— Аттикус, посмотри, пожалуйста, вон на то дерево.

— Которое?

— На участке Рэдли, вон то, поближе к школе.

— Вижу, а что?

— Оно умирает?

— Нет, почему же? Смотри, листья все зеленые, густые, нигде не желтеют...

— И это дерево не больное?

— Оно такое же здоровое, как ты, Джим. А в чем дело?

— Мистер Рэдли сказал, оно умирает.

— Ну, может быть. Уж наверно, мистер Рэдли знает свои деревья лучше, чем мы с тобой.

Аттикус ушел в дом, а мы остались на веранде. Джим прислонился к столбу и стал тереться о него плечом.

— Джим, у тебя спина чешется? — спросила я как можно вежливее.

Он не ответил. Я сказала:

— Пойдем домой?

— После приду.

Он стоял на веранде, пока совсем не стемнело, и я его ждала. Когда мы вошли в дом, я увидела — он недавно плакал, на лице, где положено, были грязные разводы, но почему-то я ничего не слыхала.

Глава 8

По причинам, непостижимым для самых дальновидных пророков округа Мейкомб, в тот год после осени настала зима. Две недели стояли такие холода, каких, сказал Аттикус, не бывало с 1885 года. Мистер Эйвери сказал — на Розеттском камне* записано: когда дети не слушаются родителей, курят и дерутся, тогда погода портится; на нас с Джимом лежала тяжкая вина — мы сбили природу с толку и этим доставили неприятности всем соседям и напортили сами себе.

В ту зиму умерла старая миссис Рэдли, но ее смерть прошла как-то незаметно, ведь соседи видели миссис Рэдли, кажется, только когда она поливала свои канны. Мы с Джимом решили, что это Страшила наконец до нее добрался, но Аттикус ходил в дом Рэдли и потом, к нашему разочарованию, сказал — нет, она умерла естественной смертью.

— Спроси его, — зашептал мне Джим.

— Ты спроси, ты старше.

— Вот поэтому ты и спрашивай.

— Аттикус, — сказала я, — ты видел мистера Артура? Аттикус строго посмотрел на меня поверх газеты.

— Нет, не видел.

Джим не дал мне спрашивать дальше. Он сказал — Аттикус все еще не забыл нашего похода на Страшилу, так что лучше давай про это помолчим. И еще Джиму казалось, Аттикус подозревает, что в тот вечер летом

* Розеттский камень — найденная в 1799 г. в Египте близ г. Розетта базальтовая плита с высеченными на ней иероглифическими надписями, которые были расшифрованы французским египтологом Жаном Франсуа Шампольоном.

дело было не только в раздевальном покере. Джим сказал — у него нет никаких оснований так думать, просто он нюхом чует.

Наутро я проснулась, поглядела в окно и чуть не умерла от страха. Я так завизжала, что из ванной прибежал Аттикус с намыленной щекой.

— Конец света! Аттикус, что делать?!

Я потащила его к окну.

— Это не конец света, — сказал Аттикус. — Это идет снег.

Джим спросил, долго ли так будет. Он тоже никогда не видал снега, но знал, какой он бывает. Аттикус сказал — он знает про снег не больше Джима.

— Но думаю, если он будет такой мокрый, как сейчас, он превратится в дождь.

Когда мы завтракали, зазвонил телефон — и Аттикус вышел из-за стола. Потом вернулся и сказал:

— Звонила Юла Мэй. Цитирую: «Поскольку в округе Мейкомб снега не было с тысяча восемьсот восемьдесят пятого года, в школе сегодня занятий не будет».

Юла Мэй была главная телефонистка нашего города. Она всегда передавала разные важные новости, приглашения на свадьбы, возвещала о пожаре и в отсутствие доктора Рейнолдса советовала, как оказать первую помощь.

Когда Аттикус наконец велел нам успокоиться и смотреть не в окна, а в свои тарелки, Джим спросил:

— А как лепить снеговика?

— Понятия не имею, — сказал Аттикус. — Мне жаль вас огорчать, но, боюсь, снега не хватит даже на порядочный снежный ком.

Вошла Кэлпурния и сказала — вроде не тает. Мы выбежали во двор — он был покрыт тонким слоем мокрого снега.

— Не надо по нему ходить, — сказал Джим, — от этого он пропадает.

Я оглянулась: там, где мы прошли, оставались талые следы. Джим сказал — надо подождать, пускай снегу нападает побольше, мы его весь соберем и слепим снеговика. Я подставила язык под пушистые хлопья. Они обжигали.

— Джим, снег горячий!

— Нет, просто он такой холодный, что даже жжется. Не ешь его, Глазастик, не трать зря. Пускай падает.

— А я хочу по нему походить!

— Ага, придумал! Пойдем походим у мисс Моди.

И Джим запрыгал по двору. Я старалась попадать след в след. На тротуаре напротив дома мисс Моди к нам подошел мистер Эйвери. Лицо у него было розовое, из-под ремня выпирал толстый живот.

— Вот видите, что вы наделали? — сказал он. — В Мейкомбе снега не было с незапамятных времен. Погода меняется, а все из-за непослушных детей.

Я подумала — может, мистер Эйвери знает, как мы летом ждали, чтоб он повторил свое представление? Что ж, если снег послан нам в наказание, пожалуй, стоит грешить. Откуда мистер Эйвери берет свои метеорологические сведения, я не задумывалась: конечно же, прямо с Розеттского камня.

— Джим Финч, а Джим Финч!

— Джим, тебя мисс Моди зовет.

— Держитесь оба посреди двора! У веранды снегом засыпало левкои, смотрите не наступите на них!

— Не наступим! — отозвался Джим. — А красиво, правда, мисс Моди?

— Да провались она, эта красота! Если ночью будет мороз, пропали мои азалии!

На старой, с широченными полями соломенной шляпе мисс Моди поблескивали снежинки. Она наклонилась над какими-то кустиками и окутывала их пустыми мешками. Джим спросил, для чего это.

— Чтоб они не озябли, — сказала мисс Моди.

— Как цветы могут озябнуть? У них же нет кровообращения?

— Этого я не могу тебе объяснить, Джим Финч. Я знаю одно: если ночью будет мороз, цветы замерзнут, — вот я их и укрываю. Понятно?

— Да, мэм. Мисс Моди...

— Да, сэр?

— Можно мы с Глазастиком одолжим у вас снега?

— О господи, да берите весь! Там под крыльцом есть старая корзинка из-под персиков, наберите в нее и тащите. — Тут мисс Моди прищурилась. — Джим Финч, а что ты собираешься делать с моим снегом?

— Вот увидите, — сказал Джим, и мы перетащили со двора мисс Моди столько снегу, сколько могли. Это была очень мокрая и слякотная работа.

— А дальше что, Джим? — спросила я.

— Вот увидишь, — сказал он. — Бери корзинку и тащи с заднего двора в палисадник весь снег, сколько соберешь. Да смотри зря не топчи, ступай по своим следам.

— У нас будет маленький снеговичонок?

— Нет, настоящий большой снеговик. Ну, давай принимайся, дела много.

Джим побежал на задворки, достал мотыгу и начал быстро-быстро рыть землю за поленницей, а всех червей откидывал в сторону. Потом сбегал в дом, принес бельевую корзину, насыпал в нее доверху земли и поволок в палисадник.

Когда мы натащили туда пять корзин земли и две корзины снегу, Джим сказал — можно начинать.

— Что-то грязь получается, — сказала я.

— Это сейчас грязь, а после будет хорошо, — ответил Джим.

Он стал лепить из земли ком, а на нем второй, все больше и больше, и получилось туловище.

— Джим, разве бывают снеговики-негры? — спросила я.

— Потом он не будет черный, — буркнул Джим.

Он принес из-за дома персиковых прутьев, сплел их по нескольку штук и согнул, получились кости, их надо было облепить глиной.

— Это мисс Стивени Кроуфорд, — сказала я. — Сама толстая, а ручки тоненькие.

— Сейчас сделаю потолще. — Джим облил грязевика водой и прибавил еще земли. Поглядел, подумал и слепил толстый живот, выпирающий ниже пояса. Потом поглядел на меня, глаза у него блестели. — Мистер Эйвери ведь похож на снеговика, верно?

Потом он набрал в горсть снега и налепил сверху. Мне он позволил лепить снег только на спину, а все, что будет на виду, делал сам. Понемногу мистер Эйвери побелел.

Джим воткнул ему сучки на место глаз, носа, рта и пуговиц, и мистер Эйвери стал сердитый. Для полноты картины в руки ему дали полено. Джим отступил на шаг и оглядел свое творение.

— Прямо как живой! — сказала я. — До чего здорово, Джим!

— Правда неплохо? — смущенно сказал Джим.

Мы не могли дождаться Аттикуса к обеду, а позвонили в суд, что у нас для него сюрприз. Он пришел и, видно, удивился, что мы всю землю из-за дома перетащили в палисадник, но сказал — мы отлично поработали!

— Я не совсем понимал, из чего ты его вылепишь, — сказал он, — но впредь я могу за тебя не волноваться, сын, ты всегда что-нибудь да придумаешь.

У Джима даже уши покраснели от такой похвалы, но Аттикус отступил на шаг, и он насторожился. Аттикус разглядывал снеговика. Весело улыбнулся, потом засмеялся.

— Не знаю, что из тебя выйдет, сын, — инженер, адвокат или художник-портретист. Но сейчас тебя, пожалуй, можно судить за публичное оскорбление. Придется этого малого замаскировать.

И Аттикус предложил Джиму поубавить брюшко снеговика, дать в руки вместо полена метлу и повязать фартук.

Джим объяснил, что тогда опять будет не снеговик, а грязевик.

— Ну, сделай по-другому, но что-то сделать надо, — сказал Аттикус. — Ты не имеешь права лепить карикатуры на соседей.

— Это не критикатура, — сказал Джим. — Он на самом деле такой.

— Мистер Эйвери может с тобой не согласиться.

— Придумал! — сказал Джим.

Он побежал через улицу, скрылся за домом мисс Моди и вернулся гордый и довольный. Нахлобучил на снеговика ее широкополую соломенную шляпу, а в согнутую руку сунул садовые ножницы. Аттикус сказал — вот и прекрасно.

Из дому вышла мисс Моди и остановилась на крыльце. Поглядела через улицу. И вдруг усмехнулась.

— Джим Финч, ах ты, чертенок! — крикнула она. — Подайте сюда мою шляпу, сэр!

Джим поглядел на Аттикуса, Аттикус покачал головой.

— Она это не серьезно, — сказал он. — Просто она поражена твоими... талантами.

Аттикус перешел улицу, и они с мисс Моди оживленно заговорили о чем-то, размахивая руками; до меня донеслось только:

— ...выставить во дворе самого настоящего Мофродита! Хорошо же ты их воспитываешь, Аттикус!

Днем снег перестал, похолодало, и к ночи сбылись худшие предсказания мистера Эйвери: Кэлпурния не переставая, топила все печи, а мы все равно мерзли. Вечером Аттикус сказал: плохо наше дело — и спросил Кэлпурнию, может, ей лучше остаться у нас ночевать. Кэлпурния обвела взглядом большие окна и высокие потолки и сказала — у нее дома, наверно, теплее. И Аттикус отвез ее в автомобиле.

Перед сном Аттикус подбросил угля в печку у меня в комнате. Он сказал — сейчас шестнадцать градусов, он не упомнит такого холода, а наш снеговик совсем заледенел.

Мне показалось, прошло совсем мало времени, и вдруг кто-то трясет меня за плечо. Я проснулась и увидела поверх одеяла пальто Аттикуса.

— Разве уже утро?

— Вставай, малышка.

Аттикус протянул мне мой купальный халат и пальто.

— Сперва надень халат, — сказал он.

Рядом с Аттикусом стоял Джим, весь встрепанный, его качало. Одной рукой он придерживал ворот, другую сунул в карман. Он был весь какой-то толстый.

— Быстрее, дружок, — сказал Аттикус. — Вот твои носки и башмаки.

Я ничего не поняла, но обулась.

— Уже утро?

— Нет еще, второй час. Ну-ка, побыстрее.

Наконец до меня дошло: что-то не так.

— А что случилось?

Но теперь ему уже незачем было объяснять. Как птицы знают, что пора укрыться от дождя, так я знала, когда на нашу улицу приходила беда. Я услышала какое-то шелковистое шуршанье, шорохи, приглушенную суету, и мне стало страшно.

— У кого это?

— У мисс Моди, дружок, — мягко сказал Аттикус.

С веранды мы увидели, что у мисс Моди из окон столовой рвется пламя. И словно затем, чтоб мы скорей поверили своим глазам, взвыла над городом пожарная сирена — все тоньше, визгливее — и никак не умолкала.

— Все сгорит? — жалобно спросил Джим.

— Наверно, — сказал Аттикус. — Теперь вот что. Подите оба к дому Рэдли и стойте там. И не вертитесь под ногами, слышите? Видите, с какой стороны ветер?

— О-о! — сказал Джим. — Аттикус, может, надо уже вытаскивать мебель?

— Пока еще рано. Делай, что я велю. Ну, бегите! Смотри за сестрой, Джим, слышишь? Не отпускай ее ни на шаг.

И Аттикус подтолкнул нас к воротам Рэдли. Мы стояли и смотрели, нашу улицу все тесней заполняли люди и автомобили, а тем временем огонь молча пожирал дом мисс Моди.

— Ну что они так долго, что они так долго... — бормотал Джим.

Но мы понимали, в чем дело. Старая машина не заводилась на морозе, и целая толпа катила ее по улице, просто подталкивая руками. А когда шланг прикрутили к водоразборной колонке, он лопнул, струя брызнула вверх и окатила мостовую.

— Ой, Джим!..

Джим обнял меня за плечи:

— Тише, Глазастик. Подожди волноваться. Я тебе тогда скажу.

Жители Мейкомба, более или менее одетые, через двор выносили мебель мисс Моди на улицу. Аттикус тащил тяжелую дубовую качалку, и я подумала, какой он умный, спас ту самую вещь, которую мисс Моди любит больше всего.

По временам слышались крики. Потом в окне мансарды появился мистер Эйвери. Он выкинул под окно тюфяк и бросал на него разные вещи, пока все не закричали:

— Спускайтесь, Дик! Лестница горит! Уходите оттуда, мистер Эйвери!

Мистер Эйвери стал вылезать в окно.

— Застрял... — выдохнул Джим. — Ох, Глазастик...

Мистер Эйвери не мог двинуться ни взад, ни вперед. Я уткнулась Джиму под мышку и зажмурилась. Потом Джим крикнул:

— Он выбрался, Глазастик! Он живой!

Я подняла голову. Мистер Эйвери был уже на балконе. Перекинул ноги через перила, стал съезжать по столбу вниз, но не удержался и с воплем свалился в кусты мисс Моди.

Тут я заметила, что люди пятятся от дома мисс Моди все ближе к нам. Никто уже не таскал мебель. Огонь охватил верхний этаж и дошел до самой крыши, чернели оконные рамы, а внутри все так и светилось оранжевым.

— Джим, правда там все рыжее, как тыква?..

— Смотри, Глазастик!

От нашего дома и от дома мисс Рейчел повалил дым, будто поднялся туман от реки, и к ним уже тянули шланги. Позади нас взвизгнули шины, из-за угла вынеслась пожарная машина из Эбботсвила и остановилась напротив нашего дома.

— Книжка... — сказала я.

— Какая книжка? — спросил Джим.

— Про Тома Свифта... она не моя, а Дилла...

— Подожди волноваться, Глазастик, — сказал Джим. И показал пальцем: — Гляди-ка!

Среди соседей, сунув руки в карманы пальто, стоял Аттикус. Вид у него был такой, будто он смотрит футбол. Рядом стояла мисс Моди.

— Видишь, он пока не волнуется, — сказал Джим.

— А почему он не на крыше?

— Он слишком старый, он сломает себе шею.

— Может, скажем ему, что надо вытаскивать вещи?

— Нечего к нему приставать, он сам знает, когда вытаскивать, — сказал Джим.

Эбботсвилские пожарные начали поливать водой наш дом; какой-то человек стоял на крыше и показывал, куда первым делом лить. Наш Самый Настоящий Мофродит почернел и развалился, соломенная шляпа мисс Моди так и осталась лежать на куче грязи. Садовых ножниц не было видно. Между домами мисс Моди, мисс Рейчел и нашим было так жарко, что все давно скинули пальто и купальные халаты, работали в пижамах или в ночных рубашках, заправленных в штаны. А я все стояла на одном месте и совсем закоченела. Джим обнял меня за плечи и старался согреть, но это не помогало. Я высвободилась и обхватила себя обеими руками. Начала приплясывать, и ноги понемногу согрелись.

Прикатила еще одна пожарная машина и остановилась перед домом мисс Стивени Кроуфорд. Колонка была только одна, не к чему прикрутить второй шланг, и пожарные стали поливать дом мисс Стивени из огнетушителей.

Железная крыша мисс Моди преградила путь огню. Дом с грохотом рухнул; пламя брызнуло во все стороны; на соседних крышах люди накинулись с одеялами на летящие искры и головешки.

Только когда рассвело, все начали понемногу расходиться. Мейкомбскую пожарную машину покатили обратно. Эбботсвилская уехала сама, третья осталась.

Днем мы узнали — она приехала из Кларк-Ферри, за шестьдесят миль.

Мы с Джимом тихонько перешли улицу. Мисс Моди стояла и смотрела на черную яму, которая дымилась посреди ее двора, и Аттикус покачал головой — значит, говорить с ней не надо. Он повел нас домой, а сам держался за наши плечи, потому что мостовая была очень скользкая. Он сказал — мисс Моди пока поживет у мисс Стивени. Потом спросил:

— Кто хочет горячего какао?

Пока он разводил на кухне огонь, меня трясло от холода.

Мы принялись за какао, и тут Аттикус посмотрел на меня с удивлением, а потом глаза у него стали строгие.

— Я, кажется, велел вам с Джимом стоять на месте и никуда не соваться, — сказал он.

— А мы не совались. Мы стояли...

— Тогда чье же это одеяло?

— Одеяло?!

— Да, мэм, одеяло. Это не наше.

Я оглядела себя. Оказывается, на плечах у меня коричневое шерстяное одеяло и я завернулась в него, как индианка.

— Аттикус, я ничего не знаю... я...

И я обернулась к Джиму. Но Джим удивился еще больше меня. Он сказал — кто его знает, откуда взялось это одеяло, мы все делали, как велел Аттикус, стояли у ворот Рэдли, под ногами ни у кого не вертелись, даже с места не сходили... тут Джим запнулся.

— Мистер Натан был на пожаре! — торопливо заговорил он. — Я видел, я видел, он тащил тот матрац... Аттикус, честное слово...

— Ничего, сын, — медленно усмехнулся Аттикус. — Видно, так ли, эдак ли, а весь Мейкомб вышел сегодня на улицу. По-моему, у нас в кладовой есть оберточная бумага, Джим. Достань ее, и мы...

— Нет, нет, сэр!

Джим, кажется, сошел с ума. Он начал выбалтывать подряд все наши секреты, он совсем не остерегался ни за себя, ни за меня, выложил все, как было, — и про дупло, и про штаны...

— ...мистер Натан замазал дупло цементом, Аттикус, это он нарочно, чтоб мы больше ничего не находили... Аттикус, может, он и сумасшедший, только, честное слово, он нам ни разу ничего плохого не сделал, он тогда ночью мог отрезать мне голову напрочь, а он сидел и чинил мои штаны... он нам никогда ничего плохого не сделал!

— Тише, тише, сын.

Аттикус сказал это очень ласково, и я приободрилась. Он явно не понял ни слова из всего, что наболтал Джим, потому что сказал только:

— Ты прав. Оставим и это и одеяло при себе. Может быть, когда-нибудь Глазастик сможет сказать ему спасибо за то, что он не дал ей замерзнуть.

— Кому спасибо? — спросила я.

— Страшиле Рэдли. Ты так усердно смотрела на пожар, что и не заметила, как он закутал тебя одеялом.

Все во мне перевернулось, меня чуть не стошнило. Джим поднял одеяло и стал подкрадываться ко мне.

— Он потихоньку вышел из дому... из-за угла... и подошел вот так, тихо-тихо!

— Не увлекайся этим представлением, Джереми, — сухо сказал Аттикус.

Джим насупился.

— Да я и не собираюсь...

Но я видела, озорная искорка у него в глазах погасла: пришлось отказаться от новой выдумки.

— Эх, — сказал он мне, — если б ты оглянулась, ты бы его увидела!

В полдень нас разбудила Кэлпурния. Аттикус сказал — нечего нам сегодня ходить в школу, все равно ничему не научимся, раз ночь не спали. А Кэлпурния сказала — надо хоть немного прибрать во дворе.

Шляпа мисс Моди просвечивала сквозь ледяную корку, точно муха в янтаре, а садовые ножницы пришлось выкапывать из кучи замерзшей глины. Мисс Моди мы нашли у нее на задворках, она стояла и смотрела на померзшие, обугленные азалии.

— Мы принесли ваши вещи, мисс Моди, — сказал Джим. — Нам так жалко...

Мисс Моди обернулась, и по ее лицу скользнула тень прежней улыбки.

— Я всегда хотела, чтоб дом у меня был поменьше, Джим Финч. Зато сад будет большой. Подумай, теперь у меня будет больше места для азалий!

— Вы разве не огорчены, мисс Моди? — удивилась я. Аттикус говорил, у нее, кроме этого дома, и нет ничего.

— Огорчена? Что ты, детка, да я этот старый хлев терпеть не могла. Сама сколько раз хотела его поджечь, да только тогда меня посадили бы в сумасшедший дом.

— Но...

— Не беспокойся обо мне, Джин-Луиза Финч. Есть на свете способы выйти из положения, которых ты еще не знаешь. Вот теперь я построю себе маленький домик, пущу парочку постояльцев и... ей-богу, у меня будет лучший сад во всем штате! Вот увидите, почище этих знаменитых Биллингрейских!

Мы с Джимом переглянулись.

— Как это случилось, мисс Моди? — спросил он.

— Не знаю, Джим. Наверно, на кухне загорелась сажа в трубе. Я там поздно топила, чтоб не померзли мои комнатные цветы. А к тебе, говорят, ночью приходил нежданный гость, мисс Джин-Луиза?

— Откуда вы знаете?

— Аттикус сказал мне сегодня, когда шел на работу. По правде говоря, мне жаль, что я не стояла там с вами. У меня бы уж хватило ума оглянуться.

Я слушала мисс Моди и только диву давалась. Почти все у нее сгорело, ее любимый сад выглядел как после побоища, а ей все равно были интересны наши с Джимом дела!

Она, видно, поняла, что я совсем сбита с толку.

— Ночью я беспокоилась только потому, что получился такой переполох и опасность для всех. Весь квартал мог сгореть дотла. Мистеру Эйвери придется неделю пролежать в постели, он изрядно поджарился. Он чересчур стар, чтоб лазить в огонь, я так ему и сказала. Как только отмою руки, а Стивени Кроуфорд отвернется, я испеку для него свой лучший пирог. Эта Стивени тридцать лет старается выведать у меня рецепт, но, если она думает, что я ей его скажу, потому что живу сейчас у нее в доме, она сильно ошибается.

Я подумала — если мисс Моди не выдержит и откроет свой секрет, у мисс Стивени все равно ничего не получится. Один раз я видела, как мисс Моди печет этот пирог: среди прочего надо положить в тесто большую чашку сахару.

День был тихий. В холодном чистом воздухе далеко разносился каждый звук. Мы даже услыхали, как на здании суда зашипели часы — собрались бить. Нос у мисс Моди был очень странного цвета, я еще никогда такого не видела и спросила, отчего это.

— Я тут стою с шести утра, — ответила она. — Наверно, отморозила.

Она подняла руки. Ладони побурели от грязи и запекшейся крови и были все в трещинках.

— Вы загубили руки, — сказал Джим. — Почему вы не позвали какого-нибудь негра? — И докончил не раздумывая: — А то давайте мы с Глазастиком вам поможем.

— Благодарю вас, сэр, — сказала мисс Моди. — У вас и без меня дел по горло. — И она кивнула в сторону нашего двора.

— Это вы про Мофродита? — спросила я. — Да мы его мигом раскидаем.

Мисс Моди уставилась на меня во все глаза, ее губы беззвучно шевелились. Вдруг она схватилась за голову да как захохочет! Мы постояли-постояли и пошли, а она все смеялась.

Джим сказал — не поймешь, что это с ней, — чудачка, и все.

Глава 9

— Бери свои слова обратно!

Так я скомандовала Сесилу Джейкобсу, и с этого началось для нас с Джимом плохое время. Я сжала кулаки и приготовилась к бою. Аттикус обещал меня выдрать, если еще хоть раз услышит, что я с кем-нибудь подралась: я уже слишком большая и взрослая, хватит ребячиться, и чем скорее я научусь сдерживаться, тем будет лучше для всех. А я сразу про это забыла.

Забыла из-за Сесила Джейкобса. Накануне он посреди школьного двора закричал — у Глазастика отец защищает черномазых.

Я с ним спорила, а потом рассказала Джиму.

— Про что он говорил? — спросила я.

— Ни про что, — сказал Джим. — Спроси Аттикуса, он тебе объяснит.

— Аттикус, ты и правда защищаешь черномазых? — спросила я вечером.

— Да, конечно. Не говори «черномазые», Глазастик, это грубо.

— В школе все так говорят.

— Что ж, теперь будут говорить все, кроме тебя.

— А если ты не хочешь, чтоб я так говорила, зачем велишь ходить в школу?

Отец молча посмотрел на меня и улыбнулся одними глазами. Хоть у нас с ним был компромисс, но я уже по горло была сыта школьной жизнью и все время старалась так или иначе увильнуть от занятий. С первых дней сентября у меня то голова кружилась, то меня ноги не держали, то живот болел. Я даже отдала пятачок сыну кухарки мисс Рейчел, чтоб он позволил мне потереться головой о его голову: у него был стригущий лишай. Однако не заразилась.

Но у меня была еще одна забота.

— Аттикус, а все адвокаты защищают чер... негров?

— Конечно, Глазастик.

— А почему же Сесил сказал — ты защищаешь черномазых? Он так это сказал... будто ты гонишь самогон.

Аттикус вздохнул:

— Просто я защищаю негра, его зовут Том Робинсон. Он живет в маленьком поселке за свалкой. Он в том же приходе, что и Кэлпурния, она хорошо знает всю его семью. Кэл говорит, что они очень порядочные люди. Ты еще недостаточно взрослая, Глазастик, и не все понимаешь, но в городе многие кричат, что не следует мне стараться ради этого человека. Это совсем особенное дело. Слушаться оно будет только во время летней сессии. Джон Тейлор был так добр, что дал нам отсрочку...

— Если не следует его защищать, почему же ты защищаешь?

— По многим причинам, — сказал Аттикус. — Главное, если я не стану его защищать, я не смогу смотреть людям в глаза, не смогу представлять наш округ в законодательном собрании, даже не смогу больше сказать вам с Джимом — делайте так, а не иначе.

— Это как? Значит, если ты не будешь защищать этого человека, мы с Джимом можем тебя не слушаться?

— Да, примерно так.

— Почему?

— Потому, что я уже не смогу требовать, чтоб вы меня слушались. Такая наша работа, Глазастик: у каждого адвоката хоть раз в жизни бывает дело, которое задевает его самого. Вот это, видно, такое дело для меня. Возможно, из-за этого тебе придется выслушать в школе много неприятного, но я тебя прошу об одном: держи голову выше, а в драку не лезь. Кто бы что ни сказал, не давай себя разозлить. Старайся для разнообразия воевать не кулаками, а головой... она у тебя неплохая, хоть и противится учению.

— Аттикус, а мы выиграем дело?

— Нет, дружок.

— Так почему же...

— А потому, что хоть нас и побили заранее, за сто лет до начала, все равно надо воевать и пытаться победить, — сказал Аттикус.

— Ты говоришь, прямо как дядя Айк Финч, — сказала я.

Дядя Айк Финч был единственный в округе Мейкомб еще здравствующий ветеран Южной армии. Борода у него была точь-в-точь как у генерала Худа*, и он до смешного ею гордился. По меньшей мере раз в год Аттикус вместе с нами навещал его, и мне приходилось его целовать. Это было ужасно. Аттикус и дядя Айк опять и опять рассуждали о той войне, а мы с Джимом почтительно слушали.

«Я так скажу, Аттикус, — говаривал дядя Айк. — Миссурийский сговор**— вот что нас загубило, но, если б мне пришлось начать все сначала, я бы опять пошел тем же путем и наступал бы и отступил в точности как тогда, только на этот раз мы бы им задали перцу... Вот в шестьдесят четвертом, когда к нам пришел Твердокаменный Джексон***... виноват, молодые люди, ошибся... к шестьдесят четвертому он уже отдал Богу душу, да будет ему земля пухом...»

---

* Худ Джон Белл (1831—1879) командовал войсками южан в Гражданской войне между Севером и Югом.

** Речь идет о так называемом Миссурийском компромиссе — соглашении 1820 г., по которому представители северян в конгрессе пытались ограничить распространение рабства.

*** Прозвище генерала Томаса Джонатана Джексона (1824—1863).

— Поди сюда, Глазастик, — сказал Аттикус.

Я залезла к нему на колени, уткнулась головой ему в грудь. Он обхватил меня обеими руками и стал легонько покачивать.

— Сейчас все по-другому, — сказал он. — Сейчас мы воюем не с янки, а со своими друзьями. Но помни, как бы жестоко ни приходилось воевать, все равно это наши друзья и наш родной край.

Я это помнила, а все-таки на другой день остановилась на школьном дворе перед Сесилом Джейкобсом.

— Берешь свои слова обратно?

— Как бы не так! — заорал он. — У нас дома говорят, твой отец позорит весь город, а этого черномазого надо вздернуть повыше!

Я нацелилась было его стукнуть, да вспомнила, что говорил Аттикус, опустила кулаки и пошла прочь.

— Струсила! Струсила! — так и звенело у меня в ушах.

Первый раз в жизни я ушла от драки.

Почему-то выходило — если я стану драться с Сесилом, я предам Аттикуса. А он так редко нас с Джимом о чем-нибудь просил... уж лучше я стерплю ради него, пускай меня обзывают трусихой. Я просто надивиться не могла, какая я благородная, что вспомнила просьбу Аттикуса, и вела себя очень благородно еще целых три недели. А потом пришло Рождество, и разразилась беда.

Рождества мы с Джимом ждали со смешанным чувством. Елка и дядя Джек Финч — это очень хорошо. Каждый год в канун Рождества мы ездили на станцию

Мейкомб встречать дядю Джека, и он гостил у нас целую неделю.

Но была и оборотная сторона медали — неизбежный визит к тете Александре и Фрэнсису.

Наверно, надо прибавить — и к дяде Джимми, ведь он был муж тети Александры; но он никогда со мной даже не разговаривал, только один раз сказал: «Слезай с забора», так что я вполне могла его и не замечать. Тетя Александра его тоже не замечала. Давным-давно в порыве дружеских чувств они произвели на свет сына по имени Генри, который при первой возможности сбежал из дому, женился и произвел Фрэнсиса. Каждый год на Рождество Генри с женой вручали Фрэнсиса дедушке с бабушкой и потом развлекались сами.

Как бы мы ни охали и ни вздыхали, Аттикус не позволял нам в первый день Рождества остаться дома. Сколько я себя помню, Рождество мы всегда проводили на «Пристани Финча». Тетя Александра отменно стряпала, это отчасти вознаграждало нас за праздник в обществе Фрэнсиса Хенкока. Фрэнсис был годом старше меня, и я его избегала: он находил удовольствие во всем, что не нравилось мне, и ему были не по вкусу мои самые невинные развлечения.

Тетя Александра была родная сестра Аттикуса, но когда Джим рассказал мне про подменышей и приемышей, я решила: наверно, ее подменили в колыбели, и дедушка с бабушкой вырастили чужого ребенка, на самом деле она не Финч, а, пожалуй, Кроуфорд. Все мое детство тетя Александра была словно гора Эверест — неприступная и подавляющая.

Настал канун Рождества, из вагона выскочил дядя Джек, но нам пришлось ждать его носильщика с двумя длинными свертками. Нас с Джимом всегда смешило, когда дядя Джек чмокал Аттикуса в щеку: другие мужчины никогда не целовались. Дядя Джек поздоровался с Джимом за руку и подбросил меня в воздух, но не очень высоко: он был на голову ниже Аттикуса; дядя Джек был младший в семье, моложе тети Александры. Они с тетей были похожи, но дядя Джек как-то лучше распорядился своим лицом, его острый нос и подбородок не внушали нам никаких опасений.

Он был один из немногих ученых людей, которых я ничуть не боялась, может быть, потому, что он вел себя вовсе не как доктор. Если ему случалось оказать мне или Джиму мелкую услугу — скажем, вытащить занозу из пятки, — он всегда заранее говорил, что и как будет делать, и очень ли будет больно, и для чего нужны какие щипчики. Один раз, тоже на Рождество, я засадила в ногу кривую занозищу и пряталась с ней по углам, и никого даже близко не подпускала. Дядя Джек поймал меня и стал очень смешно рассказывать про одного пастора, который терпеть не мог ходить в церковь: каждый день он в халате выходил к воротам и, дымя кальяном, читал пятиминутную проповедь каждому прохожему, который нуждался в духовном наставлении. Сквозь смех я попросила — пускай дядя Джек скажет, когда начнет тащить занозу, а он показал мне зажатую пинцетом окровавленную щепку и объяснил, что выдернул ее, пока я хохотала, и что все на свете относительно.

— Это что? — спросила я про длинные узкие свертки, которые отдал дяде Джеку носильщик.

— Не твоего ума дело, — ответил он.

— Как поживает Роза Эйлмер? — спросил Джим.

Роза Эйлмер была дядина кошка. Она была рыжая и очень красивая; дядя говорил, она — одна из немногих особ женского пола, которых он в состоянии терпеть около себя сколько угодно времени. Он полез в карман и показал нам несколько фотокарточек. Карточки были замечательные.

— Она толстеет, — сказала я.

— Ничего удивительного. Она съедает пальцы и уши, которые я отрезаю в больнице.

— Черта с два, — сказала я.

— Простите, как вы сказали?

— Не обращай на нее внимания, Джек, — сказал Аттикус. — Это она тебя испытывает. Кэл говорит, она ругается без передышки уже целую неделю.

Дядя Джек поднял брови, но смолчал. Бранные слова мне нравились и сами по себе, а главное, я рассудила — Аттикус увидит, что в школе я научилась ругаться, и больше меня в школу не пошлет.

Но за ужином, когда я попросила — передайте мне, пожалуйста, эту чертову ветчину, — дядя Джек грозно уставил на меня указательный палец.

— Я с вами потом потолкую, миледи, — сказал он.

После ужина дядя Джек перешел в гостиную и сел в кресло. Похлопал себя по колену, это значило — залезай сюда. Приятно было его понюхать, от него пахло, как от бутылки со спиртом, и еще чем-то сладким. Он отвел у меня со лба челку и поглядел на меня.

— Ты больше похожа на Аттикуса, чем на мать, — сказал он. — И ты что-то становишься чересчур большой и умной, мне даже кажется, что ты выросла из своих штанов.

— А по-моему, они мне в самый раз.

— Тебе, я вижу, очень нравятся всякие словечки вроде «черт» и «дьявол»?

Это было верно.

— А мне они совсем не нравятся, — сказал дядя Джек. — Без абсолютной необходимости я бы на твоем месте их не произносил. Я пробуду здесь неделю и за это время не желаю ничего такого слышать. Если ты будешь бросаться подобными словами, Глазастик, ты наживешь неприятности. Ты ведь хочешь вырасти настоящей леди, правда?

Я сказала — не особенно хочу.

— Ну конечно, хочешь. А теперь идем к елке.

Мы украшали ее до ночи, и потом мне приснились два длинных узких свертка для нас с Джимом. Наутро мы их выудили из-под елки — они были от Аттикуса, дядя Джек привез их по его просьбе, и это было то самое, чего нам хотелось.

— Только не в доме, — сказал Аттикус, когда Джим прицелился в картину на стене.

— Придется тебе поучить их стрелять, — сказал дядя Джек.

— Это уж твоя работа, — сказал Аттикус. — Я только ко покорился неизбежному.

Мы никак не хотели отойти от елки и послушались, только когда Аттикус заговорил своим юридическим голосом. Он не позволил нам взять духовые ружья на «Пристань Финча» (а я уже подумывала застрелить Фрэнсиса) и сказал — если что будет не так, он их у нас заберет и больше не отдаст.

«Пристань Финча» находилась на крутом обрыве, и вниз, к самой пристани, вели триста шестьдесят шесть ступенек. Дальше по течению, за обрывом, еще видны были следы старого причала, где в старину негры Финча грузили на суда кипы хлопка и выгружали лед, муку и сахар, сельскохозяйственные орудия и женские наряды. От берега отходила широкая дорога и скрывалась в темном лесу. Она приводила к двухэтажному белому дому; вокруг всего дома внизу шла веранда, наверху — галерея. Наш предок Саймон Финч в старости выстроил этот дом, чтоб угодить сварливой жене; но верандой и галереей и оканчивалось всякое сходство этого жилища с обыкновенными домами той эпохи. Его внутреннее устройство свидетельствовало о простодушии Саймона Финча и о великом доверии, которое он питал к своим отпрыскам.

Наверху было шесть спален — четыре для восьми дочерей, одна — для единственного сына Уэлкома Финча и одна для гостей из числа родни. Как будто просто; но в комнаты дочерей можно было попасть только по одной лестнице, а к сыну и гостям — только по другой. Лестница дочерей внизу выходила в спальню родителей, так что Саймон по ночам знал о каждом шаге каждой дочери.

Кухня помещалась во флигеле, и ее соединяла с домом крытая галерейка; за домом на столбе висел ржавый колокол — он созывал негров, работавших на плантации, он же возвещал о пожаре или иной беде; крыша была плоская, говорят, в старину такие делали для вдовьих прогулок, но по этой крыше никакие вдовы не гуляли — Саймон присматривал с нее за своим надсмотрщиком, смотрел на суда, проходящие по реке, и подсматривал, как живут ближние арендаторы.

С этим домом, как со многими другими, была связана легенда времен войны против янки: одна девушка из рода Финчей, незадолго до того помолвленная, надела на себя все свое приданое, чтоб оно не попало в руки грабителей, рыскавших по всей округе; она застряла на узкой «лестнице дочерей», но ее облили водой и в конце концов протолкнули.

Мы приехали на «Пристань»; тетя Александра чмокнула дядю Джека, Фрэнсис чмокнул дядю Джека, дядя Джимми молча пожал руку дяде Джеку, мы с Джимом вручили подарки Фрэнсису, а он — нам. Джим сразу почувствовал, что он уже большой, и потянулся к взрослым, а мне предоставили занимать нашего двоюродного брата. Фрэнсису минуло восемь, и он уже гладко зачесывал волосы назад.

— Что тебе подарили на Рождество? — вежливо спросила я.

— То, что я просил, — сказал он.

Фрэнсис просил новые штаны до колен, ранец красной кожи, пять рубашек и галстук бабочкой.

— Очень мило, — не совсем искренне сказала я. — А нам с Джимом подарили духовые ружья и Джиму еще химический набор...

— Наверно, игрушечный.

— Нет, настоящий. Он для меня сделает невидимые чернила, я ими буду писать Диллу письма.

Фрэнсис спросил, для чего это надо.

— Как ты не понимаешь? Он получит от меня письмо, а там пустая бумажка — он совсем одуреет!

С Фрэнсисом говорить — все равно что медленно опускаться в океан, на самое дно. В жизни не видала другого такого нудного мальчишки. Он жил в Мобиле и потому не мог ябедничать на меня учителям, зато ухитрялся все, что знал, рассказывать тете Александре, а она изливалась Аттикусу, а он иногда в одно ухо впустит, в другое выпустит, а иногда отругает меня вовсю — это уж как ему вздумается. А один раз он сказал ей, повысив голос:

— Сестра, я воспитываю их, как могу!

Никогда еще я не слышала, чтобы он кому-либо отвечал так резко. Кажется, разговор начался с того, что я щеголяю в комбинезоне, как мальчишка.

Тетю Александру просто терзала забота о моем гардеробе. Если я буду разгуливать в штанах, из меня никогда не выйдет настоящей леди; я сказала — в платье и делать-то ничего нельзя, а тетя Александра ответила — незачем мне заниматься такими делами, для которых надо носить штаны. По понятиям тети Александры, мне полагалось играть маленькими кастрюльками и чайными сервизами и носить ожерелье из жемчуга, которое она мне подарила, когда я родилась; и к тому же я должна озарять светом одинокую жизнь моего отца. Я сказала — можно ходить в штанах и все равно озарять светом, но тетя сказала — нет, надо быть как луч света, а я родилась хорошей девочкой, а теперь год от году становлюсь все хуже и непослушнее. Она без конца меня оскорбляла и пилила, и я спросила Аттикуса, но он сказал — хватит в нашей семье лучей света, и пускай я занимаюсь своими делами, а ему я в общем и такая гожусь.

Во время праздничного обеда меня посадили в столовой отдельно за маленький столик; Джим и Фрэнсис обедали со взрослыми. Тетя Александра еще долго сажала меня отдельно, когда Джим и Фрэнсис уже перешли за большой стол. Я часто думала — чего она боится: вдруг я встану и швырну что-нибудь на пол? Иногда мне хотелось ее попросить: пускай один раз позволит мне посидеть со всеми — и сама увидит, я прекрасно умею себя вести за большим столом, ведь дома я обедаю со всеми каждый день — и ничего такого страшного не случается. Я попросила Аттикуса, может, тетя его послушается, но он сказал — нет, мы гости, и наше место там, куда посадит хозяйка. И еще сказал — тетя Александра не очень разбирается в девочках, у нее своих не было.

Но стряпня тети Александры искупила все: три мясных блюда, всякая зелень из кладовой — свежая, точно летом с огорода, и маринованные персики, и два пирога, и амброзия — таков был скромный праздничный обед. После всего этого взрослые перешли в гостиную и уселись в каком-то оцепенении. Джим растянулся на полу, а я вышла во двор.

— Надень пальто, — сказал Аттикус сонным голосом, и я решила не услышать.

Фрэнсис сел рядом со мной на крыльце.

— Никогда так вкусно не обедала, — сказала я.

— Бабушка замечательно стряпает, — сказал Фрэнсис. — Она и меня научит.

— Мальчишки не стряпают.

Я вообразила Джима в фартуке Кэлпурнии и прыснула.

— Бабушка говорит, всем мужчинам следует учиться стряпать, и смотреть за своими женами, и заботиться о них, когда они не совсем здоровы, — сказал мой двоюродный брат.

— А я не хочу, чтоб Дилл обо мне заботился, лучше я сама буду о нем заботиться.

— О Дилле?

— Ага. Ты пока никому не говори, когда мы с ним вырастем большие, мы сразу поженимся. Он мне летом сделал предложение.

Фрэнсис так и покатился со смеху.

— А чем он плох? — спросила я. — Ничем он не плох.

— Это такой — от земли не видать? Бабушка говорила, он гостил летом у мисс Рейчел?

— Этот самый.

— А я про него все знаю! — сказал Фрэнсис.

— Что знаешь?

— Бабушка говорит, у него нет дома...

— Нет есть, он живет в Меридиане.

— ...и его все время посылают от одних родственников к другим, вот мисс Рейчел и берет его на лето.

— Фрэнсис, ты врешь!

Фрэнсис ухмыльнулся:

— До чего ты бываешь глупая, Джин-Луиза! Хотя что с тебя спрашивать.

— Как так?

— Бабушка говорит, если дядя Аттикус позволяет тебе гонять по улицам без призору — это его дело, а ты не виновата. А я думаю, если дядя Аттикус чернолюб, ты тоже не виновата, только это позор всей семье, вот что я тебе скажу...

— Черт возьми, Фрэнсис, что это ты болтаешь?

— То, что слышишь. Бабушка говорит, уже то плохо, что вы оба у него совсем одичали, а теперь он еще стал чернолюбом, так нам больше в Мейкомб и показаться нельзя. Он позорит всю семью, вот что.

Фрэнсис вскочил и побежал по галерейке в кухню. Отбежал подальше, обернулся и крикнул:

Чернолюб,
Черный пуп,
С черными связался,
Ваксы нализался!

— Врешь! — закричала я. — Не знаю, что ты там болтаешь, только сейчас я тебе заткну глотку!

Я прыгнула с крыльца. В два счета догнала его, схватила за шиворот. И сказала — пускай берет свои слова обратно.

Фрэнсис вырвался и помчался в кухню.

— Чернолюб! — орал он.

Если хочешь поймать дичь, лучше не спеши. Молчи и жди, ей наверняка станет любопытно, и она высунет нос. Фрэнсис выглянул из дверей кухни.

— Ты еще злишься, Джин-Луиза? — осторожно спросил он.

— Да нет, ничего.

Фрэнсис вышел на галерейку.

— Возьмешь свои слова обратно, а?

Я рано себя выдала. Фрэнсис пулей умчался в кухню, и я вернулась на крыльцо. Можно и подождать. Посидела так минут пять и услышала голос тети Александры:

— Где Фрэнсис?

— Он там, в кухне.

— Он же знает, что я не разрешаю там играть.

Фрэнсис подошел к двери и завопил:

— Бабушка, это она меня сюда загнала и не выпускает!

— В чем дело, Джин-Луиза?

Я подняла голову и посмотрела на тетю Александру.

— Я его туда не загоняла, тетя, и я его там не держу.

— Нет, держит! — закричал Фрэнсис. — Она меня не выпускает!

— Вы что, поссорились?

— Бабушка, Джин-Луиза на меня злится! — крикнул Фрэнсис.

— Поди сюда, Фрэнсис! Джин-Луиза, если я услышу от тебя еще хоть слово, я скажу отцу. Кажется, ты недавно поминала черта?

— Нет, мэм.

— А мне послышалось. Так вот, чтоб я этого больше не слышала.

Тетя Александра вечно подслушивала. Едва она ушла, Фрэнсис вышел из кухни, задрал нос и ухмыльнулся во весь рот.

— Ты со мной не шути! — заявил он.

Выбежал во двор и запрыгал там — бьет по кустикам увядшей травы, как по футбольному мячу, от меня держится подальше, только иногда обернется и усмехается. Вышел на крыльцо Джим, поглядел на нас и скрылся. Фрэнсис залез на старую мимозу, опять слез, сунул руки в карманы и стал прохаживаться по двору.

— Ха! — сказал он.

Я спросила, кого он из себя изображает — дядю Джека, что ли? Фрэнсис сказал — кажется, Джин-Луизе велено сидеть смирно и оставить его в покое.

— Я тебя не трогаю, — сказала я.

Он внимательно на меня посмотрел, решил, что меня уже утихомирили, и негромко пропел:

— Чернолюб...

На этот раз я до крови ободрала кулак о его передние зубы. Повредив левую, я стала работать правой, но недолго. Дядя Джек прижал мне локти к бокам и скомандовал:

— Смирно!

Тетя Александра хлопотала вокруг Фрэнсиса, утирала ему слезы своим платком, приглаживала ему волосы, потом потрепала по щеке. Аттикус, Джим и дядя Джимми стояли на заднем крыльце — они вышли сюда, как только Фрэнсис начал орать.

— Кто первый начал? — спросил дядя Джек.

Фрэнсис и я показали друг на друга.

— Бабушка, — провыл Фрэнсис, — она меня обозвала потаскухой и всего исколотила.

— Это правда, Глазастик? — спросил дядя Джек.

— Ясно, правда.

Дядя Джек посмотрел на меня, и лицо у него стало точь-в-точь как у тети Александры.

— Я ведь, кажется, предупреждал: если будешь бросаться такими словами, жди неприятностей. Говорил я тебе?

— Да, сэр, но...

— Так вот, ты дождалась неприятностей. Стой тут.

Я колебалась — не удрать ли? — и опоздала: рванулась бежать, но дядя Джек оказался проворнее. Вдруг у меня под самым носом очутился муравей, он с трудом тащил по траве хлебную крошку.

— До самой смерти и говорить с тобой не буду! Терпеть тебя не могу, ненавижу, чтоб тебе сдохнуть!

Кажется, все это только придало дяде Джеку решимости.

Я кинулась за утешением к Аттикусу, а он сказал — сама виновата, и вообще нам давно пора домой.

Я ни с кем не простилась, залезла на заднее сиденье, а когда приехали домой, убежала к себе и захлопнула дверь. Джим хотел мне сказать что-то хорошее — я не стала слушать.

Я осмотрела следы бедствия, — оказалось только семь или восемь красных пятен, и я стала думать, что и правда все на свете относительно, и тут в дверь постучали. Я спросила, кто там; отозвался дядя Джек.

— Уходи!

Дядя Джек сказал — если я буду так разговаривать, он опять меня выдерет, и я замолчала. Он вошел, я ушла в угол и повернулась к нему спиной.

— Глазастик, — сказал он, — ты меня все еще ненавидишь?

— Можете опять меня выдрать, сэр.

— Вот не думал, что ты такая злопамятная, — сказал он. — Я был о тебе лучшего мнения, ты ведь сама знаешь, что получила по заслугам.

— Ничего я не знаю.

— Дружок, ты не имеешь права ругать людей...

— Ты несправедливый, — сказала я, — несправедливый!

Дядя Джек высоко поднял брови.

— Несправедливый? Это почему же?

— Дядя Джек, ты хороший, и я, наверно, все равно даже теперь тебя люблю, только ты ничего не понимаешь в детях.

Дядя Джек подбоченился и посмотрел на меня сверху вниз.

— Отчего же это я ничего не понимаю в детях, мисс Джин-Луиза? Когда дети ведут себя так, как ты себя вела, тут особенно и понимать нечего. Ты дерзишь, ругаешься и дерешься...

— Почему ты меня не слушаешь? Я не собираюсь дерзить. Я только хочу объяснить тебе.

Дядя Джек сел на кровать. Сдвинул брови и посмотрел на меня:

— Ну, говори.

Я набрала побольше воздуху.

— Вот. Во-первых, ты меня не выслушал, не дал слова сказать, сразу накинулся. Когда мы с Джимом поссоримся, Аттикус не одного Джима слушает, меня тоже. А во-вторых, ты говорил — никогда не произносить такие слова, если они не аб-со-лютно необходимы. Фрэнсису аб-со-лютно необходимо было оторвать башку.

Дядя Джек почесал в затылке.

— Ну, рассказывай.

— Фрэнсис обозвал Аттикуса, вот я ему и задала.

— Как он его обозвал?

— Чернолюбом. Я не знаю толком, что это, только он так это сказал... Ты так и знай, дядя Джек, хоть убей, а не дам я ему ругать Аттикуса.

— Фрэнсис так и сказал?

— Да, сэр, и еще много всего. Что Аттикус позор всей семьи и что мы с Джимом у него одичали...

У дяди Джека стало такое лицо — я подумала, сейчас мне опять попадет. Потом он сказал:

— Ну, посмотрим — (Тут я поняла, что попадет Фрэнсису). — Вот возьму и сегодня вечером туда съезжу.

— Пожалуйста, сэр, оставьте все, как есть. Пожалуйста!

— Нет уж, ничего я так не оставлю, — сказал дядя Джек. — Пускай Александра знает. Надо же додуматься... Ну погоди, доберусь я до этого мальчишки...

— Дядя Джек, обещай мне одну вещь, ну пожалуйста! Не говори про это Аттикусу! Он... он меня один раз попросил терпеть и не злиться, что бы про него ни сказали, и... и пускай он думает — мы дрались из-за чего-нибудь еще! Дай слово, что не скажешь, ну пожалуйста!..

— Но я не желаю, чтобы Фрэнсису это так сошло...

— А ему и не сошло. Дядя Джек, может, ты мне перевяжешь руку? Еще немножко кровь идет.

— Конечно, перевяжу, малышка. С величайшим удовольствием. Нет на свете руки, которую мне так приятно перевязать. Не угодно ли пройти сюда?

Дядя Джек учтиво поклонился и пригласил меня в ванную. Он промыл и перевязал мне пальцы и все время смешно рассказывал про почтенного близорукого старичка, у которого был кот по имени Бульон и который, отправляясь в город, считал все трещинки на тротуаре.

— Ну вот и все, — сказал дядя Джек. — Настоящей леди полагается на безымянном пальце носить обручальное кольцо, а у тебя останется шрам.

— Спасибо, сэр. Дядя Джек...

— Да, мэм?

— Что такое потаскуха?

Дядя Джек опять принялся рассказывать что-то длинное про старика премьер-министра, который заседал в палате общин и во время самых бурных дебатов, когда все вокруг с ума сходили, поддувал кверху перышки, да так, что они не падали. Наверно, он старался ответить на мой вопрос, но выходило как-то непонятно.

Потом, когда мне уже полагалось спать, я спустилась вниз попить воды и из коридора услыхала — в гостиной разговаривали дядя Джек с Аттикусом.

— Я никогда не женюсь, Аттикус.

— Почему?

— Вдруг будут дети...

— Тебе придется многому поучиться, Джек, — сказал Аттикус.

— Знаю. Твоя дочь преподала мне сегодня первые уроки. Она сказала, что я ничего не понимаю в детях, и объяснила почему. И она совершенно права. Аттикус, она растолковала мне, как я должен был с ней обращаться... ей-богу, я ужасно жалею, что отшлепал ее.

Аттикус фыркнул:

— Она вполне заслужила трепку, так что пусть совесть тебя не слишком мучает.

Я замерла: вдруг дядя Джек возьмет и расскажет Аттикусу...

— У нее весьма богатый лексикон. Но половину бранных слов она говорит, не понимая их значения. Она меня спросила, что такое потаскуха.

— Ты объяснил?

— Нет, я рассказал ей про лорда Мелбурна.

— Когда ребенок о чем-нибудь спрашивает, Джек, ради всего святого, не увиливай, а отвечай. И не заговаривай зубы. Дети есть дети, но они замечают увертки не хуже взрослых, и всякая увертка только сбивает их с толку. Нет, — задумчиво продолжал отец, — наказать ее сегодня следовало, но только не за то. Все дети в известном возрасте начинают ругаться, а когда поймут, что бранью никого не удивишь, это проходит само собой. А вот вспыльчивость сама не пройдет. Девочка должна научиться держать себя в руках, да поскорее, ей предстоит несколько трудных месяцев. Впрочем, она понемногу набирается ума-разума. Джим становится старше, и она все больше берет с него пример. Ей только надо изредка помочь.

— Аттикус, а ведь ты ее никогда и пальцем не тронул?

— Признаться, нет. До сих пор довольно было пригрозить. Она изо всех сил старается меня слушаться, Джек. Это у нее далеко не всегда выходит, но она очень старается.

— Но секрет ведь не в этом, — сказал дядя Джек.

— Нет, секрет в другом: она знает, что я знаю, как она старается. А это очень важно. Плохо то, что им с Джимом скоро придется проглотить много разных гадостей. У Джима, надеюсь, хватит выдержки, но Глазастик, когда заденут ее гордость, сразу кидается в драку...

Я думала, тут дядя Джек не смолчит. Но он и на этот раз сдержал слово.

— А будет очень скверно, Аттикус? Ты как-то еще толком не рассказал.

— Хуже некуда, Джек. У нас только и есть показания негра против показаний Юэлов. Все сводится к тому, что один твердит — ты это сделал, а другой — нет, не делал. И конечно, присяжные поверят не Тому Робинсону, а Юэлам... ты имеешь представление о Юэлах?

Дядя Джек сказал — да, припоминаю, и стал описывать Аттикусу, какие они.

Но Аттикус сказал:

— Ты отстал на целое поколение. Впрочем, нынешние Юэлы ничуть не лучше.

— Так что же ты думаешь делать?

— Да уж присяжных-то я встряхну, постараюсь вызвать разногласия... притом ведь еще можно подать апелляцию. Право, пока трудно что-либо сказать, Джек. Знаешь, я надеялся, что мне никогда не придется вести такое дело, но Джон Тейлор прямо указал на меня и сказал, что тут нужен я — и никто другой.

— А ты надеялся, что минует тебя чаша сия?

— Вот именно. Но как, по-твоему, мог бы я смотреть в глаза моим детям, если бы отказался? Ты и сам понимаешь, чем это кончится, Джек, и дай им Бог пройти через все это и не озлобиться, а главное, не подхватить извечную мейкомбскую болезнь. Не понимаю, почему разумные люди впадают в буйное помешательство, как только дело коснется негра... просто понять не могу. Одна надежда, что Джим и Глазастик со всеми вопросами придут ко мне, а не станут слушать, что болтают в городе. Надеюсь, они мне достаточно верят... Джин-Луиза!

Я так и подскочила. Заглянула в дверь.

— Да, сэр?

— Иди спать.

Я побежала к себе и легла. Какой молодец дядя Джек, не выдал меня! Но как Аттикус догадался, что я подслушиваю? Только через много лет я поняла: он говорил для меня, он хотел, чтобы я слышала каждое слово.

Глава 10

Аттикус был слабосильный, ведь ему было уже под пятьдесят. Когда мы с Джимом спросили, почему он такой старый, он сказал — поздно начал, и мы поняли: поэтому ему далеко до других мужчин. Он был много старше родителей наших одноклассников, и, когда другие ребята начинали хвастать: а вот мой отец... — мы волей-неволей помалкивали.

Джим был помешан на футболе. Аттикус о футболе и думать не хотел, а если Джим пытался его затащить, неизменно отвечал: для этого я слишком стар.

Ничем стоящим наш отец не занимался. Работал он в кабинете, а не в аптеке. Хоть бы он водил грузовик, который вывозил мусор на свалки нашего округа, или был шерифом, или на ферме хозяйничал, или работал в гараже — словом, делал бы что-нибудь такое, чем можно гордиться.

И, ко всему, он носил очки. Левым глазом он почти ничего не видел, он говорил, левый глаз — родовое проклятие Финчей. Если надо было что-нибудь получше разглядеть, он поворачивал голову и смотрел одним правым.

Он не делал ничего такого, что делали отцы всех ребят: никогда не ходил на охоту, не играл в покер, не удил рыбу, не пил, не курил. Он сидел в гостиной и читал.

При таких его качествах мы бы уж хотели, чтоб его никто не замечал, так нет же: в тот год вся школа только и говорила про то, что Аттикус защищает Тома Робинсона, и разговоры эти были самые нелестные. Когда я поругалась с Сесилом Джейкобсом, а потом ушла, как последняя трусиха, ребята стали говорить — Глазастик Финч больше драться не будет, ей папочка не велит. Они немного ошиблись: я не могла больше драться на людях, но в семейном кругу дело другое. Всяких двоюродных и пятиюродных братьев и сестер я готова была отдубасить за Аттикуса всласть. Фрэнсис Хенкок, к примеру, испробовал это на себе.

Аттикус подарил нам духовые ружья, а учить нас стрелять не захотел. Поэтому дядя Джек дал нам первые уроки; он сказал — Аттикус ружьями не интересуется. Аттикус сказал Джиму:

— Я бы предпочел, чтобы ты стрелял на огороде по жестянкам, но знаю, ты начнешь бить птиц. Если сумеешь попасть в сойку, стреляй их сколько угодно, но помни: убить пересмешника большой грех.

Я впервые слышала, чтоб Аттикус про что-нибудь сказал — грех, и спросила мисс Моди, почему грех.

— Твой отец прав, — сказала мисс Моди. — Пересмешник — самая безобидная птица, он только поет нам на радость. Пересмешники не клюют ягод в саду, не гнездятся в овинах, они только и делают, что поют для нас свои песни. Вот поэтому убить пересмешника — грех.

— Мисс Моди, наш квартал очень старый, правда?

— Он существовал, когда и города-то не было.

— Нет, я не про то — на нашей улице все люди старые. Всего и детей — Джим да я. Миссис Дюбоз скоро будет сто лет, и мисс Рейчел тоже старая, и вы, и Аттикус.

— Я бы не сказала, что пятьдесят лет — такая уж старость, — едко заметила мисс Моди. — Меня, кажется, еще не возят в коляске. И твоего отца тоже. Хотя, надо сказать, слава богу, что этот мой старый склеп сгорел, мне уже не под силу было содержать его в порядке... да, пожалуй, ты права, Джин-Луиза, квартал наш очень солидный. Ты ведь почти не видишь молодежи, правда?

— Вижу, мэм, — в школе.

— Я имею в виду — молодых, но уже взрослых. Вы с Джимом счастливчики, скажу я тебе. Вам повезло, что отец у вас немолодой. Будь ему тридцать, вам жилось бы совсем по-другому.

— Ясно, по-другому, ведь Аттикус ничего не может...

— Ты его не знаешь, — сказала мисс Моди. — Он еще полон жизни.

— А что он может?

— Ну, например, может так разумно и толково составить для кого-нибудь завещание, что комар носу не подточит.

— Поду-умаешь...

— Ну хорошо, а известно тебе, что он лучший игрок в шашки во всем нашем городе? Ого, на «Пристани», когда мы были еще совсем детьми, он мог обыграть кого угодно и на том берегу и на этом.

— Да что вы, мисс Моди, мы с Джимом всегда его обыгрываем!

— Потому что он вам поддается, пора бы понимать. А известно тебе, что он умеет играть на губной гармошке?

Есть чем хвастать! Мне стало только еще больше стыдно за Аттикуса.

— Ладно же...

— Что ладно, мисс Моди?

— Ничего. Ты, видно, не умеешь гордиться отцом. Не всякий может играть на губной гармошке. А теперь не вертись-ка у плотников под ногами. Беги домой, я сейчас займусь азалиями, и мне некогда будет за тобой смотреть. Еще доской зашибет.

Я пошла к нам на задворки, там Джим палил в консервную банку — самое глупое занятие, когда кругом полно соек. Я вернулась в сад и два часа сооружала крепость, на строительство пошли автопокрышка, ящик из-под апельсинов, бельевая корзина, стулья с веранды и маленький национальный флаг с коробки от жареной кукурузы — мне его дал Джим.

Когда Аттикус пришел обедать, я сидела в крепости и целилась.

— Ты куда метишь?

— В попку мисс Моди.

Аттикус обернулся и увидел мою обширную мишень — мисс Моди склонилась над кустами у себя в саду. Аттикус сдвинул шляпу на затылок и зашагал через улицу.

— Моди, — окликнул он, — хочу тебя предупредить. Тебе грозит серьезная опасность.

Мисс Моди выпрямилась и поглядела на меня. И сказала:

— Аттикус, ты просто дьявол.

Потом Аттикус вернулся и велел мне переменить позиции.

— И чтоб я больше не видел, что ты в кого бы то ни было целишься из этого оружия, — сказал он.

А хорошо, если б мой отец был просто дьявол! Я стала расспрашивать Кэлпурнию.

— Мистер Финч? Да он все на свете умеет.

— Ну что, что?

Кэлпурния почесала в затылке.

— Не знаю я толком, — сказала она.

А тут еще Джим спросил Аттикуса, будет ли он играть за методистов, и Аттикус ответил — нет, он для этого слишком стар и может сломать себе шею. Методисты хотели выкупить заложенный участок при своей церкви и вызвали баптистов сразиться в футбол. В матче должны были участвовать отцы всех мейкомбских ребят, кроме, кажется, одного Аттикуса. Джим сказал — он и смотреть-то не хочет, но где ему было утерпеть, раз играют в футбол, хотя бы и любители! Конечно, он пошел, и стоял рядом со мной и Аттикусом, и мрачно смотрел, как отец Сесила Джейкобса забивает голы методистам.

Один раз в субботу мы с Джимом захватили свои ружья и пошли на разведку — может, подкараулим белку или кролика. Миновали дом Рэдли, отошли еще ярдов на пятьсот, и вдруг я вижу, Джим украдкой поглядывает куда-то в сторону. Повернул голову вбок и скосил глаза.

— Ты что там увидал?

— А вон пес бежит.

— Это Тим Джонсон, да?

— Угу.

Хозяин Тима, мистер Гарри Джонсон, шофер мобилского автобуса, жил на южной окраине города. Тим, пойнтер с рыжими подпалинами, был любимцем всего Мейкомба.

— Что это он?

— Не знаю, Глазастик. Давай вернемся.

— Ну-у, Джим, сейчас февраль.

— Все равно, надо сказать Кэлпурнии.

Мы побежали домой и ворвались в кухню.

— Кэл, — сказал Джим, — выйди на минутку на улицу, пожалуйста.

— А зачем? Некогда мне каждый раз выходить.

— Там собака, и с ней что-то неладно.

Кэлпурния вздохнула.

— Некогда мне сейчас собачьи лапы перевязывать. В ванной есть марля, возьми сам и перевяжи.

Джим покачал головой:

— Этот пес болен, Кэл. Что-то с ним неладно.

— А что, он ловит себя за хвост?

— Нет, он делает вот так. — Джим весь сгорбился, изогнулся и стал разевать рот, как золотая рыбка. — Он, видно, и сам не рад, а по-другому идти не может.

— Ты меня не разыгрываешь, Джим Финч? — Голос у Кэлпурнии стал сердитый.

— Нет, Кэл, честное слово!

— Этот пес бежит бегом?

— Нет, он как-то трусит рысцой, только очень медленно. Он идет сюда.

Кэлпурния сполоснула руки и вышла за Джимом во двор.

— Никакого пса не видать, — сказала она.

Мы повели ее мимо дома Рэдли, и она поглядела в ту сторону, куда показал Джим. Тим Джонсон был еще очень далеко, но он шел к нам. Он двигался как-то вкривь, будто правые лапы у него короче левых. Я подумала — он как автомобиль, который забуксовал на песке.

— Он стал какой-то кривобокий, — сказал Джим.

Кэлпурния вытаращила глаза, потом сгребла нас за плечи и скорей потащила домой. Захлопнула дверь, бросилась к телефону и закричала:

— Дайте контору мистера Финча! Мистер Финч, это Кэл! Как перед Богом, на нашей улице бешеная собака... Да, сэр, к нам бежит... да... Мистер Финч, вот вам мое честное слово... Тим Джонсон, да, сэр... хорошо, сэр... хорошо...

Она повесила трубку, мы стали спрашивать, что говорит Аттикус, а она только головой мотнула. Постучала по рычагу и сказала в трубку:

— Мисс Юла Мэй... нет, мэм, с мистером Финчем я уже поговорила, пожалуйста, больше не соединяйте... Послушайте, мисс Юла Мэй, может, вы позвоните мисс Рейчел, и мисс Стивени Кроуфорд, и у кого там еще есть телефоны на нашей улице? Скажите им — идет бешеная собака! Пожалуйста, мэм! — Она послушала немного. — Знаю, что февраль, мисс Юла Мэй, только я уж знаю, который пес здоровый, а который бешеный, не ошибусь. Пожалуйста, мэм, поторопитесь!

Потом Кэлпурния спросила Джима — а у Рэдли телефон есть?

Джим посмотрел в телефонной книге и сказал — нету.

— Да ведь они из дому не выходят, Кэл.

— Все равно, надо им сказать.

Она выбежала на веранду, мы с Джимом кинулись было за ней.

— Сидите дома! — прикрикнула она.

Мисс Юла уже передала предупреждение Кэлпурнии всем нашим соседям. Сколько хватал глаз, по всей улице двери были закрыты наглухо. Тима Джонсона нигде не было видно. Кэлпурния подобрала юбки и фартук и бегом кинулась к дому Рэдли. Взбежала на веранду и забарабанила в дверь. Никто не выглянул, и она закричала:

— Мистер Натан! Мистер Артур! Берегитесь, бешеный пес! Бешеный пес!

— Ей полагается стучать с заднего крыльца, — сказала я.

Джим покачал головой.

— Сейчас это не важно, — сказал он.

Напрасно Кэлпурния ломилась в дверь. Никто не откликнулся, казалось, никто ее и не слышит.

Она помчалась к заднему крыльцу Рэдли, и тут на нашу подъездную дорожку влетел черный «форд». Из него вышли Аттикус и мистер Гек Тейт.

Гек Тейт был шериф округа Мейкомб. Высокий, как наш Аттикус, только потоньше и носатый. На нем были высокие сапоги со шнуровкой, с блестящими металлическими глазками, бриджи и охотничья куртка. И пояс с патронами. И в руках огромное ружье. Они с Аттикусом подошли к крыльцу, и Джим отворил дверь.

— Не выходи, сын, — сказал Аттикус. — Где он, Кэлпурния?

— Сейчас уже, наверно, где-нибудь тут, — и Кэлпурния махнула рукой вдоль улицы.

— Бегом бежит или нет? — спросил мистер Тейт.

— Нет, сэр, мистер Гек, его сейчас корчит.

— Может, пойдем ему навстречу, Гек? — сказал Аттикус.

— Лучше подождем, мистер Финч. Обычно они бегут по прямой, но кто его знает. Может быть, он повернет, как улица поворачивает, это бы дай Бог, а может, его понесет прямиком на задворки к Рэдли. Обождем немного.

— Не думаю, чтобы он прошел во двор к Рэдли, — сказал Аттикус. — Забор помешает. Скорее всего он двинется по мостовой...

Раньше я думала, у бешеных собак идет пена изо рта, и они очень быстро бегают, и кидаются на тебя, и хотят перегрызть тебе горло, и все это бывает в августе. Если б Тим Джонсон был такой, я испугалась бы куда меньше.

Когда на улице ни души и все затаилось и ждет чего-то, это очень страшно. Деревья застыли неподвижно, пересмешники и те смолкли, плотники со двора мисс Моди куда-то исчезли. Мистер Тейт чихнул, потом высморкался. И взял ружье на руку. Потом за стеклом своей парадной двери, точно в рамке, появилась мисс Стивени Кроуфорд. Подошла мисс Моди и стала с нею рядом. Аттикус поставил ногу на перекладину кресла и медленно потер ладонью колено. И сказал тихо:

— Вот он.

Из-за поворота показался Тим Джонсон, он плелся по тротуару, огибающему дом Рэдли.

— Смотри-ка, — прошептал Джим. — Мистер Гек говорил, они двигаются по прямой. А он по мостовой и то идти не может.

— По-моему, его просто тошнит, — сказала я. — Стань ему кто-нибудь поперек дороги — и он кинется.

Мистер Тейт заслонил глаза ладонью и подался вперед.

— Так и есть, бешеный.

Тим Джонсон двигался черепашьим шагом, но он не играл с сухими листьями и не нюхал землю. Он будто знал, куда идет; будто какая-то невидимая сила медленно подталкивала его к нам. Он передергивался, как лошадь, когда ее одолевают слепни; то раскрывал пасть, то закрывал; его кренило набок и все равно медленно тянуло к нам.

— Он ищет места, где издохнуть, — сказал Джим.

Мистер Тейт обернулся.

— До смерти ему далеко, Джим, он еще и не начал подыхать.

Тим Джонсон доплелся до проулка перед домом Рэдли и, видно, собирал последние крохи разума, пытаясь сообразить, куда ему теперь податься. Сделал несколько неверных шагов и уперся в ворота Рэдли; хотел повернуться — не вышло.

Аттикус сказал:

— Теперь его уже можно достать, Гек. Поторопитесь, пока он не свернул в проулок — одному Богу известно, кто там может оказаться за углом. Иди в дом, Кэл.

Кэлпурния отворила затянутую москитной сеткой дверь, заперла ее за собой на засов, опять отодвинула засов и накинула только крючок. Она старалась загородить собою нас с Джимом, но мы выглядывали у нее из-под рук.

— Стреляйте, мистер Финч.

И мистер Тейт протянул Аттикусу ружье. Мы с Джимом чуть в обморок не упали.

— Не теряйте времени, Гек, — сказал Аттикус. — Бейте.

— Мистер Финч, тут надо бить без промаха.

Аттикус сердито замотал головой.

— Не мешкайте, Гек! Он не станет целый день вас дожидаться...

— Мистер Финч, да вы поглядите, где он стоит! Только промахнись — и угодишь прямо в окно Рэдли. Я не такой меткий стрелок, вы это и сами знаете.

— А я тридцать лет оружия в руки не брал...

Мистер Тейт рывком сунул Аттикусу свое ружье.

— Вот и возьмите сейчас, мне будет куда спокойнее! — сказал он.

Мы с Джимом смотрели как в тумане. Отец взял ружье и вышел на середину улицы. Он шел быстро, а мне казалось, он еле движется, точно под водой, — так тошнотворно ползло время.

Аттикус взялся за очки.

— Боже милостивый, помоги ему, — пробормотала Кэлпурния и прижала ладони к щекам.

Аттикус сдвинул очки на лоб, они соскользнули обратно, и он уронил их на землю. В тишине я услышала — хрустнули стекла. Аттикус потер рукой глаза и подбородок и сильно замигал.

У ворот Рэдли Тим Джонсон, как мог, что-то сообразил. Он наконец повернулся и двинулся дальше по нашей улице. Сделал два шага, остановился и поднял голову. И весь одеревенел.

Аттикус, кажется, еще и вскинуть ружье не успел — и в тот же миг нажал спуск.

Грохнул выстрел. Тим Джонсон подскочил, шлепнулся наземь и застыл бело-рыжим холмиком. Он даже не узнал, что случилось.

Мистер Тейт спрыгнул с крыльца и кинулся к дому Рэдли. Остановился возле собаки, присел на корточки, обернулся и постукал пальцем себе по лбу над левым глазом.

— Вы взяли чуточку вправо, мистер Финч! — крикнул он.

— Всегда этим страдал, — ответил Аттикус. — Будь у меня выбор, я бы предпочел дробовик.

Он нагнулся, поднял очки, растер каблуком в пыль осколки стекол, потом подошел к мистеру Тейту, остановился и посмотрел на Тима Джонсона.

Одна за другой отворялись двери, улица медленно оживала. Вышли из дому мисс Моди и мисс Стивени.

Джим оцепенел. Я его ущипнула, чтоб сдвинуть с места, но Аттикус нас заметил и крикнул:

— Не ходите сюда!

Потом мистер Тейт с Аттикусом вернулись к нам во двор. Мистер Тейт улыбался.

— Я велю Зибо его подобрать, — сказал он. — Не так-то много вы позабыли, мистер Финч. Говорят, этому не разучишься.

Аттикус молчал.

— Аттикус... — начал Джим.

— Что?

— Ничего.

— Любо было на тебя смотреть, Финч Без Промаха!

Аттикус круто обернулся, перед ним стояла мисс Моди. Они молча посмотрели друг на друга, и Аттикус сел в машину шерифа.

— Поди сюда, — сказал он Джиму. — Не смейте подходить к этой собаке, понял? Не смейте к ней подходить, мертвая она не менее опасна, чем живая.

— Да, сэр, — сказал Джим. — Аттикус...

— Что, сын?

— Ничего.

— Что с тобой, друг, у тебя отнялся язык? — усмехнулся мистер Тейт. — Неужели ты не знал, что отец у тебя...

— Бросьте, Гек, — прервал Аттикус. — Нам пора в город.

Они уехали, а мы с Джимом пошли к дому мисс Стивени. Сели на крыльце и стали ждать Зибо с его машиной.

Джим сидел ошеломленный и растерянный. Мисс Стивени сказала:

— Гм-гм, бешеная собака в феврале... кто бы мог подумать? Может быть, она была не бешеная, может быть, она просто так одурела? Не хотела бы я видеть физиономию Гарри Джонсона, когда он вернется из Мобила и узнает, что Аттикус Финч пристрелил его собаку. Пари держу, пес просто набрался где-то блох...

Мисс Моди сказала — мисс Стивени запела бы по-другому, если б Тим Джонсон все еще гулял по нашей улице, а выяснится все очень быстро: голову пошлют в Монтгомери.

Джим наконец раскрыл рот:

— Видела Аттикуса, Глазастик? Нет, ты видела, как он стоял?.. Вдруг его вроде как отпустило, и как будто ружье не отдельно от него, а тоже его рука... и так быстро все, раз-раз... а я, прежде чем во что-нибудь попаду, десять минут прицеливаюсь...

Мисс Моди ехидно улыбнулась.

— Ну-с, мисс Джин-Луиза, — сказала она, — ты все еще думаешь, что твой отец ничего не умеет? И все еще его стыдишься?

— Нет, мэм... — кротко сказала я.

— В тот раз я забыла тебе сказать: Аттикус Финч не только играл на губной гармошке, он был в свое время самый меткий стрелок на весь округ Мейкомб.

— Самый меткий стрелок... — эхом повторил Джим.

— Совершенно верно, Джим Финч. Подозреваю, что теперь ты тоже запоешь другую песенку. Надо же додуматься — вы даже не знаете, что вашего отца еще мальчишкой прозвали Финч Без Промаха? Да ведь в те времена на «Пристани» он, бывало, если с пятнадцати выстрелов подстрелит только четырнадцать голубей, так уже горюет — ах, я патроны зря трачу!

— Он нам ни разу про это слова не сказал, — пробормотал Джим.

— Вот как? Ни разу ни слова?

— Да, мэм.

— Почему же он никогда не охотится? — удивилась я.

— Пожалуй, я могу тебе это объяснить, — сказала мисс Моди. — Что-что, а твой отец прежде всего благородная душа. Меткость — тоже дар Божий, талант... Но конечно, надо его совершенствовать, упражняться, а ведь стрелять в цель — не то что, к примеру, на фортепьяно играть. Я так думаю, в один прекрасный день он понял, что Бог дал ему несправедливое преимущество над живыми существами, и тогда он отложил ружье. Наверно, решил — буду стрелять только в крайности; а вот сегодня была крайность — он и стрелял.

— По-моему, он должен гордиться, — сказала я.

— Одни только дураки гордятся своими талантами, — сказала мисс Моди.

Подкатил мусорщик Зибо. Он достал из машины вилы и осторожно поддел ими Тима Джонсона. Кинул его в кузов, потом полил чем-то из бидона землю на том месте, где Тим упал, и вокруг тоже.

— Покуда никто сюда не подходите! — крикнул он.

Мы пошли домой, и я сказала Джиму — вот теперь нам будет что порассказать в понедельник в школе, и вдруг Джим на меня как накинется:

— И не думай рассказывать!

— Еще чего! Непременно расскажу! Не у всех папа самый меткий стрелок в целом округе!

— По-моему, — сказал Джим, — если б он хотел, чтоб мы про это знали, он сам бы нам рассказал. Если б он этим гордился, так рассказал бы.

— Может, он просто забыл, — сказала я.

— Э, нет, Глазастик, тебе этого не понять. Аттикус и правда старый, но мне все равно, чего он там не умеет, мне все равно, пускай он ничего на свете не умеет.

Джим подобрал камень и с торжеством запустил им в гараж. Побежал за ним и на бегу крикнул через плечо:

— Аттикус — джентльмен, совсем как я!

Глава 11

Когда мы с Джимом были маленькие, мы не ходили далеко от дома, но когда я училась во втором классе и мы давно уже перестали мучить Страшилу Рэдли, нас стало тянуть в центр города, а дорога в ту сторону вела мимо миссис Генри Лафайет Дюбоз. Ее никак было не обойти, разве что дать добрую милю крюку. У меня с миссис Дюбоз уже бывали кое-какие столкновения, и мне вовсе не хотелось знакомиться с нею ближе, но Джим сказал — надо же когда-нибудь и вырасти.

Миссис Дюбоз жила одна с прислугой-негритянкой через два дома от нас, в домике с открытой верандой, на которую надо было подниматься по крутым-прекрутым ступенькам. Она была старая-престарая и весь день проводила в постели или в кресле на колесах. Говорили — среди своих бесчисленных шалей и одеял она прячет старинный пистолет, с ним кто-то из ее родных сражался в южной армии.

Мы с Джимом ее терпеть не могли. Идешь мимо, а она сидит на веранде и сверлит тебя злым взглядом. И непременно пристанет — а как мы себя ведем? — и начнет каркать, что́ из нас выйдет, когда мы вырастем, — уж конечно, ничего хорошего! А ходить мимо нее по другой стороне улицы тоже смысла не было — тогда она начинала орать на весь квартал.

Ей никак нельзя было угодить. Скажешь ей самым веселым голосом: «Привет, миссис Дюбоз!» А она в ответ: «Не смей говорить мне «привет», скверная девчонка! Надо говорить: «Добрый день, миссис Дюбоз!»

Она была злая-презлая. Один раз она услыхала, что Джим называет отца просто по имени, так ее чуть не хватил удар. Свет не видал таких дерзких, нахальных дурней, как мы, сказала она, и очень жалко, что наш отец после смерти матери не женился второй раз! Наша мать была о-ча-ро-вательная женщина, и просто обидно смотреть, что Аттикус Финч так распустил ее детей! Я не помнила маму, но Джим помнил, он мне иногда про нее рассказывал, и от таких слов он весь побелел.

После Страшилы Рэдли, бешеного пса и всяких других ужасов Джим решил — хватит нам застревать у дома мисс Рейчел, трусы мы, что ли! Будем каждый вечер бегать на угол к почте встречать Аттикуса. И уж сколько раз бывало — миссис Дюбоз чего только не наговорит, пока мы идем мимо, и Джим встречает Аттикуса злой как черт.

— Спокойнее, сын, — говорил ему тогда Аттикус. — Она старая женщина, и притом больная. А ты знай держи голову выше и будь джентльменом. Что бы она ни сказала, твое дело не терять самообладания.

Джим говорил — не такая уж она больная, больные так не орут. Потом мы втроем подходили к ее дому, Аттикус учтиво снимал шляпу, кланялся ей и говорил:

— Добрый вечер, миссис Дюбоз! Вы сегодня выглядите прямо как картинка.

Он никогда не говорил, какая картинка. Он рассказывал ей про всякие судебные новости и выражал надежду, что завтра она будет чувствовать себя хорошо. Потом надевал шляпу, прямо перед носом миссис Дюбоз сажал меня на плечи, и мы в сумерках шагали домой. Вот в такие вечера я думала — хоть мой отец терпеть не может оружия и никогда не воевал, а все равно он самый храбрый человек на свете.

Когда Джиму исполнилось двенадцать, ему подарили деньги; они жгли ему карман, и на другой день мы отправились в город. Джим думал, ему хватит на паровозик и еще на жезл тамбурмажора для меня.

Я давно заглядывалась на этот жезл, он был выставлен в витрине у Элмора, украшен блестками и мишурой и стоил семнадцать центов. Ох, как я мечтала поскорей вырасти и дирижировать оркестром учащихся средних школ округа Мейкомб! Я давно уже упражнялась в дирижерском искусстве и научилась подбрасывать палку высоко в воздух и почти что ловить ее; Кэлпурния как увидит меня с палкой в руках, так и в дом не пускает. Но я знала, будь у меня настоящий жезл, уж я его не уроню, и со стороны Джима было очень благородно сделать мне такой подарок.

Когда мы шли мимо дома миссис Дюбоз, она сидела на террасе.

— Вы куда это собрались в такую пору? — закричала она. — Верно, лодыря гоняете? Вот позвоню сейчас директору школы!

Лицо у нее стало такое, словно мы невесть что натворили и она уже собралась катить свое кресло к телефону.

— Да ведь сегодня суббота, миссис Дюбоз, — сказал Джим.

— А хотя бы и суббота, — туманно ответила она. — Интересно, знает ли ваш отец, где вас носит?

— Миссис Дюбоз, мы ходили одни в город, еще когда были вот такими. — Джим показал ладонью фута на два от земли.

— Не лги мне! — завопила она. — Джереми Финч, Моди Эткинсон сказала мне, что ты сегодня сломал у нее виноградную лозу. Она пожалуется твоему отцу, и тогда ты пожалеешь, что родился на свет! Я не я буду, если тебя через неделю не отошлют в исправительный дом.

Джим с самого лета даже близко не подходил к винограду мисс Моди, а если бы он и сломал лозу, он знал — мисс Моди не станет жаловаться Аттикусу, и он так и сказал — это все неправда.

— Не смей мне перечить! — завопила миссис Дюбоз. — А ты, — она ткнула в мою сторону скрюченным пальцем, — ты чего это расхаживаешь в штанах, как мальчишка? Молодой леди полагается ходить в корсаже и в юбочке. Если кто-нибудь не возьмется всерьез за твое воспитание, из тебя выйдет разве что прислуга! Девица Финч будет прислуживать в забегаловке, ха-ха!

Я похолодела от ужаса. Забегаловка — это было таинственное заведение на северном краю городской площади. Я вцепилась в руку Джима, но он рывком высвободился.

— Ну, ну, Глазастик, — шепнул он. — Не обращай на нее внимания, знай держи голову выше и будь джентльменом.

Но миссис Дюбоз не дала нам уйти.

— До чего докатились Финчи! Мало того, что одна прислуживает в забегаловке, так еще другой в суде выгораживает черномазых!

Джим выпрямился и застыл. Миссис Дюбоз попала в самое больное место, и она это знала.

— Да, да, вот до чего дошло — Финч идет наперекор всем традициям семьи! — Она поднесла руку ко рту, потом отняла — за рукой потянулась блестящая нить слюны. — Вот что я тебе скажу: твой отец стал ничуть не лучше черномазых и всяких белых подонков, которых он обслуживает!

Джим сделался красный как рак. Я потянула его за рукав, и мы пошли, а вслед нам неслись громы и молнии: наша семья выродилась и пала — ниже некуда, половина Финчей вообще сидит в сумасшедшем доме, но будь жива наша мать, мы бы так не распустились.

Не знаю, что больше всего возмутило Джима, а я страшно обиделась на миссис Дюбоз — почему она всех нас считает сумасшедшими? Аттикуса ругали без конца, я почти уже привыкла. Но это впервые при мне его оскорбил взрослый человек. Не начни она бранить Аттикуса, мы бы ее крику не удивились — не привыкать.

В воздухе запахло летом — в тени еще холодно, но солнце пригревает, значит, близится хорошее время: кончится школа, приедет Дилл.

Джим купил паровозик, и мы пошли к Элмору за моим жезлом. Джиму его машина не доставила никакого удовольствия, он запихнул ее в карман и молча шагал рядом со мной к дому. По дороге я чуть не стукнула мистера Линка Диза — не успела подхватить жезл, и мистер Линк Диз сказал:

— Поосторожнее, Глазастик!

Когда мы подходили к дому миссис Дюбоз, мой жезл был уже весь чумазый, столько раз я его поднимала из грязи.

На террасе миссис Дюбоз не было.

Потом я не раз спрашивала себя, что заставило Джима преступить отцовское «Будь джентльменом, сын» и нарушить правила застенчивого благородства, которых он с недавних пор так старательно держался. Вероятно, Джим не меньше меня натерпелся от злых языков, поносивших Аттикуса за то, что он вступается за черномазых, но я привыкла к тому, что брат неизменно сохраняет хладнокровие, — он всегда был спокойного нрава и совсем не вспыльчивый. Думаю, тому, что тогда произошло, есть единственное объяснение — на несколько минут он просто обезумел.

То, что сделал Джим, я бы сделала запросто, если бы не запрет Аттикуса: нам, конечно, не полагалось воевать с отвратительными старухами. Так вот, едва мы поравнялись с калиткой миссис Дюбоз, Джим выхватил у меня жезл и, неистово размахивая им, ворвался к ней во двор. Он забыл все наставления Аттикуса, забыл, что под своими шалями миссис Дюбоз прячет пистолет и что если сама она может промахнуться, то ее служанка Джесси, вероятно, промаха не даст.

Он немного опомнился лишь тогда, когда посбивал верхушки со всех камелий миссис Дюбоз, так что весь двор был усыпан зелеными бутонами и листьями. Тогда он переломил мой жезл о коленку и швырнул обломки наземь.

К этому времени я подняла визг. Джим дернул меня за волосы, сказал — ему все равно, при случае он еще раз сделает то же самое, а если я не замолчу, он все вихры у меня выдерет. Я не замолчала, и он наподдал мне ногой. Я не удержалась и упала носом на тротуар. Джим рывком поднял меня на ноги, но, кажется, ему стало меня жалко. Говорить было не о чем.

В тот вечер мы предпочли не встречать Аттикуса. Мы торчали на кухне, пока нас Кэлпурния не выгнала. Она, точно колдунья, видно, уже обо всем проведала. Она не бог весть как умела утешать, но все-таки сунула Джиму кусок поджаренного хлеба с маслом, а Джим разломил его и дал половину мне. Вкуса я никакого не почувствовала.

Мы пошли в гостиную. Я взяла футбольный журнал, нашла портрет Дикси Хоуэлла и показала Джиму:

— Очень похож на тебя.

Кажется, ничего приятнее для него нельзя было придумать. Но это не помогло. Он сидел у окна в качалке, весь сгорбился, хмурился и ждал. Смеркалось.

Миновали две геологические эпохи, и на крыльце послышались шаги Аттикуса. Хлопнула дверь, на минуту все стихло — Аттикус подошел к вешалке в прихожей; потом он позвал:

— Джим!

Голос у него был как зимний ветер.

Аттикус повернул выключатель в гостиной и глядел на нас, а мы застыли и не шевелились. В одной руке у него был мой жезл, перепачканная желтая кисть волочилась по ковру. Аттикус протянул другую руку — на ладони лежали пухлые бутоны камелий.

— Джим, — сказал Аттикус, — это твоя работа?

— Да, сэр.

— Зачем ты это сделал?

Джим сказал совсем тихо:

— Она сказала, что ты выгораживаешь черномазых и подонков.

— И поэтому ты так поступил?

Джим беззвучно пошевелил губами, это значило: «Да, сэр».

— Я понимаю, сын, твои сверстники сильно донимают тебя из-за того, что я «выгораживаю черномазых», как ты выразился, — сказал Аттикус, — но поступить так с больной старой женщиной — это непростительно. Очень советую тебе пойти поговорить с миссис Дюбоз. После этого сразу возвращайся домой.

Джим не шелохнулся.

— Иди, я сказал.

Я пошла из гостиной за Джимом.

— Останься здесь, — сказал мне Аттикус.

Я осталась.

Аттикус взял газету и сел в качалку, в которой раньше сидел Джим. Хоть убейте, я его не понимала: преспокойно сидит и читает, а его единственного сына сейчас, конечно, застрелят из старого ржавого пистолета. Правда, бывало, Джим так меня раздразнит — сама бы его убила, но ведь, если разобраться, у меня, кроме него, никого нет. Аттикус, видно, этого не понимает или ему все равно.

Это было отвратительно с его стороны. Но когда у тебя несчастье, быстро устаешь: скоро я уже съежилась у него на коленях, и он меня обнял.

— Ты уже слишком большая, чтобы тебя укачивать на руках, — сказал он.

— Тебе все равно, что с ним будет, — сказала я. — Послал его на верную смерть, а ведь это он за тебя заступился.

Аттикус покрепче прижал меня к себе, и я не видела его лица.

— Подожди волноваться, — сказал он. — Вот не думал, что Джим из-за этого потеряет самообладание... Я думал, с тобой у меня будет больше хлопот.

Я сказала — почему это другим ребятам вовсе не надо никакого самообладания, только нам одним нельзя его терять?

— Слушай, Глазастик, — сказал Аттикус, — скоро лето, и тогда тебе придется терпеть вещи похуже и все-таки не терять самообладания... Я знаю, несправедливо, что вам обоим так достается, но иногда надо собрать все свое мужество, и от того, как мы ведем себя в трудный час, зависит... словом, одно тебе скажу: когда вы с Джимом станете взрослыми, может быть, вы вспомните обо всем этом по-хорошему и поймете, что я вас не предал. Это дело, дело Тома Робинсона, взывает к нашей совести... Если я не постараюсь помочь этому человеку, Глазастик, я не смогу больше ходить в церковь и молиться.

— Аттикус, ты, наверно, не прав...

— Как так?

— Ну, ведь почти все думают, что они правы, а ты нет...

— Они имеют право так думать, и их мнение, безусловно, надо уважать, — сказал Аттикус. — Но чтобы я мог жить в мире с людьми, я прежде всего должен жить в мире с самим собой. Есть у человека нечто такое, что не подчиняется большинству, — это его совесть.

Когда вернулся Джим, я все еще сидела на коленях у Аттикуса.

— Ну что, сын? — сказал Аттикус.

Он спустил меня на пол, и я исподтишка оглядела Джима. Он был цел и невредим, только лицо какое-то странное. Может быть, она заставила его выпить касторки.

— Я там у нее все убрал и извинился, но все равно не виноват. И я буду работать у нее в саду каждую субботу и постараюсь, чтобы эти камелии опять выросли.

— Если не считаешь себя виноватым, незачем извиняться, — сказал Аттикус. — Джим, она старая и притом больная. Она не всегда может отвечать за свои слова и поступки. Конечно, я предпочел бы, чтобы она сказала это мне, а не вам с Глазастиком, но в жизни не все выходит так, как нам хочется.

Джим никак не мог отвести глаз от розы на ковре.

— Аттикус, — сказал он, — она хочет, чтобы я ей читал.

— Читал?

— Да, сэр. Чтоб я приходил каждый день после школы, и еще в субботу, и читал ей два часа вслух. Аттикус, неужели это надо?

— Разумеется.

— Но она хочет, чтобы я ходил к ней целый месяц.

— Значит, будешь ходить месяц.

Джим аккуратно уперся носком башмака в самую середку розы и надавил на нее. Потом наконец сказал:

— Знаешь, Аттикус, с улицы поглядеть — еще ничего, а внутри... всюду темнота, даже как-то жутко. И всюду тени, и на потолке...

Аттикус хмуро улыбнулся:

— Тебе это должно нравиться, ведь у тебя такая богатая фантазия. Вообрази, что ты в доме Рэдли.

В понедельник мы с Джимом поднялись по крутым ступенькам на веранду миссис Дюбоз. Джим, вооруженный томом «Айвенго» и гордый тем, что он уже все здесь знает, постучался во вторую дверь слева.

— Миссис Дюбоз! — крикнул он.

Джесси отворила входную дверь, отодвинула засов второй, сетчатой.

— Это вы, Джим Финч? — сказала она. — И сестру привели? Вот уж не знаю...

— Впусти обоих, — сказала миссис Дюбоз.

Джесси впустила нас и ушла на кухню.

Едва мы переступили порог, нас обдало тяжелым душным запахом — так пахнет в старых, гнилых от сырости домах, где жгут керосиновые лампы, воду черпают ковшом из кадки и спят на простынях из небеленой холстины. Этот запах меня всегда пугал и настораживал.

В углу комнаты стояла медная кровать, а на кровати лежала миссис Дюбоз. Может, она слегла из-за Джима? На минуту мне даже стало ее жалко. Она была укрыта горой пуховых одеял и смотрела почти дружелюбно.

Возле кровати стоял мраморный умывальный столик, а на нем стакан с чайной ложкой, ушная спринцовка из красной резины, коробка с ватой и стальной будильник на трех коротеньких ножках.

— Стало быть, ты привел свою чумазую сестру, а? — так поздоровалась с Джимом миссис Дюбоз.

— Моя сестра не чумазая, и я вас не боюсь, — спокойно сказал Джим, а у самого дрожали коленки, я видела.

Я думала, она станет браниться, но она только сказала:

— Можешь начинать, Джереми.

Джим сел в плетеное кресло и раскрыл «Айвенго». Я придвинула второе кресло и села рядом с ним.

— Сядь поближе, — сказала Джиму миссис Дюбоз. — Вон тут, возле кровати.

Мы придвинулись ближе. Никогда еще я не видела ее так близко, и больше всего на свете мне хотелось отодвинуться.

Она была ужасная. Лицо серое, точно грязная наволочка, в уголках губ блестит слюна и медленно, как ледник, сползает в глубокие ущелья по обе стороны подбородка. На щеках от старости бурые пятна, в бесцветных глазах крохотные острые зрачки — как иголки. Руки узловатые, ногти все заросли. Она не вставила нижнюю челюсть, и верхняя губа выдавалась вперед; время от времени она подтягивала нижнюю губу и трогала ею верхнюю вставную челюсть. Тогда подбородок выдавался вперед, и слюна текла быстрее.

Я старалась на нее не смотреть. Джим опять раскрыл «Айвенго» и начал читать. Я пробовала следить глазами, но он читал слишком быстро. Если попадалось незнакомое слово, Джим через него перескакивал, но миссис Дюбоз уличала его и заставляла прочесть по буквам. Джим читал уже, наверно, минут двадцать, а я смотрела то на закопченный камин, то в окно — куда угодно, лишь бы не видеть миссис Дюбоз. Она все реже поправляла Джима, один раз он не дочитал фразу до конца, а она и не заметила. Она больше не слушала. Я поглядела на кровать.

С миссис Дюбоз что-то случилось. Она лежала на спине, укрытая одеялами до подбородка. Видно было только голову и плечи. Голова медленно поворачивалась то вправо, то влево. Иногда миссис Дюбоз широко раскрывала рот, и видно было, как шевелится язык. На губах собиралась слюна, миссис Дюбоз втягивала ее и опять раскрывала рот. Как будто ее рот жил сам по себе, отдельно, раскрывался и закрывался, точно двустворчатая раковина во время отлива. Иногда он говорил «Пт...», как будто в нем закипала каша.

Я потянула Джима за рукав.

Он поглядел на меня, потом на кровать. Голова опять повернулась в нашу сторону, и Джим сказал:

— Миссис Дюбоз, вам плохо?

Она не слышала.

Вдруг зазвонил будильник, мы в испуге застыли. Через минуту, все еще ошарашенные, мы уже шагали домой. Мы не удрали, нас отослала Джесси: не успел отзвонить будильник, а она была уже в комнате и прямо вытолкала нас.

— Идите, идите, — сказала она. — Пора домой.

В дверях Джим было замешкался.

— Ей пора принимать лекарство, — сказала Джесси.

Дверь за нами захлопнулась, но я успела увидеть — Джесси быстро пошла к кровати.

Мы вернулись домой; было только без четверти четыре, и мы гоняли на задворках футбольный мяч, пока не пришло время встречать Аттикуса. Он принес мне два желтых карандаша, а Джиму футбольный журнал — он ничего не сказал, но, по-моему, это было нам за то, что мы сидели у миссис Дюбоз. Джим рассказал Аттикусу, как было дело.

— Она вас напугала? — спросил Аттикус.

— Нет, сэр, — сказал Джим, — но она такая противная. У нее какие-то припадки, что ли. Она все время пускает слюну.

— Она не виновата. Когда человек болен, на него не всегда приятно смотреть.

— Она очень страшная, — сказала я.

Аттикус поглядел на меня поверх очков.

— Тебе ведь не обязательно ходить с Джимом.

На другой день у миссис Дюбоз было все то же самое, и на третий то же, и понемногу мы привыкли — все идет своим чередом: сперва миссис Дюбоз изводит Джима разговорами про свои камелии и про то, как наш отец обожает черномазых; язык у нее ворочается все медленнее, она умолкает, а потом и вовсе забывает про нас. Звонит будильник, Джесси поспешно выставляет нас, и после этого мы можем делать что хотим.

— Аттикус, — спросила я как-то вечером, — что значит чернолюб?

Лицо у Аттикуса стало серьезное.

— Тебя кто-нибудь так называет?

— Нет, сэр. Это миссис Дюбоз так называет тебя. Она каждый день обзывает тебя чернолюбом и злится. А меня Фрэнсис обозвал на Рождество, раньше я этого слова даже не слыхала.

— И поэтому ты тогда на него накинулась? — спросил Аттикус.

— Да, сэр...

— Почему же ты спрашиваешь, что это значит?

Я стала объяснять — меня взбесило не это слово, а как Фрэнсис его сказал.

— Как будто он выругался сморкачом или вроде этого.

— Видишь ли, Глазастик, — сказал Аттикус, — «чернолюб» слово бессмысленное, так же как и «сморкач». Как бы тебе объяснить... Дрянные, невежественные люди называют чернолюбами тех, кто, по их мнению, чересчур хорошо относится к неграм — лучше, чем к ним. Так называют людей вроде нас, когда стараются придумать кличку погрубее, пообиднее.

— Но ведь на самом деле ты не чернолюб, правда?

— Конечно, я чернолюб. Я стараюсь любить всех людей... Иногда обо мне очень плохо говорят... Понимаешь, малышка, если кто-то называет тебя словом, которое ему кажется бранным, это вовсе не оскорбление. Это не обидно, а только показывает, какой этот человек жалкий. Так что ты не огорчайся, когда миссис Дюбоз бранится. У нее довольно своих несчастий.

Однажды, почти через месяц, Джим одолевал сэра Вальтера Скаута (так он его окрестил), а миссис Дюбоз придиралась и поправляла его на каждом слове, как вдруг в дверь постучали.

— Войдите! — визгливо закричала она.

Это был Аттикус. Он подошел к кровати и осторожно пожал руку миссис Дюбоз.

— Я возвращался с работы, вижу — дети меня не встречают, — сказал он. — Я так и подумал, что они, наверно, еще здесь.

Миссис Дюбоз ему улыбнулась. Я совсем растерялась — как же она с ним разговаривает, ведь она его терпеть не может?!

— Знаете, который час, Аттикус? — сказала она. — Ровно четырнадцать минут шестого. Будильник заведен на половину шестого. Имейте в виду.

Я вдруг сообразила: а ведь каждый день мы задерживаемся у миссис Дюбоз немного дольше, каждый день будильник звонит на пять минут позже, чем накануне, и к этому времени у нее уже всегда начинается припадок. Сегодня она шпыняла Джима почти два часа, а припадка все не было, в какую же ловушку мы попались! Вдруг настанет такой день, когда будильник вовсе не зазвонит, что нам тогда делать?

— Мне казалось, Джим должен читать ровно месяц, — сказал Аттикус.

— Надо бы еще неделю, — сказала она. — Для верности...

Джим вскочил:

— Но...

Аттикус поднял руку, и Джим замолчал. По дороге домой он сказал — уговор был читать ровно месяц, а месяц прошел, и это нечестно.

— Еще только неделю, сын, — сказал Аттикус.

— Нет, — сказал Джим.

— Да, — сказал Аттикус.

На следующей неделе мы опять ходили к миссис Дюбоз. Будильник больше не звонил, миссис Дюбоз просто говорила: «Хватит», отпускала нас, и, когда мы возвращались домой, Аттикус уже сидел в качалке и читал газету. Хоть припадки и кончились, миссис Дюбоз была все такая же несносная: когда сэр Вальтер Скотт ударялся в нескончаемые описания рвов и замков, ей становилось скучно, и она принималась нас шпынять.

— Говорила я тебе, Джереми Финч, ты еще пожалеешь, что переломал мои камелии. Теперь-то ты жалеешь, а?

Джим отвечал — еще как жалеет.

— Ты думал, что загубил мой «горный снег», а? Так вот, Джесси говорит, куст опять покрылся бутонами. В следующий раз ты будешь знать, как взяться за дело, а? Выдернешь весь куст с корнями, а?

И Джим отвечал — да, непременно.

— Не бормочи себе под нос! Смотри мне в глаза и отвечай: «Да, мэм!» Хотя где уж тебе смотреть людям в глаза, когда у тебя такой отец.

Джим вскидывал голову и встречался взглядом с миссис Дюбоз, и совсем не видно было, что он злится. За эти недели он научился самые устрашающие и невероятные выдумки миссис Дюбоз выслушивать с таким вот вежливым и невозмутимым видом.

И вот настал долгожданный день. Однажды миссис Дюбоз сказала:

— Хватит. — И прибавила: — Теперь все. До свидания.

Гора с плеч! Мы помчались домой, мы прыгали, скакали и вопили от радости.

Хорошая была эта весна, дни становились все длиннее, и у нас оставалось много времени на игры. Джим непрестанно занимался подсчетами величайшей важности, он знал наизусть всех футболистов во всех студенческих командах по всей Америке. Каждый вечер Аттикус читал нам вслух спортивные страницы газет. Судя по предполагаемому составу (имена этих игроков мы и выговорить-то не могли), команда штата Алабама, пожалуй, этим летом опять завоюет Розовый кубок. Однажды вечером, когда Аттикус дочитал до половины обзор Уинди Ситона, зазвонил телефон.

Аттикус поговорил по телефону, вышел в прихожую и взял с вешалки шляпу.

— Я иду к миссис Дюбоз, — сказал он. — Скоро вернусь.

Но мне давно уже пора было спать, а он все не возвращался. А когда вернулся, в руках у него была конфетная коробка. Он прошел в гостиную, сел и поставил коробку на пол возле своего стула.

— Чего ей было надо? — спросил Джим.

Мы с ним не видели миссис Дюбоз больше месяца. Сколько раз проходили мимо ее дома, но она никогда теперь не сидела на террасе.

— Она умерла, сын, — сказал Аттикус. — Только что.

— А... — сказал Джим. — Хорошо.

— Ты прав, это хорошо, — сказал Аттикус. — Она больше не страдает. Она была больна очень долго. Знаешь, что у нее были за припадки?

Джим покачал головой.

— Миссис Дюбоз была морфинистка, — сказал Аттикус. — Много лет она принимала морфий, чтобы утолить боль. Ей доктор прописал. Она могла принимать морфий до конца дней своих и умерла бы не в таких мучениях, но у нее для этого был слишком независимый характер...

— Как так? — спросил Джим.

Аттикус сказал:

— Незадолго до той твоей выходки она попросила меня составить завещание. Доктор Рейнолдс сказал, что ей осталось жить всего месяца два-три. Все ее материальные дела были в идеальном порядке, но она сказала: «Есть один непорядок».

— Какой же? — в недоумении спросил Джим.

— Она сказала, что хочет уйти из жизни, ничем никому и ничему не обязанная. Когда человек так тяжело болен, Джим, он вправе принимать любые средства, лишь бы облегчить свои мучения, но она решила иначе. Она сказала, что перед смертью избавится от этой привычки, — и избавилась.

Джим сказал:

— Значит, от этого у нее и делались припадки?

— Да, от этого. Когда ты читал ей вслух, она большую часть времени ни слова не слыхала. Всем существом она ждала, когда же наконец зазвонит будильник. Если бы ты ей не попался, я все равно заставил бы тебя читать ей вслух. Может быть, это ее немного отвлекало. Была и еще одна причина...

— И она умерла свободной? — спросил Джим.

— Как ветер, — сказал Аттикус. — И почти до самого конца не теряла сознания. — Он улыбнулся. — И не переставала браниться. Всячески меня порицала и напророчила, что ты у меня вырастешь арестантом и я до конца дней моих должен буду брать тебя на поруки. Она велела Джесси упаковать для тебя эту коробку...

Аттикус наклонился, поднял конфетную коробку и передал ее Джиму.

Джим открыл коробку. Там на влажной вате лежала белоснежная, прозрачная красавица камелия «горный снег».

У Джима чуть глаза не выскочили на лоб. Он отшвырнул цветок.

— Старая чертовка! — завопил он. — Ну что она ко мне привязалась?!

Аттикус мигом вскочил и наклонился к нему. Джим уткнулся ему в грудь.

— Ш-ш, тише, — сказал Аттикус. — По-моему, она хотела этим сказать тебе: все хорошо, Джим, теперь все хорошо. Знаешь, она была настоящая леди.

— Леди?! — Джим поднял голову. Он был красный как рак. — Она про тебя такое говорила, и по-твоему, она — леди?

— Да. Она на многое смотрела по-своему, быть может, совсем не так, как я... Сын, я уже сказал тебе: если бы ты тогда не потерял голову, я бы все равно посылал тебя читать ей вслух. Я хотел, чтобы ты кое-что в ней понял, хотел, чтобы ты увидел подлинное мужество, а не воображал, будто мужество — это когда у человека в руках ружье. Мужество — это когда заранее знаешь, что ты проиграл, и все-таки берешься за дело и наперекор всему на свете идешь до конца. Побеждаешь очень редко, но иногда все-таки побеждаешь. Миссис Дюбоз победила. По ее воззрениям, она умерла, ничем никому и ничему не обязанная. Я никогда не встречал человека столь мужественного.

Джим поднял с полу коробку и кинул в камин. Поднял камелию, и, когда я уходила спать, он сидел и осторожно перебирал широко раскрывшиеся лепестки. Аттикус читал газету.

ЧАСТЬ ВТОРАЯ

Глава 12

Джиму теперь было двенадцать. С ним стало трудно ладить, никак не угадаешь, с чего он разозлится или надуется. Ел он так много и жадно, даже смотреть было страшно, и все огрызался: «Не приставай ко мне!» Я раз не выдержала и спросила Аттикуса:

— Может, в нем сидит солитер?

Аттикус сказал — нет, просто Джим растет, и надо набраться терпения и поменьше ему докучать.

И ведь он так переменился за какой-нибудь месяц. Миссис Дюбоз похоронили совсем недавно, а пока Джим ходил читать ей вслух, он, кажется, был очень доволен, что я тоже с ним хожу. И вдруг, чуть не за одну ночь, у него появились какие-то новые, непонятные убеждения, и он стал навязывать их мне, иной раз даже принимался поучать — делай то, не делай этого! Как-то мы поспорили, и Джим заорал:

— Научись ты вести себя, как полагается девочке! Пора уж!

Я разревелась и побежала к Кэлпурнии.

— Ты не очень-то расстраивайся из-за мистера Джима, — начала она.

— Мис-те-ра?!

— Да, он уже почти что мистер.

— Он еще не дорос до мистера, — сказала я. — Просто его надо поколотить, а я не могу, я еще не такая большая.

— Мистер Джим становится взрослый, тут уж ничего не поделаешь, малышка, — сказала Кэлпурния. — Теперь он захочет быть сам по себе, и у него пойдут свои дела, все мальчики такие. А ты, когда заскучаешь, приходи сюда. У нас с тобой тут работы найдется сколько хочешь.

Лето обещало быть не таким уж плохим; Джим пускай делает что хочет, а пока не приедет Дилл, я и с Кэлпурнией проживу. Она как будто даже радовалась, когда я приходила на кухню, а я смотрела, как она там хлопочет, и думала: пожалуй, девочкой быть не так-то просто.

Но вот и лето, а Дилл не едет и не едет. Только прислал письмо и карточку. У него новый папа — это он снят на карточке, — и Диллу придется на лето остаться в Меридиане, потому что они задумали смастерить лодку для рыбной ловли. Новый отец Дилла — адвокат, как Аттикус, только не такой старый. На карточке отец Дилла был славный, хорошо, что Дилл такого заполучил, но я была в отчаянии. Под конец Дилл писал — он будет любить меня вечно, и, чтоб я не огорчалась, он скопит денег, приедет и женится на мне, так что, пожалуйста, пиши письма.

Конечно, я все равно невеста, но от этого мало радости, если Дилла тут нет. Прежде я как-то не замечала, что лето — это значит, у пруда сидит Дилл и курит сигарету из бечевки, и глаза у него блестят, сразу видно — опять придумал, как выманить из дому Страшилу Рэдли; лето — значит, стоит Джиму отвернуться, Дилл торопливо чмокнет меня в щеку, и иногда мы минуты не можем жить друг без друга. С Диллом жизнь была проста и понятна, без него жизнь стала невыносимая. Целых два дня я была несчастна.

А ко всему законодательное собрание штата собралось на какую-то внеочередную сессию, и Аттикус уехал на две недели. Губернатору вздумалось устроить приборку и избавиться от кое-каких ракушек, присосавшихся к днищу государственного корабля; в Бирмингеме начались сидячие забастовки; в городах все росли очереди безработных за бесплатным супом и куском хлеба; фермеры все нищали. Но события эти происходили в мире, очень далеком от нас с Джимом.

Однажды утром мы с изумлением увидели в «Монтгомери эдвертайзер» карикатуру, под которой стояло: «Мейкомбский Финч». Аттикус — босой, в коротких штанишках, прикованный цепями к парте — прилежно писал что-то на грифельной доске, а какие-то легкомысленные девчонки дразнили его и улюлюкали.

— Это лестно, — объяснил Джим. — Аттикус всегда берется за такие дела, за которые никто больше не берется.

— Это как?

Ко всем своим новым качествам Джим еще и заважничал так, будто он один на свете умный, прямо даже зло брало.

— Ну, Глазастик, это вроде того как перестраивать налоговую систему в округах и всякое такое. Большинство людей этим не интересуется.

— А ты почем знаешь?

— Ах, отстань. Видишь, я читаю газету.

Ладно, будь по-твоему. Я ушла от него на кухню. Кэлпурния лущила горох и вдруг сказала:

— Что же мне с вами делать в воскресенье, как вы в церковь пойдете?

— Да очень просто. Деньги на церковную кружку нам Аттикус оставил.

Кэлпурния прищурилась, и я сразу угадала ее мысли.

— Кэл, — сказала я, — ты же знаешь, мы будем хорошо себя вести. Мы уже сколько лет в церкви не балуемся.

Видно, Кэлпурния вспомнила один дождливый воскресный день — мы тогда оставались одни, ни отца, ни учительницы не было. Ребята всем классом отвели Юнис Энн Симпсон в котельную и привязали к стулу. А потом забыли про нее, поднялись наверх и тихо и смирно слушали проповедь, как вдруг поднялся гром и звон: где-то чем-то колотили по трубам парового отопления; под конец кто-то пошел узнать, что случилось, и извлек на свет божий Юнис Энн, и она заявила, что не желает больше играть в мученика, — Джим Финч говорил, если у нее довольно веры, она не сгорит, но внизу очень жарко.

— И потом, Кэл, ведь Аттикус не первый раз нас оставляет одних, — протестовала я.

— Да, когда наверняка знает, что ваша учительница будет в церкви. А в этот раз он ничего не сказал — видно, забыл.

Кэлпурния озабоченно почесала в затылке и вдруг улыбнулась.

— А может, вы с мистером Джимом завтра пойдете в церковь со мной?

— Ой, правда?

— Ты, видно, не против? — засмеялась Кэлпурния.

В субботу вечером Кэл всегда скребла и терла меня на совесть, но уж в этот день она превзошла самое себя. Заставила меня два раза намылиться и каждый раз меняла воду, чтобы смыть мыло; сунула мою голову в таз и вымыла шампунем. Она уже сколько лет полагалась на самостоятельность Джима, а в этот вечер пошла его проверить, так что он возмутился:

— В этом доме вымыться спокойно не дадут, всем надо совать свой нос в ванную!

Наутро Кэлпурния раньше обычного «занялась нашими туалетами». Когда она оставалась у нас ночевать, она всегда спала в кухне на раскладушке; в то утро вся раскладушка была завалена нашими воскресными нарядами. Мое платье Кэлпурния так накрахмалила, что оно стояло вокруг меня колоколом. Она заставила меня надеть нижнюю юбку и туго повязала вместо пояса розовую ленту. Мои лакированные туфли она так долго терла черствым хлебом, что уже могла смотреться в них, как в зеркало.

— Мы прямо как на карнавал собираемся, — сказал Джим. — Для чего это, Кэл?

— Пускай кто попробует сказать, что я плохо смотрю за моими детьми, — пробормотала Кэлпурния. — Мистер Джим, вам никак нельзя надевать этот галстук с этим костюмом. Он зеленый.

— Ну и что?

— А костюм синий. Вы разве не видите?

— Э-э! — закричала я. — Джим не разбирает цветов!

Джим сердито покраснел, но Кэлпурния сказала:

— А ну, хватит. Раз вы идете в «Первую покупку», надо не дуться, а улыбаться.

«Первая покупка» — африканская методистская молельня — стояла у южной окраины города, в негритянском квартале, за дорогой на старую лесопилку. Это ветхое деревянное строение, с которого облезла вся краска, было единственной в Мейкомбе церковью с колокольней; называлось оно так потому, что было построено на первые заработки освобожденных рабов. По воскресеньям в нем молились негры, а по будням там собирались белые и играли в кости.

На церковном дворе и рядом на кладбище глинистая почва была твердая как камень. Если кто-нибудь умирал в жаркую пору, тело хранили во льду, пока не пойдут дожди и земля не размякнет. Далеко не на всякой могиле можно было увидеть надгробный камень, да и тот крошился; могилы недавние обложены были по краю яркими цветными стеклышками и осколками бутылок из-под кока- колы. Иную могилу охранял громоотвод — видно, усопший был беспокойного нрава; на могилах младенцев торчали огарки догоревших свечей. Нарядное это было кладбище.

Мы вошли во двор, и навстречу нам пахнуло теплым горьковато-сладким запахом принарядившихся негров: помадой для волос, жевательной резинкой, нюхательным табаком, ай-да-колоном, мылом, сиреневой пудрой и мятными конфетами.

Увидев рядом с Кэлпурнией нас с Джимом, мужчины посторонились и сняли шляпы; женщины сложили руки на животе, как всегда делали в будни в знак почтительного внимания. Все расступились и дали нам дорогу. Кэлпурния шла между мною и Джимом и раскланивалась направо и налево, отвечая на приветствия празднично одетых соседей и знакомых.

— Ты что это выдумала, мисс Кэл? — раздался голос позади нас.

Кэлпурния положила руки нам на плечи, мы остановились и обернулись: в узком проходе между двумя рядами людей стояла высокая негритянка. Она выставила одну ногу, уперлась локтем левой руки в бок и поднятой ладонью показывала на нас. У нее была голова огурцом, странные миндалевидные глаза, прямой нос и резко очерченный рот. Мне она показалась великаншей.

Рука Кэлпурнии крепче сжала мое плечо.

— Чего тебе, Лула? — спросила она.

Я никогда прежде не слышала у нее такого голоса. Она говорила негромко, презрительно.

— А для чего это приводить белых ребят в церковь к черномазым?

— Они мои гости, — сказала Кэлпурния, и опять я подумала, какой у нее стал странный голос: она говорила, как все негры.

— Ага, а всю неделю ты, верно, у Финчей гостья!

В толпе зароптали.

— Не бойся, — шепнула мне Кэлпурния, но розы у нее на шляпке сердито заколыхались.

Между двумя рядами зрителей Лула направилась было к нам. Кэлпурния сказала:

— Не подходи, черномазая!

Лула остановилась.

— Нечего водить сюда белых ребят, — сказала она. — У них своя церковь, у нас своя. Это наша церковь, верно, мисс Кэл?

Кэлпурния сказала:

— А Бог один, верно?

— Пойдем домой, Кэл, — сказал Джим, — мы им тут ни к чему.

Я тоже видела — мы тут ни к чему. Я чувствовала — толпа напирает. Нас обступали все теснее, но я поглядела на Кэлпурнию, а у нее глаза смеются. Я опять посмотрела туда, где между двумя рядами людей была дорожка, но Лула исчезла. На том месте стеной стояли негры. Один выступил вперед. Это был Зибо, городской мусорщик.

— Мистер Джим, — сказал он, — мы очень вам рады. Вы эту Лулу не слушайте, она злится, потому как преподобный Сайкс грозился отчитать ее с кафедры при всем честном народе. Она у нас известная смутьянка и гордячка и выдумывает невесть что, а мы очень вам всем рады.

И Кэлпурния повела нас в молельню, а в дверях нас встретил преподобный Сайкс и повел вперед, на самую первую скамью.

У «Первой покупки» внутри не было потолка. По стенам на медных скобах висели незажженные керосиновые лампы; вместо настоящих церковных скамей стояли грубые сосновые лавки. Позади простой дубовой кафедры свисала полоса линялого розового шелка с надписью: «Бог есть любовь», кроме нее, молельню украшала еще только литография с картины Ханта «Светоч мира». Я осмотрелась: где фортепьяно или орган, сборники псалмов и программки богослужения — все, что мы привыкли каждое воскресенье видеть в церкви, — но ничего этого не оказалось. Было сумрачно, прохладно и сыро, но постепенно народу становилось все больше и воздух согревался. На скамьях положен был для каждого прихожанина дешевый картонный веер с ярко намалеванным Гефсиманским садом — дар Компании скобяных изделий Тиндела («Большой выбор товаров на все вкусы»).

Кэлпурния провела нас с Джимом в конец ряда и села между нами. Вытащила из кошелька платок и развязала тугой узелок с одного угла. И протянула нам с Джимом по монетке в десять центов.

— У нас есть свои, — прошептал Джим.

— Держите, — сказала Кэлпурния. — Вы мои гости.

Джим, видно, сомневался, благородно ли оставлять свои деньги при себе, но врожденная учтивость взяла верх, и он сунул монету в карман. Без малейших угрызений совести я сделала то же самое.

— Кэл, — зашептала я, — а где же сборники с псалмами?

— У нас их нет, — ответила она.

— А как же?..

— Ш-ш, — сказала Кэлпурния.

На кафедре стоял преподобный Сайкс и взглядом призывал свою паству к молчанию. Он был невысокий, плотный, в черном костюме, белой рубашке и черном галстуке; в свете, сочившемся сквозь матовые стекла, поблескивала золотая цепочка от часов.

— Братья и сестры, — сказал он, — мы весьма рады, что сегодня утром у нас гости — мистер и мисс Финч. Все вы знаете их отца. Прежде чем начать проповедь, я прочитаю вам несколько сообщений. — Преподобный Сайкс перелистал какие-то бумажки, выбрал одну, далеко отставил ее от глаз и прочел: — «Собрание миссионерского общества состоится во вторник в доме сестры Эннет Ривз. Приносите с собою шитье». — Потом стал читать по другой бумажке: — «Все вы знаете, какая беда приключилась с братом Томом Робинсоном. Он с детства был добрым прихожанином «Первой покупки». Весь денежный сбор сегодня и в следующие три воскресенья пойдет Элен, его жене, чтобы она могла прокормить детей».

Я ткнула Джима в бок:

— Это тот самый Том, которого Аттикус будет за...

— Ш-ш!

Я обернулась к Кэлпурнии, но и рта не успела раскрыть, а она уже шикнула на меня. Пришлось покориться, и я стала смотреть на преподобного Сайкса — он, кажется, ждал, чтобы я угомонилась.

— Попросим нашего регента начать первый псалом.

Со своей скамьи поднялся Зибо, прошел меж рядов, остановился перед нами и повернулся лицом к пастве. В руках у него был растрепанный сборник псалмов. Зибо раскрыл его и сказал:

— Мы споем номер двести семьдесят третий.

Этого я уже не могла выдержать.

— Как же мы будем петь, у нас же нет слов?

Кэлпурния улыбнулась.

— Тише, малышка, — прошептала она. — Сейчас увидишь.

Зибо откашлялся и таким гулким голосом, как будто далеко-далеко палили пушки, прочитал нараспев:

— «Там, за рекой, лежит страна...»

И словно чудом необыкновенно стройный хор сотней голосов пропел эти слова вслед за Зибо. Протяжным гуденьем замер последний слог, и вот Зибо уже говорит:

— «Вовек желанна нам она...»

И опять вокруг нас громко зазвучал хор; долго тянулась последняя нота, и, еще прежде чем она замерла, Зибо прочитал следующую строчку:

— «Нас выведет одна лишь вера на тот обетованный берег».

На этот раз паства замешкалась, Зибо внятно повторил строку, и хор пропел ее. Как только вступал хор, Зибо закрывал книжку — знак всем собравшимся продолжать без его помощи.

И при замирающих звуках торжественного хора Зибо протянул:

— «За той сияющей рекой обетованный ждет покой».

Строку за строкой повторял за ним хор, стройно выводя простую мелодию, и наконец псалом закончился чуть слышной печальной и протяжной нотой.

Я поглядела на Джима, он исподлобья глядел на Зибо. Я тоже не могла опомниться от удивления, но мы слышали все это своими ушами!

Потом преподобный Сайкс начал молиться о страждущих и недужных — так же молились и в нашей церкви, только мистер Сайкс просил Господа Бога о некоторых больных позаботиться особо.

В своей проповеди он обличал грех и очень строго повторил то, что было написано позади него на стене: «Бог есть любовь», предостерег паству от горячительных напитков, от азартных игр и чужих женщин. Подпольная торговля спиртным — бич негритянского квартала, но женщины и того хуже! Опять, как в нашей церкви, я услыхала, что женщины грешны и нечисты, — видно, все священники только об этом и думают.

То же самое мы с Джимом выслушивали каждое воскресенье, разница была в одном — преподобный

Сайкс с церковной кафедры свободнее высказывал свое мнение о каждом грешнике в отдельности: Джим Харди уже пять воскресений кряду не появляется в церкви, а он не болен. Констэнс Джексон следует быть осмотрительнее, как бы ей не рассориться с ближними своими — до нее никому за все существование квартала не приходило на ум городить забор назло соседу.

Проповедь кончилась. Преподобный Сайкс стал у столика перед кафедрой и призвал вносить пожертвования — это мы с Джимом видели впервые. Прихожане по одному выходили вперед и опускали в черную эмалированную жестянку из-под кофе пять или десять центов. Мы с Джимом тоже пошли, наши монетки звякнули в жестянке, и нам было тихо сказано:

— Спасибо, спасибо.

К нашему изумлению, преподобный Сайкс высыпал деньги на столик и пересчитал. Потом выпрямился и сказал:

— Этого недостаточно. Нам надо собрать десять долларов.

Прихожане заволновались.

— Вы все знаете, зачем это нужно: пока Том в тюрьме, Элен не может оставить детей и пойти работать. Если каждый даст еще десять центов, будет достаточно... — Преподобный Сайкс помахал рукой и крикнул кому-то через всю молельню: — Закрой двери, Алек. Никто не выйдет отсюда, пока мы не соберем десять долларов.

Кэлпурния порылась в сумочке, вытащила потрепанный кожаный кошелек и протянула Джиму блестящий четвертак.

— Нет, Кэл, — прошептал Джим, — мы сами. Где твои десять центов, Глазастик?

В церкви становилось душно, и я подумала — верно, мистер Сайкс хочет взять свою паству измором. Трещали веера, шаркали ноги, любителям жевать табак становилось невмоготу.

Я вздрогнула от неожиданности — преподобный Сайкс вдруг сказал сурово:

— Карлоу Ричардсон, я еще не видел тебя у этого столика.

Худой человек в штанах цвета хаки вышел вперед и опустил монету в жестянку. Паства одобрительно загудела. Потом преподобный Сайкс сказал:

— Пусть каждый из вас, у кого нет детей, пожертвует еще десять центов. И тогда у нас будет достаточно.

Медленно, с трудом десять долларов были собраны. Двери растворились, повеяло теплым ветерком, и мы вздохнули легче. Зибо стих за стихом прочитал «На бурных брегах Иордана», и воскресная служба кончилась.

Я хотела остаться и все рассмотреть, но Кэлпурния повела меня по проходу. В дверях она задержалась, чтобы поговорить с Зибо и его семейством, а мы с Джимом поболтали с мистером Сайксом.

У меня вертелось на языке сто вопросов, но я решила — после спрошу у Кэлпурнии.

— Мы очень рады, что вы пришли к нам сегодня, — сказал преподобный Сайкс. — Ваш папа — лучший друг нашего прихода.

Любопытство все-таки одолело меня.

— А почему вы собирали деньги для жены Тома Робинсона?

— Разве вы не слыхали? — спросил преподобный Сайкс. — У Элен трое маленьких, и она не может работать...

— А почему ей не взять их с собой, ваше преподобие? — спросила я.

Негритянки, работавшие на хлопковых плантациях, всегда брали малышей с собой и усаживали их куда-нибудь в тень, обычно между двумя рядами кустов. Тех, кто еще и сидеть не умел, матери привязывали себе за спину на индейский лад или завертывали в пустые мешки из-под хлопка и клали на землю.

Преподобный Сайкс замялся.

— По правде говоря, мисс Джин-Луиза, сейчас Элен не так-то просто найти работу... Когда наступит время собирать хлопок, я думаю, ее возьмет мистер Линк Диз.

— А почему ей сейчас не найти работу?

Преподобный Сайкс не успел ответить, Кэлпурния положила руку мне на плечо. И я послушно сказала:

— Спасибо, что вы позволили нам прийти.

Джим сказал то же самое, и мы пошли домой.

— Кэл, я знаю, Тома Робинсона посадили в тюрьму, он сделал что-то ужасно плохое, а Элен почему не берут на работу? — спросила я.

Кэлпурния в темно-синем муслиновом платье и высокой шляпке шла между мною и Джимом.

— Потому, что люди говорят, Том плохо поступил, — сказала она. — Никому не хочется... не хочется иметь дело с его семьей.

— Кэл, а что он такое сделал?

Кэлпурния вздохнула.

— Старый мистер Боб Юэл заявил, что Том снасильничал над его дочкой, вот Тома и арестовали и засадили в тюрьму.

— Мистер Юэл? — Мне кое-что вспомнилось. — Есть такие Юэлы, они каждый год в первый день приходят в школу, а потом больше не ходят. Он из них, да? И Аттикус сказал, они настоящие подонки... Аттикус никогда ни про кого так не говорил. Он сказал...

— Вот это они самые и есть.

— Ну, если все в Мейкомбе знают, что за народ эти Юэлы, так все рады будут нанять Элен на работу... Кэл, а что это — насильничать?

— Спроси мистера Финча, он тебе лучше объяснит. Вы оба, верно, голодные? Преподобный отец сегодня что-то длинно проповедовал, всегда он не так скучно говорит.

— Он совсем как наш проповедник, — сказал Джим. — А почему вы так странно поете псалмы?

— Ты про вторенье? — спросила Кэлпурния.

— Это называется вторенье?

— Да, мы так называем. Так всегда делалось, сколько я себя помню.

Джим сказал:

— Отложили бы за год деньги с церковных сборов и купили бы сборники псалмов.

Кэлпурния засмеялась.

— А что от них толку? Читать-то все равно никто не умеет.

— Как же так? — спросила я. — Столько народу — и никто не умеет читать?

Кэлпурния кивнула:

— Ну да. В «Первой покупке» читают, может, человека четыре... я в том числе.

— Ты в какой школе училась, Кэл? — спросил Джим.

— Ни в какой. Дай-ка вспомнить, кто же это меня научил грамоте? А, да, старая мисс Бьюфорд, тетушка нашей мисс Моди Эткинсон.

— Да разве ты такая старая?

— Я даже старше мистера Финча, — усмехнулась Кэлпурния. — Только не знаю, много ли. Мы с ним один раз стали вспоминать да рассчитывать, сколько же это мне лет... я помню немножко дальше его, стало быть, я и старше ненамного, женская-то память получше мужской.

— А когда твой день рождения, Кэл?

— Я справляю на Рождество — так легче запомнить... а настоящего дня рождения у меня нету.

— Но ты по виду совсем не такая старая, как Аттикус, — запротестовал Джим.

— Цветные не так быстро стареют, как белые, по ним не так видно, — сказала Кэлпурния.

— Может быть, это потому, что они не умеют читать. Кэл, это ты научила Зибо грамоте?

— Да, мистер Джим. Когда он был мальчонкой, у нас тут и школы-то не было. А я его все ж таки заставила учиться.

Зибо был старшим сыном Кэлпурнии. Если б я прежде об этом подумала, я бы догадалась, что Кэл уже пожилая — у Зибо у самого дети были почти взрослые, только я как-то об этом не задумывалась.

— Ты его учила по букварю, как нас? — спросила я.

— Нет, я ему велела каждый день выучивать страничку из Священного Писания, и еще была книжка, по которой меня учила мисс Бьюфорд, — вам не угадать, откуда я ее взяла.

Мы и не угадали. Кэлпурния сказала:

— Мне ее дал ваш дедушка Финч.

— Да разве ты с «Пристани»? — удивился Джим. — Ты нам никогда не говорила.

— Ясно, с «Пристани», мистер Джим. Там и выросла, между «Пристанью» и имением Бьюфордов. Круглый год работала то на Бьюфордов, то на Финчей, а потом ваши папа с мамой поженились, я и переехала в Мейкомб.

— А какая это была книжка, Кэл? — спросила я.

— «Комментарии» Блэкстоуна*.

Джим был ошеломлен.

— И по этой книге ты учила Зибо грамоте?!

— Ну да, сэр, мистер Джим. — Кэлпурния застенчиво прикрыла рот рукой. — У меня других книг нету. Ваш дедушка говорил, что мистер Блэкстоун писал превосходным языком...

— Значит, вот почему ты говоришь не так, как все, — сказал Джим.

— Кто все?

— Все цветные. Кэл, а ведь в церкви ты говорила так же, как они...

Мне никогда и в голову не приходило, что у нашей Кэлпурнии есть еще другая жизнь. Оказывается, она может существовать как-то отдельно, вне нашего дома, да еще знает два языка!

— Кэл, — сказала я, — а для чего ты со своими разговариваешь, как... как цветные, ты ведь знаешь, что это неправильно?

— Ну, во-первых, я и сама черная...

---

* Блэкстоун Уильям (1723—1780) — английский юрист, автор классичксих четырехтомных «Комментариев к английским законам».

— Все равно, зачем же тебе ломать язык, когда ты умеешь говорить правильно? — сказал Джим.

Кэлпурния сбила шляпку набок и почесала в затылке, потом старательно поправила шляпку.

— Как бы это вам объяснить, — сказала она. — Вот бы вы с Глазастиком стали у себя дома разговаривать, как цветные, — это было бы совсем не к месту, верно? А если я в церкви или со своими соседями стану говорить, как белая? Люди подумают, я совсем заважничала.

— Но ведь ты знаешь, как правильно! — сказала я.

— А не обязательно выставлять напоказ все, что знаешь. Женщине это не к лицу. И во-вторых, людям вовсе не по вкусу, когда кто-то умней их. Они сердятся. Хоть и говори сам правильно, а их не переменишь, для этого им надо самим научиться, а уж если они не хотят, ничего не поделаешь: либо держи язык за зубами, либо говори, как они.

— Кэл, а можно мне иногда с тобой повидаться?

Кэлпурния поглядела на меня с недоумением.

— Повидаться, дружок? Да мы с тобой видимся каждый день.

— Нет, можно приходить к тебе в гости? Как-нибудь после работы? Аттикус меня проводит.

— Пожалуйста, когда захочешь, — сказала Кэлпурния. — Мы тебе всегда будем рады.

Мы шли по тротуару мимо дома Рэдли.

— Посмотрите-ка на веранду, — сказал Джим.

Я оглянулась на дом Рэдли — вдруг его таинственный обитатель вылез подышать свежим воздухом? Но веранда была пуста.

— Да нет, на нашу веранду посмотри, — сказал Джим.

Я посмотрела. В качалке, прямая, непреклонная и неприступная, с таким видом, будто она здесь провела весь свой век, сидела тетя Александра.

Глава 13

— Отнеси мой саквояж в ту спальню, что окнами на улицу, Кэлпурния, — были первые слова тети Александры. — Джин-Луиза, перестань чесать в затылке, — были ее следующие слова.

Кэлпурния подняла тяжелый тетин чемодан и отворила дверь.

— Я сам отнесу, — сказал Джим и перехватил чемодан.

Слышно было, как чемодан грохнул об пол в спальне. Все, теперь он тут надолго.

— Вы приехали в гости, тетя? — спросила я.

Тетя Александра не часто выезжала с «Пристани» и уж тогда путешествовала с помпой. У нее был свой ярко-зеленый солидный «бьюик» и черный шофер, оба сверкали такой чистотой, смотреть тошно, но сейчас их нигде не было видно.

— Разве отец вам ничего не сказал? — спросила тетя Александра.

Мы с Джимом помотали головами.

— Вероятно, забыл. Его еще нет дома?

— Нет, он обычно возвращается только к вечеру, — сказал Джим.

— Ну так вот, ваш отец и я посоветовались и решили, что пора мне немножко у вас пожить.

«Немножко» в Мейкомбе может означать и три дня и тридцать лет. Мы с Джимом переглянулись.

— Джим становится взрослый, и ты тоже растешь, — сказала тетя Александра. — Мы решили, что тебе полезно женское влияние. Пройдет совсем немного лет, Джин-Луиза, и ты начнешь увлекаться нарядами и молодыми людьми...

Я могла много чего на это ответить: Кэлпурния тоже женщина, пройдет еще очень много лет, пока я начну увлекаться молодыми людьми, а нарядами я вообще никогда не стану увлекаться... Но я промолчала.

— А как же дядя Джимми? — спросил Джим. — Он тоже приедет?

— О нет, он остался на «Пристани». Ему надо присматривать за фермой.

— А вы не будете без него скучать? — спросила я и сразу спохватилась — это был не очень тактичный вопрос. Тут ли дядя Джимми, нет ли, разница невелика, от него все равно никогда слова не услышишь. Тетя Александра пропустила мой вопрос мимо ушей.

Я не могла придумать, о чем еще с ней говорить. Сказать по совести, я никогда не знала, о чем с ней говорить, и сейчас сидела и вспоминала наши прошлые тягостные беседы: «Как поживаешь, Джин-Луиза?» — «Очень хорошо, благодарю вас, мэм, а вы как поживаете?» — «Хорошо, спасибо. А чем ты все это время занималась?» — «Ничем». — «Как, неужели ты ничего не делаешь?» — «Ничего». — «Но у тебя, наверно, есть друзья?» — «Да, мэм». — «Так чем же вы все занимаетесь?» — «Ничем».

Тетя, конечно, считала меня круглой дурой, один раз я слышала — она сказала Аттикусу, что я отсталая.

Что-то было неладно, но расспрашивать не захотелось: по воскресеньям тетя Александра всегда бывала сердитая. Наверно, из-за корсета. Она была не толстая, но весьма солидная особа и сильно затягивалась — бюст получался такой высокий, что смотреть страшно, сзади все очень пышно, талия в рюмочку, — глядя на эту фигуру, поневоле подумаешь, что наверно, в молодости тетя Александра была как песочные часы. С какого боку ни посмотри, выходило очень внушительно.

Остаток дня прошел в тихом унынии — так всегда бывает, когда приедут родственники, — а потом мы заслышали автомобиль и сразу ожили. Это из Монтгомери вернулся Аттикус. Джим забыл свою солидность и вместе со мной побежал его встречать. Джим выхватил у Аттикуса чемодан и портфель, а я повисла у него на шее; он на лету поцеловал меня, и я спросила:

— А книжку ты мне привез? А знаешь, тетя приехала!

Аттикус сказал — привез и знает.

— Тетя будет у нас жить, ты рада?

Я сказала — очень рада, это была неправда, но бывают такие обстоятельства, что приходится и соврать, раз уж все равно ничего не поделаешь.

— Мы решили, что настало время, когда детям необходимо... в общем вот что, Глазастик, — сказал Аттикус, — тетя делает мне большое одолжение, и вам обоим тоже. Я не могу весь день сидеть с вами дома, и этим летом нам придется трудно.

— Да, сэр, — сказала я.

Я ничего не поняла. Мне только показалось, что не так уж Аттикус звал тетю Александру, это она сама все придумала. У нее была такая манера, она заявляла — *так лучше для семьи,* вот, наверно, и к нам она поэтому переехала.

Мейкомб встретил тетю Александру очень приветливо. Мисс Моди Эткинсон испекла свой любимый торт, до того пропитанный наливкой, что я стала пьяная; мисс Стивени Кроуфорд приходила в гости и сидела часами, причем больше все качала головой и говорила «гм-гм». Мисс Рейчел зазывала тетю днем пить кофе, и даже мистер Натан Рэдли один раз заглянул к нам во двор и сказал, что рад ее видеть.

Потом тетя Александра расположилась у нас как дома, и все пошло своим чередом, и можно было подумать, будто она весь век тут живет. Ее славу отличной хозяйки еще подкрепили угощения на собраниях миссионерского общества (тетя не доверяла Кэлпурнии печь и стряпать деликатесы, которые должны были поддерживать силы слушателей во время длиннейших докладов Общества распространения христианства на Востоке); она вступила в Мейкомбский дамский клуб и стала его секретарем. В глазах мейкомбского высшего света тетя Александра была последней представительницей аристократии: манерами обладала самыми изысканными, какие приобретаются только в лучших закрытых школах и пансионах; была образцом и авторитетом в вопросах морали; мастерски владела искусством намека и не знала себе равных по части сплетен. Когда она училась в школе, ни в одной хрестоматии не упоминалось о внутренних сомнениях, и тетя Александра понятия о них не имела. Она не ведала скуки и не упускала случая выступить в роли главного арбитра: наводила порядок, давала советы, остерегала и предупреждала.

Она никогда не забывала упомянуть о слабостях любого другого рода и племени, дабы возвысить славный род Финчей, — эта привычка иногда злила Джима, а чаще забавляла.

— Тете надо быть поосторожнее в словах, она наводит критику чуть не на всех в Мейкомбе, а ведь половина города нам родня.

Молодой Сэм Мерриуэзер покончил с собой — и тетя Александра наставительно говорила — наклонность к самоубийству у них в роду. Стоило шестнадцатилетней девчонке в церковном хоре разок хихикнуть, и тетя Александра замечала:

— Вот видите, в роду Пенфилдов все женщины легкомысленны.

Кажется, любая мейкомбская семья отличалась какой-нибудь наклонностью: к пьянству, к азартным играм, к скупости, к чудачествам.

Один раз тетя стала уверять нас, будто манера совать нос в чужие дела у мисс Стивени Кроуфорд наследственная, и Аттикус сказал:

— А знаешь, сестра, если вдуматься, до нашего поколения в роду Финчей все женились на двоюродных сестрах и выходили за двоюродных братьев. Так ты, пожалуй, скажешь, что у Финчей наклонность к кровосмешению?

Тетя сказала — нет, просто от этого у всех в нашей семье маленькие руки и ноги.

И что ее всегда волнует наследственность? Почему-то мне представлялось так: люди благородные —

это те, от чьего ума и талантов всем больше всего пользы; а у тети Александры как-то так получалось, хоть она прямо и не говорила, будто чем дольше семья живет на одном месте, тем она благороднее.

— Тогда и Юэлы благородные, — сказал Джим.

Уже третье поколение семейства, к которому принадлежали Баррис Юэл и его братья, существовало на одном и том же клочке земли за городской свалкой, росло и кормилось за счет городской благотворительности.

А все-таки в теории тети Александры была какая-то правда. Мейкомб — старинный город. Расположен он на двадцать миль восточнее «Пристани Финча», слишком далеко от реки, что очень неудобно и странно для такого старого города. Впрочем, он стоял бы на самом берегу, если бы не один ловкий человек по фамилии Синкфилд; на заре времен этот Синкфилд держал гостиницу на перекрестке двух скотопрогонных дорог, и это был единственный постоялый двор во всей округе. Синкфилд не был патриотом, он одинаково оказывал услуги и продавал патроны индейцам и белым поселенцам и нимало не задумывался, стоит ли его заведение на территории Алабамы или во владениях племени Ручья, лишь бы дело приносило доход. Дело процветало, а в это самое время губернатор Уильям Уайат Бибб решил упрочить покой и благоденствие вновь созданного округа и отрядил землемеров определить в точности, где находится его центр, чтобы здесь и обосновались местные власти. Землемеры остановились у Синкфилда и сообщили ему, что его постоялый двор входит в пределы округа Мейкомб, и показали, где именно разместится, по всей вероятности, административный центр округа. Не соверши Синкфилд дерзкого шага, чтобы остаться на бойком месте, центр этот расположился бы посреди Уинстоновых болот, унылых и ничем не примечательных. А вместо этого осью, вокруг которой рос и ширился Мейкомб, стал постоялый двор Синкфилда, ибо смекалистый хозяин в один прекрасный вечер, напоив своих постояльцев до того, что перед глазами у них все путалось и расплывалось, уговорил их вытащить карты и планы, малость отрезать там, чуточку прибавить тут — и сдвинуть центр округа на то место, которое ему, Синкфилду, было всего удобнее. А наутро они отправились восвояси и повезли с собою в переметных сумах кроме карт, пять кварт наливки — по две бутыли на брата и одну губернатору.

Поскольку Мейкомб был основан как административный центр, он оказался не таким неряхой, как почти все города таких же размеров в штате Алабама. С самого начала дома строились солидно, здание суда выглядело весьма внушительно, улицы прокладывались широкие. Среди жителей Мейкомба немало было разного рода специалистов: сюда приезжали издалека, когда надо было вырвать больной зуб, пожаловаться на сердцебиение, починить экипаж, положить деньги в банк, очистить душу от греха, показать мулов ветеринару. Но в конце концов еще вопрос, мудро ли поступил в свое время Синкфилд. По его милости молодой город оказался слишком в стороне от единственного в ту пору общественного средства сообщения — от речных судов, — и жителю северной части округа приходилось тратить два дня на поездку в город Мейкомб за необходимыми покупками. Вот почему за сто лет город не разросся и остался все таким же островком среди пестрого моря хлопковых плантаций и густых лесов.

Война между Севером и Югом обошла Мейкомб стороной, но режим «реконструкции» Юга и крах экономики все же вынудили город расти. Рос он не вширь. Новые люди появлялись редко, браки заключались между представителями одних и тех же семейств, так что постепенно все мейкомбцы стали немножко похожи друг на друга. Изредка кто-нибудь вернется из отлучки и привезет с собою жену — уроженку Монтгомери или Мобила, но и от этого пройдет лишь едва заметная рябь по мирной глади семейного сходства. В годы моего детства жизнь текла почти без перемен.

Разумеется, жители Мейкомба делились на касты, но мне это представлялось так: люди взрослые, мейкомбские граждане нынешнего поколения, прожившие бок о бок многие годы, знают друг друга наизусть и ничем один другого удивить не могут; осанка, характер, цвет волос, даже жесты принимаются как нечто само собою разумеющееся, что переходит из поколения в поколение и только совершенствуется со временем. И в повседневной жизни надежным руководством служат истины вроде: «Все Кроуфорды суют нос в чужие дела», «Каждый третий Мерриуэзер — меланхолик», «Делафилды с правдой не в ладах», «У всех Бьюфордов такая походка» — а стало быть, когда берешь у кого-либо из Делафилдов чек, сперва наведи потихоньку справки в банке; мисс Моди Эткинсон сутулится, потому что она из Бьюфордов; и если миссис Грейс Мерриуэзер втихомолку потягивает джин из бутылок от сиропа, удивляться тут нечему — то же делала и ее матушка.

Мейкомб сразу почуял в тете Александре родственную душу — Мейкомб, но не мы с Джимом. Я только диву давалась — неужели она родная сестра Аттикусу и дяде Джеку? — и даже вспомнила старые сказки про подменышей и корень мандрагоры, которыми в незапамятные времена пугал меня Джим.

В первый месяц ее жизни у нас все это были просто отвлеченные рассуждения — тетя Александра почти не разговаривала со мной и с Джимом, мы ее видели только во время еды да вечером перед сном. Ведь было лето и мы весь день проводили на улице. Конечно, иной раз среди дня забежишь домой выпить воды, а в гостиной полно мейкомбских дам — потягивают чай, шепчутся, обмахиваются веерами, и я слышу:

— Джин-Луиза, поди сюда, поздоровайся с нашими гостьями.

Я вхожу, и у тети становится такое лицо, будто она жалеет, что позвала меня, ведь я всегда в глине или в песке.

— Поздоровайся с кузиной Лили, — сказала один раз тетя Александра, поймав меня в прихожей.

— С кем? — переспросила я.

— Со своей кузиной Лили Брук.

— Разве она нам кузина? А я и не знала.

Тетя Александра улыбнулась так, что сразу видно было: она деликатно извиняется перед кузиной Лили и сурово осуждает меня. А когда кузина Лили Брук ушла, я уж знала — мне здорово попадет.

Весьма прискорбно, что наш отец не потрудился рассказать мне о семействе Финч и не внушил своим детям никакой гордости. Тетя призвала и Джима, он сел на диван рядом со мной и насторожился. Она вышла из комнаты и возвратилась с книжкой в темно-красном переплете, на нем золотыми буквами было вытиснено: «Джошуа Сент-Клер. Размышления».

— Эту книгу написал ваш кузен, — сказала тетя Александра. — Он был замечательный человек.

Джим внимательно осмотрел книжечку.

— Это тот самый кузен Джошуа, который столько лет просидел в сумасшедшем доме?

— Откуда ты знаешь? — спросила тетя Александра.

— Так ведь Аттикус говорит, этот кузен Джошуа был студентом и свихнулся. Аттикус говорит, он пытался застрелить ректора. Аттикус говорит, кузен Джошуа говорил, что ректор просто мусорщик, и хотел его застрелить из старинного пистолета, а пистолет разорвался у него в руках. Аттикус говорит, родным пришлось выложить пятьсот долларов, чтобы его вызволить...

Тетя Александра выпрямилась и застыла, точно аист на крыше.

— Довольно, — сказала она. — К этому мы еще вернемся.

Перед сном я пришла в комнату Джима попросить что-нибудь почитать, и в это время к нему постучался Аттикус. Вошел, сел на край кровати, невозмутимо оглядел нас и вдруг улыбнулся.

— Э-гм... — начал он. В последнее время он как-то покашливал, прежде чем заговорить, и я уж думала, может, это он наконец становится старый, но с виду он был все такой же. — Право, не знаю, как бы вам сказать...

— Да прямо так и скажи, — посоветовал Джим. — Мы что-нибудь натворили?

Отцу явно было не по себе.

— Нет, просто я хотел вам объяснить... Тетя Александра меня просила... сын, ты ведь знаешь, что ты — Финч, правда?

— Так мне говорили. — Джим исподлобья поглядел на отца и, верно сам того не замечая, повысил голос: — Аттикус, в чем дело?

Аттикус перекинул ногу на ногу, скрестил руки.

— Я пытаюсь вас познакомить с обстоятельствами вашего происхождения.

Джим еще сильнее сморщился.

— Знаю я эту ерунду, — сказал он.

Аттикус вдруг стал серьезен. Он заговорил своим юридическим голосом:

— Ваша тетя просила меня по возможности довести до сознания твоего и Джин-Луизы, что оба вы не какие-нибудь безродные, за вами стоит несколько поколений, получивших безукоризненное воспитание...

Тут у меня по ноге побежал муравей, я стала его ловить, и Аттикус замолчал. Я почесала укушенное место.

— ...безукоризненное воспитание, — повторил Аттикус, — и вы должны жить так, чтоб быть достойными вашего имени. Тетя Александра просила меня сказать вам, что вы должны себя вести, как подобает маленькой леди и юному джентльмену. Она намерена побеседовать с вами о нашей семье и о том, какую роль играли Финчи на протяжении долгих лет в жизни округа Мейкомб, тогда вы будете представлять себе, кто вы такие, и, может быть, постараетесь вести себя соответственно, — скороговоркой закончил он.

Мы с Джимом были ошарашены и, раскрыв рот, поглядели друг на друга, потом на Аттикуса — ему, видно, стал тесен воротничок. И ничего не ответили.

Немного погодя я взяла со столика гребенку Джима и провела зубцами по краю доски.

— Перестань трещать, — сказал Аттикус. Сказал резко и очень обидно.

Я не довела гребенку до конца и швырнула ее на пол. Неизвестно почему я заплакала и никак не могла перестать. Это не мой отец. Мой отец никогда так не думал. И никогда так не говорил. Это его тетя Александра заставила. Сквозь слезы я увидела Джима — он стоял так же уныло и одиноко и голову свесил набок.

Идти было некуда, но я повернулась, хотела уйти — и передо мной оказалась жилетка Аттикуса. Я уткнулась в нее и услышала за светло-синей материей знакомые тихие звуки: тикали часы, похрустывала крахмальная рубашка, негромко, ровно стучало сердце.

— У тебя бурчит в животе, — сказала я.

— Знаю, — сказал Аттикус.

— А ты выпей соды.

— Выпью.

— Аттикус, как же мы теперь будем? Все станет по-другому, и ты...

Он погладил меня по затылку.

— Не волнуйся, — сказал он. — Погоди волноваться.

И тут я поняла — он опять с нами. Ноги у меня уже не были как чужие, и я подняла голову.

— Ты правда хочешь, чтобы мы были такие? Ничего я не помню, как это Финчам полагается по-особенному себя вести...

— И не надо вспоминать. Оставим это.

Он вышел. Он чуть было не хлопнул дверью, но в последнюю минуту спохватился и тихо ее притворил.

Мы с Джимом еще смотрели вслед, и вдруг дверь опять отворилась, и в нее заглянул Аттикус. Он высоко поднял брови, очки соскользнули на кончик носа.

— Кажется, я становлюсь все больше похож на кузена Джошуа? Как по-вашему, может, я тоже обойдусь нашему семейству в пятьсот долларов?

Теперь-то я понимаю, чего добивался от нас Аттикус, но ведь он был всего лишь мужчина. А с такими тонкостями воспитания умеют справляться только женщины.

Глава 14

От тети Александры мы больше не слыхали про семейство Финч, зато в городе слышали больше чем достаточно. По субботам, если только Джим брал меня с собой (теперь он прямо не переносил, когда я появлялась с ним на людях), мы прихватим, бывало, свои пятаки и пробираемся по улицам в распаренной толпе, а за спиной нет-нет да и скажут:

— Вон его ребята!

Или:

— Видал Финчей?

Оглянешься — никого, только какой-нибудь фермер с женой изучает клизмы в витрине аптеки. Или две коренастые фермерши в соломенных шляпах сидят в двуколке.

А какой-то костлявый человек поглядел на нас в упор и сказал совсем непонятно:

— Кто заправляет нашим округом, им наплевать, хоть над всеми подряд насильничай, они и не почешутся.

Тут я вспомнила, что давно хотела задать Аттикусу один вопрос. И в тот же вечер спросила:

— Что такое насильничать?

Аттикус выглянул из-за газеты. Он сидел в своем кресле у окна. С тех пор как мы стали старше, мы с Джимом великодушно решили после ужина полчаса его не трогать — пускай отдыхает.

Он вздохнул и сказал — насилие есть плотское познание женщины силой и без ее согласия.

— Только и всего? А почему я спросила Кэлпурнию, а она не стала мне отвечать?

Аттикус поглядел внимательно:

— О чем это ты?

— Ну, мы тогда шли из церкви, и я спросила Кэлпурнию, что это значит, и она сказала спросить у тебя, а я забыла, а теперь спросила.

Аттикус опустил газету на колени.

— Объясни, пожалуйста, еще раз, — сказал он.

И я ему рассказала, как мы ходили с Кэлпурнией в церковь. Аттикусу это, по-моему, очень понравилось, но тетя Александра до этого спокойно вышивала в своем углу, а тут отложила работу и смотрела на нас во все глаза.

— Значит, тогда, в воскресенье, вы возвращались с Кэлпурнией из ее молельни?

— Да, мэм, — сказал Джим. — Она взяла нас с собой.

Я вспомнила еще кое-что:

— Да, мэм, и она обещала, что я как-нибудь приду к ней в гости. Аттикус, я в воскресенье и пойду, ладно? Кэл сказала, если ты куда-нибудь уедешь, она сама за мной зайдет.

— Ни в коем случае!

Это сказала тетя Александра. Я даже вздрогнула, круто обернулась к ней, потом опять к Аттикусу — и заметила, как он быстро на нее взглянул, но было уже поздно. Я сказала:

— Я вас не спрашивала!

Аттикус такой большой, а с кресла вскакивает мигом, даже удивительно. Он уже стоял во весь рост.

— Извинись перед тетей, — сказал он.

— Я спрашивала не ее, я спросила тебя...

Аттикус повернул голову и так на меня посмотрел здоровым глазом — у меня даже ноги пристыли к полу. И сказал беспощадным голосом:

— Прежде всего извинись перед тетей.

— Простите меня, тетя, — пробормотала я.

— Так вот, — сказал Аттикус. — Усвой раз и навсегда: ты должна слушаться Кэлпурнию, ты должна слушаться меня и, пока у нас живет тетя, ты должна слушаться ее. Поняла?

Я поняла, подумала минуту, нашла только один способ отступить не совсем уж позорно и удалилась в уборную; возвращаться я не спешила, пускай думают, что мне и правда надо было уйти. Наконец побрела обратно и из коридора услышала — в гостиной спорят, да еще как. В приотворенную дверь видно было диван и Джима, он прикрылся своим футбольным журналом и так быстро вертел головой то вправо, то влево, будто на страницах со страшной быстротой играли в теннис.

— Ты должен что-то с нею сделать, — говорила тетя. — Ты слишком долго все оставлял на произвол судьбы, Аттикус, слишком долго.

— Ее вполне можно туда отпустить, я не вижу в этом беды. Кэл там присмотрит за нею не хуже, чем смотрит здесь.

Кто это «она», о ком они говорят? Сердце у меня ушло в пятки: обо мне! Я уже чувствовала на себе накрахмаленный розовый коленкор, который сковывает мои движения, — и второй раз в жизни подумала: надо бежать, спасаться! Не медля ни минуты!

— Аттикус, это очень хорошо, что у тебя доброе сердце и ты человек покладистый, но должен же ты подумать о дочери. Она растет.

— Именно о ней я и думаю.

— Не старайся от этого уйти. Рано или поздно придется это решить, так почему бы и не сегодня. Она нам больше не нужна.

Аттикус сказал ровным голосом:

— Кэлпурния не уйдет из нашего дома, пока сама не захочет уйти. Ты можешь придерживаться другого мнения, Александра, но без нее мне бы не справиться все эти годы. Она преданный член нашей семьи, и придется тебе примириться с существующим положением. И право же, сестра, я не хочу, чтобы ради нас ты выбивалась из сил, для этого нет никаких оснований. Мы и сейчас еще не можем обойтись без Кэлпурнии.

— Но, Аттикус...

— Кроме того, я совсем не думаю, что ее воспитание нанесло детям какой бы то ни было ущерб. Она относилась к ним даже требовательнее, чем могла бы родная мать... Она никогда им ничего не спускала, не потакала им, как делают обычно цветные няньки. Она старалась их воспитать в меру своих сил и способностей, а они у нее совсем не плохие... И еще одно: дети ее любят.

Я перевела дух. Они не про меня, они про Кэлпурнию. Успокоенная, я вернулась в гостиную. Аттикус укрылся за газетой, тетя Александра терзала свое вышиванье. Щелк, щелк, щелк — громко протыкала игла туго натянутую на пяльцах ткань. Тетя Александра на мгновение остановилась, натянула ее еще туже — щелк, щелк, щелк. Тетя была в ярости.

Джим поднялся и тихо прошел по ковру мне навстречу. Мотнул головой, чтоб я шла за ним. Привел меня в свою комнату и закрыл дверь. Лицо у него было серьезное.

— Они поругались, Глазастик.

Мы с Джимом часто ругались в ту пору, но, чтобы Аттикус с кем-нибудь поссорился — такого я никогда не видала и не слыхала. Смотреть на это было как-то тревожно и неуютно.

— Старайся не злить тетю, Глазастик, слышишь?

У меня на душе еще скребли кошки после выговора Аттикуса, и я не услышала просьбы в голосе Джима. И опять ощетинилась:

— Может, еще ты начнешь меня учить?

— Да нет, просто... у него теперь и без нас забот хватает.

— Каких?

Я вовсе не замечала, чтобы у Аттикуса были какие-то особенные заботы.

— Из-за этого дела Тома Робинсона он просто извелся...

Я сказала — Аттикус никогда ни из-за чего не изводится. А от судебных дел у нас всего и беспокойства один день в неделю, и потом все проходит.

— Это только ты так быстро все забываешь, — сказал Джим. — Взрослые — дело другое, мы...

Он стал невыносимо задаваться, прямо зло брало. И ничего не признавал — только все читает или бродит где-то один. Правда, все книги по-прежнему переходили от него ко мне, но раньше он мне их давал, потому что думал — мне тоже интересно почитать, а теперь он меня учил и воспитывал!

— Провалиться мне на этом месте, Джим! Ты что это о себе воображаешь?

— Ну вот что, Глазастик, я тебе серьезно говорю: если будешь злить тетю, я... я тебя выдеру.

Тут я взорвалась:

— Ах ты, чертов Мофродит, да я тебе голову оторву!

Джим сидел на кровати, так что я с легкостью ухватила его за вихор на лбу и ткнула кулаком в зубы. Он хлопнул меня по щеке, я размахнулась левой, но тут он как двинет меня в живот — я отлетела и растянулась на полу. Я еле могла вздохнуть, но это пустяки: ведь он дрался, он дал мне сдачи! Значит, мы все-таки равны!

— Ага, воображаешь, что взрослый, а сам дерешься! — завопила я и опять кинулась на него.

Он все еще сидел на кровати, и у меня не было упора, я просто налетела на него и начала лупить, дергать, щипать, колотить по чем попало. Честный кулачный бой обратился в самую обыкновенную потасовку. Мы все еще дрались, когда вошел Аттикус и разнял нас.

— Хватит! — сказал он. — Оба немедленно в постель!

— Э-э! — сказала я: Джима посылали спать в одно время со мной.

— Кто начал? — покорно и устало спросил Аттикус.

— Это все Джим. Он стал меня учить. Неужели мне еще и его тоже слушаться?!

Аттикус улыбнулся.

— Давай уговоримся так: ты будешь слушаться Джима всегда, когда он сумеет тебя заставить. Справедливо?

Тетя Александра смотрела на нас молча, но, когда они с Аттикусом вышли, из коридора донеслись ее слова:

— ...я же тебе говорила, вот еще пример...

И после этого мы опять стали заодно.

Наши комнаты были смежные. Когда я затворяла дверь, Джим сказал:

— Спокойной ночи, Глазастик.

— Спокойной ночи, — пробормотала я и ощупью пошла к выключателю.

Возле своей кровати я наступила на что-то теплое, упругое и довольно гладкое. Оно было немножко похоже на твердую резину, и мне показалось, оно живое. И я слышала — оно шевелится.

Я зажгла свет и поглядела на пол около кровати. Там уже ничего не было. Я постучала в дверь Джима.

— Что тебе? — сказал он.

— Какие змеи на ощупь?

— Ну, жесткие. Холодные. Пыльные. А что?

— Кажется, одна заползла ко мне под кровать. Может, ты посмотришь?

— Ты что, шутишь? — Джим отворил дверь. Он был в пижамных штанах. Рот у него распух — все-таки здорово я его стукнула! Он быстро понял, что я говорю серьезно. — Ну, если ты думаешь, что я сунусь носом к змее, ты сильно ошибаешься. Погоди минуту.

Он сбегал в кухню и принес швабру.

— Полезай-ка на кровать, — сказал он.

— Ты думаешь, там правда змея? — спросила я.

Вот это событие! У нас в домах не было подвалов: они стояли на каменных опорах на высоте нескольких футов над землей, и змеи хоть и заползали в дом, но это случалось не часто. И мисс Рейчел Хейверфорд, которая каждое утро выпивала стаканчик чистого виски, говорила в свое оправдание, что никак не придет в себя от пережитого страха: однажды она раскрыла бельевой шкаф у себя в спальне, хотела повесить халат и видит — на отложенном для стирки белье уютно свернулась гремучая змея!

Джим на пробу махнул шваброй под кроватью. Я перегнулась и смотрела, не выползет ли змея. Не выползла. Джим сунул швабру подальше.

— Змеи разве рычат? — спросила я.

— Это не змея, — сказал Джим. — Это человек.

И вдруг из-под кровати вылетел какой-то перепачканный сверток. Джим замахнулся шваброй — и чуть не стукнул по голове Дилла.

— Боже милостивый, — почтительно сказал Джим.

Дилл медленно выполз из-под кровати. Непонятно, как он там умещался. Он встал на ноги, расправил плечи, повертел ступнями — не вывихнуты ли, потер шею. Наконец, видно, затекшим рукам и ногам полегчало, и он сказал:

— Привет!

Джим опять воззвал к небесам. У меня язык отнялся.

— Сейчас помру, — сказал Дилл. — Поесть чего-нибудь найдется?

Как во сне я пошла на кухню. Принесла молока и половину кукурузной лепешки, которая оставалась от ужина. Дилл уплел ее в два счета, жевал он, как и прежде, передними зубами.

Ко мне наконец вернулся дар речи.

— Как ты сюда попал?

Очень сложными путями. Дилл немного подкрепился и начал рассказывать: новый отец невзлюбил его, посадил в подвал (в Меридиане все дома с подвалами) и обрек на голодную смерть; но его тайно спас фермер, который проходил мимо и услыхал его крики о помощи: добрый человек через вентилятор по одному стручку высыпал ему в подвал целый мешок гороха, и Дилл питался сырым горохом и понемногу вытащил цепи из стены и выбрался на свободу. Все еще в наручниках, он бежал из города, прошел две мили пешком и тут повстречался с маленьким бродячим зверинцем, и его сразу наняли мыть верблюда. С этим зверинцем он странствовал по всему штату Миссисипи, и, наконец, безошибочное чутье подсказало ему, что он находится в округе Эббот, штат Алабама, и ему надо только переплыть реку, чтобы оказаться в Мейкомбе. Остаток пути он прошел пешком.

— Как ты сюда попал? — спросил Джим.

Он взял у матери из кошелька тринадцать долларов, сел в Меридиане на девятичасовой поезд и сошел на станции Мейкомб. Десять или одиннадцать из четырнадцати миль до Мейкомба он шел пешком, и не по шоссе, а пробирался кустами, потому что боялся — вдруг его ищет полиция, а остаток пути доехал, прицепившись сзади к фургону с хлопком. Под моей кроватью он пролежал, наверно, часа два; он слышал, как мы ужинали, и чуть не сошел с ума от стука вилок по тарелкам. Он думал, что мы с Джимом никогда не ляжем спать; он уж хотел вылезти и помочь мне поколотить Джима, ведь Джим стал куда больше и выше меня, но ясно было, мистер Финч скоро придет нас разнимать, — вот он и не вылез. Он был ужасно усталый, невообразимо грязный и наконец-то чувствовал себя дома.

— Родные, конечно, не знают, что ты здесь, — сказал Джим. — Если б тебя разыскивали, мы бы уже знали...

— Они, наверно, до сих пор меня ищут в Меридиане по всем киношкам, — ухмыльнулся Дилл.

— Непременно дай знать матери, где ты, — сказал Джим. — Надо дать ей знать, что ты здесь...

Дилл бросил на него быстрый взгляд, и Джим опустил глаза. Потом поднялся и нарушил последний закон чести, который свято соблюдали в детстве. Он вышел из комнаты.

— Аттикус, — донесся его голос из коридора, — можно тебя на минуту?

Чумазое от пыли и пота лицо Дилла вдруг побледнело. Мне стало тошно. В дверях появился Аттикус.

Он прошел на середину комнаты — руки в карманах, — остановился и поглядел на Дилла сверху вниз.

Ко мне опять вернулся дар речи.

— Ничего, Дилл. Если он что про тебя надумает, он так прямо тебе и скажет. (Дилл молча посмотрел на меня.) Правда, правда, это ничего, — сказала я. — Ты ведь знаешь, Аттикус не будет к тебе приставать, его бояться нечего.

— Я и не боюсь, — пробормотал Дилл.

— Пари держу, ты просто голоден, — сказал Аттикус, как всегда суховато, но приветливо. — Неужели у нас не найдется ничего получше холодной кукурузной лепешки, Глазастик? Накорми-ка этого молодца досыта, а потом я приду, и тогда поглядим.

— Мистер Финч, не говорите тете Рейчел, не отправляйте меня назад, пожалуйста, сэр! Я опять убегу!..

— Тише, тише, сынок, — сказал Аттикус. — Никто тебя никуда не отправит, разве что в постель, да поскорее. Я только пойду скажу мисс Рейчел, что ты здесь, и попрошу разрешения оставить тебя у нас ночевать — ты ведь не против, верно? И сделай милость, верни хоть часть территории округа по принадлежности, эрозия почвы и так стала истинным бедствием.

Дилл, раскрыв рот, посмотрел ему вслед.

— Это он шутит, — объяснила я. — Он хочет сказать — выкупайся. Видишь, я же говорила, он не станет к тебе приставать.

Джим стоял в углу, тихий, пристыженный, — так ему и надо, предателю!

— Я не мог ему не сказать, Дилл, — выговорил он. — Нельзя же удрать из дому за триста миль, и чтоб мать ничего не знала.

Мы вышли, не ответив ему ни слова.

Дилл ел, ел, ел, ел... У него маковой росинки во рту не было со вчерашнего вечера. Все свои деньги он истратил на билет, сел в поезд — это ему было не впервой, — преспокойно болтал с кондуктором (тот его давно уже знал); но у него не хватило смелости прибегнуть к правилу, которое существует для детей, когда они едут далеко одни: если потеряешь деньги, кондуктор даст тебе на обед, а в конце пути твой отец вернет ему долг.

Дилл уплел все, что оставалось от ужина, и полез в буфет за банкой тушенки с бобами, и тут в прихожей послышался голос мисс Рейчел:

— О Боже милостивый!

Дилл прямо затрясся, как заяц.

Он мужественно терпел, пока гремело: «Ну погоди, вот отвезу тебя домой! Родители с ума сходят, волнуются!»; спокойно выслушал затем «Это все в тебе кровь Харрисов сказывается!»; улыбнулся снисходительному: «Так и быть, переночуй сегодня здесь» — и, когда его наконец удостоили объятием и поцелуем, ответил тем же.

Аттикус сдвинул очки на лоб и крепко потер лицо ладонью.

— Ваш отец устал, — сказала тетя Александра (кажется, она целую вечность не промолвила ни словечка. Она все время была тут, но, наверно, просто онемела от изумления). — Вам пора спать, дети.

Мы ушли, а они остались в столовой. Аттикус все еще утирал платком щеки и лоб.

— Насилия, драки, беглецы, — услышали мы его смеющийся голос. — Что-то будет через час...

Похоже, все обошлось как нельзя лучше, и мы с Диллом решили — будем вежливы с Джимом. И потом, Диллу ведь придется спать у него в комнате, так что не стоит объявлять ему бойкот.

Я надела пижаму, почитала немного, и вдруг оказалось — у меня глаза сами закрываются. Дилла с Джимом не было слышно; я погасила лампу на столике и у Джима под дверью тоже не увидела полоски света.

Наверно, я спала долго — когда меня ткнули в бок, все в комнате чуть освещала заходившая луна.

— Подвинься, Глазастик.

— Он думал, он не может не сказать, — пробормотала я. — Ты уж на него не злись.

Дилл забрался в постель.

— А я и не злюсь, — сказал он. — Просто хочу спать тут, с тобой. Ты проснулась?

К этому времени я проснулась по крайней мере наполовину.

— Ты это почему? — лениво спросила я.

Никакого ответа.

— Я говорю, ты почему удрал из дому? Он правда такой злой?

— Н-не-ет...

— А помнишь, ты писал — будете мастерить лодку? Не смастерили?

— Ничего мы не мастерили. Он только обещал.

Я приподнялась на локте и в полутьме поглядела на Дилла.

— Из-за этого еще не стоило удирать. Большие много чего обещают, а не делают...

— Да нет, я не потому, просто он... просто им не до меня.

Никогда еще я не слыхала, чтобы из дому бегали по такой чудной причине.

— Как так?

— Ну, они все время куда-то уходят, а когда вернутся домой, все равно сидят в комнате одни.

— И что они там делают?

— Да ничего, просто сидят и читают... А я им совсем не нужен.

Я приткнула подушку к спинке кровати и села.

— Знаешь что, Дилл? Я сегодня сама хотела сбежать, потому что наши все были тут. Они нам тоже все время не нужны...

Дилл устало вздохнул.

— Спокойной ночи... А знаешь, Аттикуса целыми днями нет дома, и вечером часто тоже... то он в законодательном собрании, то уж не знаю где... Они нам все время тоже не нужны, Дилл, если они все время тут, так и делать ничего нельзя.

— Да я не потому.

Дилл начал объяснять, и я подумала — что бы у меня была за жизнь, будь Джим другой, даже не такой, как стал теперь, или вдруг бы Аттикусу не надо было все время, чтоб я была тут, и помогала ему, и советовала, — что тогда? Да нет, он без меня дня прожить не может. Кэлпурния и та не может без меня обойтись. Я им нужна.

— Дилл, ты что-то не то говоришь... твоим без тебя не обойтись. Просто они, наверно, на тебя злятся. Вот я тебе скажу, что делать...

В темноте Дилл опять заговорил упрямо:

— Нет, ты пойми, я тебе вот что хочу сказать: им и в самом деле куда лучше без меня, и ничем я им не помогаю. Они не злые. И покупают мне все, что я захочу. А потом говорят — ну вот, нá тебе и иди играй. У меня уже полна комната всего. Только и слышно — вот тебе книжка, иди читай. (Дилл старался говорить басом.) Что ты за мальчик? Другие мальчики бегают, играют в бейсбол, а не сидят дома и не надоедают взрослым. — Тут Дилл опять заговорил своим обыкновенным голосом: — Нет, они не злые. Они меня и целуют, и обнимают, и говорят «спокойной ночи», и «доброе утро», и «до свидания», и что они меня любят... Знаешь, Глазастик, пускай у нас будет ребенок.

— А где его взять?

Дилл слышал, что есть один человек и у него лодка, он уходит на веслах к какому-то острову, где всегда туман, и там сколько угодно маленьких детей, и можно заказать ему привезти ребеночка...

— Вот и неправда. Тетя говорит, Бог кидает их прямо через каминную трубу, да, по-моему, она так и сказала.

(На этот раз тетя говорила как-то не очень разборчиво.)

— Нет, все не так. Детей рождают друг от друга. Но у этого человека с лодкой тоже можно взять... у него на острове их сколько хочешь, только надо их разбудить, он как дунет — они сразу оживают...

Дилл опять замечтался. Он всегда придумывал необыкновенное. Он успевал прочесть две книги, пока я читала одну, но все равно больше любил сам сочинять какие-то удивительные истории. Он считал с быстротой молнии, решал задачки на сложение и вычитание, но больше любил какой-то свой туманный мир, где младенцы спят и только ждут, чтобы их собирали, как цветы, рано поутру. Он все говорил, говорил и совсем убаюкал сам себя и меня тоже, мне уже мерещился тихий остров в тумане — и вдруг смутно привиделся унылый дом с неприветливыми побуревшими дверями.

— Дилл...

— М-м?

— Как по-твоему, отчего Страшила Рэдли не сбежал из дому?

Дилл протяжно вздохнул и повернулся на бок. И сказал через плечо:

— Может, ему некуда бежать...

Глава 15

Много было телефонных звонков, много речей в защиту преступника, потом от его матери пришло длинное письмо с прощением, и, наконец, порешили, что Дилл останется. Неделю мы прожили спокойно. После этого мы, кажется, уже не знали покоя. Все стало как в страшном сне.

Это началось однажды вечером после ужина. Дилл еще был у нас; тетя Александра сидела в своем кресле в углу, Аттикус — в своем; мы с Джимом растянулись на полу и читали. Неделя прошла мирно: я слушалась тетю, Джим, хоть и стал уже слишком большой для нашего домика на платане, помогал нам с Диллом мастерить для него новую веревочную лестницу; Дилл придумал новый верный способ выманить Страшилу Рэдли из дому и самим остаться целыми и невредимыми: надо просто насыпать лимонных леденцов по дорожке от черного хода Рэдли до калитки, и он сам пойдет по ней, как муравей. В дверь постучали. Джим пошел открывать, потом вернулся и сказал, что это мистер Гек Тейт.

— Так пригласи его войти, — сказал Аттикус.

— Я уже приглашал. Там во дворе еще какие-то люди, они хотят, чтоб ты вышел к ним.

В Мейкомбе взрослые остаются за дверью только в двух случаях: если в доме покойник и если замешана политика. Я подумала — кто же это умер? Мы с Джимом пошли было к дверям, но Аттикус крикнул:

— Сидите дома!

Джим погасил свет в гостиной и прижался носом к оконной сетке. Тетя Александра запротестовала.

— Одну секунду, тетя, — сказал он, — я только посмотрю, кто там пришел.

Мы с Диллом стали смотреть в другое окно. Аттикуса окружили какие-то люди. Кажется, они говорили все разом.

— ...завтра переведем его в окружную тюрьму, — говорил мистер Тейт. — Я вовсе не хочу никаких неприятностей, но не могу поручиться, что их не будет...

— Не глупите, Гек, — сказал Аттикус. — Мы не где-нибудь, а в Мейкомбе.

— ...говорю, мне просто неспокойно.

— Гек, мы для того и получили отсрочку, чтобы не надо было ни о чем беспокоиться, — сказал Аттикус. — Сегодня суббота. Суд, вероятно, состоится в понедельник. Неужели вы не можете подержать его здесь одну ночь? Навряд ли кто-нибудь в Мейкомбе поставит мне в вину, что я не отказываюсь от клиента, все знают — времена сейчас тяжелые.

Все вдруг развеселились, но сейчас же затихли, потому что мистер Линк Диз сказал:

— Из здешних-то никто ничего не затевает, меня беспокоит эта шатия из Старого Сарэма... А вы не можете добиться... как это называется, Гек?

— Передачи дела в другой округ, — подсказал мистер Тейт. — Сейчас от этого, кажется, толку не будет.

Аттикус что-то сказал, я не расслышала. Обернулась к Джиму, но он только отмахнулся — молчи, мол.

— ...и потом, — продолжал Аттикус погромче, — вы ведь не боитесь этой публики, верно?

— ...знаете, каковы они, когда налакаются.

— По воскресеньям они обычно не пьют, они полдня проводят в церкви, — сказал Аттикус.

— Ну, это случай особый, — сказал кто-то.

Они всё гудели и переговаривались, и наконец тетя сказала — если Джим не зажжет свет в гостиной, это будет позор для всей семьи. Но Джим не слышал.

— ...не пойму, во-первых, чего вы за это взялись, Аттикус, — говорил мистер Линк Диз. — Вы на этом деле можете все потерять. Все как есть.

— Вы серьезно так думаете?

Когда Аттикус задает этот вопрос — берегись! «Ты серьезно думаешь сделать этот ход, Глазастик?» Хлоп, хлоп, хлоп — и на доске не остается ни одной моей шашки. «Ты серьезно так думаешь, сын? Тогда почитай-ка вот это». И целый вечер Джим мается, одолевая речи Генри В. Грейди*.

— Послушайте, Линк, может быть, этот малый и сядет на электрический стул, но сначала все узнают правду, — ровным голосом сказал Аттикус. — А вы ее знаете.

Поднялся ропот. Аттикус шагнул назад к крыльцу, но все подступили ближе, и шум стал каким-то зловещим.

— Аттикус! — вдруг крикнул Джим. — Телефон звонит!

Все вздрогнули от неожиданности и отступили; этих людей мы видели каждый день: тут были лавочники,

---

* Грейди Генри Вудфин (1850—1889) — американский журналист и оратор.

кое-кто из мейкомбских фермеров; тут были и доктор Рейнолдс и мистер Эйвери.

— Так ты подойди к телефону, — отозвался Аттикус.

Все засмеялись и разошлись. Аттикус вошел в гостиную, щелкнул выключателем и увидел, что Джим сидит у окна весь бледный, только кончик носа красный, потому что он был прижат к сетке.

— Что это вы тут сидите в темноте? — удивился Аттикус.

Джим смотрел, как он сел в кресло и взялся за вечернюю газету. Иногда мне кажется, Аттикус все самые важные события своей жизни обдумывает на досуге, укрывшись за страницами «Мобил реджистер», «Бирмингем ньюс» и «Монтгомери эдвертайзер».

Джим подошел к Аттикусу.

— Они приходили за тобой, да? Они хотели с тобой расправиться?

Аттикус опустил газету и поглядел на Джима.

— Чего это ты начитался? — спросил он. Потом прибавил добрым голосом: — Нет, сын, это наши друзья.

— Это не... не шайка? — Джим смотрел исподлобья.

Аттикус хотел сдержать улыбку, но не сумел.

— Нет, у нас в Мейкомбе не бывает разъяренной толпы и прочих глупостей. Я никогда не слыхал, чтобы у нас свирепствовали банды.

— Одно время ку-клукс-клан охотился на католиков.

— Я и про католиков в Мейкомбе никогда не слыхал, — сказал Аттикус. — Ты что-то путаешь. Давно уже, примерно в девятьсот двадцатом году, тут существовал ку-клукс-клан, но это была по преимуществу организация политическая. И никого они тогда не могли испугать. Как-то вечером заявились всей командой к дому мистера Сэма Ливи, но Сэм вышел на крыльцо и сказал — видно, плохи их дела, раз они пожаловали к нему в балахонах, которые из его же полотна и шили. До того их застыдил, что они ушли.

Семейство Ливи отвечало всем требованиям, которые предъявлялись в Мейкомбе к людям благородным: Ливи употребляли с пользой свой ум и способности, и уже пять поколений жили в нашем городе на одном и том же месте.

— Ку-клукс-клан умер и никогда не воскреснет, — сказал Аттикус.

Я пошла проводить Дилла, потом вернулась и из-за двери услышала, как Аттикус говорит тете:

— ...наравне со всеми готов отдать дань уважения женщинам Юга, но отнюдь не жертвовать человеческой жизнью в угоду мифу, защищая их от опасности, которая им не грозит.

Голос у него был такой... я подумала — опять они ссорятся.

Я пошла искать Джима, он оказался у себя — лежал на кровати и о чем-то думал.

— Они поругались? — спросила я.

— Вроде того. Она все донимает его из-за Тома Робинсона. Она почти что сказала Аттикусу, что он позорит всю семью. Я... я боюсь, Глазастик.

— Чего боишься?

— Боюсь за Аттикуса. Вдруг с ним что-нибудь случится?

Я стала его расспрашивать, но Джим напустил на себя таинственность и только и отвечал — «отвяжись» да «не приставай».

Назавтра было воскресенье. В перерыве между воскресной школой и службой все вышли немножко размяться, и я увидела во дворе Аттикуса, его окружили какие-то люди. Тут был и мистер Гек Тейт, и я подумала, может, он прозрел и поверил в Бога. Раньше он никогда не ходил в церковь. Тут был даже мистер Андервуд. Мистер Андервуд никогда нигде не бывал и ничем не занимался, кроме «Мейкомб трибюн», — он один был и владельцем газеты, и редактором, и наборщиком. С утра до ночи он не отходил от своего линотипа и только, чтобы подкрепиться, отпивал по глотку вишневки, у него тут же всегда стоял целый кувшин. Он редко выходил узнавать новости, люди сами к нему приходили и рассказывали. Говорили, он весь номер газеты сам сочиняет и сам печатает на своем линотипе. И это было очень похоже на правду. Уж наверно, случилось что-то необыкновенное, раз мистер Андервуд вылез на свет божий.

Я перехватила Аттикуса на пороге, и он сказал — Тома Робинсона перевели в мейкомбскую тюрьму. И сказал еще, пожалуй, не мне, а себе — если б его с самого начала тут держали, ничего бы и не было, все сошло бы спокойно. Он сел на свое место в третьем ряду и запел «Приближусь я к тебе, Господь», он немного отставал от всех, и его густой голос звучал совсем отдельно. Он никогда не садился вместе с нами. В церкви он любил быть сам по себе.

По воскресеньям все в доме делают вид, что все хорошо, а с тех пор, как у нас поселилась тетя Александра, стало еще противнее. Сразу после обеда Аттикус удирал к себе в кабинет, иногда мы заглянем к нему, а он сидит, откинувшись в вертящемся кресле, и читает. Тетя Александра укладывалась на два часа вздремнуть и грозилась — пусть только мы попробуем шуметь во дворе, когда все соседи отдыхают. Джим тоже дожил до такого возраста, что уходил к себе с целой кипой футбольных журналов. Нам с Диллом только и оставалось в воскресенье втихомолку играть на Оленьем лугу.

Стрелять из духового ружья по воскресеньям не разрешалось, и мы с Диллом погоняли немного по лугу футбольный мяч Джима, но это было скучно. Дилл сказал — пойдем поглядим, может, удастся увидеть Страшилу Рэдли.

Я сказала: пожалуй, нехорошо к нему приставать, — и начала рассказывать Диллу про все, что случилось за эту зиму.

Он слушал и удивлялся.

К ужину мы разошлись по домам, а после ужина мы с Джимом собирались, как всегда, весь вечер читать, — но тут Аттикус нас удивил: он вышел в гостиную и в руках у него был длинный электрический провод. И на одном конце — лампочка.

— Я ненадолго уйду, — сказал он. — Когда вернусь, вы все будете уже в постели, так что пожелаю вам спокойной ночи.

Надел шляпу и вышел из дому с черного хода.

— Он берет машину, — сказал Джим.

У нашего отца были свои странности: во-первых, он никогда не ел сладкого, во-вторых, любил ходить пешком. Сколько я себя помню, в гараже всегда стоял чистенький, аккуратный «шевроле», и Аттикус всегда разъезжал на нем по делам, но в самом Мейкомбе в свою контору и обратно, он по два раза в день ходил пешком, а это означало около двух миль. Он говорил: ходьба — это его единственный спорт. А в Мейкомбе считают: если человек идет пройтись просто так, без определенной цели, значит, он и вообще такой — ни к чему не стремится и ничего никогда не достигнет.

Потом я пожелала тете и брату спокойной ночи и давно уже лежала и читала, и тут в комнате Джима начался какой-то непонятный шум. Ко сну он обычно готовился не так, я каждый звук знала наизусть, и я постучалась к нему.

— Ты почему не ложишься?

— Сбегаю ненадолго в город. — Он натягивал штаны.

— А зачем? Уже почти десять часов.

Это он знал, но все равно собрался уходить.

— Тогда и я с тобой. И если ты скажешь не ходить, я все равно пойду, слышишь?

Джим понял, что так просто я дома не останусь, придется со мной драться, а значит, злить тетю, и нехотя сдался.

Я быстро оделась. Мы подождали, пока у тети погас свет, и тихо вышли с заднего крыльца. Ночь была темная, безлунная.

— Дилл тоже захотел бы пойти, — прошептала я.

— Пускай идет, — хмуро ответил Джим.

Мы перескочили через низенькую ограду, перешли двор мисс Рейчел и стали под окном Дилла. Джим крикнул перепелом. За стеклом появилось лицо Дилла, сразу исчезло, а через пять минут он отворил окно и вылез к нам. Как человек бывалый, он не стал ни о чем спрашивать, пока мы не вышли на улицу.

— Что случилось?

— У Джима бродячий приступ.

Кэлпурния говорила — у всех мальчишек в его годы бывает бродячая болезнь.

— Просто так захотелось, — сказал Джим. — Просто так.

Миновали дом миссис Дюбоз, он стоял пустой, с закрытыми ставнями, камелии чуть виднелись среди разросшейся крапивы и полыни. До угла — до почты — оставалось пройти еще восемь домов.

Южная сторона площади была пустынна. На каждом углу щетинились огромные араукарии, между ними в свете уличных фонарей поблескивала железная коновязь. Свет горел еще в общественной уборной, а больше с этой стороны здания суда не было ни огонька. Площадь перед судом была квадратная, со всех сторон магазины, в них, где-то в глубине, тоже виднелся слабый свет.

Когда Аттикус только начал работать адвокатом, его контора помещалась в самом здании суда, но через несколько лет он перебрался в здание городского банка, там было тише и спокойнее. Мы завернули за угол и увидели перед банком знакомую машину.

— Он здесь, — сказал Джим.

Но Аттикуса здесь не было. К его конторе вел длинный коридор. Будь за его дверью свет, мы бы увидели табличку с небольшими четкими буквами: АТТИКУС ФИНЧ, АДВОКАТ. Сейчас тут было темно.

Джим еще раз всмотрелся в темноту за стеклянной дверью банка. Нажал ручку двери. Заперто.

— Пройдем-ка по улице. Может, он зашел к мистеру Андервуду.

Мистер Андервуд не только выпускал газету «Мейкомб трибюн», он и жил в редакции. Вернее, над ней. О том, что происходит в суде и в тюрьме, он узнавал, просто-напросто глядя из окна второго этажа. Его дом стоял на северо-западном углу площади, идти к нему надо было мимо тюрьмы.

Тюрьма была самым почтенным и самым безобразным зданием во всем Мейкомбе. Аттикус говорил, такое мог бы придумать кузен Джошуа Сент-Клер. И правда — это было как в бреду. Все дома в городе простые и обыкновенные, с прямыми широкими фасадами и покатыми крышами, и вдруг ни с того ни с сего торчит крохотный готический храмик — одна камера в ширину, две в высоту, и все это дополняется контрфорсами и зубчатыми башенками. А оттого, что фасад тюрьмы был из красного кирпича и в окнах, какие бывают только в церкви, виднелись толстые стальные решетки, все это выглядело совсем уж неправдоподобно. И добро бы еще эта нелепость стояла на каком-нибудь одиноком холме, но она была втиснута между «Скобяными изделиями» Тиндела и редакцией «Мейкомб трибюн». Тюрьма у нас в Мейкомбе вызывала постоянные споры: хулители говорили — это точь-в-точь уборная времен королевы Виктории; а их противники уверяли, такое здание придает городу почтенный, благородный вид, и заезжему человеку нипочем не догадаться, что там внутри полно черномазых.

Мы шли по тротуару и вдруг увидели поодаль одинокий огонек.

— Странно, — сказал Джим, — у тюрьмы снаружи фонаря нет.

— Вроде это лампочка над дверью, — сказал Дилл.

Сквозь прутья решетки из окна второго этажа свисал длинный провод. В свете голой, без колпака, лампочки сидел у входа Аттикус. Он, видно, принес из своей конторы стул, приставил его к двери и теперь читал, не обращая никакого внимания на мотыльков и всякую ночную мошкару, которая вилась у него над головой.

Я хотела побежать, но Джим схватил меня за руку.

— Не ходи к нему, — сказал он, — еще рассердится. Он здесь — и все в порядке, пошли домой. Я только хотел посмотреть, где он.

Мы стали наискосок переходить площадь, и тут по Меридианскому шоссе медленно, одна за другой, подъехали четыре запыленные машины. Они обогнули площадь, миновали банк и остановились напротив тюрьмы.

Из машин никто не вышел. Аттикус поднял голову от газеты. Аккуратно ее сложил, опустил на колени и сдвинул шляпу на затылок. Похоже, он ждал, что они приедут.

— Пошли, — прошептал Джим.

Мы кинулись через площадь, потом по улице и спрятались за киоском. Джим осторожно выглянул.

— Можно еще поближе, — сказал он.

Мы побежали к магазину Тиндела — отсюда было совсем близко, нам все видно, а нас никто не заметит.

Приезжие по одному, по двое вылезали из машин. Сначала они были как тени, потом двинулись к тюрьме, и при свете стало видно, что все они большие, плотные. Аттикус не двинулся с места. Широкие спины заслонили его от нас.

— Он здесь, мистер Финч? — спросил кто-то.

— Здесь, — отозвался Аттикус. — Он спит, не разбудите его.

Много позже я поняла, как жутко и смешно это было при тех далеко не забавных обстоятельствах, но отца послушались: люди стали говорить вполголоса.

— Вы знаете, зачем мы пришли, — сказал кто-то другой. — Отойдите от двери, мистер Финч.

— Поезжайте домой, Уолтер, — вежливо сказал Аттикус. — Гек Тейт где-то поблизости.

— Черта с два! — сказал еще кто-то. — Гек со своими подручными рыщет по лесу, до утра оттуда не вылезет.

— Вот как? С чего бы это?

— А мы их отправили искать ветра в поле, — был исчерпывающий ответ. — Вы про это не думали, мистер Финч?

— Думал, но не верил. — Голос моего отца звучал все так же спокойно. — Что ж, это меняет дело, не так ли?

— Ну, ясно, — сказал еще чей-то бас. Говорившего было не разглядеть.

— Вы серьезно так думаете?

Второй раз за два дня я слышала от Аттикуса этот вопрос — значит, сейчас кому-то достанется на орехи. На это стоит поглядеть! Я вывернулась из-под руки Джима и во весь дух побежала к Аттикусу.

Джим вскрикнул и бросился за мной, но они с Диллом меня не догнали. Я протолкалась среди темных фигур, от которых шел тяжелый запах, и выбежала в круг света.

— Аттикус, привет!

Я думала — вот он обрадуется, — но лицо у него сделалось такое, что все мое веселье пропало. В глазах его мелькнул самый настоящий испуг, пропал было, но тут сквозь толпу пробрались Джим и Дилл — и он опять поглядел испуганно.

Пахло спиртным перегаром и хлевом, я осмотрелась — все кругом были чужие. Не те, которые приходили вчера вечером. Меня бросило в жар от смущения: я так победоносно выскочила, а на меня смотрят совсем незнакомые люди!

Аттикус поднялся со стула, он двигался медленно, как старик. Очень аккуратно разгладил газету по складкам и бережно отложил. Пальцы его слегка дрожали.

— Иди домой, Джим, — сказал он. — Отведи сестру и Дилла домой.

Мы привыкли, когда Аттикус что-нибудь велит, слушаться — может, и не всегда охотно, но быстро, — а тут Джим стоял с таким видом, будто и не собирался тронуться с места.

— Иди домой, я сказал.

Джим покачал головой. Аттикус уперся кулаками в бока — и Джим тоже, и так они стояли друг против друга, очень разные: у Джима мягкие каштановые волосы, карие глаза, продолговатое лицо, уши плотно прилегают к голове — он весь в маму, а у Аттикуса волосы черные с проседью, черты лица прямые, резкие, и все-таки мне показалось, они похожи. Это потому, что оба смотрели вызывающе.

— Сын, я сказал: иди домой.

Джим только головой помотал.

— Вот я его отправлю домой, — сказал какой-то верзила, сгреб Джима за шиворот и так отшвырнул, что Джим едва удержался на ногах.

— Не тронь его!

И я наподдала этому дядьке ногой. Я была босиком и очень удивилась, что он весь сморщился, охнул и отступил. Я хотела стукнуть его по коленке, но попала слишком высоко.

— Хватит, Глазастик. — Аттикус взял меня за плечо. — Не лягайся и не брыкайся. Тише, — прервал он, когда я хотела что-то сказать в свое оправдание.

— А пускай они не трогают Джима, — сказала я.

— Ладно, мистер Финч, заберите их отсюда, — проворчал кто-то. — Даем вам на это дело пятнадцать секунд.

Аттикус стоял среди этих непонятных людей и старался заставить Джима послушаться. Он грозил, убеждал, наконец, даже сказал:

— Я тебя прошу, Джим, уведи их.

А Джим в ответ упрямо твердил одно:

— Не пойду.

Мне все это стало надоедать, но я чувствовала — Джим не зря упрямится, ведь он знает, как ему Аттикус задаст, когда уж мы все придем домой. Я стала осматриваться. Была теплая летняя ночь, но почти на всех этих людях комбинезоны и грубые бумажные рубашки были застегнуты наглухо, до самого подбородка. Наверно, все они боятся простуды, подумала я, вот и рукава у них не засучены, и даже манжеты застегнуты. Кто был в шляпах, нахлобучили их на самые брови. И все они были какие-то мрачные, смотрели сонно, как будто им непривычно в такой поздний час оказаться на ногах. Я еще раз поискала, нет ли тут хоть одного знакомого лица. Они стояли полукругом, и того, что стоял посередине, я вдруг узнала.

— Привет, мистер Канингем!

Он меня словно и не слышал.

— Привет, мистер Канингем! Как у вас с ущемлением прав?

Положение дел Уолтера Канингема-старшего было мне хорошо известно, Аттикус когда-то подробно мне все это растолковал. Рослый, плечистый, он как-то растерянно заморгал и сунул большие пальцы под лямки комбинезона. Казалось, ему не по себе; он откашлялся и посмотрел в сторону. Мое дружеское приветствие осталось без ответа.

Мистер Канингем был без шляпы, лоб его казался очень белым, а все лицо, обожженное солнцем, особенно темным, — наверно, всегда он ходит в шляпе. Он переступил с ноги на ногу, башмаки у него были огромные.

— Вы меня не узнаете, мистер Канингем? Я Джин-Луиза Финч. Вы нам один раз принесли орехов, помните?

Кажется, я старалась зря, ужасно неловко, когда случайный знакомый потом тебя не узнает.

— Я учусь вместе с Уолтером, — сделала я новую попытку. — Ведь это ваш сын, правда, сэр?

Мистер Канингем чуть заметно кивнул. Все-таки он меня узнал!

— Мы с Уолтером в одном классе, — продолжала я, — он очень хорошо учится. И он славный, — прибавила я, — правда, правда, он хороший. Один раз он приходил к нам обедать. Может быть, он вам про меня рассказывал, один раз я его поколотила, а он ничего, он правда славный. Вы ему передайте от меня привет, ладно?

Аттикус когда-то мне объяснил: если ты человек вежливый, говори с другими не про то, что интересно тебе, а про то, что интересно им. Мистеру Канингему, видно, было совсем не интересно слушать про своего сына, а мне так хотелось, чтоб ему не было скучно, с горя я сделала последнюю попытку — может, все-таки ему интереснее поговорить про ущемление.

— Ущемление — это очень неприятная штука, — стала я ему объяснять.

И тут наконец я заметила, что обращаюсь с речью к целой толпе. Все они смотрели на меня, некоторые даже рот раскрыли. Аттикус уже не приставал к Джиму, они оба стояли рядом с Диллом. И они тоже смотрели и слушали как заколдованные. Аттикус даже рот приоткрыл, а он всегда объяснял, что это не очень-то красиво. Наши взгляды встретились, и он закрыл рот.

— Знаешь, Аттикус, я вот говорю мистеру Канингему, конечно, когда ущемление прав, это очень плохо, но ты ведь говорил не волноваться, такие дела иногда долго тянутся... и вы уж как-нибудь общими силами выпутаетесь.

И я окончательно замолчала и только думала, какая я дура. Видно, про ущемление хорошо разговаривать только в гостиной.

У меня даже голова вспотела: не могу я, когда целая куча народу на меня смотрит. Все стояли и молчали.

— Что случилось? — спросила я.

Аттикус не ответил. Я оглянулась на мистера Канингема, у него лицо было тоже невозмутимое. А потом он поступил очень странно. Он присел на корточки и обеими руками взял меня за плечи.

— Я ему передам от тебя привет, маленькая леди, — сказал он.

Встал, выпрямился и махнул огромной ручищей.

— Пошли отсюда! — крикнул он. — Поехали, ребята!

И так же, как пришли, по двое, по одному они двинулись, волоча ноги, к своим расхлябанным машинам. Захлопали дверцы, зачихали моторы — и все уехали.

Я обернулась к Аттикусу, а он, оказывается, отошел и прислонился лбом к стене тюрьмы. Я подошла и потянула его за рукав.

— Теперь мы пойдем домой?

Он кивнул, достал носовой платок, утер лицо и громко высморкался.

— Мистер Финч, — позвал из темноты, откуда-то сверху, тихий хриплый голос. — Они ушли?

Аттикус отошел от стены и поднял голову.

— Ушли, — сказал он. — Поспи немного, Том. Они не вернутся.

С другой стороны в темноте раздался еще один голос.

— Уж будьте уверены, что не вернутся, — сказал он резко. — Я все время был начеку, Аттикус.

Из окна над редакцией «Мейкомб трибюн» высунулся мистер Андервуд с двустволкой в руках.

Было поздно, я устала, глаза у меня слипались: казалось, Аттикус и мистер Андервуд проговорят до утра, один — высунувшись из окна, другой — задрав к нему голову. Наконец Аттикус подошел к нам, погасил лампочку над дверью тюрьмы и подхватил стул.

— Можно, я его понесу, мистер Финч? — попросил Дилл.

За все время это были его первые слова.

— Спасибо, дружок.

И мы пошли к банку — Аттикус с Джимом впереди, я и Дилл за ними. Дилл тащил стул и поэтому шел медленнее. Аттикус с Джимом ушли вперед, и я думала, Аттикус его здорово ругает — почему не пошел домой, — но ошиблась. Они как раз поравнялись с фонарем, и видно было: Аттикус поднял руку и взъерошил Джиму волосы — никаких других нежностей он не признавал.

Глава 16

Джим услышал меня. Заглянул в дверь. А когда подошел к моей кровати, в комнате у Аттикуса вспыхнул свет. Мы застыли на месте и не шевелились, пока свет не погас; мы слушали, как Аттикус ворочается, и ждали. Наконец опять стало тихо.

Джим увел меня к себе и уложил.

— Постарайся заснуть, — сказал он. — Послезавтра, может быть, все уже кончится.

Нам пришлось возвращаться очень тихо, чтоб не разбудить тетю. Аттикус заглушил мотор еще на дорожке и руками закатил машину в гараж; мы вошли с черного хода и молча разошлись по своим комнатам. Я очень устала и уже совсем засыпала, и вдруг мне привиделся Аттикус — он складывает газету и сдвигает шляпу на затылок, а потом — Аттикус посреди пустой, замершей в ожидании улицы сдвигает на лоб очки. Меня точно ударило, только тут я поняла, что произошло в этот вечер, и заплакала. Джим просто молодец, он и слова не сказал, что, когда человеку скоро девять лет, реветь не пристало.

Утром никому не хотелось есть, только Джим уплел три яйца. Аттикус смотрел на него с откровенным восхищением; тетя Александра крохотными глоточками пила кофе, от нее так и веяло холодом. Дети, которые по ночам тайком удирают из дому, — это позор для семьи. Аттикус сказал — он очень рад, что этот позор подоспел вовремя, но тетя сказала:

— Глупости, мистер Андервуд все время был начеку.

— А знаешь, это очень забавно, — сказал Аттикус. — Ведь Бракстон терпеть не может негров, даже близко их не подпускает.

В Мейкомбе мистера Андервуда считали закоренелым нечестивцем; его отец сыграл с ним злую шутку — окрестил сына Бракстоном Брэггом, и он всю жизнь очень старался заставить окружающих про это забыть. Аттикус говорил, кого назвали в честь генералов южной армии, тот рано или поздно становится горьким пьяницей.

Кэлпурния подала тете Александре еще кофе, и я поглядела на нее умоляюще и убедительно, как могла, но она только головой покачала.

— Ты еще мала для кофе, — сказала она. — Когда дорастешь, тогда я тебе и так налью.

Я сказала — может, кофе мне полезен для желудка.

— Ладно, — сказала Кэлпурния и взяла с буфета чашку. Налила в нее столовую ложку кофе и до краев долила молоком.

В благодарность я показала чашке язык, подняла глаза и увидела меж бровей тети предостерегающую морщинку. Но это она хмурилась на Аттикуса. Она подождала, чтоб Кэлпурния ушла в кухню, и тогда сказала:

— Не говори так при них.

— Как именно и при ком именно? — спросил Аттикус.

— При Кэлпурнии. Ты сказал при ней, что Бракстон Андервуд терпеть не может негров.

— Ну, Кэл, разумеется, и сама это знает. Это всему Мейкомбу известно.

В те дни я стала замечать едва уловимую перемену в отце. Она чувствовалась, когда он разговаривал с тетей Александрой. Он не то чтобы злился, а все-таки ее осаживал. Вот и сейчас в голосе его послышалась жесткая нотка.

— Все, что можно сказать у нас за столом, можно сказать при Кэлпурнии, — отрезал он. — Она знает, что в нашей семье она не чужая.

— Мне кажется, это плохая привычка, Аттикус. Это их поощряет. Ты же знаешь, какие они болтуны. Обо всем, что за день случится в городе, еще до вечера известно всему негритянскому кварталу.

Отец положил нож.

— Я не знаю такого закона, который запрещал бы им разговаривать. Может быть, если бы мы не давали им столько поводов для разговора, они бы и не разговаривали. Почему ты не пьешь кофе, Глазастик?

Я болтала в чашке ложкой.

— А я думала, мистер Канингем нам друг. Ты мне когда-то так и сказал.

— Он и есть наш друг.

— А вчера вечером он тебя хотел бить.

Аттикус положил вилку рядом с ножом и отодвинул тарелку.

— Мистер Канингем в общем-то хороший человек, — сказал он. — Просто у него, как и у каждого из нас, есть свои слабости.

— Да разве это слабость? — вдруг сказал Джим. — Вчера вечером, когда они только приехали, он готов был тебя убить.

— Пожалуй, мне от него и досталось бы, — согласился Аттикус. — Но видишь ли, сын, когда ты станешь постарше, ты будешь немного лучше понимать людей. Что бы там ни было, а всякая толпа состоит из людей. Вчера вечером мистер Канингем был частью толпы, но все равно он оставался человеком. Всякая толпа во всяком маленьком южном городке состоит из людей, которых мы знаем, из самых обыкновенных людей, и это не очень для них лестно, не так ли?

— Да уж... — сказал Джим.

— И потому надо было вмешаться восьмилетнему ребенку, чтобы они опомнились, так? — продолжал Аттикус. — А ведь это что-нибудь да значит, если стадо диких зверей все-таки можно остановить, ибо в конечном счете они все же люди. М-да, может быть, нам нужны полицейские-дети... Вчера вечером вы, дети, заставили Уолтера Канингема на минуту влезть в мою шкуру. И этого было довольно.

Не знаю, может, Джим, когда станет постарше, и правда будет лучше понимать людей, а я не буду.

— Пускай только Уолтер придет теперь в школу, живым он от меня не уйдет, — пообещала я.

— Ты его и пальцем не тронешь, — решительно сказал Аттикус. — Что бы ни случилось, а я не желаю, чтобы ты или Джим после вчерашнего случая на кого-нибудь затаили зло.

— Вот видишь, к чему все это ведет, — сказала тетя Александра. — Помни, я тебя предупреждала.

Аттикус сказал, что будет помнить, резко отодвинул стул и поднялся.

— У меня впереди трудный день, так что прошу извинить. Джим, я бы очень хотел, чтобы вы с Глазастиком сегодня в город не ходили.

Едва Аттикус ушел, к нам в столовую вприпрыжку вбежал Дилл.

— Сегодня весь город об этом говорит! — объявил он. — Все говорят, как мы голыми руками сдержали целых сто человек...

Тетя Александра так на него посмотрела — он мигом прикусил язык.

— Там не было ста человек, — сказала она, — и никто никого не сдерживал. Там была просто кучка этих пьяных, разнузданных Канингемов.

— Не обращайте внимания, тетя, Дилл всегда преувеличивает, — сказал Джим и кивнул, чтоб мы шли за ним.

— Со двора никуда не ходите, — предупредила она, когда мы вышли на веранду.

Можно было подумать — сегодня суббота. Мимо нашего дома неторопливым, но беспрерывным потоком двигались люди из южной части округа Мейкомб.

Сидя мешком на своей породистой лошадке, проехал мистер Дольфус Реймонд.

— Не пойму, как он только держится в седле, — пробормотал Джим. — И как это он может: с утра пораньше, восьми нет, — и уже пьяный!

Проехала тряская повозка, в ней тесно сидели женщины в матерчатых панамах, заслонявших лица от солнца, и в платьях с длинными рукавами. Правил бородатый мужчина в войлочной шапке.

— Смотри, меннониты, — сказал Диллу Джим. — У них вся одежда без пуговиц.

Меннониты жили в лесах, все, что им требовалось, продавали и покупали на другом берегу реки и в Мейкомб почти никогда не заглядывали. Дилл смотрел на них с любопытством.

— У них у всех голубые глаза, — объяснял Джим, — и мужчины после свадьбы не должны бриться. Их женам нравится, когда от бороды щекотно.

Проехал на муле мистер Икс Биллапс и помахал нам рукой.

— Он забавный, — сказал Джим. — Икс — это у него не инициал, это его так зовут. Один раз его вызвали в суд свидетелем и спрашивают: как ваше имя? Он говорит: Икс Биллапс. Секретарь просит: скажите полностью, — а он опять: Икс. Его опять переспрашивают, а он опять свое. В конце концов он написал на бумаге букву икс и поднял, чтоб все видели. Его спрашивают, что это у вас за имя такое? А он говорит: так отец с матерью записали, когда я родился.

Жители округа все шли и шли мимо нас, и Джим рассказывал Диллу про самых замечательных людей: мистер Тенсоу Джонс голосовал за «сухой закон»; мисс Эмили Дейвис втихомолку нюхает табак; мистер Байрон Уоллер играет на скрипке; у мистера Джейка Слейда в третий раз режутся зубы.

Из-за угла появилась еще повозка, все ее пассажиры смотрели как-то очень сурово. Они поравнялись с домом мисс Моди Эткинсон; у нее в саду пылали яркими красками летние цветы, и тут на крыльцо вышла сама мисс Моди. Удивительное дело, когда мисс Моди стоит на крыльце, от нас до нее далеко, лица не разглядеть, и все равно сразу видно, какое у нее настроение. Вот она стоит, немножко подалась вперед, руки в боки, и голову наклонила набок, очки блестят на солнце. И мы уже знаем: улыбка у нее сейчас самая злоехидная. Возница придержал мулов, и одна женщина с повозки визгливо закричала:

— Тщеславному уготована тьма вечная!

И мисс Моди ответила:

— Кто сердцем радостен, тот и ликом светел!

Наверно, эти ногомойщики подумали — сатана и Священное Писание по-своему толкует, потому что возница скорей погнал мулов. И что им дался сад мисс Моди? Просто понять нельзя, тем более хоть мисс Моди целыми днями копается в земле, а Писание она знает назубок.

Мы подошли к ее забору.

— Вы в суд пойдете? — спросил Джим.

— Нет, — сказала мисс Моди. — В суде мне нынче делать нечего.

— А поглядеть не хотите? — спросил Дилл.

— Нет. Жестоко это — смотреть, когда беднягу того и гляди засудят на смерть. А народ съезжается, как на праздник.

— Так ведь его должны судить при людях, мисс Моди, — сказала я. — Иначе неправильно.

— Это мне известно, — сказала мисс Моди. — Не обязана я идти только потому, что суд публичный, ведь так?

Мимо прошла мисс Стивени Кроуфорд. Она была в шляпе и в перчатках.

— Гм-гм, — сказала она. — Сколько народу — можно подумать, что сам Уильям Дженнингс Брайан* будет говорить речь.

— А ты куда собралась, Стивени? — окликнула мисс Моди.

— За покупками.

Мисс Моди сказала — отродясь не видела, чтоб Стивени за покупками ходила в шляпе.

— Ну, может быть, я и загляну на минутку в суд, погляжу, как там наш Аттикус, — сказала мисс Стивени.

— Берегись, как бы он не вручил и тебе повестку, — сказала мисс Моди.

Мы не поняли и попросили разъяснений, и мисс Моди сказала — мисс Стивени, видно, столько знает об этом деле, отчего бы ей не дать свидетельские показания.

Мы терпели до полудня; Аттикус пришел домой поесть и сказал, что все утро отбирали присяжных. После обеда мы зашли за Диллом и отправились в город.

Поистине это был особый день. У коновязи нельзя было втиснуть больше ни одной лошади, под каждым деревом теснились мулы и повозки. Площадь перед судом была заполнена компаниями и семьями, как на пикнике — рассаживались прямо на земле, подостлав газеты, ели булочки с патокой и запивали теплым молоком из кувшинов. Некоторые грызли холодную курицу или свиную отбивную. А кто побогаче, запивали

---

* Брайан Уильям Дженнингс (1860—1925) — американский политический деятель, известен яростными нападками на учение Дарвина.

еду купленной в аптеке кока-колой из стаканчиков для шипучки. Чумазые ребятишки гонялись в толпе друг за другом, матери кормили младенцев.

В дальнем конце площади тихо сидели на пригреве негры; у них на обед были сардины, сухое печенье, и пили они душистую нихи-колу. С ними сидел мистер Дольфус Реймонд.

— Джим, — сказал Дилл, — он пьет из мешка!

И правда, мистер Дольфус Реймонд держал во рту две желтые соломинки, какие дают в аптеке, а другим концом они уходили в бумажный коричневый пакет.

— Первый раз такое вижу, — пробормотал Дилл. — Что это у него там? И как оно не прольется?

Джим фыркнул.

— У него в пакете бутылка из-под кока-колы, а в бутылке виски. Это чтоб женщины не волновались. Вот увидишь, он весь день будет так тянуть, потом отойдет, дольет бутылку — и опять давай пить.

— А почему он сидит с цветными?

— Он всегда так. Наверно, они ему нравятся больше нас. Он живет на отшибе, на самом краю нашего округа. И с ним живет цветная женщина и целая куча ребятишек-мулатов. Если они тут будут, я тебе покажу.

— С виду он не такой, как вся эта голытьба, — сказал Дилл.

— Он и не голытьба, у него своя земля — большой кусок вдоль берега, и он родом из очень хорошей семьи.

— А почему же он так живет?

— Просто ему так нравится, — сказал Джим. — Говорят, он никак не опомнится после своей свадьбы. Он

должен был жениться на... на какой-то из Спендер, что
ли. Хотели очень пышно справить свадьбу, да не вышло — после оглашения невеста поднялась к себе и за-
стрелилась из охотничьего ружья. Нажала собачку босой ногой.

— А почему, не узнали?

— Нет, — сказал Джим, — толком никто ничего не
знал, кроме мистера Дольфуса. Говорят, она услыхала
про ту негритянку, он думал и негритянку себе оставить, и жениться. Вот с тех пор он всегда и пьяный. А с
этими детишками он добрый...

— Джим, — спросила я, — а что это — мулат?

— Наполовину белый, наполовину цветной. Да ты
их видела, Глазастик. Знаешь разносчика из аптеки,
такой рыжий, курчавый? Вот он наполовину белый.
Они все несчастные.

— А почему?

— Так ведь они ни рыба ни мясо. Цветные их своими не считают, потому что они наполовину белые, а
белые их тоже не признают, потому что они цветные,
вот они и выходят неприкаянные, ни в тех, ни в сех.
А мистер Дольфус, говорят, двух своих ребят отправил
на Север. На Севере люди не против цветных. Смотрите, вот один такой.

В нашу сторону шла негритянка, за ее руку цеплял-
ся маленький мальчик. Мне показалось — настоящий
негритенок, совсем шоколадный, ноздри широкие, и
зубы сверкают. Он каждую минуту начинал весело пры-
гать, а негритянка его дергала за руку, чтоб перестал.

Джим подождал, пока они прошли мимо.

— Этот мальчонок тоже из его мулатов, — сказал он.

— А почем ты знаешь? — спросил Дилл. — По-моему, он просто черный.

— Ну, иногда по виду и не скажешь, надо знать, кто он такой. Но только этот наполовину Реймонд, верно говорю.

— Да почем ты знаешь? — спросила я.

— Я ж тебе говорю, Глазастик, просто я знаю.

— Тогда почем ты знаешь, может, мы тоже негры?

— Дядя Джек Финч говорит, мы и не знаем наверняка. Он говорит, насколько он знает, наши деды и прадеды были белые, а вообще-то, может быть, в незапамятные времена наши предки были выходцы из Эфиопии.

— Ну, если в незапамятные, это так давно, что не считается.

— По-моему, тоже, — сказал Джим, — а в Мейкомбе думают, раз в тебе есть хоть капля негритянской крови, значит, ты все равно что черный. Эй, смотрите-ка...

По какому-то непонятному сигналу люди на площади поднялись с места, побросали газеты, бумажные и целлофановые обертки от еды. Ребятишки подбегали к матерям, младенцев брали на руки, мужчины в пропотевших шляпах собирали свои семьи и, точно пастухи, вели их к дверям суда. В дальнем конце площади негры и мистер Дольфус Реймонд тоже поднялись и отряхивали штаны от пыли. Среди них почти не было женщин и детей, и от этого непохоже было, что они собрались на праздник, как другие. Они терпеливо дожидались у дверей, пока пройдут белые со своими семьями.

— Пойдем туда, — сказал Дилл.

— Нет уж, подождем, пока все войдут, — сказал Джим. — Аттикус, пожалуй, будет недоволен, если нас увидит.

Здание мейкомбского окружного суда немножко напоминало арлингтонскую радиостанцию: колонны, на которые опиралась с южной стороны кровля, были слишком массивны для своей легкой ноши. Только одни колонны и уцелели от старого здания суда, которое сгорело в 1856 году. После пожара к ним пристроили новое здание. Вернее, его построили, несмотря на эти колонны. Не считая южного фасада с порталом, мейкомбский окружной суд был выдержан в ранневикторианском духе и с севера выглядел скромно и безобидно. А вот если подойти с юга, греческие колонны просто резали глаз — уж очень плохо они сочетались с башенкой девятнадцатого века, в которой гнездились ржавые, неизменно врущие часы, но все вместе ясно говорило, что жители Мейкомба полны решимости свято хранить каждый осколочек прошлого.

Чтобы пройти на второй этаж в зал суда, надо было миновать всякие темные закоулки и берлоги: окружной налоговый инспектор, сборщик налогов, секретарь окружного управления, окружной прокурор, разъездной секретарь, судья по наследственным делам — все ютились в холодных клетушках, куда не заглядывало солнце и где пахло прелой бумагой, сыростью и уборной. Тут и днем приходилось зажигать электричество, и дощатые полы всегда покрывал слой пыли. И обитатели этих клетушек были под стать обстановке: серолицые человечки, которых, казалось, никогда в жизни и солнце не согрело и ветер не обдул.

Мы понимали, что народу будет много, но и не подозревали, какая толпа заполнит коридоры. Меня оттерли от Джима и Дилла, но я все-таки пробралась к лестнице, я знала, здесь меня Джим непременно отыщет. Тут я очутилась среди членов Клуба Бездельников и прижалась к стене, чтоб они меня не заметили. Это были старики в белых рубашках, в штанах цвета хаки с подтяжками; они весь свой век ровно ничего не делали и теперь, на склоне дней, сидя на площади на деревянных скамейках в тени виргинских дубов, предавались тому же занятию. В суде они были завсегдатаями, внимательно слушали и придирчиво критиковали, — Аттикус говорил, они столько лет изо дня в день слушали процесс за процессом, что разбираются в законах не хуже главного судьи. Обычно, кроме них, в суде публики не бывало, и теперь им, видно, не нравилось, что их привычный покой нарушен. Разговаривали они важно и снисходительно, как знатоки. Разговор шел о моем отце.

— ...а думает, он знает, что делает, — сказал один.

— Ну-у, не скажите, — возразил другой. — Аттикус Финч малый ученый, с утра до ночи законы читает.

— Читать-то он умеет, только на это и способен. — И все захохотали.

— Вот что я тебе скажу, Билли, — вмешался еще один. — Ведь это судья его назначил защищать черномазого.

— Ну да, но он и впрямь собирается его защищать. Вот это мне и не нравится.

Это была новость, это все меняло: значит, Аттикуса не спрашивали, хочет он защищать негра или не хочет, он просто должен! Странно, почему он нам этого не говорил, нам было бы что сказать и в свою и в его защиту. Он должен был взяться за это дело, вот и взялся — будь у нас этот довод, нам пришлось бы куда меньше драться и ссориться с ребятами. Но почему же тогда весь город на него зол? Судья назначил Аттикуса защитником негра. Аттикус и правда собирается его защищать. И это им не нравится. Ничего не поймешь.

Дождавшись, пока все белые поднялись по лестнице, пошли было в зал суда и негры.

— Эй, обождите-ка, — сказал один из Бездельников и поднял трость. — Еще поспеете.

Старики начали медленно на негнущихся ногах подниматься по лестнице и столкнулись с Диллом и Джимом — они бежали искать меня. Ребята протискались между стариками, и Джим крикнул:

— Идем, Глазастик, там уже сесть негде. Придется нам стоять... Эх, поосторожнее, — прибавил он с досадой.

Наверх по лестнице двинулись негры. Старики, которые их опередили, займут почти все свободное место, где еще можно стоять. Нам не повезло, и это я виновата, сказал Джим. Огорченные, мы стали у стены.

— Вы не можете пройти?

Перед нами стоял преподобный Сайкс с черной шляпой в руке.

— Привет, ваше преподобие, — сказал Джим. — Мы вот из-за нее застряли.

— Что ж, попробуем помочь делу.

И преподобный Сайкс пошел наверх. Через несколько минут он вернулся.

— В зале нет ни одного свободного места. Но может быть, вы хотите пройти со мной на галерею?

— Ясно, хотим! — сказал Джим.

Мы обрадовались и побежали по широкой лестнице наверх, потом по узкой еще выше. Здесь, у входа на галерею, мы остановились. Преподобный Сайкс, отдуваясь, нагнал нас и осторожно повел сквозь толпу негров. Четверо негров поднялись и уступили нам места в первом ряду.

Галерея для цветных шла по трем стенам зала суда, точно балкон, и отсюда нам было все хорошо видно.

Присяжные сидели слева, под высокими окнами. Наверно, все это были фермеры — худые, загорелые, но это и понятно: горожане почти никогда не попадают в присяжные — либо им дают отвод, либо они сами просят их освободить. Двое присяжных были немного похожи на принарядившихся Канингемов. Сейчас все они сидели прямо и внимательно слушали.

Выездной прокурор и еще один человек, Аттикус и Том Робинсон сидели за столиками спиной к нам. На столе у прокурора лежали книга в коричневом переплете и какие-то желтые блокноты; стол Аттикуса был пустой.

Сразу за барьером, который отделял суд от публики, на кожаных стульях сидели свидетели, тоже спиной к нам.

На возвышении сидел судья Тейлор, похожий на сонную старую акулу, а перед ним, пониже, что-то быстро писала его рыба-лоцман. Судья Тейлор был в общем такой же, как все судьи, которых мне приходилось видеть: добродушный, седой и краснолицый, он держался на редкость бесцеремонно — задирал ноги на стол, чистил ногти перочинным ножом. Во время нескончаемых прений сторон, особенно после обеда, могло показаться, будто он клюет носом, но на эту удочку уже никто не попадался, с тех пор как один адвокат нарочно столкнул на пол кипу книг, думая его разбудить. Так и не раскрыв глаз, судья Тейлор пробормотал:

— Мистер Уитли, в следующий раз подобная выходка обойдется вам в сто долларов.

Он был большой знаток законов, и хоть со стороны могло показаться, будто он небрежен и невнимателен, но на самом деле он всякий процесс направлял твердой и уверенной рукой. Один только раз судья Тейлор стал в тупик, и запутали его Канингемы. В Старом Сарэме, на их постоянной территории, поселились когда-то две разные семьи, но, на беду, фамилия у них была одна и та же. Канингемы и Конингемы женились и выходили замуж друг за друга, и которая фамилия как пишется — уже никого не интересовало. А потом какой-то Канингем стал оспаривать земельный участок у одного из Конингемов и подал в суд. На суде Джимс Канингем показал, что его мать на всех документах подписывалась Канингем, но на самом деле она была Конингем, просто она не сильна была в правописании, да и читала мало, сядет, бывало, вечером на крыльце и просто глядит в одну точку. Девять часов кряду судья Тейлор выслушивал показания о странностях и причудах обитателей Старого Сарэма, а потом объявил: дело прекращается. Его спросили, на каком основании, и он сказал — с обоюдного согласия сторон, и он надеется, что тяжущиеся вполне удовлетворены уже тем, что отвели душу на людях. Так оно и было. Они главным образом того и добивались.

У судьи Тейлора была одна смешная привычка. Он разрешал курить в зале суда, но сам никогда не курил, зато иной раз, если повезет, удавалось видеть, как он сунет в зубы длиннейшую незажженную сигару и начинает медленно ее жевать. Понемногу сигара вся исчезала у него во рту, а через несколько часов судья Тейлор выплевывал ее в виде жвачки. Один раз я спросила Аттикуса, как же миссис Тейлор может с ним целоваться, но Аттикус сказал — они не так уж часто целуются.

Возвышение для свидетелей находилось по правую руку от судьи Тейлора, и, когда мы добрались до своих мест и сели, на него уже поднялся мистер Гек Тейт.

Глава 17

— Джим, — сказала я, — а вон там не Юэлы сидят?

— Ш-ш, — сказал Джим. — Мистер Тейт дает показания.

Мистер Тейт для такого случая принарядился. На нем был самый обыкновенный костюм, так что он стал похож на всех людей — ни высоких сапог, ни кожаной куртки, ни пояса с патронами. С этой минуты я перестала его бояться. Он сидел в свидетельском кресле, подавшись вперед, зажав руки между колен, и внимательно слушал выездного прокурора.

Этого прокурора, мистера Джилмера, мы почти не знали. Он был из Эбботсвила; мы его видели только во время судебных сессий, да и то редко, потому что обычно нас с Джимом суд мало интересовал. Мистер Джилмер был уже наполовину лысый, с гладко выбритым лицом, ему можно было дать и сорок лет, и все шестьдесят. Сейчас он стоял к нам спиной, но мы знали —

один глаз у него косит, и он ловко этим пользуется: он на тебя и не смотрит, а кажется — так и сверлит взглядом, и от этого присяжные и свидетели его боятся. Присяжные воображают, что он строго за ними следит, и стараются слушать внимательно, и свидетели тоже.

— ...своими словами, мистер Тейт, — говорил он.

— Так вот, — сказал мистер Тейт собственным коленкам и потрогал очки. — Меня вызвали...

— Может быть, вы будете обращаться к присяжным, мистер Тейт? Благодарю вас. Кто именно вас вызвал?

— Меня позвал Боб... то бишь вот он, мистер Боб Юэл, это было вечером...

— Когда именно, сэр?

— Вечером двадцать первого ноября, — сказал мистер Тейт. — Я как раз собирался домой, и тут ко мне вошел Бо... мистер Юэл, сам не свой, и сказал — идем скорей, один черномазый снасильничал над моей дочкой.

— И вы пошли?

— Ну конечно. Вскочил в машину и помчался.

— И что вы застали на месте происшествия?

— Она лежала на полу в первой комнате, как войдешь — направо. Она была порядком избита, я помог ей подняться на ноги, и она ополоснула лицо — там в углу стояло ведро — и сказала, что ей уже получше. Я спросил, кто ее обидел, и она сказала — Том Робинсон...

Судья Тейлор до сих пор внимательно разглядывал свои ногти, а тут поднял голову, будто ожидал возражений, но Аттикус молчал.

— ...я спросил: это он ее так исколотил? И она сказала — да. Я спросил, одолел ли он ее, и она сказала — да. Тогда я пошел за Робинсоном и привел его к Юэлам. Она признала, что это он самый и есть, я его и забрал. Вот и все.

— Благодарю вас, — сказал мистер Джилмер.

Судья Тейлор сказал:

— Есть вопросы, Аттикус?

— Да, — сказал мой отец.

Он сидел за своим столом, не посередине, а сбоку, закинув ногу за ногу, одна рука его лежала на спинке стула.

— А вы врача вызвали, шериф? — спросил Аттикус. — Или может быть, кто-нибудь другой вызвал?

— Нет, сэр, — сказал мистер Тейт.

— Никто не позвал врача?

— Нет, сэр, — повторил мистер Тейт.

— Почему? — спросил Аттикус построже.

— Ну, очень просто. Это было ни к чему, мистер Финч. Она была порядком избита. Сразу видно было, что дело неладно.

— Но врача вы не вызвали? И, пока вы там были, никто другой за врачом не посылал, и не привел врача, и ее к врачу не отвел?

— Нет, сэр...

Тут вмешался судья Тейлор:

— Он уже три раза ответил вам на вопрос, Аттикус. Врача он не вызывал.

— Я только хотел удостовериться, — сказал Аттикус, и судья улыбнулся.

Рука Джима спокойно лежала на перилах галереи, а тут он вдруг вцепился в них изо всей силы и шумно перевел дух. Я поглядела вниз, в зал, там никто особенно не волновался, и я подумала — что это он разыгрывает трагедию? Дилл слушает спокойно, и преподобный Сайкс рядом с ним — тоже.

— Ты чего? — шепотом спросила я, но Джим только сердито на меня зашипел.

— Шериф, — сказал Аттикус, — вы говорите, она была сильно избита. Как именно?

— Ну-у...

— Вы просто опишите, Гек, какие следы побоев вы заметили.

— Ну, видно, что по лицу били. И на руках повыше локтя показались синяки, прошло-то уже с полчаса...

— Откуда вы знаете?

Мистер Тейт усмехнулся:

— Виноват, это я с их слов. Во всяком случае, она была порядком избита, когда я туда пришел, и под глазом наливался здоровенный фонарь.

— Под которым глазом?

Мистер Тейт мигнул и обеими руками пригладил волосы.

— Дайте-ка сообразить, — сказал он негромко и поглядел на Аттикуса так, будто думал — о каких пустяках спрашивает!

— Не можете вспомнить? — сказал Аттикус.

Мистер Тейт ткнул пальцем в кого-то невидимого прямо перед собой и сказал:

— Левый глаз.

— Одну минуту, шериф, — сказал Аттикус. — Левый глаз — это если она перед вами стоит или если она смотрит в ту же сторону, что и вы?

— А, да, верно, — сказал мистер Тейт, — стало быть, это правый. У нее правый глаз был подбит, мистер

Финч. Теперь я припоминаю, и щека и вся эта сторона в ссадинах и распухла...

Мистер Тейт опять замигал, словно вдруг что-то понял. Повернулся и поглядел на Тома Робинсона. И Том Робинсон поднял голову, будто почувствовал его взгляд.

Аттикус, видно, тоже что-то понял и порывисто поднялся.

— Шериф, повторите, пожалуйста, что вы сказали.

— Я сказал, у нее подбит был правый глаз.

— Не то...

Аттикус подошел к столу секретаря, наклонился и стал смотреть, как у того рука быстро бегает по бумаге. Секретарь остановился, перелистал блокнот со стенограммой и прочитал:

— «Мистер Финч, теперь я припоминаю, и щека и вся эта сторона в ссадинах и распухла».

Аттикус выпрямился и поглядел на мистера Тейта.

— Повторите, пожалуйста, Гек, какая сторона?

— Правая сторона, мистер Финч, но были и еще синяки, про них тоже рассказать?

Аттикус, видно, уже хотел задать новый вопрос, но передумал и сказал:

— Да, так какие там были еще синяки?

И, пока мистер Тейт отвечал, Аттикус повернулся к Тому Робинсону, будто хотел сказать — вот это новость!

— ...руки были в синяках и ссадинах, и шею она мне показала. У нее на горле пальцы так и отпечатались...

— На горле, кругом? И сзади на шее тоже?

— Со всех сторон, мистер Финч, оно и неудивительно.

— Вот как?

— Ну да, сэр, у нее шея тоненькая, всякий может ее обхватить и...

— Пожалуйста, отвечайте на вопрос только «да» или «нет», шериф, — сухо сказал Аттикус, и мистер Тейт умолк.

Аттикус сел на свое место и кивнул прокурору, тот мотнул головой в сторону судьи, судья кивнул мистеру Тейту — и он неловко поднялся и сошел с возвышения.

Внизу люди завертели головами, зашаркали ногами, поднимали повыше младенцев, а нескольких малышей чуть не бегом вывели из зала. Негры позади нас тихонько перешептывались; Дилл спрашивал преподобного Сайкса, в чем тут суть, но тот сказал, что не знает. Пока что было очень скучно: никто не кричал и не грозил, юристы не препирались между собою, все шло так просто и буднично, кажется, к немалому разочарованию всех собравшихся. Аттикус держался так мирно и доброжелательно, будто тут судились из-за какой-нибудь пустячной недвижимости. У него был особый дар успокаивать разгоравшиеся страсти, так что и дело об изнасиловании оказывалось сухим и скучным, как проповедь. Я уже не вспоминала с ужасом запах водочного перегара и хлева, сонных, угрюмых незнакомцев, хриплый голос, окликнувший в темноте: «Мистер Финч! Они ушли?» При свете дня наш дурной сон рассеялся, все кончится хорошо.

В публике все почувствовали себя так же непринужденно, как судья Тейлор, — все, кроме Джима. Он многозначительно усмехнулся, поглядел по сторонам и сказал что-то такое про прямые и косвенные улики. Ну и задается, подумала я.

— Роберт Ли Юэл! — громко вызвал секретарь суда.

Вскочил человечек, похожий на бентамского петуха, и с гордым видом прошествовал на свидетельское место, у него даже шея покраснела, когда он услыхал свое имя. А когда он повернулся и стал присягать на Библии, мы увидели, что и лицо у него совсем красное. И ни капельки он не похож на генерала, в честь которого его назвали*. Надо лбом торчит клок редких, недавно вымытых волос, нос тонкий, острый и блестит; а подбородка почти не видать — он совсем сливается с тощей морщинистой шеей.

— ...и да поможет мне Бог, — хрипло прокаркал он.

В каждом небольшом городе вроде Мейкомба найдутся свои Юэлы. Никакие экономические приливы и отливы не меняют их положения — такие семьи живут в своем округе точно гости, все равно, процветает он или переживает глубочайший упадок. Ни один самый строгий школьный инспектор не заставит их многочисленных отпрысков ходить в школу; ни один санитарный инспектор не избавит их от следов вырождения, от всевозможных паразитов и болезней, которые всегда одолевают тех, кто живет в грязи.

Мейкомбские Юэлы жили за городской свалкой в бывшей негритянской лачуге. Деревянные стены были все в заплатах из рифленого железа, крыша вместо черепицы выложена расплющенными консервными банками, и только по общим очертаниям можно

---

* Имеется в виду американский генерал Роберт Эдвард Ли, который во время войны между Севером и Югом командовал армией южан.

догадаться, какова была эта лачуга вначале — квадратная, в четыре крохотные каморки, которые все выходили в длинный и узкий коридор, она неуклюже стояла на четырех неровных глыбах песчаника. Окна были не окна, а просто дыры в стене, летом их затягивали грязной марлей от мух, которые кишели на грудах отбросов.

Мухам приходилось туго, потому что Юэлы каждый день перерывали всю свалку и свою добычу (ту, что была несъедобна) стаскивали к лачуге; казалось, тут играл какой-то сумасшедший ребенок: вместо изгороди торчали обломанные сучья, палки от старых метел, швабр и тому подобных орудий, и все это было увенчано ржавыми молотками, кривыми граблями, поломанными лопатами, топорами и мотыгами, прикрученными к палкам обрывками колючей проволоки. За этими заграждениями виднелся грязный двор, где на чурбаках и камнях были расставлены и разложены жалкие останки древнего «фордика», поломанное зубоврачебное кресло, старый-престарый холодильник и еще всякая всячина: рваные башмаки, отжившие свой век радиоприемники, рамы от картин, жестянки из-под консервов, и кругом усердно копались в земле тощие рыжие куры.

Впрочем, один угол этого двора своим видом приводил весь Мейкомб в недоумение. Вдоль изгороди стояли в ряд шесть облупившихся эмалированных ведер, а в них пышно цвели алые герани, так заботливо ухоженные, как будто они принадлежали самой мисс Моди Эткинсон (если бы только мисс Моди стала терпеть у себя в саду какую-то герань!). Говорили, что их развела Мэйелла Юэл.

Никто толком не знал, сколько в этом доме детей. Одни говорили — шестеро, другие — девять; когда кто-нибудь шел мимо, в окнах всегда торчали чумазые физиономии. Мимо почти никто и не ходил, разве только на Рождество, когда приходский совет раздавал подарки беднякам, а мэр Мейкомба просил нас немножко помочь городскому мусорщику, и мы сами свозили на свалку осыпавшиеся елки и всякий хлам, оставшийся после праздника.

В минувшее Рождество Аттикус и нас взял с собой. Грунтовая дорога бежала от шоссе стороной мимо свалки к небольшому негритянскому поселку, который начинался ярдах* в пятистах за домом Юэлов. Со свалки можно было возвратиться либо задним ходом по грунтовке на шоссе, либо проехать до самого поселка и уже после этого повернуть; почти все выбирали именно этот путь, мимо негритянских домишек. В холодных декабрьских сумерках они казались чистенькими и уютными, синеватый дымок поднимался из труб, двери были отворены и ярко светились от огня, пылавшего в очаге. И пахло в морозном воздухе превкусно — курами, поджаренным до хруста салом. Мы с Джимом различили еще запах жареной белки, а наш отец сумел учуять еще и опоссума и кролика — недаром он вырос вдали от города; однако все эти ароматы развеялись, когда мы поехали обратно мимо владений Юэлов.

Человечек, стоявший сейчас на возвышении для свидетелей, обладал одним лишь преимуществом перед своими ближайшими соседями: если его долго отмывать дегтярным мылом в очень горячей воде, кожа его станет белой.

---

* Ярд (*англ.*) — единица длины, равная 91 см.

— Вы мистер Роберт Юэл? — спросил мистер Джилмер.

— Он самый, — ответил свидетель.

Мистер Джилмер настороженно выпрямился, и мне стало его жалко. Наверно, пора кое-что объяснить. Я слышала, дети юристов, глядя, как ожесточенно спорят их родители в суде, начинают думать, будто адвокат противной стороны — личный враг их отца, и тяжело переживают яростные прения сторон, а потом страшно изумляются, когда в первый же перерыв отец выходит из зала суда под руку со своим мучителем. Мы с Джимом на этот счет не заблуждались. Выигрывал наш отец дело или проигрывал — это не было для нас трагедией. К сожалению, я не могу описать никаких наших бурных переживаний по этому поводу, а если бы и попыталась, это было бы неправдой. Мы, конечно, сразу замечали, если прения становились более желчными, чем того требовала профессиональная этика, но так бывало, когда выступал не наш отец, а другие адвокаты. В жизни своей я не слышала, чтобы Аттикус повысил голос, — разве что свидетель был туг на ухо. Мистер Джилмер делал свое дело, Аттикус — свое. К тому же Юэл был свидетель Джилмера и мог бы отвечать ему повежливее.

— Вы отец Мэйеллы Юэл? — задал мистер Джилмер следующий вопрос.

— Может, и нет, только теперь уж этого не узнать, мать-то померла, — был ответ.

Судья Тейлор зашевелился. Он медленно повернул свое вертящееся кресло и снисходительно посмотрел на свидетеля.

— Вы отец Мэйеллы Юэл? — повторил он вопрос, но как-то так, что в зале разом перестали смеяться.

— Да, сэр, — кротко ответил Юэл.

Судья Тейлор сказал вроде бы ничуть не сердито:

— Вы сегодня первый раз в суде? Помнится, я прежде вас не видел.

Юэл кивнул, что да, первый раз, и судья продолжал:

— Так вот, давайте условимся. Пока я тут судьей, в этом зале никто больше не произнесет ни одной непристойности ни по какому поводу. Понятно?

Юэл кивнул, но я не уверена, что он и правда понял. Судья вздохнул и сказал:

— Продолжайте, мистер Джилмер.

— Благодарю вас, сэр. Мистер Юэл, не будете ли вы так добры рассказать нам своими словами, что произошло вечером двадцать первого ноября?

Джим усмехнулся и откинул волосы со лба. «Своими словами» — это была вечная присказка мистера Джилмера. Мы часто думали — чьими еще словами, по его мнению, может заговорить свидетель?

— Стал-быть, вечером двадцать первого иду я из лесу с охапкой хворосту, дошел до забора — и слышу, Мэйелла визжит в доме, как свинья недорезанная...

Тут судья Тейлор пронзительно глянул на свидетеля, но, видно, решил, что слова эти сказаны без злого умысла, и промолчал.

— В какое время это было, мистер Юэл? — спросил прокурор.

— Да перед закатом. Так вот, стал-быть, слышу, Мэйелла визжит так, что чертям тошно... — И мистер Юэл осекся под новым грозным взглядом судьи.

— Итак, она громко кричала, — подсказал мистер Джилмер.

Мистер Юэл в растерянности поглядел на судью.

— Ну, услыхал я, как она орет, бросил хворост и побежал со всех ног, да наскочил на забор, насилу выпутался из проволоки, подбежал к окошку и вижу... Юэл весь побагровел, выпрямился и ткнул пальцем в Тома Робинсона, — вижу, этот черномазый брюхатит мою Мэйеллу!

В зале суда у мистера Тейлора всегда царили тишина и спокойствие, и ему не часто приходилось пускать в ход свой молоток, но тут он колотил по столу добрых пять минут. Аттикус быстро шагнул к нему и что-то ему говорил, мистер Гек Тейт — первое официальное лицо округа — стоял в проходе и призывал битком набитый зал к порядку. Среди негров позади нас прошел глухой ропот.

Преподобный Сайкс перегнулся через нас с Диллом и дернул Джима за рукав.

— Мистер Джим, — сказал он, — вы бы лучше отвели мисс Джин-Луизу домой. Мистер Джим, вы меня слышите?

Джим повернул голову.

— Иди домой, Глазастик. Дилл, отведи ее домой.

— Ты меня заставь попробуй, — сказала я, с радостью вспомнив спасительное разъяснение Аттикуса.

Джим свирепо посмотрел на меня.

— Я думаю, это не беда, ваше преподобие, она все равно ничего не понимает.

Я была смертельно оскорблена.

— Пожалуйста, не задавайся! Я все понимаю не хуже тебя!

— Да ладно тебе. Она этого не понимает, ваше преподобие, ей еще и девяти нет.

В черных глазах преподобного Сайкса была тревога.

— А мистер Финч знает, что вы здесь? Неподходящее это дело для мисс Джин-Луизы, да и для вас тоже, молодые люди.

Джим покачал головой:

— Мы слишком далеко, он нас тут не увидит. Да вы не беспокойтесь, ваше преподобие.

Я знала: Джим возьмет верх, его сейчас никакими силами не заставишь уйти. До поры до времени мы с Диллом в безопасности, но, если Аттикус поднимет голову, он может нас заметить.

Судья Тейлор отчаянно стучал молотком, а мистер Юэл самодовольно расселся в свидетельском кресле и любовался тем, что натворил. Стоило ему сказать два слова, и беззаботная публика, которая пришла сюда развлечься, обратилась в мрачную, настороженную толпу — она ворчала, медленно затихая, будто загипнотизированная все слабеющими ударами молотка, и, наконец, в зале суда стало слышно только негромкое «тук-тук-тук», будто судья легонько постукивал карандашом.

Судья Тейлор убедился, что публика опять обуздана, и откинулся на спинку кресла. Вдруг стало видно, что он устал и что ему уже много лет, недаром Аттикус сказал, что они с миссис Тейлор не так уж часто целуются, ему, наверно, уже под семьдесят.

— Меня просили очистить зал от публики или, по крайней мере, удалить женщин и детей, — сказал судья Тейлор. — До поры до времени я отклонил эту просьбу. Люди обычно видят и слышат то, что они хотят увидеть и услышать, и, если им угодно приводить на подобные спектакли своих детей, это их право. Но одно я вам говорю твердо: вы будете смотреть и слушать молча, иначе придется вам покинуть этот зал, а прежде чем вы его покинете, я призову все это сборище к ответу за оскорбление суда. Мистер Юэл, соблаговолите, по возможности, давать показания, не выходя из рамок благопристойности. Продолжайте, мистер Джилмер.

Мистер Юэл походил на глухонемого. Я уверена, он никогда раньше не слыхивал таких слов, с какими к нему обратился судья Тейлор, и не мог бы их повторить, хотя беззвучно шевелил губами, — но суть он, видно, понял. Самодовольное выражение сползло с его лица и сменилось тупой сосредоточенностью, но это не обмануло судью Тейлора — все время, пока Юэл оставался на возвышении для свидетелей, судья не сводил с него глаз, будто бросал вызов: попробуй-ка сделай что-нибудь не так!

Мистер Джилмер и Аттикус переглянулись. Аттикус уже опять сидел на своем месте, подперев кулаком щеку, и нам не видно было его лица. Мистер Джилмер явно приуныл. Он приободрился, только когда услыхал вопрос судьи Тейлора:

— Мистер Юэл, вы видели, что обвиняемый вступил в половые сношения с вашей дочерью?

— Видел.

Публика хранила молчание, но обвиняемый что-то негромко сказал. Аттикус пошептал ему на ухо, и Том Робинсон умолк.

— Вы сказали, что подошли к окну? — спросил мистер Джилмер.

— Да, сэр.

— Насколько высоко оно от земли?

— Фута три.

— И вам хорошо видна была комната?

— Да, сэр.

— Как же выглядела комната?

— Ну, стал-быть, все раскидано, как после драки.

— Как вы поступили, когда увидели обвиняемого?

— Стал-быть, побежал я кругом, к двери, да не поспел, он вперед меня из дому выскочил. Я его хорошо разглядел. А догонять не стал, уж больно за Мэйеллу расстроился. Вбегаю в дом, а она валяется на полу и ревет белугой...

— И как вы тогда поступили?

— Стал-быть, я во всю прыть за Тейтом. Черномазого-то я враз признал, он по ту сторону в осином гнезде живет, мимо нас всякий день ходит. Вот что я вам скажу, судья, я уж пятнадцать лет требую с наших окружных властей — выкурите, мол, оттуда черномазых, с ними по соседству и жить-то опасно, да и моему имению один вред...

— Благодарю вас, мистер Юэл, — торопливо прервал его мистер Джилмер.

Свидетель почти сбежал с возвышения и налетел на Аттикуса, который встал со своего места, чтобы задать ему вопрос. Судья Тейлор позволил всем присутствующим немного посмеяться.

— Одну минуту, сэр, — дружелюбно сказал Аттикус. — Вы разрешите задать вам два-три вопроса?

Мистер Юэл попятился к свидетельскому креслу, сел и уставился на Аттикуса высокомерным и подозрительным взглядом — в округе Мейкомб свидетели всегда так смотрят на адвоката противной стороны.

— Мистер Юэл, — начал Аттикус, — в тот вечер, видимо, вы много бегали. Помнится, вы сказали, что бежали к дому, подбежали к окну, вбежали в дом, подбежали к Мэйелле, побежали за мистером Тейтом. А за доктором вы заодно не сбегали?

— А на что он мне сдался? Я и сам видел, что к чему.

— Одного я все-таки не понимаю, — сказал Аттикус. — Разве вас не беспокоило состояние Мэйеллы?

— Еще как, — сказал мистер Юэл. — Я ведь сам видел, кто тут виноватый.

— Нет, я не о том. Вы не подумали, что характер нанесенных ей увечий требует немедленного медицинского вмешательства?

— Чего это?

— Вы не подумали, что к ней сейчас же надо позвать доктора?

Свидетель отвечал — нет, не подумал, он отродясь не звал в дом докторов, а если их звать, выкладывай пять долларов.

— Это все? — спросил он.

— Не совсем, — небрежно заметил Аттикус. — Мистер Юэл, вы ведь слышали показания шерифа, не так ли?

— Чего это?

— Вы находились в зале суда, когда мистер Гек Тейт сидел на вашем теперешнем месте, не так ли? И вы слышали все, что он говорил, не так ли?

Мистер Юэл подумал-подумал и, видно, решил, что ничего опасного в этом вопросе нет.

— Да, слыхал, — сказал он.

— Вы согласны, что он правильно описал увечья, нанесенные Мэйелле?

— Чего еще?

Аттикус обернулся к мистеру Джилмеру и улыбнулся. Мистер Юэл, видно, решил не баловать защитника вежливым обхождением.

— Мистер Тейт показал, что правый глаз у Мэйеллы был подбит, и лицо...

— Ну да, — сказал свидетель, — Тейт правильно говорил, я со всем согласный.

— Значит, согласны? — мягко сказал Аттикус. — Я только хотел удостовериться.

Он подошел к секретарю, сказал что-то, и секретарь несколько минут подряд развлекал нас показаниями мистера Тейта, — читал он их так выразительно, точно это были цифры из биржевого бюллетеня:

«...который глаз... левый... а да верно стало быть это правый у нее правый глаз был подбит мистер Финч теперь я припоминаю и щека и вся... (секретарь перевернул страницу) вся эта сторона была в ссадинах и распухла... шериф повторите пожалуйста что вы сказали... я сказал у нее подбит был правый глаз...»

— Благодарю вас, Берт, — сказал Аттикус. — Вы слышали это еще раз, мистер Юэл. Имеете вы что-либо к этому добавить? Согласны ли вы с показаниями шерифа?

— Тейт все верно говорил. У нее под глазом был фонарь, и сама вся избитая.

Этот человечек, видно, уже позабыл, как его сперва пристыдил судья. Он явно решил, что Аттикус про-

тивник не опасный. Он опять раскраснелся, напыжил-
ся, выгнул грудь колесом и больше прежнего стал похож на рыжего петуха. Мне показалось, он сейчас
лопнет от важности, и тут Аттикус спросил:

— Мистер Юэл, умеете ли вы читать и писать?

— Протестую, — прервал мистер Джилмер. — Непонятно, при чем тут грамотность свидетеля, вопрос
несущественный и к делу не относится.

Судья Тейлор хотел что-то сказать, но Аттикус его
опередил:

— Ваша честь, если вы разрешите задать этот вопрос и в дополнение еще один, вы все поймете.

— Хорошо, попробуем, — сказал судья Тейлор, —
но смотрите, чтобы мы действительно поняли, Аттикус. Протест отклоняется.

Мистер Джилмер, кажется, с таким же любопытством, как и все мы, ждал ответа: при чем тут образование мистера Юэла?

— Повторяю вопрос, — сказал Аттикус. — Умеете
вы читать и писать?

— Ясно, умею.

— Не будете ли вы любезны доказать нам это и написать свою фамилию?

— Ясно, докажу. А как же, по-вашему, я расписы-
ваюсь, когда получаю пособие?

Ответ мистера Юэла пришелся по вкусу его сограж-
данам. Внизу зашептались, захихикали — видно, вос-
хищались его храбростью.

Я забеспокоилась. Аттикус как будто знает, что делает, а все-таки мне казалось — он дал маху. Никогда,
никогда, никогда на перекрестном допросе не задавай
свидетелю вопрос, если не знаешь заранее, какой бу-

дет ответ, — это правило я усвоила с колыбели. А то ответ может оказаться совсем не такой, как надо, и погубит все дело.

Аттикус полез во внутренний карман и достал какой-то конверт, потом из жилетного кармана вытащил самопишущую ручку. Он двигался медленно, с ленцой и повернулся так, чтобы его хорошо видели все присяжные. Он снял колпачок самописки и аккуратно положил на стол. Легонько встряхнул ручку и вместе с конвертом подал ее свидетелю.

— Не будете ли вы так любезны расписаться вот здесь? — сказал он. — И пожалуйста, чтобы все присяжные видели, как вы это делаете.

Мистер Юэл расписался на обратной стороне конверта, очень довольный собой, поднял голову — и встретил изумленный взгляд судьи Тейлора; судья уставился на него так, будто на свидетельском месте вдруг пышно зацвела гардения; мистер Джилмер тоже смотрел удивленно, даже привстал. И все присяжные смотрели на Юэла, один даже подался вперед и обеими руками ухватился за барьер.

— Чего не видали? — спросил свидетель.

— Вы, оказывается, левша, мистер Юэл, — сказал судья Тейлор.

Мистер Юэл сердито обернулся к нему и сказал — при чем тут левша, он человек богобоязненный, и нечего Аттикусу Финчу над ним измываться. Всякие жулики-адвокатишки вроде Аттикуса Финча всегда над ним измывались и его обжуливали. Он уже говорил, как чего было, и еще хоть сорок раз скажет то же самое. Так он и сделал. На новые вопросы Аттикуса он твердил одно: он заглянул в окно, спугнул черномазо-

го, потом побежал к шерифу. В конце концов Аттикус
его отпустил.

Мистер Джилмер задал ему еще один вопрос:

— Кстати, насчет того, что вы подписываетесь левой рукой: может быть, вы одинаково пользуетесь обеими руками, мистер Юэл?

— Ясно, нет. Я и одной левой управляюсь не хуже
всякого другого. Не хуже всякого другого, — повторил
он, злобно глянув в сторону защиты.

Джим втихомолку ужасно веселился. Он легонько
постукивал кулаком по перилам и один раз прошептал:

— Теперь мы его приперли к стенке.

Я вовсе так не думала. По-моему, Аттикус старался
доказать, что мистер Юэл мог и сам исколотить Мэйеллу. Это я поняла. Раз у нее подбит правый глаз и разбита правая сторона лица, значит, ее исколотил левша.
Шерлок Холмс и Джим Финч тоже так подумали бы. Но
может быть, и Том Робинсон тоже левша. Как и мистер
Гек Тейт, я представила, что передо мной кто-то стоит,
вообразила себе стремительную схватку и решила — наверно, Том Робинсон держал Мэйеллу правой рукой, а
колотил левой. Я сверху посмотрела на него. Он сидел
к нам спиной, но видно было, какие у него широкие
плечи и крепкая шея. Конечно, он без труда бы с ней
справился. Напрасно Джим цыплят до осени считает.

Глава 18

Но тут кто-то прогудел:

— Мэйелла Вайолет Юэл!

На свидетельское место пошла молодая девушка.
Пока она с поднятой рукой клялась говорить правду,

только правду и ничего, кроме правды, и да поможет ей Бог, она казалась тоненькой и хрупкой, а потом села в кресло лицом к нам, и стало видно, что она крепкая и, наверно, привыкла к тяжелой работе.

У нас в округе сразу узнаешь, кто моется часто, а кто раз в год. Мистер Юэл был весь как ошпаренный, будто кожа у него стала особенно чувствительной и беззащитной, когда с нее содрали слой за слоем всю грязь. А Мэйелла, видно, старалась быть опрятной, и я вспомнила про красные герани во дворе Юэлов.

Мистер Джилмер попросил Мэйеллу рассказать присяжным своими словами, что произошло вечером двадцать первого ноября прошлого года, «своими словами, пожалуйста».

Мэйелла сидела и молчала.

— Где вы были в тот вечер в сумерки? — терпеливо начал мистер Джилмер.

— На крыльце.

— На котором крыльце?

— У нас только одно крыльцо, спереди.

— Что вы делали на крыльце?

— Ничего.

Вмешался судья Тейлор:

— Вы просто нам расскажите, что произошло. Вы разве не можете рассказать?

Мэйелла вытаращила на него глаза и вдруг заплакала. Она зажала рот руками и всхлипывала все громче. Судья Тейлор дал ей поплакать, потом сказал:

— Ну хватит. Только говори правду, и никого не надо бояться. Я понимаю, тебе все это непривычно, но стыдного тут ничего нет и страшного тоже. Чего ты так испугалась?

Мэйелла что-то сказала себе в ладони.

— Что такое? — переспросил судья.

— Вон его, — всхлипнула она и показала на Аттикуса.

— Мистера Финча?

Она закивала изо всех сил.

— Не хочу я. Он меня допечет, вон как папашу допек — левша да левша...

Судья Тейлор почесал седую голову. Видно, ему еще не случалось сталкиваться с такой трудной задачей.

— Сколько тебе лет? — спросил он.

— Девятнадцать с половиной, — сказала Мэйелла.

Судья Тейлор откашлялся и безуспешно попробовал смягчить голос.

— Мистер Финч совсем не хотел тебя пугать, — пробурчал он, — а если бы и захотел, я ему не дам. Для того я тут и сижу. Ты уже взрослая девушка, сядь-ка прямо и расскажи суду... скажи нам, что с тобой случилось. Просто возьми и расскажи, ладно?

— Она дурочка? — шепотом спросила я Джима.

Джим искоса поглядел вниз, на свидетельницу.

— Кто ее знает, — сказал он. — Разжалобить судью у нее ума хватило, но, может, она просто... ну, не знаю я.

Мэйелла успокоилась, еще раз испуганно поглядела на Аттикуса и повернулась к мистеру Джилмеру.

— Значит, сэр, была я на крыльце, и... и он шел мимо, а у нас во дворе стоял старый гардароб, папаша приволок его на растопку... Папаша велел мне его расколоть, а сам пошел в лес, а мне чего-то немоглось, и тут он идет...

— Кто он?

Мэйелла ткнула пальцем в сторону Тома Робинсона.

— Я бы вас попросил выражаться яснее, — сказал мистер Джилмер. — Секретарю трудно заносить в протокол жесты.

— Вон тот, — сказала Мэйелла. — Робинсон.

— Что же было дальше?

— Я ему и говорю — поди сюда, черномазый, расколи гардароб, а я тебе дам пятачок. Ему это раз плюнуть. Он вошел во двор, а я пошла в дом за деньгами, оборотилась, а он на меня и набросился. Он за мной шел по пятам, вон что. И как схватил меня за горло, и давай ругаться, и говорить гадости... Я давай отбиваться и кричать, а он меня душит. И давай меня бить...

Мистер Джилмер дал Мэйелле немного прийти в себя; она все скручивала жгутом носовой платок, потом развернула и стала утирать лицо, а платок был весь мятый-перемятый от ее потных рук. Она ждала, что мистер Джилмер опять задаст ей вопрос, но он ничего не спросил, и она сказала:

— Ну, он повалил меня на пол, и придушил, и одолел.

— А вы кричали? — спросил мистер Джилмер. — Кричали и отбивались?

— Еще как, я орала во все горло и брыкалась, я орала во всю мочь.

— А дальше что было?

— Дальше я не больно помню, а потом смотрю, папаша стоит надо мной и орет — это кто тебя? Это кто тебя? А потом я вроде обмерла, а потом очнулась, а мистер Тейт меня подхватил с полу и ведет к ведру с водой.

Пока Мэйелла рассказывала, она словно почувствовала себя уверенней, но не так, как ее отец: он был нахальный, а она какая-то себе на уме, точно кошка — сидит и щурится, а хвост ходит ходуном.

— Так вы говорите, что отбивались как могли? Сопротивлялись изо всех сил? — спрашивал мистер Джилмер.

— Ясное дело, — сказала она, в точности как ее отец.

— И вы уверены, что он все-таки вас одолел?

Лицо Мэйеллы скривилось, и я испугалась, что она опять заплачет. Но она сказала:

— Он чего хотел, то и сделал.

Мистер Джилмер отер ладонью лысину и этим напомнил, что день выдался жаркий.

— Пока достаточно, — приветливо сказал он, — но вы оставайтесь на месте. Я думаю, страшный зубастый мистер Финч тоже захочет вас кое о чем спросить.

— Обвинителю не положено настраивать свидетелей против защитника, — чопорно сказал судья Тейлор. — Во всяком случае, сегодня это ни к чему.

Аттикус встал, улыбнулся, но не подошел к свидетельскому возвышению, а расстегнул пиджак, сунул большие пальцы в проймы жилета и медленно направился к окну. Выглянул на улицу, но, наверно, ничего интересного не увидел, повернулся и подошел к свидетельнице. По долголетнему опыту я поняла — он старается молча что-то решить.

— Мисс Мэйелла, — сказал он с улыбкой, — я пока совсем не собираюсь вас пугать. Давайте-ка лучше познакомимся. Сколько вам лет?

— Я уж говорила, девятнадцать, я вон судье говорила. — Мэйелла сердито мотнула головой в сторону судьи Тейлора.

— Да, да, мэм, совершенно верно. Вы уж будьте ко мне снисходительны, мисс Мэйелла, память у меня уже не прежняя, старость подходит, и, если я вдруг спрошу то, что вы уже говорили, вы ведь мне все-таки ответите, правда? Вот и хорошо.

По лицу Мэйеллы я не могла понять, с чего Аттикус взял, будто она согласна ему отвечать. Она смотрела на него злющими глазами.

— Словечка вам не скажу, коли вы надо мной насмехаетесь, — объявила она.

— Как вы сказали, мэм? — переспросил ошарашенный Аттикус.

— Коли вы меня на смех подняли.

Судья Тейлор сказал:

— Мистер Финч вовсе не поднимал тебя на смех. Что это ты выдумала?

Мэйелла исподтишка поглядела на Аттикуса.

— А что он меня обзывает «мэм» да «мисс Мэйелла»! Я не нанималась насмешки терпеть, больно надо!

Аттикус опять неторопливо направился к окнам и предоставил судье Тейлору управляться самому. Не такой человек был судья Тейлор, чтоб его жалеть, но мне прямо жалко его стало: он так старался растолковать Мэйелле, что к чему.

— У мистера Финча просто привычка такая, — сказал он. — Мы с ним работаем тут в суде уже сколько лет, и мистер Финч всегда со всеми разговаривает вежливо. Он не хочет над тобой насмехаться, он только хочет быть вежливым. Такая уж у него привычка.

Судья откинулся на спинку кресла.

— Продолжайте, Аттикус, и пусть из протокола будет ясно, что над свидетельницей никто не насмехался, хоть она и думает иначе.

Интересно, называл ее кто-нибудь когда-нибудь «мэм» и «мисс Мэйелла»? Наверно, нет, раз она обижается на самое обыкновенное вежливое обращение. Что же это у нее за жизнь? Очень быстро я это узнала.

— Итак, вы говорите, вам девятнадцать лет, — сказал Аттикус. — Сколько у вас братьев и сестер?

Он отвернулся от окна и подошел к свидетельскому возвышению.

— Семеро, — сказала Мэйелла, и я подумала — неужели все они такие же, как тот, которого я видела в свой первый школьный день?

— Вы старшая? Самая большая?

— Да.

— Давно ли скончалась ваша матушка?

— Не знаю... давно.

— Ходили вы когда-нибудь в школу?

— Читать и писать умею не хуже папаши.

Мэйелла разговаривала, прямо как мистер Джингл* в книжке, которую я когда-то читала.

— Долго ли вы ходили в школу?

— Две зимы... а может, три... сама не знаю.

Медленно, но верно я стала понимать, к чему клонит Аттикус: задавая вопросы, которые мистер Джилмер не мог счесть настолько несущественными и не относящимися к делу, чтобы протестовать, он понемно-

---

* Мистер Джингл — известный персонаж романа Ч. Диккенса «Записки Пиквикского клуба»; речь его бессвязна и отрывочна.

гу наглядно показал присяжным, что за жизнь была в доме Юэлов. Вот что узнали присяжные: на пособие семье все равно не прокормиться, да, скорее всего, папаша его просто пропивает... иной раз он по нескольку дней пропадает где-то на болоте и возвращается хмельной; вообще-то холода бывают не часто, можно и разутыми бегать, а уж если захолодает, из обрезков старой автомобильной шины можно смастерить шикарную обувку; воду в дом носят ведрами из ручья, который бежит сбоку свалки... у самого дома мусор не кидают... ну а насчет чистоты, так это каждый сам для себя старается: хочешь помыться — притащи воды; меньшие ребятишки из простуды не вылезают, и у всех у них чесотка; была одна леди, она все приходила и спрашивала, почему, мол, больше не ходишь в школу, и записывала, что ответишь; так ведь двое в доме умеют читать и писать, на что еще и остальным учиться... они папаше и дома нужны.

— Мисс Мэйелла, — словно против воли сказал Аттикус, — у такой молодой девушки, как вы, наверно, есть друзья и подруги. С кем вы дружите?

Свидетельница в недоумении нахмурилась.

— Дружу?

— Ну да, разве вы не встречаетесь со своими сверстниками или с кем-нибудь постарше или помоложе? Есть у вас знакомые юноши и девушки? Самые обыкновенные друзья?

До сих пор Мэйелла отвечала недружелюбно, но спокойно, а тут вдруг разозлилась.

— Опять вы надо мной насмехаетесь, мистер Финч?

Аттикус счел это достаточно ясным ответом на свой вопрос.

— Вы любите своего отца, мисс Мэйелла? — спросил он затем.

— То есть как это — люблю?

— Я хочу сказать — он добрый, вам легко с ним ладить?

— Да он ничего, терпеть можно, вот только когда...

— Когда — что?

Мэйелла перевела взгляд на своего отца — он все время сидел, откачнувшись на стуле, так что стул спинкой опирался на барьер. А теперь он выпрямился и ждал, что она ответит.

— Когда ничего, — сказала Мэйелла. — Я ж говорю, терпеть можно.

Мистер Юэл опять откачнулся на стуле.

— Только тогда терпеть нельзя, когда он выпьет? — спросил Аттикус очень мягко.

Мэйелла кивнула.

— Он когда-нибудь преследовал вас?

— Чего это?

— Когда он бывал... сердитый, он вас никогда не бил?

Мэйелла поглядела по сторонам, потом вниз, на секретаря суда, потом подняла глаза на судью.

— Отвечайте на вопрос, мисс Мэйелла, — сказал судья Тейлор.

— Да он меня отродясь и пальцем не тронул, — решительно заявила Мэйелла. — Даже и не дотронулся.

Очки Аттикуса сползли на кончик носа, он их поправил.

— Мы с вами приятно побеседовали, мисс Мэйелла, а теперь, я думаю, пора перейти к делу. Вы сказали, что просили Тома Робинсона расколоть... что расколоть?

— Гардароб, такой старый комод, у него сбоку ящики.

— Том Робинсон был вам хорошо знаком?

— Чего это?

— Я говорю — вы знали, кто он такой, где он живет?

Мэйелла кивнула:

— Кто он — знала, он мимо дома всякий день ходил.

— И тогда вы в первый раз попросили его зайти к вам во двор?

От этого вопроса Мэйелла даже немножко подскочила. Аттикус опять пропутешествовал к окну, он все время так делал: задаст вопрос, отойдет, выглянет в окно и стоит, ждет ответа. Он не видел, как она подскочила, но, кажется, догадался. Обернулся к ней и поднял брови. И опять начал:

— И тогда...

— Да, в первый раз.

— А до этого вы никогда не просили его войти во двор?

Теперь он уже не застал Мэйеллу врасплох.

— Ясно, не просила, никогда не просила.

— Довольно ответить и один раз, — спокойно заметил Аттикус. — И вы никогда не поручали ему никакой случайной работы?

— Может, и поручала, — снисходительно ответила Мэйелла. — Мало ли кругом черномазых!

— Не припомните ли еще какой-нибудь такой случай?

— Нет.

— Ну хорошо, перейдем к тому, что произошло в тот вечер. Вы сказали, что, когда вы вошли в комнату и обернулись, Том Робинсон стоял позади вас — так?

— Да.

— И вы сказали, что он схватил вас за горло, и начал ругаться, и говорить гадости, — так?

— Так.

Вдруг оказалось, что память у Аттикуса совсем не плохая.

— Вы сказали: «он схватил меня, и придушил, и одолел», — так?

— Так и сказала.

— И вы помните, что он бил вас по лицу?

Свидетельница замялась.

— Вы как будто хорошо помните, что он вас душил. И вы все время отбивались, не так ли? Вы «брыкались и орали во всю мочь». А помните вы, как он бил вас по лицу?

Мэйелла молчали. Казалось, она старается что-то понять. Я даже подумала — может, она, как мы с мистером Тейтом, старается представить себе, как против нее стоит человек. Потом она посмотрела на мистера Джилмера.

— Это ведь очень простой вопрос, мисс Мэйелла, послушайте еще раз. Помните ли вы, как обвиняемый бил вас по лицу? — Теперь Аттикус говорил уже не так мягко и добродушно; голос у него стал юридический — сухой, бесстрастный. — Помните ли вы, как он бил вас по лицу?

— Нет, чтоб ударил, не помню. То бишь, да, ударил.

— Последние слова можно считать вашим окончательным ответом?

— А? Ну да, ударил... не помню я, ничего я не помню... Все получилось так быстро...

Судья Тейлор сурово посмотрел на Мэйеллу.

— Не надо плакать, молодая особа... — начал он.

Но Аттикус сказал:

— Дайте ей поплакать, если ей хочется, ваша честь. Времени у нас сколько угодно.

Мэйелла сердито потянула носом и посмотрела на Аттикуса.

— Я вам на все отвечу... Вытащил меня сюда и еще насмехается! Я вам на все отвечу...

— Вот и прекрасно, — сказал Аттикус. — Не так уж много и осталось. Итак, мисс Мэйелла, коротко говоря, вы свидетельствуете, что подсудимый ударил вас, схватил за шею, придушил и одолел. Я хотел бы знать, вполне ли вы уверены, что указали настоящего виновника. Не опознаете ли вы перед нами человека, который совершил над вами насилие?

— А конечно, вот он самый и есть.

Аттикус повернулся к своему подзащитному:

— Встаньте, Том. Пусть мисс Мэйелла хорошенько на вас посмотрит. Это и есть тот самый человек, мисс Мэйелла?

Том Робинсон повел широкими плечами, обтянутыми простой бумажной рубашкой. Встал и оперся правой рукой на спинку стула. Вид у него был какой-то странный, будто он покривился на один бок, но это не потому, что он криво стоял. Левая рука у него была на добрый фут короче правой и висела, как неживая. Кисть руки была маленькая, сухая, даже с галереи было видно, что он ею ничего делать не может.

— Смотри, Глазастик! — выдохнул Джим. — Смотри! Ваше преподобие, да он калека!

Преподобный Сайкс перегнулся через меня и шепотом сказал Джиму:

— У него рука попала в машину. Он еще мальчиком был, убирал хлопок у мистера Дольфуса Реймонда, и рука попала в машину... Он тогда чуть кровью не истек... Все мясо с костей сорвало.

— Это и есть тот самый человек, который совершил над вами насилие, мисс Мэйелла?

— Ясно, он самый.

Аттикус задал еще один вопрос, одно только слово:
— Как?

Мэйелла пришла в ярость.

— Уж не знаю как, а только снасильничал... Я ж говорю, все получилось больно быстро...

— Давайте рассуждать спокойно, — начал Аттикус, но мистер Джилмер прервал его: он протестует, на этот раз не потому, что вопрос несущественный и к делу не относится, а потому, что Аттикус запугивает свидетельницу.

Судья Тейлор захохотал:

— Бросьте, Хорейс, сидите и не выдумывайте. Уж если кто кого запугивает, так скорее свидетельница — Аттикуса.

Кроме судьи Тейлора, в зале не засмеялась ни одна душа. Даже младенцы притихли, я вдруг подумала: может, они задохнулись у груди матерей.

— Итак, мисс Мэйелла, — сказал Аттикус, — вы свидетельствуете, что подсудимый вас бил и душил... Вы не говорили, что он потихоньку подкрался сзади и ударил вас так, что вы потеряли сознание, вы сказали — вы обернулись, а он сзади стоит... — Аттикус отошел к своему столу и теперь постукивал по нему костяшками пальцев в такт каждому слову. — Не угодно ли вам пересмотреть какую-либо часть ваших показаний?

— Вы хотите, чтоб я говорила, чего не было?

— Нет, мэм, я хочу, чтобы вы сказали то, что было. Пожалуйста, скажите нам еще раз, как было дело?

— Я уж сказала.

— Вы сказали, что обернулись и увидели его сзади себя. И тогда он начал вас душить?

— Да.

— А потом перестал душить и ударил по лицу?

— Ну да, я уж говорила.

— И подбил вам правый глаз кулаком правой руки?

— Я пригнулась, и... и у него кулак соскользнул, вон как было. Я пригнулась, и кулак соскользнул.

Мэйелла наконец поняла, что к чему.

— Вы вдруг все это очень ясно припомнили. Совсем недавно ваши воспоминания были не так отчетливы, не правда ли?

— Я сказала — он меня ударил.

— Ну хорошо. Он вас душил, ударил, а потом изнасиловал — так?

— Ну ясно!

— Вы девушка крепкая, что же вы делали все это время — стояли смирно?

— Я ж вам говорила, я орала во всю мочь, и брыкалась, и отбивалась...

Аттикус медленно снял очки, уставился на Мэйеллу здоровым правым глазом и засыпал ее вопросами.

Судья Тейлор прервал его:

— Задавайте по одному вопросу зараз, Аттикус. Дайте свидетельнице ответить.

— Хорошо. Почему вы не убежали?

— Я старалась, но...

— Старались? Что же вам помешало?

— Я... Он сбил меня с ног. Вон как было, он меня сбил с ног и навалился на меня.

— И вы все время кричали?

— Ясно, кричала.

— Как же вас не услышали братья и сестры? Где они были? На свалке?

Никакого ответа.

— Где они были? Почему они не сбежались на ваши крики? Ведь от вашего дома до свалки не так далеко, как до леса?

Никакого ответа.

— А может быть, вы закричали только тогда, когда увидели в окне своего отца? А до той минуты вы и не думали кричать, так?

Никакого ответа.

— Может быть, вы начали кричать не из-за Тома Робинсона, а из-за своего отца? Так было дело?

Никакого ответа.

— Кто вас избил? Том Робинсон или ваш отец?

Никакого ответа.

— Что увидел в окно ваш отец — преступное насилие или полнейшее нежелание его совершить? Почему бы вам не сказать правду, девочка, — разве не Боб Юэл вас избил?

Аттикус отвернулся от Мэйеллы, лицо у него стало такое, как будто у него разболелся живот, а у Мэйеллы лицо было испуганное и злобное. Аттикус сел на свое место и начал протирать очки носовым платком.

Мэйелла вдруг обрела дар речи:

— Мне надо кой-чего сказать.

Аттикус поднял голову:

— Вы хотите рассказать нам, как все было на самом деле?

Но она не услыхала сочувствия в его голосе.

— Мне надо кой-чего сказать, а потом я больше ни словечка не скажу. Этот черномазый меня одолел, и, коли все вы, благородные господа, так ему это и спустите, стал-быть, все вы просто вонючие, подлые трусы, вот вам и весь сказ, подлые вы трусы, вся ваша шайка! И зазря вы тут благородничали, мистер Финч, и зазря вы меня обзывали «мэм», и «мисс Мэйелла», и по-всякому...

Тут она расплакалась по-настоящему. Плечи ее тряслись от гневных рыданий. Больше она ни на один вопрос не стала отвечать, даже мистеру Джилмеру, который пытался хоть чего-то от нее добиться. Я думаю, не будь она такая бедная и темная, судья Тейлор ее арестовал бы за оскорбление суда и всех присутствующих. Аттикус каким-то образом — я не очень понимала, как именно, — больно ее задел, но ему это вовсе не доставило никакого удовольствия. Он сидел за своим столом, понурив голову, а Мэйелла спустилась с возвышения и пошла мимо него на свое место и поглядела на него с такой злобой и ненавистью — я никогда в жизни не видала, чтоб кто-нибудь так смотрел.

Мистер Джилмер сказал судье, что пока больше вопросов не имеет, и судья Тейлор сказал:

— Нам всем пора отдохнуть. Сделаем перерыв на десять минут.

Аттикус и мистер Джилмер сошлись перед креслом судьи, пошептались о чем-то и вышли в дверь позади свидетельского возвышения, и это было как сигнал, что всем нам можно немного размяться. Только тут я заметила, что сижу на самом краешке скамьи и ноги у меня онемели. Джим встал, потянулся и зевнул, за ним Дилл, а преподобный Сайкс стал утирать лицо шляпой. Жара невыносимая, сказал он.

Мистер Бракстон Андервуд, который все время смирно сидел в кресле, отведенном для представителя печати, и впитывал, как губка, показания свидетелей, теперь обвел сердитым взглядом галерею для цветных и встретился со мной глазами. Фыркнул и отвернулся.

— Джим, — сказала я, — мистер Андервуд нас видел.

— Это ничего. Аттикусу он не скажет, он просто напечатает про это в хронике в своей «Трибюн».

И Джим опять стал что-то объяснять Диллу — наверно, что до сих пор было самое интересное, а мне казалось, ничего такого и не было. Аттикус и мистер Джилмер не вели друг с другом долгих споров; мистер Джилмер как будто даже нехотя выступал в роли обвинителя; свидетели отвечали послушно и почти не упирались. Но Аттикус когда-то сказал нам, что всякий юрист, который вздумает толковать на свой лад свидетельские показания, в конце концов получает от судьи Тейлора суровую отповедь. Аттикус хотел, чтоб я поняла: с виду судья Тейлор ленивый и сонный, но его не проведешь, а это главное. Аттикус сказал — он хороший судья.

Скоро судья Тейлор вернулся и опять забрался в свое вертящееся кресло. Вытащил из жилетного кармана сигару и стал задумчиво ее разглядывать. Я ткнула Дилла локтем в бок. Осмотрев сигару, судья свирепо куснул ее.

— Мы иногда нарочно приходим на него смотреть, — объяснила я Диллу. — Теперь ему до вечера хватит. Ты только смотри.

Не подозревая, что за ним наблюдают с галереи, судья Тейлор ловко выдвинул губами откушенный кончик сигары — хлоп! Он попал прямо в плевательницу, мы даже слышали, как «снаряд» плюхнулся в самую середку.

— Вот это меткость, — пробормотал Дилл. — Спорим, его никто не переплюнет.

Обычно во время перерыва публика расходилась из зала, а сегодня никто и не двинулся. Даже Бездельники остались, хотя им не удалось пристыдить людей помоложе, чтоб уступили место, и пришлось все время стоять у стен. В общественную уборную мистер Гек Тейт, кажется, распорядился никого не пускать, кроме судейских.

Аттикус с мистером Джилмером вернулись, и судья Тейлор посмотрел на свои часы.

— Скоро четыре, — сказал он.

Загадочно и непонятно: часы на здании суда за это время должны были пробить два раза по меньшей мере, а я их ни разу не слыхала.

— Попробуем сегодня же и закончить? — спросил судья Тейлор. — Как ваше мнение, Аттикус?

— Пожалуй, можно и закончить, — сказал Аттикус.

— Сколько у вас свидетелей?

— Один.

— Что ж, послушаем его.

Глава 19

Томас Робинсон подошел к свидетельскому месту и правой рукой приподнял левую. Он положил эту неживую руку на переплет Библии. Но едва он отнял правую руку, искалеченная левая соскользнула с Библии и ударилась о стол секретаря. Том опять стал поднимать ее, но судья Тейлор буркнул:

— И так хорошо, Том.

Том принес присягу и занял место для свидетелей. Аттикус быстро-быстро стал его спрашивать, и вот что мы узнали: Тому двадцать пять лет, женат, трое детей; к суду привлекался: один раз был приговорен к месяцу тюрьмы за нарушение общественного порядка.

— Значит, было нарушение порядка, — сказал Аттикус. — В чем оно выразилось?

— Подрался с одним человеком, он хотел пырнуть меня ножом.

— И ему это удалось?

— Да, сэр, самую малость. Вы видите, я... — Том неловко повел левым плечом.

— Вижу, — сказал Аттикус. — Осудили вас обоих?

— Да, сэр, и мне пришлось отбывать срок — штраф-то я не мог заплатить. А он за себя заплатил.

Дилл перегнулся через меня и спросил Джима, что же это Аттикус делает. Джим сказал — Аттикус показывает присяжным, что Тому скрывать нечего.

— Вы знакомы с Мэйеллой Вайолет Юэл? — спросил Аттикус.

— Да, сэр. Мне мимо них всякий день ходить на плантацию и обратно.

— На чью плантацию?

— Я собираю хлопок у мистера Линка Диза.

— Вы и в ноябре собирали хлопок?

— Нет, сэр, осенью и зимой я работаю у мистера Диза в саду. Я у него работаю круглый год. У него там и пекановые деревья и еще много всякого дела.

— Вы сказали, что вам приходится каждый день ходить мимо дома Юэлов на работу и обратно. А другой дороги нет?

— Нет, сэр, другой я не знаю.

— Мисс Юэл когда-нибудь заговаривала с вами, Том?

— А как же, сэр. Я как иду мимо, всегда кланяюсь, а один раз она велела мне войти во двор и порубить гардароб.

— Когда она велела вам порубить этот... гардароб?

— Прошлый год, мистер Финч, по весне. Я почему помню, была самая пора окапывать хлопок, и у меня была при себе мотыга. Я говорю, у меня инструмента-то нет, одна мотыга, а она говорит — дам тебе топор. Дала она мне топор, я и порубил гардароб. Она тогда говорит — что ж, придется дать тебе пятак, а? А я говорю — нет, мэм, ничего мне не надо. И пошел домой. Той весной это было, мистер Финч, больше года прошло.

— А еще когда-нибудь вы туда заходили?

— Да, сэр.

— Когда?

— Да сколько раз.

Судья Тейлор потянулся было за молотком, но так его и не поднял. Ропот в зале стих сам собою.

— При каких обстоятельствах это было?

— Не пойму, сэр.

— Почему вы много раз заходили к ним во двор?

Лоб у Тома Робинсона разгладился.

— Она меня звала, сэр. Я мимо иду, а у нее всегда какая-никакая работа для меня — то дров наколоть, то лучины нащепать, то воды натаскать. Цветы эти красные, она их всякий день поливала...

— Вам платили за эти услуги?

— Нет, сэр, только в тот первый раз она хотела дать пятак. Так ведь я не для платы. Мистер-то Юэл, видать, ей не больно помогал, и ребятишки тоже, а лишние-то пятаки откуда ей взять.

— А где были другие дети?

— Так они всегда тут же, во дворе. Я работаю, а они глядят — которые тут же, которые в окно высунутся.

— Мисс Мэйелла разговаривала с вами?

— Да, сэр, разговаривала.

Том Робинсон давал показания, а я вдруг подумала: видно, эта Мэйелла Юэл все равно что одна на свете. Страшила Рэдли и то не такой одинокий, хоть он и сидит двадцать пять лет взаперти. Когда Аттикус спросил, есть ли у нее друзья, она даже и не поняла, а потом подумала — он над ней насмехается. Она такая жалкая, все равно как мулаты, про которых говорил Джим: белые с ней не знаются, потому что она живет со свиньями, а негры — потому что она белая. Она не может водить компанию с неграми, как мистер Дольфус Реймонд, у нее ведь нет своей земли на берегу, и она не из хорошей семьи. Про Юэлов никто не скажет: «Это у них в роду». Мейкомб им дает пособие, подарки на Рождество и ждет, чтоб ему за это в ножки кланялись. Один Том Робинсон, наверно, и обходился с ней по-человечески. А она говорила — он ее одолел, и, когда показания давала, смотрела на него, как на самую грязную грязь. Тут я услышала голос Аттикуса:

— Случалось ли вам когда-либо вторгаться на участок Юэлов? Заходили вы когда-нибудь на их участок без особого приглашения от кого-либо из хозяев?

— Нет, сэр, никогда, мистер Финч. Как можно, сэр!

Аттикус нам не раз объяснял, как понять, говорит свидетель правду или лжет, тут главное даже не смотреть на него, но слушать. Так я и сделала: на один вопрос Том три раза сказал «нет», но сказал спокойно, не хныкал, не канючил, и я ему поверила, хоть он и говорил больше, чем надо. Видно было, что он порядочный негр, а порядочный негр никогда не пойдет в чужой двор, если его не звали.

— Что произошло с вами, Том, вечером двадцать первого ноября прошлого года?

Внизу в зале все разом вздохнули и подались вперед. И негры позади нас тоже.

Кожа у Тома была совсем черная, но не блестящая, а как тусклый бархат. На черном лице блестели белки глаз, и, когда он говорил, зубы так и сверкали. Не будь он калекой, он был бы прямо красивый.

— Иду я в тот вечер домой, мистер Финч, — начал он. — А мисс Мэйелла стоит на крыльце, она вам так и сказала. У них было больно тихо, а почему — я не знал. Я иду и удивляюсь, отчего это тихо, а она меня кликнула, велела зайти помочь. Я и вошел во двор, поглядел кругом, думал, надо дров нарубить, а их не видать, а она говорит: нет, говорит, у меня для тебя в доме дело есть. Дверь соскочила с петель, а зима на носу. Я спросил у мисс Мэйеллы отвертку. А она говорит — отвертка найдется. Ну, я поднялся на крыльцо, а она говорит — иди в дом. Вошел я, поглядел дверь и говорю — мисс Мэйелла, а дверь вроде в порядке. Отворил дверь, затворил — и петли в порядке. А она взяла да и захлопнула дверь. Я все думал, мистер Финч, почему это так тихо, а тут понял, детишек-то ни одного нет, и спрашиваю — мисс Мэйелла, а куда ж все детишки подевались? (Черное лицо Тома начало блестеть, и он провел рукой по лбу.) Я спрашиваю, куда, мол, все детишки подевались? — повторил он, — а она эдак засмеялась... и говорит — в город пошли, мороженое есть. Полный год я им копила семь пятаков, а все ж таки накопила. Все пошли в город.

Тому было явно не по себе, и не оттого, что он вспотел.

— А вы ей что на это ответили, Том? — спросил Аттикус.

— Я ответил вроде того, что ловко это вы с ними, мисс Мэйелла. А она говорит — ты так думаешь? Только она, видно, меня не поняла... Я-то думал, какая она ловкая, что накопила денег, и какая добрая к детишкам.

— Понимаю вас, Том, — сказал Аттикус. — Продолжайте.

— Ну, я сказал — я пойду, раз у вас для меня работы нет, а она говорит — есть. Я спросил — какая? А она велела — влезь вон на стул и сними тот ящик с гардароба.

— Не с того гардероба, который вы порубили на дрова? — спросил Аттикус.

Том улыбнулся:

— Нет, сэр, это другой. Высокий, под самый потолок. Я снял ящик, стал слезать, а она... она вдруг взяла да... да и обхватила меня, мистер Финч. Я до того напугался, спрыгнул, стул и опрокинулся... Только этот один стул и опрокинулся, а другое все по местам стояло, когда я уходил, мистер Финч. Бог свидетель.

— А после того, как вы опрокинули стул, что было?

У Тома будто язык отнялся. Он поглядел на Аттикуса, потом на присяжных, потом на мистера Андервуда, который сидел напротив него.

— Том, вы поклялись говорить всю правду. Мы ждем.

Том растерянно провел рукой по губам.

— Что же было дальше?

— Отвечай на вопрос, — сказал судья Тейлор. Он уже на треть сжевал свою сигару.

— Я спрыгнул со стула, мистер Финч, повернулся, а она как накинется на меня...

— Накинулась на вас? С кулаками?

— Нет, сэр, она... она меня обняла. Обеими руками обхватила.

На этот раз судья Тейлор громко стукнул своим молотком, и в ту же минуту в зале зажегся свет. Еще не стемнело, но солнце уже не светило в окна. Судья Тейлор живо навел порядок.

— А потом что она сделала?

Том через силу глотнул.

— Она встала на цыпочки и поцеловала меня в щеку. И говорит — отродясь ни с кем не целовалась, хоть черномазого поцелую. А что отец с ней делает, так это, мол, не в счет. Поцелуй и ты меня, черномазый, говорит. Я говорю: отпустите меня, мисс Мэйелла, — и хотел бежать, а она загородила дверь, не толкать же мне ее. Не хотел я ее толкать, мистер Финч, и говорю: пропустите меня, а тут как раз мистер Юэл заглянул в окно и давай кричать.

— Что он кричал?

Том Робинсон опять глотнул и вытаращил глаза.

— Не могу я это сказать... не могу... тут народ, дети...

— Что он кричал, Том? Вы должны повторить присяжным, что он сказал.

Том Робинсон крепко зажмурился.

— Он сказал: «Чертова шлюха, я тебя убью».

— А потом что было?

— Я сразу убежал, мистер Финч, не знаю я, что было.

— Том, вы изнасиловали Мэйеллу Юэл?

— Нет, сэр.

— Нанесли вы ей какие-нибудь побои?

— Нет, сэр.

— Вы противились ее заигрываниям?

— Я старался, мистер Финч. Я старался, только я не хотел быть грубым. Не хотел быть грубым, не хотел ее толкать.

Тут мне пришло в голову — Том очень воспитанный, прямо как Аттикус. Только после отец мне объяснил, и я поняла, в какое трудное положение попал Том: что бы там ни было, а посмей он ударить белую женщину — и ему конец, вот он и кинулся бежать, а раз бежит, значит, виноват.

— Давайте вернемся к мистеру Юэлу, Том, — сказал Аттикус. — Он вам что-нибудь сказал?

— Нет, сэр. Может, он что и сказал, да меня-то уже не было...

— Достаточно, — оборвал Аттикус. — А то, что вы слышали, кому он говорил?

— Он говорил мисс Мэйелле, мистер Финч, и смотрел на нее.

— И потом вы убежали?

— Да, сэр.

— Почему вы убежали?

— Напугался, сэр.

— Почему вы испугались?

— Были бы вы черный, мистер Финч, вы бы тоже напугались.

Аттикус сел. К свидетельскому месту пошел мистер Джилмер, но в это время в публике поднялся мистер Линк Диз и объявил:

— Вот что я вам всем скажу. Этот малый работает у меня восемь лет, и ни разу я его ни в чем дурном не заметил. Ни разу.

— Попридержите язык, сэр! — загремел судья Тейлор. Сейчас он был ни капельки не сонный и весь покраснел. Удивительное дело, несмотря на сигару, он говорил очень внятно. — Линк Диз, — заорал он, — если вам есть что сказать, извольте это говорить в положенное время и под присягой, а пока чтоб вашего духа тут не было! Понятно? Черт меня подери, стану я тут слушать этого фрукта!

Судья Тейлор свирепо поглядел на Аттикуса — попробуй, мол, скажи хоть слово, но Аттикус наклонил голову и только посмеивался про себя. Аттикус когда-то говорил — судья Тейлор очень любит метать громы и молнии, иногда даже хватает через край, но адвокаты пропускают его грозные тирады мимо ушей. Я поглядела на Джима, а он только покачал головой.

— Это ведь не то что присяжный встал да заговорил, — сказал он. — Тогда бы он, наверно, так не разъярился. А мистер Линк просто нарушает порядок.

Судья Тейлор велел секретарю вычеркнуть из протокола все после слов: «Были бы вы черный, мистер Финч, вы бы тоже напугались», а присяжным сказал не обращать внимания на всякие неуместные выкрики. Он сердито глядел на проход — наверно, ждал, чтоб мистер Линк Диз закрыл за собой дверь. Потом сказал:

— Давайте, мистер Джилмер.

— Был ты приговорен к месяцу тюрьмы за нарушение общественного порядка, Робинсон? — спросил мистер Джилмер.

— Да, сэр.

— И здорово ты отделал того черномазого?

— Он меня поколотил, мистер Джилмер.

— Да, но осудили-то тебя, верно?

Аттикус поднял голову:

— Это был мелкий проступок, и это уже записано в протоколе, ваша честь.

Мне показалось, голос у него усталый.

— Все равно, пускай свидетель ответит, — сказал судья Тейлор тоже усталым голосом.

— Да, сэр, меня посадили на месяц.

Теперь мистер Джилмер станет уверять присяжных, что раз человека осудили за нарушение общественного порядка, значит, и замыслить насилие над Мэйеллой Юэл он тоже может; только для этого мистер Джилмер и завел этот разговор. Такие доводы всегда годятся.

— Робинсон, ты отлично умеешь одной рукой и гардеробы рубить и дрова колоть, верно?

— Да, сэр, сдается мне, что так.

— У тебя хватает силы придушить женщину и повалить ее на пол?

— Я никогда этого не делал, сэр.

— Но силы у тебя на это хватит?

— Сдается мне, что так, сэр.

— Давно на нее заглядывался, а, парень?

— Нет, сэр, никогда я на нее не глядел.

— Так ты что же, из одной любезности ей и дрова колол и вещи перетаскивал, а, парень?

— Я ей старался помочь, сэр.

— Ишь ты, какой благородный! Ведь ты и на плантации работал, да и дома всегда дела найдутся, а?

— Да, сэр.

— Почему ж ты свои дела не делал, а работал на мисс Юэл?

— Я и свои дела делал, сэр.

— Хлопот, значит, было по горло. А чего ради?

— Что чего ради, сэр?

— Чего ради ты для нее так старался?

Том Робинсон ответил не сразу.

— Да вот, я уж говорил, помочь-то ей вроде некому, — сказал он неуверенно.

— А мистер Юэл, а семеро ребят?

— Да ей вроде никто не помогал...

— И ты колол ей дрова и делал всякую другую работу просто так, по доброте сердечной, а, парень?

— Да вот, хотел ей помочь...

Мистер Джилмер криво усмехнулся и поглядел на присяжных.

— Смотри ты, какой добрый!.. Столько работал — и все задаром?

— Да, сэр. Я ее жалел, она вроде одна за них за всех старалась.

— Ах вот оно что, жалел? Это ты-то ее жалел? — Мистер Джилмер чуть не подпрыгнул под потолок.

Свидетель понял, что сказал не то, и беспокойно переступил с ноги на ногу. Но ничего уже нельзя было поправить. Всем сидящим внизу ответ Тома Робинсона сильно не понравился. А чтобы его получше запомнили, мистер Джилмер долго не задавал следующего вопроса.

— Итак, — заговорил он наконец, — двадцать первого ноября ты, как всегда, шел мимо дома Юэлов и она позвала тебя и попросила расколоть гардероб?

— Нет, сэр.

— Ты отрицаешь, что шел мимо дома?

— Нет, сэр... Она сказала, у нее есть для меня работа в доме...

— Она говорит, что попросила тебя расколоть гардероб, так?

— Нет, сэр, не так.

— Значит, ты говоришь, что она лжет?

Аттикус вскочил, но Том обошелся без его помощи.

— Я не говорю — она лжет, мистер Джилмер, просто она ошибается.

Мистер Джилмер задал еще десяток вопросов, он хотел, чтоб Том подтвердил рассказ Мэйеллы. Но Том стоял на своем: мисс Мэйелла ошибается.

— А разве мистер Юэл не выгнал тебя из дому, парень?

— Нет, сэр, не думаю.

— Что значит «не думаю»?

— Он не успел меня выгнать, я сам сразу убежал.

— Насчет этого ты очень откровенен. А почему, собственно, ты так сразу убежал?

— Так вот, сэр, я напугался.

— Чего же ты напугался, если у тебя совесть чиста?

— Я уж говорил, сэр: черному опасно попасть в такую... в такую переделку.

— Но ведь ты не попал в переделку, ты утверждаешь, что устоял перед мисс Юэл. Или может, ты убежал со страху, что она тебя поколотит, эдакого детину?

— Нет, сэр, я боялся попасть под суд, а все равно попал.

— Боялся, что тебя арестуют, боялся, что придется отвечать за то, что натворил?

— Нет, сэр, боялся — придется отвечать за то, чего не делал.

— Ты это что же, парень, дерзишь мне?

— Нет, сэр, что вы!

Дальше я уже не слушала вопросов мистера Джилмера — Джим велел мне увести Дилла. Дилл почему-то расплакался и никак не мог перестать; сперва он всхлипывал тихонько, а потом громче, громче, и все вокруг услыхали. Джим сказал — если я не уведу Дилла, он меня все равно заставит, и преподобный Сайкс тоже сказал, что надо бы мне пойти, — и я пошла. Дилл в тот день был вроде здоров, ничего у него не болело, наверно, он просто еще не пришел в себя после своего побега.

— Ты что, заболел? — спросила я, когда мы сошли вниз.

Мы сбежали с крыльца. Дилл изо всех сил старался взять себя в руки. На крыльце одиноко сидел мистер Линк Диз.

— Что-нибудь случилось, Глазастик? — спросил он, когда мы проходили мимо.

— Нет, сэр, — сказала я на ходу. — Только вон Дилл чего-то скис... Пойдем под деревья, — сказала я Диллу. — Это ты, наверно, от жары.

Мы выбрали самый тенистый дуб и уселись под ним.

— Нет, просто я не мог его слушать, — сказал Дилл.

— Кого, Тома?

— Да нет же, этого противного Джилмера, как он его мучает.

— Так ведь это его работа, Дилл. А как же! Ведь если б у нас не было обвинителей, так, наверно, и защитников не было бы.

Дилл терпеливо вздохнул:

— Знаю, Глазастик. Но он уж так придирался — оттого мне и тошно стало.

— Ему так полагается, Дилл, он вел перекрестный...

— Но ведь с другими он не так...

— Так то были его свидетели, а не защиты.

— А все равно мистер Финч Мэйеллу и старика Юэла совсем не так допрашивал. А этот все время называет Тома «парень» и насмехается, и, что тот ни скажет, он все оборачивается к присяжным — видали, мол, как врет?

— Ну, знаешь, Дилл, в конце концов, Том ведь просто негр.

— А мне наплевать. Все равно это нечестно. Нечестно с ними так обращаться. Нельзя так разговаривать с человеком... Меня прямо тошнит.

— Да мистер Джилмер вообще такой, он со всеми так, Дилл. Ты еще не знаешь, какой он бывает злой, а тут... Знаешь, мистер Джилмер, по- моему, вовсе не так и старался. Нет, они все так, все юристы.

— Мистер Финч не такой.

— Он не в счет, Дилл, он... — Я старалась вспомнить, как тогда хорошо сказала мисс Моди Эткинсон. Ага, вот: — Он всегда одинаковый, что в суде, что на улице.

— Я не про то, — сказал Дилл.

— Я понимаю, про что ты, малыш, — сказал кто-то у нас за спиной.

Нам показалось — это заговорил дуб, но это был мистер Дольфус Реймонд. Он выглянул из-за дерева.

— Ты ведь не плакса, просто тебе от этого тошно — так я говорю?

Глава 20

— Поди сюда, сынок, у меня есть одно снадобье, от которого тебе полегчает.

Мистер Дольфус Реймонд был нехороший человек, и его приглашение мне не очень понравилось, но я пошла за Диллом. Почему-то мне казалось, Аттикус будет недоволен, если мы заведем дружбу с мистером Реймондом, а уж о тете Александре и говорить нечего.

— На, — сказал он и протянул Диллу бумажный пакет с двумя торчащими соломинками. — Глотни-ка, тебе сразу полегчает.

Дилл пососал соломинку, улыбнулся и стал тянуть вовсю.

— Ха-ха, — сказал мистер Реймонд — видно, ему нравилось совращать ребенка.

— Ты поосторожней, Дилл, — предостерегающе сказала я.

Дилл отпустил соломинку и ухмыльнулся:

— Да это просто кока-кола, Глазастик.

Мистер Реймонд сел и прислонился к дубу. Раньше он лежал на траве.

— Только смотрите, малыши, теперь не выдайте меня, ладно? Не то погибло мое честное имя.

— Так что же, вы пьете из этого пакета просто кока-колу? Самую обыкновенную кока-колу?

— Совершенно верно, мэм, — сказал мистер Реймонд. От него хорошо пахло: кожей, лошадьми, хлопковым семенем. И на нем были высокие сапоги, таких в Мейкомбе никто больше не носил. — Только это я и пью... как правило.

— Значит, вы просто притворяетесь пья... — Я прикусила язык. — Прошу прощения, сэр. Я не хотела...

Мистер Реймонд фыркнул — он ни капельки не обиделся, — и я постаралась найти слова повежливее:

— А почему же вы так все делаете не так?

— Почему... а, ты хочешь знать, почему я притворяюсь? Что ж, это очень просто, — сказал он. — Некоторым не нравится, как я живу. Конечно, я могу послать их к черту: не нравится — и не надо, мне плевать. Мне и правда плевать. Но я не посылаю их к черту, понятно?

— Нет, сэр, непонятно, — сказали мы с Диллом.

— Видите ли, я стараюсь дать им повод, чтоб они не зря бранились. Людям куда приятней браниться, если у них есть повод. Приедешь в город — а приезжаю я не часто, — идешь и качаешься, нет-нет да и отхлебнешь вон из этого пакета, ну, люди и говорят — опять этот Дольфус Реймонд под мухой, где же пьянице отказаться от своих привычек. Где уж ему с собой сладить, вот он и живет не как люди.

— Это нечестно, мистер Реймонд, представляться еще хуже, чем вы есть...

— Верно, нечестно, зато людям так куда удобнее. Скажу тебе по секрету, мисс Финч, не такой уж я пьяница, но ведь им вовек не понять, что я живу, как живу, просто потому, что мне так нравится.

Наверно, мне не следовало слушать этого грешника, ведь у него дети — мулаты, а ему даже не совестно, но уж очень мне было интересно. Никогда еще я не встречала человека, который нарочно возводил бы на себя напраслину. Но почему он доверил нам свой самый большой секрет? Я так и спросила.

— Потому что вы дети и можете это понять, — сказал он. — И потому что я слышал вон его... — Он кивнул на Дилла. — Ему пока еще невтерпеж смотреть, если кому-то плохо приходится. Вот подрастет, тогда не станет из-за этого ни плакать, ни расстраиваться. Может, ему что и покажется, ну, скажем, не совсем справедливым, но плакать он не станет, еще несколько лет — и не станет.

— О чем плакать, мистер Реймонд? — Дилл вспомнил, что он мужчина.

— О том, как люди измываются друг над другом и даже сами этого не замечают. О том, как белые измываются над цветными и даже не подумают, что цветные ведь тоже люди.

— Аттикус говорит, обмануть цветного в десять раз хуже, чем белого, — пробормотала я. — Говорит, хуже этого нет ничего на свете.

— Ну, бывает и похуже... — сказал мистер Реймонд. — Мисс Джин-Луиза, твой папа не такой, как все, ты этого еще не понимаешь, ты пока слишком мало видела на своем веку. Ты даже наш город еще толком не разглядела, но для этого тебе достаточно сейчас вернуться в зал суда.

И тут я спохватилась: ведь мистер Джилмер, наверно, уже всех допросил. Я поглядела на солнце, оно быстро опускалось за крыши магазинов на западной стороне площади. Я сама не знала, что выбрать, что интереснее — мистер Реймонд или пятая сессия окружного суда.

— Пошли, Дилл, — сказала я наконец. — Тебе уже получше?

— Ага. Рад был познакомиться, мистер Реймонд, спасибо за питье, оно отлично помогает.

Мы перебежали площадь, взлетели на крыльцо, потом по лестнице и пробрались на галерею. Преподобный Сайкс сберег наши места.

В зале было тихо, и я опять подумала — куда же подевались все младенцы? От сигары судьи Тейлора виднелся только один кончик; мистер Джилмер за своим столом что-то писал на желтых листках, кажется, он старался обогнать секретаря — у того рука так и бегала по бумаге.

— Ах, чтоб тебе! — пробормотала я. — Прозевали.

Аттикус уже сказал половину своей речи. У него на столе лежали какие-то бумаги — наверно, он их достал из своего портфеля, который стоял на полу возле стула. И Том Робинсон теребил их.

— ...и, несмотря на отсутствие прямых улик, этот человек обвинен в преступлении, караемом смертью, и предстал перед судом...

Я ткнула Джима в бок:

— Давно он говорит?

— Только разобрал улики, — прошептал Джим. — Вот увидишь, Глазастик, мы выиграем. Непременно выиграем. Он в пять минут ничего от них не оставил. Он так все просто объяснил, ну... прямо как я бы стал объяснять тебе. Ты и то бы поняла.

— А мистер Джилмер?..

— Ш-ш-ш... Ничего нового, все одно и то же. Теперь молчи.

Мы опять стали смотреть вниз. Аттикус говорил спокойно, равнодушно, так он обычно диктовал письма. Он неторопливо расхаживал перед скамьями присяжных, и они, кажется, слушали со вниманием: они все на него смотрели — и по-моему, одобрительно. Наверно, потому, что он не кричал.

Аттикус замолчал на минуту и вдруг повел себя как-то очень странно. Он положил часы с цепочкой на стол и сказал:

— Если позволите, ваша честь...

Судья Тейлор кивнул, и тогда Аттикус сделал то, чего никогда не делал ни прежде, ни после, ни на людях, ни дома: расстегнул жилет, расстегнул воротничок, оттянул галстук и снял пиджак. Дома, пока не придет время ложиться спать, он всегда ходил застегнутый на все пуговицы, и сейчас для нас с Джимом он был все равно что голый. Мы в ужасе переглянулись.

Аттикус сунул руки в карманы и пошел к присяжным. На свету блеснули золотая запонка и колпачки самопишущей ручки и карандаша.

— Джентльмены... — сказал он.

И мы с Джимом опять переглянулись: так он дома говорил «Глазастик». Теперь голос у него был уже не сухой и не равнодушный, он говорил с присяжными, будто встретил знакомых на углу почты.

— Джентльмены, — говорил он, — я буду краток, но я хотел бы употребить оставшееся время, чтобы напомнить вам, что дело это несложное, вам не надо вникать в запутанные обстоятельства, вам нужно другое: уяснить себе, виновен ли обвиняемый, уяснить настолько, чтобы не осталось и тени сомнения. Начать с того, что дело это вообще не следовало передавать в суд. Дело это простое и ясное, как дважды два.

Обвинение не представило никаких медицинских доказательств, что преступление, в котором обвиняют Тома Робинсона, вообще имело место. Обвинитель ссылается лишь на двух свидетелей, а их показания вызывают серьезные сомнения, как стало ясно во время перекрестного допроса, более того, обвиняемый решительно их опровергает. Обвиняемый не виновен, но в этом зале присутствует тот, кто действительно виновен.

Я глубоко сочувствую главной свидетельнице обвинения, но как ни глубоко мое сочувствие, ему есть пределы — я не могу оправдать свидетельницу, когда она старается переложить свою вину на другого, зная, что это будет стоить ему жизни.

Я говорю «вина», джентльмены, потому что свидетельница виновата. Она не совершила преступления, она просто нарушила суровый, освященный временем закон нашего общества, закон столь непреклонный, что всякого, кто его нарушил, изгоняют из нашей среды как недостойного. Она жертва жестокой нужды и невежества, но я не могу ее жалеть: она белая. Она прекрасно знала, как непозволительно то, что она совершает, но желание оказалось для нее важнее закона — и, упорствуя в своем желании, она нарушила закон. Она уступила своему желанию, а затем повела себя так, как хоть раз в жизни ведет себя каждый. Она поступила так, как поступают дети, — попыталась избавиться от обличающей ее улики. Но ведь перед нами не ребенок, который прячет краденое лакомство; она нанесла своей жертве сокрушительный удар — ей необходимо было избавиться от того, кто обо всем знал. Он не должен больше попадаться ей на глаза, не должен существовать. Она должна уничтожить улику.

Что же это за улика? Том Робинсон, живой человек. Она должна избавиться от Тома Робинсона. Том Робинсон самим своим существованием напоминал ей о том, что она совершила. Что же она совершила? Она хотела соблазнить негра. Она — белая — хотела соблазнить негра. Она совершила поступок, который наше общество не прощает: поцеловала черного. И не какого-нибудь старика негра, а молодого, полного сил мужчину. До этой минуты для нее не существовало закона, но, едва она его преступила, он безжалостно обрушился на нее.

Ее отец увидел это. Что он на это сказал, мы знаем из показаний обвиняемого. Что же сделал ее отец? Мы не знаем, но имеются косвенные улики, указывающие, что Мэйелла Юэл была зверски избита кем-то, кто действовал почти исключительно левой рукой.

Отчасти мы знаем, что сделал мистер Юэл: он поступил так, как поступил бы на его месте каждый богобоязненный христианин, каждый почтенный белый человек, он добился ареста Тома Робинсона, дав соответствующие показания, которые, несомненно, подписал левой рукой. И вот Том Робинсон оказался на скамье подсудимых, и вы все видели, как он присягал на Библии, видели, что у него действует только одна рука — правая.

Итак, тихий, порядочный, скромный негр, который был столь неосторожен, что позволил себе пожалеть белую женщину, вынужден оспаривать слова двух белых. Не стану вам напоминать, как они выглядели и как вели себя, когда давали показания, — вы сами это видели. Свидетели обвинения, за исключением шерифа округа Мейкомб, предстали перед вами, джентльмены, перед судом, в бесстыдной уверенности, что в их показаниях никто не усомнится, в уверенности, что вы, джентльмены, как и они, исходите из предположения — порочного предположения, вполне естественного для людей подобного сорта, — будто *все* негры лгут, *все* негры безнравственны от природы, *всех* негров должны опасаться наши женщины. А это по самой сути своей, джентльмены, есть ложь, черная, как кожа Тома Робинсона, и вы не хуже меня знаете, что это ложь. А между тем вам известна и правда, вот она: некоторые негры лгут, некоторые негры безнравственны, некоторых негров должны опасаться женщины — и белые и черные. Но ведь то же самое можно сказать обо всем человечестве, а не только об одной какой-то расе. В этом зале не найдется ни одного человека, который бы ни разу за всю свою жизнь не солгал, ни разу не поступил безнравственно, и нет на свете мужчины, который хоть раз не посмотрел бы на женщину с вожделением.

Аттикус замолчал и достал носовой платок. Потом снял очки и протер их, и мы сделали еще одно открытие: никогда до этой минуты мы не видели, чтобы он вспотел, — он был из тех, на чьем лице никогда не увидишь испарины, а сейчас оно блестело, как от загара.

— Еще одно, джентльмены, и я заканчиваю. Томас Джефферсон сказал однажды, что все люди созданы свободными и равными; янки и моралисты из вашингтонских департаментов вечно нам об этом твердят. Ныне, в тысяча девятьсот тридцать пятом году, есть люди, которые склонны повторять эти слова к месту и не к месту по любому поводу. Вот вам один из самых нелепых примеров: педагоги переводят из класса в класс тупиц и лентяев наравне со способными учениками и пресерьезно объясняют, что иначе нельзя, ибо все люди созданы равными и дети, оставляемые на второй год, невыносимо страдают от сознания своей неполноценности. Но мы знаем — люди не созданы равными в том смысле, как кое-кто хочет нас уверить: одни выделяются умом, у других по воле случая больше возможностей, третьи умеют больше заработать, иным женщинам лучше удаются пироги, — короче говоря, некоторые люди рождаются значительно более одаренными, чем остальные.

Но в одном отношении в нашей стране все люди равны: есть у нас одно установление, один институт, перед которым все равны — нищий и Рокфеллер, тупица и Эйнштейн, невежда и ректор университета.

Институт этот, джентльмены, не что иное, как суд. Все равно, будь то Верховный суд Соединенных Штатов, или самый скромный мировой суд где-нибудь в глуши, или вот этот достопочтенный суд, где вы сейчас заседаете. У наших судов есть недостатки, как у всех человеческих установлений, но суд в нашей стране великий уравнитель, и перед ним поистине все люди равны.

Я не идеалист и вовсе не считаю суд присяжных наилучшим из судов, для меня это не идеал, но существующая, действующая реальность. Суд в целом, джентльмены, не лучше, чем каждый из вас, присяжных. Суд разумен лишь постольку, поскольку разумны присяжные, а присяжные в целом разумны лишь постольку, поскольку разумен каждый из них. Я уверен, джентльмены, что вы беспристрастно рассмотрите показания, которые вы здесь слышали, вынесете решение и вернете обвиняемого его семье. Бога ради, исполните свой долг.

Последние слова Аттикус произнес едва слышно и, уже отвернувшись от присяжных, сказал еще что-то, но я не расслышала. Как будто он говорил не суду, а сам себе.

Я толкнула Джима в бок.

— Что он сказал?

— По-моему, он сказал — Бога ради, поверьте ему.

Тут через мои колени перегнулся Дилл и дернул Джима за рукав:

— Гляди-ка! — и показал пальцем.

Мы поглядели, и сердце у нас ушло в пятки. Через зал, по среднему проходу, прямо к Аттикусу шла Кэлпурния.

Глава 21

Она застенчиво остановилась у барьера и ждала, пока ее заметит судья Тейлор. На ней был свежий фартук, в руках конверт.

Наконец судья Тейлор увидел ее и сказал:

— Да это, кажется, Кэлпурния?

— Я самая, сэр, — сказала она. — Пожалуйста, сэр, можно я передам записку мистеру Финчу? Она к этому... к этому делу не относится...

Судья Тейлор кивнул, и Аттикус взял у Кэлпурнии письмо. Открыл его, прочел и сказал:

— Ваша честь, я... это от сестры. Она пишет, что пропали мои дети, их нет с двенадцати часов... Я... разрешите...

— Я знаю, где они, Аттикус, — перебил мистер Андервуд. — Вон они, на галерее для цветных... Они там ровно с восемнадцати минут второго.

Отец обернулся и поглядел наверх.

— Джим, — окликнул он. — Иди вниз!

Потом что-то сказал судье, но мы не услышали. Мы протиснулись мимо преподобного Сайкса и пошли к лестнице. Внизу нас ждали Аттикус и Кэлпурния. У Кэлпурнии лицо было сердитое, у Аттикуса измученное.

— Мы выиграли, да? — Джим даже подпрыгивал от радости.

— Не знаю, — коротко сказал Аттикус. — Вы все время были здесь? Ступайте с Кэлпурнией, поужинайте и оставайтесь дома.

— Ой, Аттикус, позволь нам вернуться! — взмолился Джим. — Пожалуйста, позволь нам послушать приговор. Ну пожалуйста, сэр!

— Неизвестно, когда это будет, присяжные могут вернуться в любую минуту... — Но мы уже чувствовали, что Аттикус немного смягчился. — Что ж, вы уже столько слышали, можете дослушать до конца. Вот что, пойдите поужинайте и можете вернуться. Только ешьте не спеша, ничего важного вы не упустите, и, если присяжные еще будут совещаться, вы дождетесь их вместе с нами. Но думаю, что все кончится еще до вашего возвращения.

— Ты думаешь, его так быстро оправдают? — спросил Джим.

Аттикус открыл было рот, но так ничего и не сказал, повернулся и ушел.

Я стала молить Бога, чтобы преподобный Сайкс сберег наши места, да вспомнила, что обычно, как только присяжные уходят совещаться, публика валом валит из зала суда, и бросила молиться: сейчас все, наверно, толпятся в аптеке, в забегаловке, в гостинице, разве что они и ужин с собой прихватили.

Кэлпурния повела нас домой.

— ...всех вас надо выдрать как следует. Слыханное ли дело, детям — и такое слушать! Мистер Джим, как же это вы додумались — маленькую сестренку на такой процесс повели? Мисс Александра как узнает, ее прямо удар хватит. Да разве годится детям такое слушать!

На улицах уже горели фонари, и фонарь за фонарем освещал разгневанный профиль Кэлпурнии.

— Я-то думала, у вас какая-никакая голова на плечах, мистер Джим. Слыханное ли дело, потащить туда сестренку! Слыханное ли дело, сэр! И вам не совестно, неужто у вас совсем никакого соображения нету?

Я ликовала. Столько всего случилось за один день, сразу и не разберешься, а теперь вот Кэлпурния дает жару своему драгоценному Джиму, — какие еще чудеса нас ждут сегодня?

Джим только хихикал:

— Кэл, а тебе самой разве не интересно, что там было?

— Придержите язык, сэр! Вам бы от стыда глаз не подымать, а у вас все хиханьки да хаханьки... — Кэлпурния снова обрушилась на Джима, грозила ему самыми страшными карами, но он и ухом не повел. — Извольте идти в дом, сэр! Если мистер Финч вас не выдерет, так я сама выдеру, — привычно закончила она и поднялась на крыльцо.

Джим ухмыльнулся, вошел в дом, и Кэлпурния молча кивнула в знак, что Дилл может ужинать с нами.

— Только сейчас же позвони мисс Рейчел и скажи, что ты у нас, — велела она Диллу. — Она с ног сбилась, всюду бегала, тебя искала... Смотри, утром возьмет да и отправит тебя назад в Меридиан.

Нас встретила тетя Александра и чуть не упала в обморок, когда Кэлпурния сказала ей, где мы были. Мы сказали, что Аттикус позволил нам вернуться, и она за весь ужин ни слова не вымолвила — наверно, очень на него обиделась. Она уныло уставилась в свою тарелку и стала ковырять в ней вилкой, а Кэлпурния щедро накладывала Джиму, Диллу и мне картофельный салат с ветчиной, наливала нам молоко и все время ворчала себе под нос — постыдились бы!

— Да ешьте потихоньку, не торопитесь, — скомандовала она под конец.

Преподобный Сайкс сберег для нас места. Удивительное дело, мы проужинали целый час, а еще удивительнее, что в зале суда почти ничего не изменилось, только скамьи присяжных опустели и подсудимого нет. Судья Тейлор тоже уходил, но, как раз когда мы усаживались, он вернулся.

— Почти никто и с места не двинулся, — сказал Джим.

— Когда присяжные ушли, некоторые из публики тоже вышли, — сказал преподобный Сайкс. — Мужчины принесли женам поесть, и матери покормили детей.

— А они давно ушли? — спросил Джим.

— С полчаса. Мистер Финч и мистер Джилмер говорили еще немного, а потом судья Тейлор напутствовал присяжных.

— Ну и как он? — спросил Джим.

— Что он сказал? О, он говорил прекрасно! Я на него ничуть не в обиде, он все сказал по справедливости. Вроде как — если вы верите в одно — значит, должны вынести такой приговор, а если в другое — значит, эдакий. Кажется мне, он немного склонялся в нашу сторону... — Преподобный Сайкс почесал в затылке.

Джим улыбнулся.

— Ему не положено склоняться ни в какую сторону, ваше преподобие, но не беспокойтесь, мы все равно выиграли, — сказал он с видом знатока. — Никакой состав присяжных не может обвинить на основании таких показаний...

— Не будьте так уверены, мистер Джим, я на своем веку ни разу не видел, чтобы присяжные решили в пользу цветного против белого...

Но Джим заспорил и стал разбирать все показания в свете своих собственных взглядов на закон об изнасиловании: если она не против, это уже не изнасилование, но надо, чтоб ей исполнилось восемнадцать (это у нас, в Алабаме), а Мэйелле все девятнадцать. А если ты против, так брыкайся и кричи, и уж тогда надо, чтоб тебя осилили, совладали с тобой, а лучше всего — так стукнули, чтоб свалить без сознания. А если тебе восемнадцати нет, тогда и без этого будут судить.

— Мистер Джим, — несмело перебил преподобный Сайкс, — маленькой леди не стоило бы слушать про такие вещи...

— А, да она ж не понимает, о чем речь, — возразил Джим. — Это все дела взрослые, верно, Глазастик?

— Ничего подобного, прекрасно я все понимаю. — Наверно, я сказала это уж очень убедительно: Джим замолчал и больше про это не заговаривал.

— Который час, ваше преподобие? — спросил он.

— Скоро восемь.

Я поглядела вниз и увидела Аттикуса, он там шагал, руки в карманах, прошел мимо окон, потом вдоль барьера к скамьям присяжных. Посмотрел на скамьи, на судью Тейлора и пошел назад к окнам. Я поймала его взгляд и помахала ему. Он кивнул в ответ и пошел своей дорогой.

Мистер Джилмер разговаривал у окна с мистером Андервудом. Берт, секретарь суда, курил сигарету за сигаретой; он откинулся на стуле, задрал ноги на стол. Одни только судейские — Аттикус, мистер Джилмер, спавший крепким сном судья Тейлор и Берт — вели себя как обычно. Никогда еще я не видела, чтобы в переполненном зале суда было так тихо. Иногда закапризничает младенец, выбежит кто-нибудь из детей, а взрослые сидят, будто в церкви. И на галерее вокруг нас негры ждали не шевелясь, с истинно библейским терпением.

Дряхлые часы, поднатужась, пробили восемь гулких ударов, которые отдались у нас во всем теле.

Когда пробило одиннадцать, я уже ничего не чувствовала, я давно устала бороться со сном, прислонилась к уютному боку преподобного Сайкса и задремала. Но тут разом проснулась и, чтобы не заснуть снова, принялась старательно считать головы внизу: оказалось шестнадцать лысых, четырнадцать могли сойти за рыжих, сорок черных и каштановых и... Тут я вспомнила: один раз, когда Джим ненадолго увлекся психологическими опытами, он сказал, если много народу, ну хоть полный стадион, изо всех сил станет думать про одно и то же, ну хоть чтоб загорелось дерево в лесу, — это дерево возьмет и загорится само собой. Я вдруг обрадовалась: вот бы попросить всех, кто сидит внизу, изо всех сил думать, чтоб Тома Робинсона освободили, но потом сообразила — если все так же устали, как я, ничего у нас не получится.

Дилл положил голову на плечо Джима и спал крепким сном, и Джим сидел совсем тихо.

— Как долго, правда? — сказала я.

— Ясно, долго, Глазастик, — весело ответил Джим.

— А ведь по-твоему выходило, они все решат в пять минут.

Джим поднял брови.

— Ты еще кое-чего не понимаешь, — сказал он, а я так устала, мне даже не захотелось спорить.

Но наверно, я была не очень сонная, потому что стала чувствовать себя как-то странно. Совсем как прошлой зимой, меня даже дрожь пробрала, а ведь было жарко. Чувство это делалось все сильнее, и наконец в зале суда стало совсем как в холодное февральское утро, когда замолчали пересмешники, и плотники, которые строили мисс Моди новый дом, перестали стучать молотками, и все двери у всех соседей закрылись наглухо, точно в доме Рэдли. Безлюдная, пустынная, замершая в ожидании улица — и набитый битком зал суда. Эта душная летняя ночь — все равно что то зимнее утро. Вошел мистер Гек Тейт и говорит с Аттикусом, и мне кажется: на нем высокие сапоги и охотничья куртка. Аттикус уже не расхаживает по залу, он поставил ногу на перекладину стула, слушает мистера Тейта и медленно поглаживает коленку. Вот-вот мистер Тейт скажет: «Стреляйте, мистер Финч...»

Но вместо этого он властно крикнул:

— К порядку!

И все поспешно подняли головы. Мистер Тейт вышел из зала и вернулся с Томом Робинсоном. Он провел его на место возле Аттикуса и остановился рядом. Судья Тейлор очнулся, выпрямился и настороженно уставился на пустые скамьи присяжных.

Дальше все было как во сне: вернулись присяжные, они двигались медленно, будто пловцы под водой, и голос судьи Тейлора доносился слабо, словно издалека. И тут я увидела то, что замечаешь, на что обращаешь внимание, только если у тебя отец адвокат, и это было все равно что смотреть, как Аттикус выходит на середину улицы, вскидывает ружье, спускает курок, — и все время знать, что ружье не заряжено.

Присяжные никогда не смотрят на подсудимого, если они вынесли обвинительный приговор. Когда эти присяжные вернулись в зал, ни один из них не взглянул на Тома Робинсона. Старшина передал мистеру Тейту лист бумаги, мистер Тейт передал его секретарю, а тот — судье.

Я зажмурилась. Судья Тейлор опрашивал присяжных. «Виновен... виновен... виновен... виновен», — звучало в ответ. Я украдкой поглядела на Джима: он так вцепился в перила, что пальцы побелели, и от каждого «виновен» плечи у него вздрагивали, как от удара. Судья Тейлор что-то говорил. Он зачем-то сжимал в руке молоток, но не стучал им. Будто в тумане я увидела — Аттикус собрал со стола бумаги и сунул в портфель. Щелкнул замком, подошел к секретарю суда, что-то ему сказал, кивнул мистеру Джилмеру, потом подошел к Тому Робинсону и стал ему что-то шептать. И положил руку ему на плечо. Потом снял со спинки стула свой пиджак и накинул его. И вышел из зала, но не в ту дверь, как всегда. Он быстро прошел через весь зал к южному выходу — видно, хотел поскорей попасть домой. Я все время смотрела на него. Он так и не взглянул наверх.

Кто-то легонько толкнул меня, но мне не хотелось оборачиваться, я, не отрываясь, смотрела на людей внизу, на Аттикуса, который одиноко шел по проходу.

— Мисс Джин-Луиза.

Я оглянулась. Все стояли. Вокруг нас и по всей галерее негры вставали с мест.

Голос преподобного Сайкса прозвучал издалека, как перед тем голос судьи Тейлора:

— Встаньте, мисс Джин-Луиза. Ваш отец идет.

Глава 22

Настал черед Джима плакать. Мы пробирались сквозь шумную веселую толпу, а по его лицу бежали злые слезы.

Несправедливо это — твердил он всю дорогу до угла площади, где нас ждал Аттикус.

Аттикус стоял под уличным фонарем, и лицо у него было такое, словно ничего не случилось, жилет застегнут, воротничок и галстук на месте, цепочка от часов блестит, весь он спокойный и невозмутимый, как всегда.

— Несправедливо это, Аттикус, — сказал Джим.

— Да, сын, несправедливо.

Мы пошли домой.

Тетя Александра еще не ложилась. Она была в халате, и, вот честное слово, корсета она не снимала.

— Мне очень жаль, брат, — негромко сказала она.

Она никогда еще не называла Аттикуса братом, и я покосилась на Джима, но он не слушал. Он смотрел то на Аттикуса, то в пол — может, он думал, Аттикус тоже виноват, что Тома Робинсона осудили.

— Что с ним? — спросила тетя про Джима.

— Ничего, он скоро придет в себя, — ответил Аттикус. — Ему это не так-то легко далось. — И вздохнул. — Я иду спать. Если утром не выйду к завтраку, не будите меня.

— Прежде всего неразумно было разрешать детям...

— Здесь их родной дом, сестра, — сказал Аттикус. — Так уж мы для них его устроили, пусть учатся в нем жить.

— Но им совершенно незачем ходить в суд и пачкаться в этой...

— Это в такой же мере характерно для округа Мейкомб, как и собрания миссионерского общества.

— Аттикус... — Глаза у тети Александры стали испуганные. — Я никак не думала, что ты способен из-за этого ожесточиться.

— Я не ожесточился, просто устал... Я иду спать.

— Аттикус, — угрюмо сказал Джим.

Аттикус приостановился в дверях.

— Что, сын?

— Что же они сделали, как они могли?

— Не знаю как, но смогли. Они делали так прежде и сделают еще не раз, и плачут при этом, видно, одни только дети. Покойной ночи.

Но утром всегда все кажется не так страшно. Аттикус, по обыкновению, поднялся ни свет ни заря, и, когда мы понуро вошли в гостиную, он уже сидел, уткнувшись в «Мобил реджистер». На сонном лице Джима был написан вопрос, который он еще не мог толком выговорить.

— Погоди волноваться, — успокоил его Аттикус, когда мы все вошли в столовую. — Мы еще повоюем. Подадим апелляцию, еще не все потеряно. Господи Боже мой, Кэл, это еще что такое? — Аттикус во все глаза уставился на свою тарелку.

— Папаша Тома Робинсона прислал вам сегодня цыпленка, а я его зажарила.

— Скажи ему, что для меня это большая честь, ведь даже у президента наверняка не подают к завтраку цыплят. А это что такое?

— Булочки, — сказала Кэлпурния. — Их прислала Эстелла, которая кухаркой в гостинице.

Аттикус посмотрел на нее в недоумении, и она сказала:

— А вы подите поглядите, что в кухне делается, мистер Финч.

Мы тоже пошли. Кухонный стол ломился от всякой снеди: толстые ломти копченой свинины, помидоры, бобы, даже виноград. Аттикус увидел банку засоленных свиных ножек и усмехнулся:

— Как вы думаете, тетя позволит мне есть это в столовой?

— Прихожу утром, а у нас все заднее крыльцо завалено. Они... они очень благодарны вам за все, что вы сделали, мистер Финч. Это... это ведь не слишком дерзко с их стороны?

В глазах Аттикуса стояли слезы. Он ответил не сразу.

— Передай им, что я очень признателен, — сказал он наконец. — Передай им... передай, чтоб они никогда больше этого не делали. Времена слишком тяжелые...

Он заглянул в столовую, извинился перед тетей Александрой, надел шляпу и отправился в город.

В прихожей послышались шаги Дилла, и Кэлпурния не стала убирать со стола завтрак, к которому Аттикус так и не притронулся. Дилл, как всегда, жевал передними зубами и рассказывал нам, что сказала после вчерашнего вечера мисс Рейчел: если Аттикус Финч желает прошибать стену лбом — что ж, лоб-то его, не чей-нибудь.

— Я бы ей сказал, — проворчал Дилл, обгладывая куриную ножку, — да с ней сегодня не очень-то поспоришь. Говорит, полночи из-за меня проволновалась, хотела заявить шерифу, чтоб меня разыскивали, да он был в суде.

— Ты больше не бегай никуда, не сказавшись. Ты ее только хуже злишь, — сказал Джим.

Дилл покорно вздохнул:

— Да я ей сорок раз говорил, куда иду... Просто ей вечно мерещатся змеи в шкафу. Вот спорим, она каждое утро за завтраком выпивает полкварты — два полных стакана, я точно знаю. Своими глазами видел.

— Не говори так, Дилл, — сказала тетя Александра. — Детям не пристало так говорить... Это... это бесстыдство.

— Я не бесстыдник, мисс Александра. Разве говорить правду бесстыдно?

— Так, как ты говоришь, — бесстыдно.

Джим сверкнул на нее глазами, но только сказал Диллу:

— Пошли. Виноград возьми с собой.

Когда мы вышли на веранду, мисс Стивени Кроуфорд, захлебываясь, рассказывала про суд мистеру Эйвери и мисс Моди Эткинсон. Они оглянулись на нас и опять заговорили. Джим издал воинственный клич. А я пожалела, что у меня нет оружия.

— Ненавижу, когда большие на меня смотрят, — сказал Дилл. — Сразу кажется, будто что-нибудь натворил.

— Поди сюда, Джим Финч! — закричала мисс Моди.

С тяжелым вздохом Джим слез с качелей.

— И мы с тобой, — сказал Дилл.

Мисс Стивени так и нацелилась на нас своим любопытным носом. Кто же это нам позволил пойти в суд? Она-то нас не видала, но сегодня с утра в городе только и разговору, что мы сидели на галерее для цветных. Это что же, Аттикус усадил нас туда, чтобы?.. Там, верно, дышать было нечем среди всех этих?.. И неужели Глазастик поняла все это?.. А досадно, верно, нам было, когда нашего папочку разбили в пух и прах?

— Помолчи, Стивени, — ледяным тоном сказала мисс Моди. — Я не намерена все утро торчать на крыльце... Джим Финч, я позвала тебя, чтобы узнать, не желаешь ли ты и твои коллеги отведать пирога. Я поднялась в пять часов, чтобы его испечь, так что лучше соглашайся. Прошу нас извинить, Стивени. До свиданья, мистер Эйвери.

На кухонном столе у мисс Моди красовался большой пирог и два маленьких. Маленьких нужно бы три. Непохоже было на мисс Моди, чтоб она забыла про Дилла, и, наверно, лица у нас стали удивленные. Но тут она отрезала кусок от большого пирога и протянула Джиму.

Мы ели и понимали — это мисс Моди показывает нам, что ее отношение к нам ни капельки не изменилось. Она молча сидела на табурете и смотрела на нас.

И вдруг сказала:

— Не горюй, Джим. В жизни все не так плохо, как кажется.

Когда дома, не на улице, мисс Моди собиралась произнести длинную речь, она упиралась ладонями в колени и языком поправляла вставные зубы. Так она сделала и сейчас, а мы сидели и ждали.

— Вот что я хочу вам сказать: есть на свете люди, которые для того и родились, чтобы делать за нас самую неблагодарную работу. Ваш отец тоже такой.

— Ладно уж, — безнадежным голосом сказал Джим.

— Никаких «ладно уж», сэр, — сказала мисс Моди. — Ты еще недостаточно взрослый, чтоб уразуметь мои слова.

Джим уставился на свой недоеденный пирог.

— Чувствуешь себя как гусеница в коконе, вот что, — сказал он. — Будто спал спеленатый в теплом углу и ветерок ни разу на тебя не подул. Я всегда думал, мейкомбцы самые лучшие люди на свете, по крайней мере с виду-то они такие.

— Мы самые благополучные люди на свете, — сказала мисс Моди. — Не часто обстоятельства призывают нас доказать, что мы и в самом деле христиане, но уж когда это случится, у нас есть на то люди вроде Аттикуса.

Джим горько улыбнулся:

— Хорошо, если бы все в нашем округе так думали.

— Ты и не подозреваешь, как нас много.

— Разве? — Джим повысил голос. — Кто хоть чем-нибудь помог Тому Робинсону, ну кто?

— Прежде всего его друзья — цветные и люди вроде нас. Вроде судьи Тейлора, вроде мистера Гека Тейта. Перестань жевать, Джим Финч, и пошевели мозгами. Тебе не приходило в голову, что судья Тейлор не случайно назначил Аттикуса защитником Тома? Что у судьи Тейлора могли быть на это свои причины?

Вот это мысль! Если обвиняемый не мог нанять адвоката, защитником обычно назначали Максвелла

Грина, самого молодого из мейкомбских адвокатов, так как ему надо было набираться опыта. И значит, Тома Робинсона должен был бы защищать Максвелл Грин.

— Подумай-ка об этом, — продолжала мисс Моди. — Это ведь не случайно. Вчера вечером я сидела на крыльце и ждала. Я все ждала вас из суда, ждала и думала: Аттикус Финч не выиграет дело, не может выиграть, но он единственный в наших краях способен заставить присяжных так долго ломать голову над таким делом. И я говорила себе — что ж, мы идем вперед... Это один только шаг, крохотный, младенческий, а все-таки шаг вперед.

— Это все разговоры... Но неужели наши просвещенные судьи и адвокаты не могут справиться с дикарями-присяжными? — пробормотал Джим. — Вот я вырасту...

— Об этом уж ты потолкуй с отцом, — сказала мисс Моди.

Мы спустились по прохладным новым ступенькам, вышли на солнце и увидели, что мистер Эйвери и мисс Стивени Кроуфорд все еще стоят и разговаривают. Они прошли по тротуару и стояли теперь у дома мисс Стивени. И к ним шла мисс Рейчел.

— А я, когда вырасту, наверно, стану клоуном, — сказал Дилл.

Мы с Джимом от удивления стали как вкопанные.

— Да, клоуном, — сказал он. — Ничего у меня с людьми не получается, я только и умею, что смеяться над ними, вот я и пойду в цирк и буду смеяться до упаду.

— Ты все перепутал, Дилл, — сказал Джим. — Сами клоуны грустные, а вот над ними все смеются.

— Ну и пусть, а я буду другой клоун. Буду стоять посреди арены и смеяться всем в лицо. Вон погляди туда, — мотнул он головой. — Это разве люди? Им только на помеле летать. Тетя Рейчел уже и летает.

Мисс Стивени и мисс Рейчел нетерпеливо махали нам. Верно сказал Дилл: настоящие ведьмы.

— О, чтоб вас! — выдохнул Джим. — А не подойти нельзя, невежливо.

Что-то случилось. Мистер Эйвери был весь красный — он так расчихался, чуть не сбил нас с ног, когда мы подошли. Мисс Стивени прямо вся тряслась, мисс Рейчел схватила Дилла за плечо.

— Иди сейчас же во двор и носа не высовывай. На улице опасно, — сказала она.

— А почему? — спросила я.

— Вы что, не слыхали? Весь город только об этом и говорит...

Тут на пороге появилась тетя Александра и позвала нас, но было уже поздно. Мисс Стивени, захлебываясь, сообщила нам, что сегодня утром мистер Боб Юэл остановил Аттикуса на углу у почты, плюнул ему в лицо и сказал — дай только срок, он еще с этим адвокатишкой расправится.

Глава 23

— Я бы предпочел, чтобы Боб Юэл не жевал табак, — только и сказал об этом Аттикус.

По словам мисс Стивени Кроуфорд, дело было так: Аттикус выходил с почты, к нему подошел мистер Юэл, обругал его, плюнул ему в лицо и погрозился убить.

Мисс Стивени сказала (а когда она рассказывала это второй раз, уже выходило, будто она все видела своими глазами по дороге из бакалейной лавки) — Аттикус и бровью не повел, только вынул платок, утерся и стоял и слушал, как мистер Юэл честил его, да такими словами, что она их нипочем не повторит, скорей язык себе откусит. Мистер Юэл считался ветераном какой-то там войны, ну и разошелся, а тут еще Аттикус никак не отвечал на его брань, он тогда и говорит: что, говорит, с черномазыми лизаться не гордый, а драться гордый? Нет, сказал Аттикус, просто старый, сунул руки в карманы и пошел прочь, — рассказывала мисс Стивени. — Уж в этом Аттикусу Финчу не откажешь — он иной раз так срежет...

Но мы с Джимом выслушали все это без всякого удовольствия.

— А все-таки прежде он был самый меткий стрелок во всем округе, — сказала я. — Он мог...

— Не станет он ходить с ружьем, Глазастик, — сказал Джим. — Да у него и ружья-то нет. Ты же знаешь, он и у тюрьмы тогда без ружья сторожил. Он мне сказал: ходить с оружием — значит только набиваться, чтоб в тебя стреляли.

— Сейчас другое дело, — сказала я. — Давай попросим его, пускай у кого-нибудь одолжит ружье.

Мы попросили, и Аттикус сказал — чепуха.

Дилл сказал — нам надо взывать к доброму сердцу Аттикуса: ведь если мистер Юэл его убьет, мы помрем с голоду и еще достанемся тете Александре, и ведь, ясное дело, как только Аттикуса схоронят, она сразу уволит Кэлпурнию. Джим сказал — может, на Аттикуса подействует, если я стану реветь и кататься по полу, ведь я еще маленькая, да к тому же девочка. Это тоже не помогло.

Но потом Аттикус увидел, что мы уныло бродим вокруг дома, не едим, забросили все игры, и понял, до чего мы напуганы. Как-то вечером он принес Джиму новый футбольный журнал, Джим нехотя перелистал его и бросил. Тогда Аттикус спросил:

— Что тебя тревожит, сын?

— Мистер Юэл, — напрямик сказал Джим.

— А что случилось?

— Ничего. Мы за тебя боимся, надо, чтоб ты с ним что-то сделал.

Аттикус невесело усмехнулся:

— Что же с ним сделать? Заставить его подписать пакт о ненападении?

— Когда человек говорит, что он с тобой расправится, это не шутка.

— Он и не шутил тогда, — сказал Аттикус. — Попробуй-ка на минуту влезть в шкуру Боба Юэла, Джим. На суде я окончательно доказал, что ни одному его слову верить нельзя, если ему до этого хоть кто-нибудь верил. Ему необходимо было на ком-нибудь это выместить, такие люди иначе не могут. Что ж, если оттого, что он плюнул мне в лицо и пригрозил убить, на долю Мэйеллы досталось меньше побоев, пусть так. Должен же он был на ком-то сорвать зло, так уж лучше на мне, чем на своих ребятишках. Понимаешь?

Джим кивнул.

— Нам нечего бояться Боба Юэла, он уже отвел душу, — сказал Аттикус.

И тут вошла тетя Александра.

— Я в этом совсем не так уверена, Аттикус, — сказала она. — Такой на все пойдет, лишь бы отомстить за обиду. Ты же знаешь этих людей.

— Но что мне такого может сделать Юэл, сестра?

— Какую-нибудь гадость исподтишка, — сказала тетя Александра. — Уж не сомневайся.

— В Мейкомбе мало что можно сделать исподтишка, — возразил Аттикус.

Больше мы не боялись. Лето кончалось, и мы не теряли времени даром. Аттикус объяснил нам, что Тому Робинсону ничто не грозит, пока его дело не рассмотрят в следующей инстанции, и что его скорее всего освободят или в крайнем случае назначат новое разбирательство. А пока он на тюремной ферме, в Честерском округе, в семидесяти милях от Мейкомба. Я спросила, позволяют ли жене и детям навещать Тома, но Аттикус сказал — не позволяют.

— А что с ним будет, если апелляция не поможет? — спросила я как-то вечером.

— Тогда его посадят на электрический стул, — сказал Аттикус, — если только губернатор не смягчит приговор. Подожди волноваться, Глазастик. Мы вполне можем выиграть это дело.

Джим растянулся на диване и читал журнал «Популярная механика». Тут он поднял голову и сказал:

— Это все несправедливо. Даже если он виноват, он никого не убил. Он никого не лишил жизни.

— Ты же знаешь, по законам штата Алабама за изнасилование полагается смертная казнь, — сказал Аттикус.

— Да, сэр, но все равно присяжные не должны были присуждать его к смерти... Если уж решили, что он виновен, присудили бы двадцать лет.

— К двадцати годам, — поправил Аттикус. — Том Робинсон — цветной, Джим. Ни один состав присяжных в наших краях, разбирая подобное дело, не скажет: «Мы считаем, что ты виноват, но не очень». Тут могло быть либо оправдание, либо самый суровый приговор.

Джим помотал головой.

— Нет, это все неправильно, только я не пойму, в чем ошибка... Может, изнасилование не надо считать таким тяжким преступлением...

Аттикус уронил газету на пол. Он согласен с законом об изнасиловании, вполне согласен, но весьма опасно, когда на основании одних лишь косвенных улик прокурор требует смертного приговора и присяжные его выносят. Тут он увидел, что я тоже слушаю, и объяснил:

— Иными словами, для того чтобы человека приговорили к смерти, скажем, за убийство, требуются один или два очевидца. Надо, чтобы кто-то мог сказать: «Да, я там был, я сам видел, как он спустил курок».

— Но ведь очень многих казнили на основании косвенных улик, — возразил Джим.

— Знаю, и многие из них, вероятно, этого заслуживали... Но если нет очевидцев, всегда остается сомнение, пусть хотя бы тень сомнения. Закон называет это «допустимое сомнение», а по-моему, хотя бы тень сомнения — всегда в пользу подсудимого. Всегда остается вероятность, пусть самая малая, что он не виновен.

— Значит, опять выходит, что во всем виноваты присяжные. Тогда надо с ними покончить, — убежденно сказал Джим.

Аттикус очень старался сдержать улыбку, но не сумел.

— Уж слишком ты с нами крут, сын. Я думаю, можно найти лучший выход: изменить закон. Так изменить, чтобы для самых тяжких преступлений определять наказание мог только судья.

— Тогда поезжай в Монтгомери, пускай изменят закон.

— Ты даже не подозреваешь, как это трудно. Мне не дожить до того времени, когда изменят закон, а ты, если и доживешь, будешь уже стариком.

Джиму это не понравилось.

— Нет, сэр, с присяжными надо покончить. Ведь вот Том не виновен, а они сказали — виновен.

— Будь на месте этих присяжных ты и еще одиннадцать таких, как ты, Том уже вышел бы на свободу, — сказал Аттикус. — Жизнь не успела еще отучить тебя рассуждать ясно и здраво. Двенадцать присяжных, которые осудили Тома, в повседневной жизни люди вполне разумные, но ты сам видел: что-то помешало им рассуждать здраво. То же самое ты видел и в ту ночь перед тюрьмой. Они ушли тогда не потому, что в них верх взял разум, но потому, что они натолкнулись на нас. Есть в нашей жизни что-то такое, от чего люди теряют облик человеческий, — они бы и хотели быть справедливыми, да не могут. Когда у нас в суде белый выступает против черного, выигрывает всегда белый. Такова неприкрашенная правда жизни.

— Все равно несправедливо, — упрямо сказал Джим. Кулаком он постукивал себя по коленке. — При таких уликах нельзя осудить человека, нельзя — и все.

— По-твоему, нельзя, и ты бы не осудил, а вот они осудили. И чем старше ты будешь становиться, тем больше такого увидишь. В суде, более чем где бы то ни было, с человеком должны поступать по справедливости, какого бы цвета ни была его кожа, но люди ухитряются приносить с собой на скамью присяжных все свои предрассудки. Становясь старше, ты все больше будешь замечать, как белые каждый день, на каждом шагу обманывают черных, но вот что я тебе скажу, сын, и ты это запомни: если белый так поступает с черным, кто бы ни был этот белый, как бы он ни был богат, из какой бы хорошей семьи ни вышел, все равно он — подонок.

Аттикус говорил совсем тихо, но это последнее слово нас оглушило. Я подняла голову — глаза его горели.

— Белый негодяй, который пользуется невежеством негра, — что может быть гнуснее? Не надо обманывать себя — счет все растет, и рано или поздно расплаты не миновать. Надеюсь, вам не придется это пережить.

Джим почесал в затылке. И вдруг широко раскрыл глаза.

— Аттикус, — сказал он, — почему люди вроде нас и мисс Моди никогда не бывают присяжными? Наши городские никогда не бывают, а все только какие-то из самой глуши.

Аттикус откинулся в своей качалке. Почему-то он был очень доволен Джимом.

— Я все ждал, когда ты до этого додумаешься, — сказал он. — На то есть много причин. Прежде всего мисс Моди не может быть присяжной, потому что она женщина...

Я возмутилась:

— Разве в Алабаме женщины не могут?..

— Вот именно. Как я подозреваю, это для того, чтобы оберечь нежных дам от грязных дел, таких вот, как дело Тома. И потом, — Аттикус усмехнулся, — боюсь, мы бы ни одно разбирательство не довели до конца: дамы все время задавали бы вопросы.

Мы с Джимом расхохотались. Мисс Моди присяжная — вот бы поглядеть! А миссис Дюбоз в своем кресле на колесах: «Прекрати этот стук, Джон Тейлор, я хочу кой о чем спросить этого человека!» Пожалуй, наши предки рассудили мудро.

— Ну а что до людей вроде нас, нам тоже придется платить по тому счету, — продолжал Аттикус. — Мы получаем таких присяжных, каких заслужили. Во-первых, наши доблестные мейкомбцы слишком равнодушны. Во-вторых, они боятся. Потом они...

— Почему боятся? — спросил Джим.

— Ну... допустим, мистеру Линку Дизу придется решать, сколько должна мисс Рейчел уплатить мисс Моди, если она, скажем, сбила ее машиной. Линку ведь не захочется терять ни одну из своих покупательниц, правда? Вот он и говорит судье Тейлору, что не может заседать в суде, ему не на кого оставить магазин. И судья Тейлор его освобождает. Иной раз и сердится, а все-таки освобождает.

— А почему мистер Диз думает, что мисс Моди или мисс Рейчел перестанут у него покупать? — спросила я.

— Мисс Рейчел перестанет, а мисс Моди нет, — сказал Джим. — Аттикус, но ведь это тайна, кто из присяжных за что голосует.

Отец усмехнулся:

— Тебе предстоит еще многое уразуметь, сын. Да, предполагается, что это тайна. Став присяжным, человек должен принимать решения и высказывать их. Люди этого не любят. Это ведь не всегда приятно.

— Насчет Тома присяжные, уж конечно, решали наспех, — пробормотал Джим.

Аттикус взялся за кармашек для часов.

— Нет, не наспех, — сказал он почти про себя. — Понимаешь, именно потому я и подумал: может быть, это все-таки начало. Присяжные совещались не один час. Приговор, вероятно, все равно был предрешен, но обычно такие дела отнимают всего несколько минут. А на этот раз... — Аттикус замолчал на полуслове и посмотрел на нас. — Вам, наверно, интересно будет узнать, что был там один присяжный, которого насилу уломали... вначале он требовал безоговорочного оправдания.

— Кто же это? — удивился Джим.

Глаза Аттикуса весело блеснули.

— Не надо бы говорить, но я вам все-таки скажу. Это один ваш приятель из Старого Сарэма.

— Из Канингемов? — заорал Джим. — Из... я их никого не видел... Нет, ты шутишь! — Он исподлобья смотрел на Аттикуса.

— Это их родич. Я как почуял — и не отвел его. Прямо как почуял. Мог бы отвести, но не отвел.

— Одуреть можно! — изумился Джим. — Только что они его чуть не убили, а через минуту чуть не выпустили... Нет, ввек мне не понять, что это за народ за такой.

Аттикус сказал — просто надо их узнать. Он сказал — с тех самых пор, как Канингемы переселились в

Новый Свет, они ни у кого ничего не брали и не перенимали. И еще: уж если заслужил их уважение, они за тебя в огонь и в воду. А ему кажется, нет, вернее сказать, мерещится, сказал Аттикус, что в ту ночь, когда они повернули от тюрьмы, они преисполнились уважения к Финчам. И потом, сказал он, переубедить Канингема может только чудо, да и то в паре с другим Канингемом.

— Будь у нас в этом составе два Канингема, присяжные так никогда и не вынесли бы приговора.

— И ты не отвел из присяжных человека, который накануне хотел тебя убить? — медленно сказал Джим. — Как же ты мог пойти на такой риск, Аттикус, как ты мог?

— Если разобраться, риск был не так уж велик. Какая разница между двумя людьми, если оба они готовы засудить обвиняемого? А вот между человеком, который готов осудить, и человеком, несколько сбитым с толку, разница все-таки есть, согласен? Из всего списка только о нем одном я не знал наверняка, как он проголосует.

— А кем он приходится мистеру Уолтеру Канингему? — спросила я.

Аттикус встал, потянулся и зевнул. Даже нам еще не время было спать, но ему хотелось почитать газету. Он поднял ее с полу, сложил и легонько хлопнул меня по макушке.

— Сейчас прикинем, — прогудел он. — Ага, вот. Дважды двоюродный брат.

— Это как же?

— Две сестры вышли за двух братьев. Больше ничего не скажу, соображай сама.

Я думала-думала и решила: если б я вышла за Джима, а у Дилла была бы сестра и он на ней женился, наши дети были бы дважды двоюродные.

— Вот это да, Джим, — сказала я, когда Аттикус ушел. — Ну и чудны́е эти Канингемы. Тетя, вы слышали?

Тетя Александра крючком вытягивала нитки из шерстяного коврика, чтобы он стал махровым, и не смотрела на нас, но прислушивалась. Она сидела в своем кресле, рабочая корзинка стояла рядом на полу, коврик расправлен на коленях. Я никогда не могла понять, почему настоящие леди возятся с шерстяными ковриками в самую жару.

— Да, слышала, — сказала она.

Мне вспомнилась та давняя злополучная история, когда я кинулась на выручку Уолтеру Канингему-младшему. Как хорошо, что я тогда это сделала.

— Вот пойдем в школу, и я позову Уолтера к нам обедать, — объявила я, совсем забыв, что поклялась себе при первой же встрече его отлупить. — А можно позвать его к нам и после уроков. А потом Аттикус отвезет его в Старый Сарэм. А когда-нибудь он, может, и переночует у нас, ладно, Джим?

— Там видно будет, — сказала тетя Александра.

Эти слова у нее всегда означали угрозу, а вовсе не обещание. Я удивилась:

— А почему нет, тетя? Они хорошие люди.

Она поглядела на меня поверх своих рабочих очков.

— Я нисколько не сомневаюсь, что они хорошие люди, Джин-Луиза. Но они не нашего круга.

— Тетя хочет сказать, они неотесанные, Глазастик, — объяснил Джим.

— А что это — неотесанный?

— Ну, грубый, любит, когда пиликают на скрипке, притопывают и всякое такое.

— Подумаешь, я тоже люблю...

— Не говори глупостей, Джин-Луиза, — сказала тетя Александра. — Суть в том, что, если даже отмыть Уолтера Канингема до блеска, надеть на него башмаки и новый костюм, он все равно не будет таким, как Джим. К тому же все Канингемы чересчур привержены спиртному. Женщины из рода Финчей не интересуются подобными людьми.

— Те-о-тя, — протянул Джим, — ей же еще и девяти нет.

— Все равно, пусть знает.

Спорить с тетей Александрой было бесполезно. Я сразу вспомнила, как она в последний раз стала мне поперек дороги. Почему — я так и не поняла. Я тогда мечтала побывать дома у Кэлпурнии, мне было до смерти интересно: я хотела быть ее гостьей, поглядеть, как она живет, увидеть ее друзей. Но это оказалось так же невозможно, как достать луну с неба. На этот раз тактика тети Александры была другая, но цель та же. Может, для того она и поселилась у нас, чтобы помогать нам в выборе друзей. Ну уж тут я буду стоять на своем до последнего.

— Раз они хорошие люди, почему мне нельзя хорошо обходиться с Уолтером?

— Я не предлагала тебе обходиться с ним плохо. Будь с ним учтивой и приветливой, со всеми надо быть любезной, милочка. Но совершенно незачем приглашать его в дом.

— Тетя, а если б он был нам родня?

— Но он нам не родня, а если бы и так, все равно я сказала бы тебе то же самое.

— Тетя, — вмешался Джим, — Аттикус говорит, друзей выбираешь, а родных-то не выберешь, и признавай их, не признавай — все равно они тебе родня, и не признавать их просто глупо.

— Узнаю вашего отца, — сказала тетя Александра, — и все-таки, повторяю, Джин-Луизе незачем приглашать Уолтера Канингема в этот дом. Будь он ей хоть дважды двоюродный, все равно его незачем принимать у себя в доме, разве только он придет к Аттикусу по делу. И довольно об этом.

Запрет окончательный и бесповоротный, но все-таки теперь ей придется дать объяснение.

— Тетя, а я хочу играть с Уолтером, почему нельзя?

Тетя Александра сняла очки и посмотрела на меня в упор.

— А вот почему, — сказала она. — Потому, что он голытьба. Вот почему я не позволяю тебе с ним играть. Я не потерплю, чтобы ты водила с ним компанию, и перенимала его привычки, и училась у него бог весть чему. Твоему отцу и без того с тобой слишком много хлопот.

Уж не знаю, что бы я сделала, если бы не Джим. Он удержал меня за плечи, обхватил одной рукой и повел к себе. Аттикус услыхал, как я реву от злости, и заглянул в дверь.

— Это ничего, сэр, — сердито сказал Джим, — это просто так.

Аттикус скрылся.

— На, держи, Глазастик. — Джим порылся в кармане и вытащил пакетик жевательной резинки.

Не сразу я ее разжевала и почувствовала вкус.

Джим стал наводить порядок у себя на столике. Волосы у него надо лбом и на затылке торчали торчком. Наверно, они никогда не улягутся, как у настоящего мужчины, разве что он их сбреет, тогда, может, новые отрастут аккуратно, как полагается. Брови у него стали гуще, а сам он сделался какой-то тонкий и все тянулся кверху.

Он оглянулся и, наверно, подумал, что я опять зареву, потому что сказал:

— Сейчас я тебе кое-что покажу. Только никому не говори.

Я спросила — а что?

Он смущенно улыбнулся и расстегнул рубашку.

— Ну и что?

— Ну разве не видишь?

— Да нет.

— Да волосы же.

— Где?

— Да вон же!

Он только что меня утешал, и я сказала: какая прелесть, — но ничего не увидала.

— Правда, очень мило, Джим.

— И под мышками тоже, — сказал он. — На будущий год уже можно будет играть в футбол. Глазастик, ты не злись на тетю.

Кажется, только вчера он говорил мне, чтобы я сама ее не злила.

— Понимаешь, она не привыкла к девочкам. По крайней мере к таким, как ты. Она хочет сделать из тебя леди. Может, ты бы занялась шитьем или чем-нибудь таким?

— Черта с два! Просто она меня терпеть не может. Ну и пускай. Это я из-за Уолтера Канингема взбесилась — зачем она его обозвала голытьбой, а вовсе не потому, что она сказала, будто Аттикусу со мной и так много хлопот. Мы с ним один раз все это выяснили. Я спросила, правда ему со мной много хлопот, а он сказал — не так уж много, пускай я не выдумываю, что ему со мной трудно. Нет, это из-за Уолтера... Джим, вовсе он не голытьба. Он не то что Юэл.

Джим скинул башмаки и задрал ноги на постель. Сунул за спину подушку и зажег лампочку над изголовьем.

— Знаешь что, Глазастик? Теперь я разобрался. Я все думал, думал и вот разобрался. На свете есть четыре сорта людей. Обыкновенные — вот как мы и наши соседи; потом такие, как Канингемы, — лесные жители; потом такие, как эти Юэлы со свалки; и еще негры.

— А как же китайцы и канадцы, которые в Болдуинском округе?

— Я говорю про Мейкомбский округ. Вся штука в том, что мы не любим Канингемов, Канингемы не любят Юэлов, а Юэлы просто терпеть не могут цветных.

Я сказала — а почему же тогда эти присяжные, которые все были вроде Канингемов, не оправдали Тома назло Юэлам?

Джим от меня отмахнулся, как от маленькой.

— Знаешь, я сам видел, когда по радио музыка, Аттикус притопывает ногой, — сказал Джим, — и он ужасно любит подбирать поскребышки со сковородки...

— Значит, мы вроде Канингемов, — сказала я. — Тогда почему же тетя...

— Нет, погоди, вроде-то вроде, да не совсем. Аттикус один раз сказал, тетя потому так похваляется семьей, что у нас всего и наследства — хорошее происхождение, а за душой ни гроша.

— Все-таки я не пойму, Джим... Аттикус мне один раз сказал — все эти разговоры про старинный род одна глупость, все семьи одинаково старинные. А я спросила — и у цветных и у англичан? И он сказал — конечно.

— Происхождение — это не то, что старинный род, — сказал Джим. — Я думаю, тут все дело в том, давно ли твоя семья умеет читать и писать. Глазастик, я над этим знаешь сколько голову ломал, и, по-моему, в этом вся суть. Давным-давно, когда Финчи еще жили в Египте, кто-нибудь из них, наверно, выучил два-три иероглифа, а потом научил своего сына. — Джим рассмеялся. — Представляешь, тетя гордится тем, что ее прапрадедушка умел читать и писать... Прямо смех с этими женщинами — чем гордятся!

— Ну и очень хорошо, что умел, а то кто бы научил Аттикуса и всех предков, а если б Аттикус не умел читать, мы б с тобой пропали. Нет, Джим, по-моему, хорошее происхождение это что-то не то.

— Тогда чем же, по-твоему, мы все-таки отличаемся от Канингемов? Мистер Уолтер и подписывается-то с трудом, я сам видел. Просто мы читаем и пишем дольше, чем они.

— Но ведь никто не рождается грамотный, всем надо учиться с самого начала. Уолтер знаешь какой способный, он только иногда отстает, потому что пропускает уроки, ведь ему надо помогать отцу. А так он человек как человек. Нет, Джим, по-моему, все люди одиного сорта. Просто люди.

Джим отвернулся и стукнул кулаком по подушке. А когда опять обернулся, он был уже чернее тучи. Опять на него нашло, я знала — когда он такой, надо быть поосторожнее. Брови сдвинуты, губы в ниточку. Он долго молчал.

— В твои годы я тоже так думал, — сказал он наконец. — Если все люди одинаковые, почему ж они тогда не могут ужиться друг с другом? Если все одинаковые, почему они так задаются и так презирают друг друга? Знаешь, Глазастик, я, кажется, начинаю кое-что понимать. Кажется, я начинаю понимать, почему Страшила Рэдли весь век сидит взаперти... Просто ему не хочется на люди.

Глава 24

Кэлпурния уж так накрахмалила свой фартук, что он на ней колом стоял. Руки у нее были заняты подносом с шарлоткой. Спиной она осторожно открыла дверь. Просто чудо, как легко и ловко она управлялась с тяжелыми подносами, полными всяких лакомств. Тете Александре это, наверно, тоже очень нравилось, потому что она позволила сегодня Кэлпурнии подавать на стол.

Сентябрь уже на носу. Завтра Дилл уезжает в Меридиан, а сегодня они с Джимом пошли к Заводи. Джим с негодованием обнаружил, что до сих пор никто не потрудился научить Дилла плавать, а это, на его взгляд, все равно что не уметь ходить. Уже второй день они после обеда уходили к ручью, а меня с собой не брали, сказали — голышом им удобнее, и я коротала время то с Кэлпурнией, то с мисс Моди.

Сегодня наш дом был во власти тети Александры и миссионерского общества. К нам в кухню доносился голос миссис Грейс Мерриуэзер, она рассказывала про ужасную жизнь мрунов — так мне по крайней мере послышалось. Они выставляют женщин в отдельные хижины, когда приходит их срок — уж не знаю, что это за срок такой; они лишены чувства семьи — это, конечно, для тети большое огорчение, и, когда детям исполняется тринадцать лет, они их подвергают чудовищным испытаниям, они все в парше и уховертках; они жуют кору, выплевывают жвачку в общий котел и оставляют бродить, а потом упиваются этим зельем допьяна.

Тут дамы решили сделать перерыв и подкрепиться.

Я не знала, идти мне в столовую или не идти. Тетя Александра велела мне прийти к чаю; пока обсуждаются дела, я могу с ними не сидеть, сказала она, мне это будет неинтересно. На мне было розовое воскресное платье, туфли и нижняя юбка, и, если я что-нибудь на себя пролью, Кэлпурнии придется к завтрашнему дню все это стирать. А у нее и так сегодня много хлопот. Так что лучше уж я не пойду.

— Помочь тебе, Кэл? — Мне очень хотелось быть полезной.

Кэлпурния приостановилась в дверях.

— Сиди тут в уголке тихо, как мышка, — сказала она. — Вот я вернусь, и ты поможешь мне ставить все на подносы.

Она отворила дверь, и деловитое жужжанье стало громче, доносились голоса: ...ах, какая шарлотка, право, Александра, я такой... не видывала... Что за прелесть... У меня никогда так не подрумянивается, ну никогда... И тарталетки с ежевикой — вы подумайте... Кэлпурния?.. Вы только подумайте... Вам уже говорили, что жена священника опять... Ну да, конечно, а ее младшенький даже еще и не ходит...

Разговоры смолкли — значит, там принялись за угощение. Вернулась Кэлпурния и поставила на поднос массивный серебряный кофейник, оставшийся от нашей мамы.

— Такой кофейник нынче в диковинку, — сказала Кэлпурния, — таких больше не делают.

— Можно, я его понесу?

— Только осторожнее, смотри не урони. Поставь его в том конце стола, где мисс Александра. Там, где чашки с блюдцами. Она будет разливать.

Я попробовала тоже отворить дверь попкой, но дверь ни капельки не поддалась. Кэлпурния ухмыльнулась и отворила мне дверь.

— Осторожнее, он тяжелый. Не гляди на него, тогда не разольешь.

Я прибыла благополучно; тетя Александра наградила меня ослепительной улыбкой.

— Посиди с нами, Джин-Луиза, — сказала она. Она не сдавалась, она хотела непременно сделать из меня настоящую леди.

Так уж повелось у нас в Мейкомбе — глава каждого дамского кружка приглашает соседок на чашку чая, все равно, пресвитерианки они, баптистки или еще кто — вот почему здесь были и мисс Рейчел (совсем трезвая, ни в одном глазу!), и мисс Моди, и мисс Стивени Кроуфорд. Мне стало как-то неуютно, и я села около мисс Моди и подумала — зачем это наши леди надевают шляпы, просто чтобы перейти через дорогу? Настоящие леди, когда их много сразу, всегда меня немножко пугают, и мне очень хочется сбежать, но тетя Александра говорит — это потому, что я избалованная.

Все они были в неярких ситцевых платьях и казались такими свеженькими, будто никакой жары не было и в помине; почти все сильно напудренные, но без румян; и у всех одинаковая губная помада — натуральная. Лак на ногтях тоже натуральный, и только кое у кого из молодых ярко-розовый. И пахли все восхитительно. Я придумала наконец, куда девать руки — покрепче ухватилась за ручки кресла и, пока со мной никто не заговорил, сидела тихо и молчала.

— Какая ты сегодня нарядная, мисс Джин-Луиза! — сказала мисс Моди и улыбнулась, блеснув золотыми зубами. — А где же сегодня твои штаны?

— Под платьем.

Я вовсе не хотела шутить, но все засмеялись. Я тут же поняла свою оплошность, даже щекам стало горячо, но мисс Моди смотрела на меня серьезно. Она никогда не смеялась надо мной, если я не шутила.

Потом вдруг стало тихо, и мисс Стивени Кроуфорд крикнула мне через всю комнату:

— А кем ты будешь, когда вырастешь, Джин-Луиза? Адвокатом?

— Не знаю, мэм, я еще не думала... — благодарно сказала я. Как это хорошо, что она заговорила о другом. И я поспешно начала выбирать, кем же я буду. Сестрой милосердия? Летчиком? — Знаете...

— Да ты не смущайся, говори прямо, я думала, ты хочешь стать адвокатом, ты ведь уже бываешь в суде.

Дамы опять засмеялись.

— Ох уж эта Стивени! — сказал кто-то.

И мисс Стивени, очень довольная успехом, продолжала:

— Разве тебе не хочется стать адвокатом?

Мисс Моди тихонько тронула мою руку, и я ответила довольно кротко:

— Нет, мэм, просто я буду леди.

Мисс Стивени поглядела на меня подозрительно, решила, что я не хотела ей дерзить, и сказала только:

— Ну, для этого надо прежде всего почаще надевать платье.

Мисс Моди сжала мою руку, и я промолчала. Рука у нее была теплая, и мне стало спокойно.

Слева от меня сидела миссис Грейс Мерриуэзер, надо было быть вежливой и занять ее разговором. Под ее влиянием мистер Мерриуэзер обратился в ревностного методиста и только и делал, что распевал псалмы. Весь Мейкомб сходился на том, что это миссис Мерриуэзер сделала из него человека и добропорядочного члена общества. Ведь миссис Мерриуэзер самая благочестивая женщина в городе, это всякий знает. О чем бы с ней поговорить?

— Что вы сегодня обсуждали? — спросила я наконец.

— Несчастных мрунов, деточка, — сказала она и пошла, и пошла. Больше вопросов не понадобилось.

Когда миссис Мерриуэзер рассказывала о каких-нибудь несчастных, ее большие карие глаза сразу наполнялись слезами.

— Они живут там у себя в джунглях, и никто о них не заботится, кроме Граймса Эверетта, — сказала она. — И знаешь, поблизости ни одного белого, только этот святой человек, Граймс Эверетт.

Миссис Мерриуэзер разливалась соловьем, каждое слово она произносила с необыкновенным чувством.

— Нищета... невежество... безнравственность — никто, кроме мистера Граймса Эверетта, не знает, как они живут. Когда наш приход послал меня в загородный дом миссии, мистер Граймс Эверетт сказал мне...

— Разве он там, мэм? Я думала...

— Он приезжал в отпуск. Граймс Эверетт сказал мне: «Миссис Мерриуэзер, вы не представляете, не представляете, с чем мы там вынуждены бороться». Вот как он сказал.

— Да, мэм.

— И я ему сказала — мистер Эверетт, все мы, прихожанки методистской епископальной церкви в городе Мейкомбе, штат Алабама, единодушно вас поддерживаем. Вот как я ему сказала. И знаешь, сказала я так — и тут же в сердце своем дала клятву. Я сказала себе: как только вернусь домой, я всем расскажу о мрунах, всем поведаю о миссии Граймса Эверетта. И вот видишь, я держу слово.

— Да, мэм.

Миссис Мерриуэзер покачала головой, и ее черные кудряшки запрыгали.

— Джин-Луиза, — сказала она, — тебе посчастливилось. Ты живешь в христианской семье, в христианском городе, среди христиан. А в том краю, где трудится Граймс Эверетт, царят грех и убожество.

— Да, мэм.

— Грех и убожество... Что вы говорите, Гертруда? — сказала миссис Мерриуэзер совсем другим голосом и повернулась к своей соседке слева. — А, да, да! Что ж, я всегда говорю: простим и забудем, простим и забудем. Долг церкви — помочь ей отныне жить, как подобает христианке, и в истинно христианском духе воспитывать детей. Кому-нибудь из наших мужчин следует пойти туда и сказать их священнику, чтобы он ее подбодрил.

— Прошу прощения, миссис Мерриуэзер, — перебила я, — это вы про Мэйеллу Юэл?

— Мэй... Нет, деточка! Про жену этого черного. Тома... Тома...

— Робинсона, мэм.

Миссис Мерриуэзер опять повернулась к своей соседке.

— В одно я глубоко верю, Гертруда, — продолжала она, — только, к сожалению, не все со мной согласны. Если мы дадим им понять, что мы их прощаем, что все забыто, это пройдет само собой.

— Э-э... миссис Мерриуэзер, — еще раз перебила я, — что пройдет само собой?

Она опять повернулась ко мне. Как многие бездетные люди, она с детьми всегда разговаривала каким-то не своим голосом.

— Ничего, Джин-Луиза, — медлительно и величаво сказала она. — Просто кухарки и работники на плантациях недовольны, но они уже успокаиваются, после этого суда они целый день ворчали. (И она повернулась к миссис Фарроу.) Вот что я вам скажу, Гертруда, нет на свете ничего противнее надутой черной физиономии. Надуют губы, прямо смотреть тошно. Зайдешь в кухню — и все настроение портится. Знаете, что я сказала своей Софи, Гертруда? Софи, сказала я, ты сегодня плохая христианка. Иисус Христос никогда не ворчал и не жаловался... И знаете, Гертруда, ей это пошло на пользу. То она все смотрела в пол, а тут подняла глаза и говорит: да, мэм, миссис Мерриуэзер, Иисус никогда не ворчал. Никогда не надо упускать случая направить грешную душу на стезю Господню — вот что я вам скажу, Гертруда.

Мне вспомнился старинный маленький орган в часовне на «Пристани Финча». Я тогда была совсем маленькая, и, если весь день вела себя хорошо, Аттикус позволял мне нагнетать воздух в мехи, а сам в это время одним пальцем подбирал какую-нибудь песенку. Последняя нота звучала до тех пор, пока в органе хватало воздуху. У миссис Мерриуэзер, видно, кончился весь воздух, и, пока она запасалась новым, миссис Фарроу приготовилась заговорить.

У миссис Фарроу была прекрасная фигура, бесцветные глаза и маленькие ножки. И седая голова вся в тугих колечках — видно, только-только от парикмахера. После миссис Мерриуэзер она считалась самой благочестивой женщиной в Мейкомбе. У нее была смешная привычка — она как-то присвистывала, перед тем как заговорить.

— С-с-с... то же самое я на днях говорила брату Хатсону. С-с-с... брат Хатсон, говорю я, мы, кажется, ведем безнадежную борьбу, безнадежную. С-с-с... а их это ничуть не трогает. Мы наставляем их до изнеможения, мы выбиваемся из сил, пытаясь обратить их на путь истинный, и все равно ни одна порядочная женщина в наши дни не может спокойно спать в своей постели. И он мне сказал: «Уж не знаю, миссис Фарроу, к чему мы идем». С-с-с... совершенно справедливо, вы совершенно правы, — говорю.

Миссис Мерриуэзер понимающе кивнула. Ее голос перекрыл позвякивание чашек и деликатное чавканье гостий, жующих сласти. Она сказала:

— Говорю вам, Гертруда, есть в нашем городе неплохие люди, которые глубоко заблуждаются. Хорошие люди, но они глубоко заблуждаются. А ведь они думают, что поступают правильно. Я не намерена называть имена, но кое-кто в нашем городе совсем недавно воображал, будто поступает правильно, а на самом деле только их взбудоражил. Только того и добился. Может быть, тогда казалось, что это правильно, я, конечно, не знаю, я в этом не так уж разбираюсь, но когда эти все ходят надутые... недовольные... Если б моя Софи и на другой день пришла такая, мне пришлось бы ее уволить, вот что я вам скажу. Этой черной дурехе и невдомек, что сейчас депрессия, а ей без моего доллара с четвертью в неделю не прожить, я ее только потому и держу.

— Ее кусок вам поперек горла не становится, нет?

Это сказала мисс Моди. И сердито сжала губы. Она все время молча сидела рядом со мной и держала на коленке чашку кофе. Я давно уже не прислушивалась к разговору, с тех пор, как перестали говорить про жену Тома Робинсона, гораздо интересней было вспоминать «Пристань Финча» и реку. Тетя Александра перепутала: пока они говорили о делах, было страшно и увлекательно, а за кофе я чуть не умерла со скуки.

— Право, я не понимаю, что вы имеете в виду, Моди, — сказала миссис Мерриуэзер.

— Прекрасно понимаете, — отрезала мисс Моди.

И больше не прибавила ни слова. Когда мисс Моди сердилась, она говорила мало, но так, что пробирала дрожь. Сейчас ее что-то очень рассердило, и ее серые глаза стали такие же ледяные, как и голос. Миссис Мерриуэзер покраснела, глянула на меня и отвела глаза. Ее соседку, миссис Фарроу, мне было не видно.

Тетя Александра поднялась из-за стола, быстро подошла к ним с каким-то угощением и оживленно заговорила с миссис Мерриуэзер и с миссис Гейтс. В разговор вступила миссис Перкинс, и тетя Александра стушевалась. Она с благодарностью посмотрела на мисс Моди, и я подумала — странный народ женщины. Тетя Александра никогда особенно не дружила с мисс Моди, а тут вдруг она ее за что-то молча благодарит. А за что — непонятно. Хорошо хоть, тетя Александра может быть благодарной за помощь, значит, ее все-таки можно пронять. Скоро и я войду в этот мир, где благоухающие леди, кажется, только и делают, что лениво покачиваются в качалках, медленно обмахиваются веерами и пьют прохладительные напитки, — этого не миновать.

Но с отцом и вообще среди мужчин мне куда лучше. Ведь мистер Гек Тейт ни за что не станет заманивать тебя в ловушку невинными вопросами, а потом поднимать на смех; Джим и тот не станет чересчур насмехаться, разве что ляпнешь какую-нибудь глупость. Дамы, по-моему, побаиваются мужчин и не очень-то их одобряют. А мне мужчины нравятся. Пускай они сколько угодно ругаются, и пьют, и в азартные игры играют, и табак жуют, а все равно в них что-то есть; пускай они не такие уж прекрасные, а мне они все равно нравятся... Они не...

— Лицемеры, миссис Перкинс, прирожденные лицемеры, — говорила миссис Мерриуэзер. — Мы здесь, на Юге, по крайней мере хоть в этом не грешны. А там их освободили, а за один стол с ними не садятся. Мы по крайней мере не обманываем их, не говорим: да, вы ничуть не хуже нас, но только держитесь от нас подальше. Мы просто говорим: вы живите по-своему, а мы будем жить по-своему. Эта самая миссис Рузвельт, видно, сошла с ума, — надо было просто-напросто сойти с ума, чтобы поехать в Бирмингем и заседать там вместе с ними... Будь я мэром Бирмингема, я бы...

Мэром Бирмингема никто из нас не был, а вот если бы мне на денек стать губернатором штата Алабама, я бы мигом выпустила Тома Робинсона на свободу, миссионерское общество и ахнуть бы не успело. На днях Кэлпурния говорила кухарке мисс Рейчел, что Том совсем отчаялся, и, когда я вошла в кухню, она не замолчала. Она сказала — ему тяжко в тюрьме, и тут уж Аттикус ничем ему помочь не может, и, перед тем как Тома увезли, он напоследок сказал Аттикусу — прощайте, мистер Финч, теперь вы ничего для меня сделать не можете, так что и не старайтесь зря. Кэлпурния сказала — Аттикус ей говорил: как только Тома взяли в тюрьму, тот сразу потерял надежду. Аттикус его все уговаривал, держись, мол, изо всех сил, не теряй надежду, а уж сам-то Аттикус изо всех сил старается, чтоб его освободили. Кухарка мисс Рейчел спросила, а почему Аттикус просто не сказал — тебя наверняка выпустят, и всё, ведь это было бы для Тома большое утешение. А Кэлпурния сказала — ты так говоришь, потому что не знаешь закона. Поживи в доме у законника, первым делом узнаешь — ни на что нельзя отвечать прямо «да» или «нет». Мистер Финч не мог его обнадежить, раз еще сам не знал наверняка.

Хлопнула парадная дверь, и я услышала в прихожей шаги Аттикуса. Который же это час? Он никогда не возвращается в такую рань. А уж в дни, когда у тети собирается миссионерское общество, задерживается в городе до поздней ночи.

Он остановился в дверях. Шляпу он держал в руке, лицо у него было совсем белое.

— Прошу прощения, сударыни, — сказал он. — Пожалуйста, продолжайте, я не хочу вам мешать. Александра, ты не выйдешь на минуту в кухню? Мне ненадолго нужна Кэлпурния.

Он прошел не через столовую, а через коридор и вошел в кухню с черного хода. Мы с тетей уже его ждали. Почти тотчас отворилась дверь столовой и вошла мисс Моди. Кэлпурния приподнялась с табуретки.

— Кэл, — сказал Аттикус, — ты мне нужна, мы сейчас поедем к Элен Робинсон...

— Что случилось? — испуганно спросила тетя Александра, не сводя с него глаз.

— Том умер.

Тетя Александра обеими руками зажала рот.

— Его застрелили, — сказал Аттикус. — Он пытался бежать. Во время прогулки. Говорят, он вдруг как безумный кинулся к забору и стал на него карабкаться. У всех на глазах.

— Неужели его не попытались остановить? Неужели стреляли без предупреждения? — Голос тети Александры дрожал.

— Нет, конечно, часовые кричали, чтоб он вернулся. Несколько раз стреляли в воздух, а уж потом в него.

Его убили, когда он был уже на самом верху. Говорят, если б не искалеченная рука, он убежал бы — так быстро это произошло. В него попало семнадцать пуль. Вовсе незачем было столько стрелять. Идем, Кэл, ты поможешь мне сказать Элен.

— Да, сэр, — пробормотала Кэл. Руки ее тряслись, она никак не могла развязать фартук. Мисс Моди подошла и помогла ей.

— Это последняя капля, Аттикус, — сказала тетя Александра.

— Все зависит от точки зрения, — сказал он. — У них там двести негров, не все ли равно — одним больше, одним меньше. Для них он не Том, а только арестант, который пытается удрать.

Аттикус прислонился к холодильнику, сдвинул очки на лоб и потер глаза.

— Мы вполне могли выиграть дело, — сказал он. — Я ему это говорил, но, по совести, я не мог обещать наверняка. А Том уже ничего хорошего не ждал от белых, вот он и решился на такой отчаянный шаг. Готова, Кэл?

— Да, сэр, мистер Финч.

— Тогда идем.

Тетя Александра опустилась на табуретку Кэлпурнии и закрыла лицо руками. Она не шевелилась, она сидела так тихо, я даже подумала — вдруг она сейчас упадет в обморок? Мисс Моди дышала так, будто только что поднялась по лестнице, а в столовой весело щебетали гостьи.

Я думала, тетя Александра плачет, но потом она отняла руки, а глаза были сухие. Только лицо усталое. Она заговорила ровным голосом, без всякого выражения.

— Не могу сказать, чтобы я одобряла все, что он делает, Моди, но он мой брат, и я хочу знать одно: когда же все это кончится? — Она повысила голос. — У него сердце разрывается. Он старается не подавать виду, но у него сердце разрывается. У него было такое лицо, когда... Чего еще им от него надо, Моди, чего им еще надо?

— Кому, Александра? — спросила мисс Моди.

— Этому городу. Они с удовольствием предоставляют ему делать за них все то, что не желают делать сами, потому что боятся потерять пятак! Они с удовольствием предоставляют ему делать то, что боятся делать сами, и пускай он загубит на этом свое здоровье, они...

— Тише, Александра, услышат, — сказала мисс Моди. — А ты никогда не думала об этом иначе? Понимают это у нас в Мейкомбе или не понимают, но мы ему платим самую высокую дань, какой только можно удостоить человека. Мы доверяем ему отстаивать справедливость. Вот и все.

— Кто «мы»? — Тетя Александра и не подозревала, что вторит вопросам своего двенадцатилетнего племянника.

— Горсточка людей, которые убеждены, что правда существует не только для белых; горсточка людей, которые убеждены, что суд должен быть справедливым для всех, не только для нас; горсточка людей, у которых довольно смирения, чтобы, глядя на негра, говорить себе: если б не милость Божья, я мог бы очутиться на его месте. — Голос мисс Моди опять звучал решительно, как всегда. — Горсточка мейкомбцев из хороших семей, вот кто!

Если бы я слушала повнимательней, я бы теперь немножко лучше поняла то, что толковал Джим о хорошем происхождении, но меня вдруг затрясло, и я никак не могла унять дрожь. Я один раз видела Энфилдскую тюремную ферму, и Аттикус показывал мне двор для прогулок. Он был большой, как футбольное поле.

— Перестань дрожать, — скомандовала мисс Моди, и я перестала. — Поднимайся, Александра, мы и так оставили их слишком надолго.

Тетя Александра встала и оправила платье. Вынула из-за корсажа платок и вытерла нос. Потом пригладила волосы и спросила:

— По мне что-нибудь заметно?

— Ровным счетом ничего, — сказала мисс Моди. — Ты взяла себя в руки, Джин-Луиза?

— Да, мэм.

— Тогда идемте к нашим дамам, — хмуро сказала она.

Она отворила дверь столовой, и голоса стали громче. Тетя Александра шла впереди меня, переступая порог, она высоко подняла голову.

— У вас пустая чашка, миссис Перкинс, — сказала она. — Позвольте, я налью вам еще кофе.

— Кэлпурнию послали ненадолго по делу, Грейс, — сказала мисс Моди. — Позвольте предложить вам тарталеток с ежевикой. Слыхали вы, что сделал на днях мой двоюродный брат, тот, который увлекается рыбной ловлей?..

Так они обходили столовую — от одной смеющейся гостьи к другой, наливали кофе, угощали сластями, как будто только и было огорчений, что приходится пока хозяйничать без Кэлпурнии.

Вся столовая уже снова негромко жужжала.

— Да-с, миссис Перкинс, этот Граймс Эверетт — святой мученик... Надо было жениться, они и сбежали... Каждую субботу в косметическом кабинете... Как только зайдет солнце... Он ложится в постель с... С курами, да, корзина с больными курами. Фред говорит, с этого все и началось. Фред говорит...

Тетя Александра посмотрела на меня через стол и улыбнулась. И кивком показала на блюдо с домашним печеньем. Я осторожно подняла блюдо и тихонько двинулась к миссис Мерриуэзер. Так любезно, как только умела, я спросила, не угодно ли ей печенья. В конце концов, если в такую минуту тетя может оставаться настоящей леди, так и я могу.

Глава 25

— Не надо, Глазастик. Отнеси ее за порог.

— Джим, ты что, спятил?

— Сказано тебе, отнеси ее за порог.

Я вздохнула, подобрала гусеницу с полу, отнесла на заднее крыльцо и вернулась на свою раскладушку. Был уже сентябрь, но ночи все еще стояли теплые, и мы по-прежнему спали на задней веранде. Еще не исчезли светляки, и всякие ночные жучки и мотыльки, которые все лето вечерами бьются в сетку, еще не переселились куда-то, как всегда осенью. Гусеница, наверно, вползла по ступенькам, а потом под дверью. Я увидела ее, когда положила книжку на пол возле раскладушки. Эти гусеницы не длинней дюйма, а если до нее дотронуться, она сразу сворачивается в тугой серый клубок. Я растянулась на животе и ткнула в гусеницу пальцем. Она свернулась. Потом, наверно, решила, что опасность миновала, и медленно развернулась. Все ее сто ног задвигались, она немножко проползла, и я опять ее тронула. Она свернулась. Мне хотелось спать, и я решила ее прикончить. Я уже протянула руку, и тут меня остановил Джим.

Он смотрел сердито. Наверно, это тоже потому, что у него такая полоса; уж скорей бы он с ней разделался. Конечно, животных Джим никогда не мучил, но я понятия не имела, что он жалеет еще и насекомых.

— А почему нельзя ее раздавить? — спросила я.

— Потому, что она тебе не мешает, — в темноте ответил Джим. Он уже погасил свою лампу.

— Значит, ты теперь не убиваешь ни мух, ни москитов, такая, значит, у тебя полоса, — сказала я. — Когда передумаешь, ты мне скажи. Только я не дам, чтоб меня кусали муравьи, так и знай.

— А, заткнись ты... — сонным голосом отозвался Джим.

Это Джим с каждым днем все больше становился похож на девчонку, а совсем не я. Я удобно улеглась на спину и собралась спать, а пока что думала про Дилла. Он уехал первого сентября и пообещал вернуться в ту же минуту, как начнутся каникулы, — кажется, до его родных наконец дошло, что он любит проводить лето в Мейкомбе. Мисс Рейчел взяла нас с собой в такси на станцию, и Дилл махал нам из окна вагона, пока совсем не исчез с глаз долой. Но не из сердца вон: я по нему скучала. За последние два дня Джим научил его плавать...

Я вспомнила, что мне тогда рассказал Дилл, и всякий сон прошел.

К Заводи ведет проселочная дорога, которая сворачивает от Меридианского шоссе примерно в миле от города. По шоссе всегда подвезут — или на фургоне с хлопком, или на попутной машине, а по проселку дойти совсем недалеко; но возвращаться домой в сумерки, когда машин почти уже нет и приходится всю дорогу идти пешком, не так-то приятно, и поэтому купальщики стараются не задерживаться допоздна.

Дилл рассказывал, они только вышли с Джимом на шоссе и вдруг видят — навстречу едет Аттикус. Он вроде их и не заметил, и они замахали руками. Тогда он наконец затормозил. Они к нему подбежали, а он говорит:

— Вы лучше подождите какую-нибудь машину, которая идет в город. А я сейчас не домой.

Сзади сидела Кэлпурния.

Джим заспорил, потом стал просить, и Аттикус сказал:

— Ладно, поезжайте с нами, только уговор: из машины не выходить.

По дороге к дому Тома Робинсона Аттикус рассказал им, что случилось.

Свернули с шоссе и мимо свалки, мимо Юэлов медленно поехали к негритянскому поселку. Во дворе у Тома целая куча черных ребятишек играла в камешки. Аттикус остановил машину и вышел. Кэлпурния пошла за ним во двор.

Дилл слышал — Аттикус спросил одного из мальчишек:

— Где твоя мама, Сэм?

И Сэм ответил:

— Она у Стивенсов, мистер Финч. Сбегать за ней?

Аттикус сперва вроде не знал, как быть, потом сказал — ладно, и Сэм побежал со всех ног.

— Играйте, играйте, мальчики, — сказал Аттикус ребятам.

Из дома вышла совсем маленькая девочка и уставилась на Аттикуса. Во все стороны у нее торчали тоненькие косички, и на каждой — яркий бант. Она улыбнулась во весь рот и заковыляла к Аттикусу, но она была совсем маленькая и не умела сойти со ступенек. Дилл сказал — Аттикус подошел к ней, снял шляпу и протянул ей палец. Она уцепилась за палец, и Аттикус помог ей сойти с крыльца. Потом подвел ее к Кэлпурнии.

Тут пришла Элен, за ней вприпрыжку бежал Сэм. Элен сказала:

— Добрый вечер, мистер Финч. Не присядете ли?

И замолчала. И Аттикус стоит и молчит.

— И вдруг она упала, Глазастик, — сказал Дилл. — Как стояла, так и упала, будто какой-то великан наступил на нее и раздавил. Вот так — хлоп! — Дилл топнул ногой. — Прямо как букашку.

Кэлпурния с Аттикусом подняли Элен и повели в дом, а у нее ноги не идут. Их долго не было, потом вышел один Аттикус. Когда ехали обратно мимо свалки, кто-то из Юэлов что-то заорал вслед, но что, Дилл не разобрал. О смерти Тома в Мейкомбе говорили два дня; за два дня о случившемся успел узнать весь округ. «Слыхали?.. Нет?.. Говорят, он как помчится со всех ног...» Жителей Мейкомба ничуть не удивила смерть Тома.

Ясное дело, сдуру дал тягу. Черномазые — они все безмозглые, где уж им думать о будущем, вот и кинулся бежать очертя голову, себе же на погибель. И ведь вот что забавно: Аттикус Финч, наверно, вызволил бы его, но ждать?.. Черта с два. Все они такие. Никакой положительности в них нет. И ведь этот самый Робинсон был женат по закону, говорят, содержал себя чисто, церковь посещают, все как полагается, а как дошло до дела, так и выходит — все одна только видимость. Черномазый — он черномазый и есть.

Собеседник, в свою очередь, сообщал кое-какие подробности, а потом уже и говорить стало не о чем до самого четверга, когда вышла «Мейкомб трибюн». В колонке, посвященной жизни цветных, появился коротенький некролог, но была еще и передовая.

Мистер Б. Андервуд не пожалел резких слов и нисколько не опасался, что потеряет на этом подписчиков и объявления. (Впрочем, жители Мейкомба не таковы: мистер Андервуд может драть глотку сколько влезет и писать все, что в голову взбредет, подписчики и объявления останутся при нем. Хочешь выставлять себя в своей газете на посмешище — сделай милость.) Мистер Андервуд не вдавался в рассуждения о судебных ошибках, он писал так ясно, что его понял бы и ребенок. Он просто объяснял, что убивать калек — грех, все равно, стоят ли они, сидят или бегут. Он сравнивал смерть Тома с бессмысленным убийством певчих птиц, которых истребляют охотники и дети, — ударился в поэзию, решил Мейкомб, надеется, что его передовую перепечатает «Монтгомери эдвертайзер».

Как же это так, думала я, читая передовую мистера Андервуда. Бессмысленное убийство?.. До последнего

часа в деле Тома все шло по закону, его судили откры-
тым судом, и приговор вынесли двенадцать хороших,
честных людей; мой отец защищал его как мог. Но потом я поняла, что хотел сказать мистер Андервуд: Аттикус изо всех сил старался спасти Тома Робинсона,
старался доказать этим людям, что Том не виновен, но
все было напрасно, ибо в глубине души каждый из них
уже вынес приговор. Том был обречен в ту самую минуту, когда Мэйелла Юэл подняла крик.

От одного имени Юэл меня затошнило. Всему Мейкомбу сразу же стало известно мнение мистера Юэла
о кончине Тома, а по каналу, по которому всегда без-
отказно передавались сплетни — через мисс Стивени
Кроуфорд, — оно докатилось и до нас. При Джиме (глупости, он уже не маленький, пускай слушает) мисс Стивени рассказала тете Александре, что мистер Юэл сказал — один готов, осталось еще двое. Джим сказал — я
зря трушу, этот Юэл просто трепло. И еще сказал —
если я проболтаюсь Аттикусу, если хоть как-то покажу
ему, что я знаю, он, Джим, никогда больше не станет
со мной разговаривать.

Глава 26

Опять начались занятия, опять мы каждый день шагали мимо дома Рэдли. Джим был теперь в седьмом
классе и учился в другой школе, а я — в третьем классе, и расписание у нас было совсем разное, так что мы
только утром ходили вместе в школу да встречались за
столом. Он бегал на футбол, но ему еще не хватало ни
лет, ни силы, и он пока только ведрами таскал коман-

де воду. Но и это он делал с восторгом и почти каждый день пропадал там до темноты.

Дом Рэдли стоял под гигантскими дубами все такой же мрачный, угрюмый и неприветливый, но я его больше не боялась. В погожие дни мистер Натан Рэдли по-прежнему ходил в город; Страшила, конечно, все еще сидел там у себя — ведь никто пока не видел, чтобы его оттуда вынесли. Иногда, проходя мимо старого дома, я чувствовала угрызения совести: как мы, наверно, тогда мучили Артура Рэдли — какому же затворнику приятно, когда дети заглядывают к нему в окна, забрасывают удочкой письма и по ночам бродят на задах его дома?

И несмотря на все это — два пенни с головами индейцев, жевательная резинка, куколки из мыла, медаль, сломанные часы на цепочке. Джим, наверно, где-нибудь все это припрятал. Один раз я приостановилась и посмотрела на то дерево: ствол вокруг цементной пломбы стал толще. А сама пломба пожелтела.

Раза два мы его чуть не увидали, этим не всякий может похвастать.

Но каждый раз, когда я проходила мимо, я надеялась его увидеть. Может, когда-нибудь мы его все-таки увидим. Интересно, как это будет: вот я иду мимо, а он сидит на качелях.

«Здрасте, мистер Артур», — скажу я, будто всю жизнь с ним здороваюсь.

«Добрый вечер, Джин-Луиза, — скажет он, будто всю жизнь здоровается со мной. — Просто прелесть что за погода, правда?»

«Да, сэр, просто прелесть», — скажу я и пойду своей дорогой.

Но это все только мечты. Никогда мы его не увидим. Он, наверно, и правда выходит из дому, когда зайдет луна, и заглядывает в окно к мисс Стивени Кроуфорд. Я бы уж лучше смотрела на кого-нибудь другого, но это его дело. А на нас он и не поглядит никогда.

— Уж не взялась ли ты опять за старое? — спросил Аттикус однажды вечером, когда я вдруг заявила, что надо же мне, пока жива, хоть раз поглядеть на Страшилу Рэдли. — Если так, я тебе сразу скажу: прекрати это. Я слишком стар, чтобы гонять тебя с их двора. К тому же лазить там опасно. Тебя могут застрелить. Ты ведь знаешь, мистер Натан стреляет в каждую тень, даже в босоногую, которая оставляет следы тридцатого размера. Тебе повезло, что ты осталась жива.

Я тут же прикусила язык, и подумала — какой Аттикус замечательный. Ведь за все время он первый раз показал нам, что знает кое о чем куда больше, чем мы думали. А ведь все это было сто лет назад. Нет, только летом... нет, прошлым летом, когда... Что-то у меня все спуталось. Надо спросить Джима.

Столько всего с нами случилось с тех пор, и оказывается, Страшила Рэдли — не самое страшное. Аттикус сказал — он не думает, что еще что-нибудь случится, жизнь всегда быстро входит в колею. Пройдет время — и забудут, что жил когда-то на свете Том Робинсон, из-за которого было столько разговоров.

Может, Аттикус и прав, но от того, что случилось этим летом, мы не могли вздохнуть свободно — будто в комнате, где душно и накуренно. Мейкомбские жители никогда не говорили со мной и с Джимом о деле Тома; наверно, они говорили об этом со своими детьми, и смотрели они на это, видимо, так: мы не виноваты, что Аттикус наш отец, и поэтому, несмотря на Аттикуса, пускай дети будут к нам снисходительны. Сами дети нипочем бы до этого не додумались. Если б наших одноклассников не сбивали с толку, каждый из нас раз-другой подрался бы, и на том бы все и кончилось. А так нам приходилось высоко держать голову и вести себя, как полагается джентльмену и леди. Это немножко напоминало эпоху миссис Генри Лафайет Дюбоз, только никто на нас не орал. Но вот что чудно́ и непонятно: хоть Аттикус, по мнению Мейкомба, и плохой отец, а в законодательное собрание штата его все равно опять выбрали единогласно. Нет, видно, все люди какие-то странные, и я стала держаться от них подальше и не думала про них, пока можно было.

Но однажды в школе мне волей-неволей пришлось о них подумать. Раз в неделю у нас бывал час текущих событий. Каждый должен был вырезать из газеты статью, внимательно прочитать и пересказать в классе. Предполагалось, будто это убережет ребят от многих бед: ученику придется стоять у всех на виду — и он постарается принять красивую позу и приобретет хорошую осанку; ему придется коротко пересказать прочитанное — и он научится выбирать слова; ему придется запомнить текущие события, а это укрепит его память; ему придется стоять одному, а это усилит его желание оказаться опять вместе со всеми.

Весьма глубокий замысел, но, как обычно, в Мейкомбе из него не вышло ничего путного. Во-первых, дети фермеров газет почти никогда и не видали, так что текущие события обременяли одних городских ребят, и это окончательно убеждало загородных, что учителя заняты только городскими. Те же из загородных, кому попадались газеты, обычно выбирали статьи из «Кукурузного листка», который наша учительница мисс Гейтс и за газету-то не считала. Не знаю, почему она хмурилась, когда кто-нибудь пересказывал статью из «Кукурузного листка», но, кажется, в ее глазах это было все равно что есть на обед булочки с патокой, пиликать на скрипке, притопывая, вертеться перед зеркалом, распевать «Сладко пение осла» — в общем, делать все то, что считалось деревенскими обычаями и от чего учителя должны отучать, за это им и деньги платят.

Но все равно мало кто из нас понимал, что такое текущие события. Коротышка, великий знаток коров и коровьих привычек, подошел уже к середине рассказа про дядюшку Нэтчела, но тут мисс Гейтс остановила его:

— Это не текущие события, Чарлз. Это реклама.

А вот Сесил Джейкобс знал, что такое текущие события. Когда настал его черед, он вышел к доске и начал:

— Старик Гитлер...

— Адольф Гитлер, Сесил, — поправила мисс Гейтс. — Когда о ком-нибудь говоришь, не надо называть его стариком.

— Да, мэм, — сказал Сесил. — Старик Адольф Гитлер расследует евреев...

— Преследует, Сесил...

— Нет, мэм, мисс Гейтс, тут так написано... Ну и вот, старик Адольф Гитлер гоняет евреев, сажает их в тюрьмы, отнимает все ихнее имущество и ни одного не выпускает за границу, и он стирает всех слабоумных.

— Стирает слабоумных? Стирает с лица земли?

— Да нет же, мэм, мисс Гейтс, ведь у них-то ума не хватает постирать да помыться; полоумный-то разве может содержать себя в чистоте? Ну и вот, теперь Гитлер затеял прижать всех полуевреев и не спустит их с глаз, боится, как бы они ему чего не напортили, и, по-моему, это дело плохое, такое мое текущее событие.

— Молодец, Сесил, — сказала мисс Гейтс.

И Сесил гордый пошел на свое место.

На задней парте кто-то поднял руку.

— Как это он так может?

— Кто может и что именно? — спросила мисс Гейтс.

— Ну, как Гитлер может взять да и засадить столько народу за решетку, а где же правительство, что ж его не остановят?

— Гитлер сам правительство, — сказала мисс Гейтс и сразу воспользовалась случаем превратить обучение в активный процесс; она подошла к доске и большими печатными буквами написала: ДЕМОКРАТИЯ.

— «Демократия», — прочла она. — Кто знает, что это такое?

— Это мы, — сказал кто-то.

Я вспомнила лозунг, который мне один раз во время выборов объяснял Аттикус, и подняла руку.

— Так что же это, по-твоему, Джин-Луиза?

— Равные права для всех, ни для кого никаких привилегий, — процитировала я.

— Молодец, Джин-Луиза, молодец. — Мисс Гейтс улыбнулась. Перед словом «демократия» она такими же большими печатными буквами приписала: У НАС. — А теперь скажем все вместе: у нас демократия.

Мы сказали.

— Вот в чем разница между Америкой и Германией, — сказала мисс Гейтс. — У нас демократия, а в Германии диктатура. Дик-та-ту-ра. Мы в нашей стране никого не преследуем. Преследуют другие люди, зараженные предрассудками. Пред-рас-су-док, — произнесла она по слогам. — Евреи — прекрасный народ, и я просто понять не могу, почему Гитлер думает иначе.

Кто-то любознательный в среднем ряду спросил:

— А как по-вашему, мисс Гейтс, почему евреев не любят?

— Право, не знаю, Генри. Они полезные члены общества в любой стране, более того, это народ глубоко религиозный. Гитлер хочет уничтожить религию, может быть, поэтому он их и не любит.

— Я, конечно, не знаю, — громко сказал Сесил, — но они вроде меняют деньги или еще чего-то, только все равно, что ж их за это преследовать! Ведь они белые, верно?

— Вот пойдешь в седьмой класс, Сесил, — сказала мисс Гейтс, — тогда узнаешь, что евреев преследуют с незапамятных времен, их даже изгнали из их собственной страны. Это одна из самых прискорбных страниц в истории человечества. А теперь займемся арифметикой, дети.

Я никогда не любила арифметику и просто стала смотреть в окно. Только один-единственный раз я видела Аттикуса по-настоящему сердитым — когда Элмер Дейвис по радио рассказывал про Гитлера. Аттикус рывком выключил приемник и сказал: «Ф-фу!» Как-то я его спросила, почему он так сердит на Гитлера, и Аттикус сказал:

— Потому, что он бешеный.

Нет, так не годится, раздумывала я, пока весь класс решал столбики. Один бешеный, а немцев миллионы. По-моему, они бы сами могли засадить его за решетку, а не давать, чтоб он их сажал. Что-то еще здесь не так... Надо спросить Аттикуса.

Я спросила, и он ответил — не может он ничего сказать, сам не понимает, в чем тут дело.

— Но это хорошо — ненавидеть Гитлера?

— Ничего нет хорошего, когда приходится кого-то ненавидеть.

— Аттикус, — сказала я, — все-таки я не понимаю. Мисс Гейтс говорит — это ужас, что Гитлер делает, она даже стала вся красная...

— Другого я от нее и не ждал.

— Но тогда...

— Что тогда?

— Ничего, сэр.

И я ушла, я не знала, как объяснить Аттикусу, что у меня на уме, как выразить словами то, что я смутно чувствовала. Может, Джим мне растолкует. В школьных делах Джим разбирается лучше Аттикуса.

Джим весь день таскал воду и совсем выбился из сил. На полу около его постели стояла пустая бутылка из-под молока и валялась кожура от десятка бананов, не меньше.

— Что это ты сколько всего уплел? — спросила я.

— Тренер говорит, если я через год наберу двадцать пять фунтов, я смогу играть, — сказал он. — А так быстрей всего поправишься.

— Если только тебя не стошнит, — сказала я. — Джим, мне надо у тебя кое-что спросить.

— Давай выкладывай. — Он отложил книгу и вытянул ноги.

— Мисс Гейтс хорошая, правда?

— Хорошая. Мы у нее учились, она ничего.

— Она знаешь как ненавидит Гитлера...

— Ну и что?

— Понимаешь, сегодня она говорила, как нехорошо, что он так скверно обращается с евреями. Джим, а ведь преследовать никого нельзя, это несправедливо, правда? Даже думать про кого-нибудь по-подлому нельзя, правда?

— Да, конечно, Глазастик. Какая тебя муха укусила?

— Понимаешь, мы когда в тот раз выходили из суда, мисс Гейтс... она шла по лестнице перед нами... ты, наверно, ее не видел... она разговаривала с мисс Стивени Кроуфорд. И вот она сказала — пора их проучить, они совсем от рук отбились, скоро, пожалуй, станут навязываться нам в мужья. Как же так, Джим, сама ненавидит Гитлера, а сама так противно говорит про наших здешних...

Джим вдруг рассвирепел. Он соскочил с кровати, схватил меня за шиворот да как тряхнет!

— Не хочу больше слышать про этот суд, не хочу и не хочу! Ясно? Не смей больше про это говорить, ясно? А теперь убирайся!

Я так удивилась — даже не заплакала. На цыпочках вышла из комнаты и как можно тише притворила за собой дверь, а то еще Джим услышит стук и опять разозлится. Я вдруг очень устала и захотела к Аттикусу. Он был в гостиной, я подошла и хотела взобраться к нему на колени.

Аттикус улыбнулся:

— Ты уже такая большая, что не умещаешься у меня на коленях. — Он прижал меня покрепче и сказал тихонько: — Ты не расстраивайся из-за Джима, Глазастик. У него сейчас трудное время. Я слышал, как он на тебя накричал.

Аттикус сказал — Джим очень старается что-то забыть, но забыть он не сможет, он может только до поры до времени об этом не думать. А немного погодя он опять сможет об этом думать — и тогда во всем сам разберется. И тогда он опять станет самим собой.

Глава 27

Как и говорил Аттикус, понемногу все уладилось. До середины октября все в Мейкомбе шло как обычно, только с двумя горожанами случилось два незначительных происшествия. Нет, три, и прямо они нас, Финчей, не касались, но немножко все-таки касались.

Первое — мистер Боб Юэл получил и почти сразу потерял работу, в тридцатые годы это был единственный случай, я никогда не слыхала, чтобы еще кого-нибудь, кроме него, уволили с общественных работ за лень. Короткая вспышка славы породила еще более короткую вспышку усердия, но его работа длилась не дольше его известности: очень скоро о нем забыли так же, как и о Томе Робинсоне. Тогда он опять стал аккуратно каждую неделю являться за пособием и, получая чек, угрюмо ворчал что-то насчет разных ублюдков, которые воображают, будто управляют городом, а честному человеку не дают заработать на жизнь. Рут Джоунз, которая выдавала пособие, рассказывала — мистер Юэл прямо говорил, будто Аттикус отнял у него работу. Она совсем расстроилась, даже пошла к Аттикусу в контору и все ему рассказала. Аттикус сказал — пускай мисс Рут не волнуется, если Боб Юэл желает обсудить это с ним, дорога в контору ему известна.

Второе происшествие случилось с судьей Тейлором. Судья Тейлор не посещал воскресную вечернюю службу, а миссис Тейлор посещала. Воскресные вечера судья Тейлор с наслаждением проводил один в своем большом доме, он уютно устраивался в кабинете и читал записки Боба Тейлора (с которым он хоть и не состоял в родстве, но очень был бы рад состоять). В один из таких вечеров судья упивался витиеватым стилем и цветистыми метафорами и вдруг услышал какое-то противное царапанье.

— Пшла вон, — приказал судья своей разжиревшей дворняге по имени Энн Тейлор.

Но никакой собаки в комнате не было, царапанье доносилось откуда-то со стороны кухни. Судья Тейлор, тяжело ступая, пошел к черному ходу, чтобы выпустить Энн, и оказалось — дверь веранды качается, будто ее только что распахнули. Какая-то тень мелькнула за углом, но кто это, судья не разобрал. Когда миссис Тейлор вернулась из церкви, муж сидел в кресле, погруженный в записки Боба Тейлора, а на коленях у него лежал дробовик.

Третье происшествие случилось с Элен Робинсон, вдовой Тома. Если мистера Юэла забыли, как Тома Робинсона, то и Тома Робинсона забыли, как когда-то Страшилу Рэдли. Но мистер Линк Диз, у которого работал Том, не забыл его. Мистер Линк Диз взял на работу Элен. Она ему была даже не нужна, но он сказал — у него на душе уж очень тяжко: скверно все получилось. Я так и не поняла, кто же присматривает за детьми Элен, пока ее нет дома. Кэлпурния говорила — Элен тяжело, ей каждый день приходится делать крюк, лишнюю милю, чтобы обойти Юэлов; в первый раз она пошла мимо их дома, а они стали швырять в нее чем попало. Мистер Линк Диз заметил, что она каждое утро приходит не с той стороны, и в конце концов допытался у нее почему.

— Это ничего, сэр, мистер Линк, вы, пожалуйста, не беспокойтесь, — просила его Элен.

— Черта с два, — сказал мистер Линк.

Он велел ей после работы прийти к нему в магазин. Она пришла, и мистер Линк запер магазин, нахлобучил шляпу и пошел ее провожать. Он повел Элен короткой дорогой, мимо Юэлов. На обратном пути он остановился у их развалившихся ворот.

— Юэл! — крикнул он. — Эй, Юэл!

Из окон всегда глазели бесчисленные Юэлы-младшие, но сейчас не видно было ни души.

— Знаю я вас, все попрятались, лежите на полу. Так вот, имей в виду, Боб Юэл: если я еще хоть раз услышу, что ты не даешь моей Элен ходить этой дорогой, ты у меня мигом попадешь за решетку, так и знай! — Мистер Линк сплюнул и пошел домой.

На следующее утро Элен пошла на работу короткой дорогой. Никто в нее ничем не швырял, но, когда она миновала дом Юэлов, она обернулась и увидела, что мистер Юэл идет за ней. Она пошла дальше, а он все не отставал и дошел за ней до самого дома мистера Линка Диза. И всю дорогу он вполголоса ругался всякими словами. Она совсем перепугалась и позвонила мистеру Линку Дизу в магазин, который был неподалеку от дома. Мистер Линк вышел из магазина и видит — мистер Юэл облокотился на его забор.

— Чего вытаращился на меня, Линк Диз, будто я невидаль какая? Я не лезу к тебе в дом...

— Во-первых, не висни на моем заборе, ты, вонючее отродье. Мне не по карману красить его заново. Во-вторых, держись подальше от моей кухарки, не то пойдешь под суд за посягательство на женскую честь.

— Я ее пальцем не тронул, Линк Диз, охота была связываться с черномазой!

— А для этого и трогать не надо, хватит того, что ты ее напугал, а если за словесное оскорбление под замок не сажают, я тебя притяну по закону об оскорблении женщины, так что убирайся с глаз долой! Лучше ты ее не трогай, со мной шутки плохи!

Мистер Юэл, видно, понял, что это не шутки, —Элен больше на него не жаловалась.

— Не нравится мне это, Аттикус, очень не нравится, — отозвалась об этих событиях тетя Александра. — Этот Юэл, видно, затаил злобу на всех, кто связан с тем делом. Такие люди ужасно мстительны, я только не понимаю, почему он не успокоился после суда... Он же своего добился?

— А я, кажется, понимаю, — сказал Аттикус. — В глубине души он, наверно, сознает, что мало кто в Мейкомбе поверил их с Мэйеллой россказням. Он-то думал оказаться героем, а что получилось!... Ладно, негра мы осудим, а ты, голубчик, убирайся-ка обратно на свалку. Но теперь он как будто свел счеты со всеми, так что он должен бы быть доволен. Вот погода переменится — и он тоже успокоится.

— Но зачем он забрался к Джону Тейлору? Он, видно, не знал, что Джон дома, а то бы не полез... По воскресеньям вечерами у Джона свет горит только в кабинете и на парадном крыльце...

— Мы ведь не знаем наверняка, что это Боб Юэл забрался к Тейлору, — сказал Аттикус. — Хотя я догадываюсь, в чем дело. Я обличил его во лжи, а Джон выставил его дураком. Все время, пока Юэл давал показания, я боялся взглянуть на Джона, боялся, что не удержусь от смеха. Джон смотрел на него такими глазами, словно увидел цыпленка о трех ногах или квадратное яйцо. Так что ты меня не уверяй, будто судьи не пытаются влиять на присяжных. — Аттикус усмехнулся.

К концу октября наша жизнь вошла в привычную колею: школа, игры, уроки.

Джиму, видно, удалось выкинуть из головы то, что он хотел забыть, а наши одноклассники милостиво позволили нам забыть о странностях нашего отца. Сесил Джейкобс один раз спросил меня — может, Аттикус радикал? Я спросила Аттикуса, и это его так насмешило, я даже обиделась, но он сказал — это он не надо мной смеется.

— Скажи Сесилу, что я такой же радикал, как дядюшка Римус.

Тетя Александра процветала. Мисс Моди, видно, одним махом заткнула рот всему миссионерскому обществу, и тетя опять там всем заправляла. Угощения ее стали еще восхитительнее. Из рассказов миссис Мерриуэзер я еще больше узнала про жизнь несчастных мрунов: они совсем не знают семейных уз, все племя — одна большая семья. У ребенка столько отцов, сколько в селении мужчин, и столько матерей, сколько женщин. Граймс Эверетт прямо из сил выбивается, хочет научить их уму-разуму, и ему никак не обойтись без наших молитв.

Мейкомб опять стал самим собой. Он теперь совсем такой же, как в прошлом году и в позапрошлом, если не считать двух небольших перемен. Во-первых, из витрин и с окон автомашин исчезли плакатики Национальной администрации возрождения промышленности — «Мы вносим свою лепту». Я спросила Аттикуса, почему их сняли, и он сказал — НАВП скончалась. Я спросила, кто ее убил, и он сказал — девять старцев*.

Вторая перемена в Мейкомбе не имела государственного значения. Прежде канун Дня всех святых в Мейкомбе праздновали как придется. Ребята развлекались кто как умел, а если одному вздумается куда-нибудь что-нибудь взгромоздить, ну, например, легкую коляску на крышу платной городской конюшни, в помощниках недостатка не было. Но родители решили, что в прошлом году, когда нарушен был покой мисс Тутти и мисс Фрутти, дело зашло уж слишком далеко.

Сестры Барбер мисс Тутти и мисс Фрутти были старые девы, и жили они в единственном на весь Мейкомб доме с подвалом. Про них говорили, будто они из рес-

---

* Национальная администрация возрождения промышленности — одно из управлений, созданных президентом Рузвельтом после кризиса 1929—1930 гг. Против мер, проводимых Рузвельтом, выступал, в частности, Верховный суд, состоящий из девяти членов, выбираемых пожизненно.

публиканцев, ведь они переселились к нам из Клентона, штат Алабама, в 1911 году. Их привычки всех нас удивляли, и никто не понимал, зачем им понадобился подвал, но он им понадобился и был вырыт, и остаток жизни они только и делали, что гоняли оттуда все новые поколения юных мейкомбцев.

Мало того, что по своим привычкам мисс Тутти и мисс Фрутти (на самом деле их звали Сара и Фрэнсис) были янки, они были еще и глухие. Мисс Тутти не признавалась в этом и жила в мире безмолвия, но мисс Фрутти была очень любопытная и завела себе слуховую трубку, такую большую, что Джим сказал — это граммофонная труба.

Ребята все это знали и помнили. День всех святых был уже на носу, и вот несколько озорников дождались, пока обе мисс Барбер уснули крепким сном, пробрались к ним в гостиную (во всем городе на ночь запирались одни только Рэдли) и потихоньку перетаскали оттуда в подвал всю мебель. Свое участие в этой вылазке я решительно отрицаю.

— Я их слышала! — Этот вопль разбудил ни свет ни заря соседей мисс Тутти и мисс Фрутти. — Грузовик подъехал к самым дверям! Они топали, как лошади. Теперь они, наверно, уже в Новом Орлеане!

Мисс Фрутти была уверена, что их мебель похитили бродячие торговцы мехом, которые два дня назад проезжали через Мейкомб.

— Они такие че-ор-ные, — говорила она. — Сирийцы.

Был вызван мистер Гек Тейт. Он осмотрел место происшествия и сказал — это работали свои, мейкомбские. Мисс Тутти сказала — мейкомбских она всегда по говору узнает, а ночью у них в гостиной разговаривали не по-мейкомбски.

Мисс Тутти требовала ищеек, на меньшее она не согласна, и мистеру Тейту пришлось отшагать за ними десять миль. Мистер Тейт пустил собак по следу, а они от парадного крыльца сразу же кинулись вокруг дома и стали лаять на дверь, ведущую в подвал. Три раза мистер Тейт подводил их к парадному крыльцу и отпускал, и все три раза они бежали к подвалу. Тогда он наконец догадался. К полудню никто из ребят уже не появлялся на улице босиком и никто не снимал башмаков, пока собак не увели.

И вот мейкомбские леди решили: в этом году все будет по-другому. Школьный зал будет открыт, взрослым покажут живые картины, а для детей будут разные забавы — «лови яблоко», «помадка на веревочке», «поймай осла за хвост». Кроме того, за лучший самодельный костюм для маскарада будет выдан приз — двадцать пять центов.

Мы с Джимом взвыли. Не то чтобы мы собирались что-нибудь такое учинить — дело в принципе. Джим считал — он все равно уже слишком взрослый для Дня всех святых; он сказал — его в этот вечер в школу не заманишь. Ну и ладно, решила я, меня проводит Аттикус.

Но скоро я узнала, что в этот вечер буду представлять на сцене. Миссис Грейс Мерриуэзер придумала удивительно оригинальную живую картину под названием «Округ Мейкомб — AD ASTRA PER ASPERA»*, и

---

* Миссис Мерриуэзер здесь неточно передает, а далее и неточно переводит известное латинское изречение: per aspera ad astra — «Через тернии — к звездам».

я буду представлять окорок. Она решила, это будет восхитительно, если дети в костюмах изобразят сельскохозяйственную продукцию нашего округа. Сесила Джейкобса нарядят коровой; из Эгнес Бун выйдет прелестная восковая фасоль; еще кто-нибудь будет земляным орехом, и еще много-много всего — пока не иссякнут воображение миссис Мерриуэзер и запас детей.

Как я поняла на двух репетициях, от нас только и требовалось — выйти слева из-за сцены, едва миссис Мерриуэзер нас назовет (она была не только автор, но и ведущая). Вот она выкрикнет: «Окорок!» — значит, мне выходить. А под конец мы все торжественно споем: «Мейкомб, Мейкомб, тебе верны навеки» — и миссис Мерриуэзер развернет флаг нашего штата.

Мой костюм нетрудно было придумать. У миссис Креншо, городской портнихи, было ничуть не меньше воображения, чем у миссис Мерриуэзер. Миссис Креншо взяла проволочную сетку и согнула ее в форме копченого окорока. Обтянула сетку коричневой материей и раскрасила, как окорок. Я присяду, и кто-нибудь на меня сверху эту штуковину нахлобучит. Она доходила мне почти до коленей. Миссис Креншо заботливо прорезала для меня два глазка. Она очень хорошо все сделала, Джим сказал — я настоящий окорок с ногами. Правда, были тут и кое-какие неудобства: в костюме было жарко, тесно, и нос не почешешь, и никак не вылезешь без посторонней помощи.

Я думала, когда наступит День всех святых, вся наша семья придет смотреть, как я представляю, но меня ждало разочарование. Аттикус очень старался меня не обидеть и все-таки сказал — он сегодня очень устал и ему не под силу смотреть живые картины. Он целую неделю провел в Монтгомери и вернулся только под вечер. Но если я попрошу Джима, надо полагать, Джим меня проводит.

Тетя Александра сказала — ей просто необходимо пораньше лечь, она весь день украшала сцену и совсем измучилась... И вдруг она замолчала на полуслове. Опять открыла рот, хотела что-то сказать, но так и не сказала.

— Тетя, что с вами? — спросила я.

— Нет-нет, ничего, — сказала она. — Что-то у меня мороз по коже.

Уж не знаю, что это вдруг на нее нашло, но она сразу встряхнулась и предложила мне устроить в гостиной домашний просмотр. Джим втиснул меня в костюм, стал в дверях гостиной, выкрикнул: «О-о-корок!» — точь-в-точь миссис Мерриуэзер, — и я прошествовала в гостиную. Аттикус и тетя Александра были в восторге.

Потом я пошла в кухню и покрасовалась перед Кэлпурнией, и она сказала — на меня любо поглядеть. Я хотела сбегать показаться мисс Моди, но Джим сказал — она, наверно, все равно будет на представлении.

Теперь уже не важно, пойдут они или нет. И Джим сказал — он меня проводит. Так началось наше с ним самое долгое путешествие.

Глава 28

Никогда еще последний день октября не был такой теплый. Мы даже не надели куртки. Поднялся ветер, и Джим сказал — на обратном пути мы, пожалуй, попадем под дождь. Луны не было.

Уличный фонарь на углу отбрасывал черные тени на дом Рэдли. Джим тихонько засмеялся.

— Спорим, сегодня их никто не потревожит, — сказал он.

Джим нес мой костюм, держать его было довольно неловко. Какой Джим все-таки у нас воспитанный!

— А все равно здесь жутко, правда? — сказала я. — Страшила, конечно, никому не хочет зла, а все равно я рада, что ты пошел со мной.

— Да разве Аттикус тебя отпустил бы одну, — сказал Джим.

— А почему нет? Тут всего-то завернуть за угол да через двор.

— Школьный двор слишком большой, маленьким девочкам не годится ходить по нему в темноте, — поддразнил Джим. — Или, может, ты не боишься привидений?

Мы захохотали. Мы давно уже взрослые. Привидения, жар-пар, колдовство, тайные знаки — все растаяло, как туман на восходе солнца.

— Какое это у нас тогда было заклинание? — сказал Джим. — «Жив, не помер, свет души, пропусти, не задуши».

— Замолчи, — сказала я. Мы как раз шли мимо дома Рэдли.

Джим сказал:

— Наверно, Страшилы нет дома. Слушай.

Высоко над нами в темноте одинокий пересмешник распевал подряд все свои песенки, он даже не подозревал, на чьем дереве сидит, он то посвистывал синицей, то трещал, точно рассерженная сойка, то горько жаловался, будто козодой.

Мы повернули за угол, и я споткнулась о корень. Джим хотел меня поддержать, но только уронил в пыль мой костюм. Я все-таки не упала, и мы пошли дальше.

Потом мы свернули в школьный двор. Там было темно хоть глаз выколи.

— Джим, а откуда ты знаешь, где мы? — спросила я через несколько шагов.

— Сейчас мы под большим дубом — чувствуешь, тут прохладнее? Смотри осторожней, не споткнись опять.

Теперь мы шли медленно, чуть не ощупью, чтобы не налететь на дерево. Этот дуб был одинокий и старый-престарый. Нам вдвоем нипочем бы его не обхватить. Он стоял далеко от учителей, от ябедников и любопытных соседей — правда, рядом были Рэдли, но Рэдли не суют нос в чужие дела. И в его тени столько бывало драк и запретных сражений в кости, что земля тут была твердая как камень.

Впереди сверкали окна школьного зала, но они нас только слепили.

— Не смотри вперед, Глазастик, — сказал Джим. — Смотри под ноги, тогда не упадешь.

— Зря ты не взял фонарик, Джим, — сказала я.

— Я не знал, что такая темень. Думал, еще будет видно. Это все из-за туч, хотя дождь, наверно, еще не скоро пойдет.

И тут на нас кто-то прыгнул. Джим как заорет!

В лицо нам ударил свет, это Сесил Джейкобс светил на нас фонариком и так и плясал от восторга.

— Ага, попались! — вопил он. — Так и знал, что вы пойдете этой дорогой!

— Что ты тут один делаешь? Ты разве не боишься Страшилы Рэдли?

Родители благополучно доставили Сесила в школу, он увидел, что нас нет, и отправился к дубу — он знал наверняка, что мы придем этой дорогой. Только думал, нас проводит Аттикус.

— Вот еще! Нам всего-то ходу — за угол завернуть, — сказал Джим. — Чего ж тут бояться?

А все-таки здорово это у Сесила получилось. Он нас и правда напугал и теперь имел право раззвонить об этом по всей школе.

— Слушай, — сказала я, — ты же сегодня корова. Где же твой костюм?

— Там, за сценой, — сказал он. — Миссис Мерриуэзер говорит, живая картина еще не скоро. Клади свой костюм за сценой рядом с моим, Глазастик, и пошли к ребятам.

Джим обрадовался. Чего лучше — я буду не одна. А значит, ему можно побыть с людьми своего возраста.

Когда мы пришли в зал, там был уже весь Мейкомб, не было только Аттикуса, дам, которые сбились с ног, пока украшали школу, да наших отщепенцев и затворников. Собрался, кажется, весь округ: вестибюль был битком набит принарядившимися окрестными жителями. Тут были устроены всякие развлечения, и всюду толпился народ.

— Ой, Джим, я забыла деньги!

— Зато Аттикус не забыл, — сказал Джим. — Вот держи тридцать центов, это на шесть жетончиков. Ну, пока!

— Ладно, — сказала я, очень довольная, что у меня есть тридцать центов и Сесил.

Мы с Сесилом прошли через боковую дверь в зал, а потом за кулисы. Я отделалась от своего костюма и поскорей убежала, пока меня не заметила миссис Мерриуэзер — она стояла у столика перед первым рядом и второпях что-то черкала и исправляла в своей шпаргалке.

— У тебя сколько денег? — спросила я Сесила.

У него тоже оказалось тридцать центов — значит, мы равны. Первым делом мы потратили по пять центов на комнату ужасов, но она нас ни капельки не ужаснула: мы вошли в темный седьмой класс, и поселившийся здесь на время вампир повел нас вдоль стен, и велел трогать разные непонятные предметы, и уверял, что это разные куски разрезанного человека.

— Вот глаза, — сказал вампир, и мы нащупали на блюдце две виноградины без кожицы.

— Вот сердце.

На ощупь оно напоминало сырую печенку.

— А вот его кишки. — И вампир ткнул наши руки в тарелку холодных макарон.

Мы обошли еще несколько развлечений. Купили по мешочку восхитительно вкусного печенья, которым прославилась миссис Тейлор. Я хотела попытать счастья — поймать ртом яблоко, плавающее в сиропе, но Сесил сказал — это не-ги-ги-енич-но. Его мама сказала — так можно подхватить какую- нибудь заразу — ведь я не первая пробую.

— У нас в Мейкомбе сейчас нет никакой заразы, — заспорила я.

Но Сесил сказал — его мама говорит, есть после чужих не-ги-ги-енич-но. Я потом спросила тетю Александру, и она сказала — так рассуждают только выскочки.

Мы хотели купить ириски, но тут прибежали гонцы миссис Мерриуэзер и сказали, чтоб мы шли за кулисы — скоро нам представлять. Зал наполнялся народом; перед сценой, внизу, уже занял свои места мейкомбский школьный оркестр; зажглись огни рампы, и красный бархатный занавес волновался и ходил ходуном — такая за ним поднялась суматоха.

За кулисами мы с Сесилом попали в узкий коридор, битком набитый взрослыми в самодельных треуголках, в шапках армии конфедератов и времен войны с испанцами, в касках времен мировой войны*. Ребята в костюмах, которые должны были изображать всевозможные дары сельского хозяйства, теснились у маленького окошка.

— Кто-то смял мой костюм! — жалобно закричала я.

Галопом примчалась миссис Мерриуэзер, расправила сетку и втиснула меня внутрь.

— Жива, Глазастик? — спросил Сесил. — У тебя голос прямо как из подземелья.

— И у тебя тоже, — сказала я.

Оркестр заиграл гимн, и слышно было, что все встали. Потом забил турецкий барабан. Миссис Мерриуэзер объявила из-за столика:

— Округ Мейкомб — ad astra per aspera.

Опять ударил турецкий барабан.

— Это значит, — перевела миссис Мерриуэзер для невежд, — из грязи — к звездам. — И добавила неизвестно зачем: — Живая картина.

---

* Имеются в виду головные уборы времен войны между Севером и Югом, испано-американской (1898) и Первой мировой войны (1914—1918).

— А то они без нее не поймут, — прошептал Сесил, но на него сразу же шикнули.

— Весь город это знает, — еле слышно прошептала я.

— А загородные? — сказал Сесил.

— Потише там! — прикрикнул мужской голос, и мы замолчали.

Миссис Мерриуэзер похоронным голосом стала рассказывать про округ Мейкомб, и после каждой ее фразы грохал турецкий барабан. Наш округ самый старый во всем штате, когда-то он был частью территорий Миссисипи и Алабамы; первым из белых людей в эти девственные леса вступил пятиюродный прадедушка нашего судьи по наследственным делам — и пропал без вести. Потом сюда пришел бесстрашный полковник Мейкомб, в честь которого и назван наш округ.

Генерал Эндрю Джексон облек его властью, но неуместная самонадеянность полковника Мейкомба и неумение ориентироваться навлекли несчастье на всех, кто участвовал вместе с ним в сражениях с индейцами племени Ручья. Полковник Мейкомб во что бы то ни стало хотел отвоевать этот край для демократии, но его первый поход стал для него последним. Через гонца-индейца из дружественного племени ему был передан приказ: двигаться на юг. Чтобы узнать, где юг, полковник сверился с лишайником на деревьях, а подчиненным, которые хотели было указать ему на ошибку, не дал рта раскрыть и отправился в поход с твердым намерением разгромить врага, но вместо этого завел свои войска на северо-запад, в первобытные дебри, и лишь много позже их вывели оттуда поселенцы, передвигавшиеся в глубь страны.

Миссис Мерриуэзер рассказывала про подвиги полковника Мейкомба целых полчаса, а тем временем я сделала открытие: если согнуть коленки, ноги умещаются под костюмом, и тогда можно кое-как посидеть. Я сидела, слушала жужжание миссис Мерриуэзер вперемежку с грохотом барабана и незаметно уснула крепким сном.

После мне рассказали, что было дальше: миссис Мерриуэзер подошла к грандиозному финалу. «О-ко-рок», — проворковала она спокойно и уверенно, ибо и сосны и восковая фасоль являлись мгновенно. Подождала чуть-чуть, потом позвала погромче: «О-ко-рок!» Но ничто не явилось, и тогда она крикнула во весь голос: «Окорок!!!»

Наверно, сквозь сон я ее услышала, а может быть, меня разбудил оркестр — он заиграл «Дикси»*, — но я выбрала для своего появления ту самую минуту, когда миссис Мерриуэзер торжественно развернула на сцене флаг штата Алабама. Не то что выбрала — просто мне захотелось быть вместе со всеми.

Мне потом рассказали, судья Тейлор выскочил из зала и так хохотал и хлопал себя по коленкам — миссис Тейлор даже принесла ему воды и какую-то пилюлю.

Миссис Мерриуэзер не зря старалась, успех был огромный, все кричали и хлопали, но все равно она поймала меня за кулисами и сказала — я погубила ее живую картину. Я готова была сквозь землю провалиться, но тут за мной пришел Джим, и он мне посочувствовал. Он сказал — с того места, где он сидел, меня и

---

* Гимн южных штатов.

видно-то не было. Не пойму, как он догадался, какая
я несчастная, я ведь еще не вылезла из костюма, но он
сказал — я вышла очень хорошо, просто немножко
опоздала — это не беда. Когда все совсем плохо, Джим
теперь умеет утешить почти как Аттикус. Но и Джим
не уговорил меня показаться на люди и согласился
ждать за кулисами, пока все не уйдут из зала.

— Хочешь снять эту штуку, Глазастик? — спросил он.

— Не хочу, — сказала я. — Так и пойду.
Пускай никто не видит, как мне плохо.

— Подвезти вас домой? — спросил кто-то.

— Нет, сэр, спасибо, — сказал Джим. — Нам совсем близко.

— Берегитесь привидений, — посоветовал тот же
голос. — А верней сказать, пускай привидения бере-
гутся Глазастика.

— Ну вот, уже почти никого нет, — сказал Джим. —
Пошли.

Мы через зал прошли в коридор и спустились по
лестнице. На улице по-прежнему было темным-темно.
Несколько машин еще не отъехали, но они стояли по
другую сторону школы, и от их фар нам было мало
толку.

— Если кто-нибудь поедет в нашу сторону, нам будет виднее, — сказал Джим. — Слушай, Глазастик, давай я буду тебя держать за косточку. А то как бы ты не
потеряла равновесие.

— Мне все видно.

— Ну да, но вдруг ты потеряешь равновесие.

Что-то легонько надавило мне на макушку — наверно, Джим ухватился за ножку окорока.

— Чувствуешь?

— Угу...

Мы пошли темным школьным двором и все время глядели под ноги, но ничего не было видно.

— Джим, — сказала я, — я забыла туфли, они там, за сценой.

— Ладно, пошли назад.

Но только мы повернули, свет в окнах погас.

— Завтра возьмешь, — сказал Джим.

— Так ведь завтра воскресенье, — возразила я, когда Джим повернул меня к дому.

— Попросишь сторожа, он тебя впустит... Глазастик...

— А?

— Нет, ничего.

Джим долго молчал. Интересно, про что он думает? Сам скажет, когда захочет, — наверно, когда придем домой. Его рука надавила мне на макушку, по-моему, уж слишком сильно.

Я мотнула головой.

— Джим, ну чего ты?..

— Помолчи минуту, Глазастик, — сказал он и сильнее сжал ножку окорока.

Дальше мы шли молча.

— Минута уже прошла, — сказала я. — Про что ты все время думаешь? — Я повернулась к Джиму, но было так темно, лица совсем не видать.

— Мне что-то послышалось, — сказал он. — Постой-ка!

Мы остановились.

— Слышишь что-нибудь? — спросил Джим.

— Нет.

Через пять шагов он снова меня остановил.

— Джим, ты что, хочешь меня напугать? Я уже не маленькая, я...

— Тише, — сказал Джим, и я поняла — он меня не разыгрывает.

Вечер был совсем тихий. Я даже слышала дыхание Джима. Изредка по моим босым ногам пробегал ветерок, а ведь когда мы шли в школу, он задувал вовсю. Сейчас все стихло, как перед бурей. Мы прислушивались.

— Собака залаяла, — сказала я.

— Нет, не то, — сказал Джим. — Это слышно, когда мы идем, а остановимся — и не слышно.

— Это мой костюм шуршит. А, знаю, просто ты меня разыгрываешь, потому что сегодня такой день.

Я успокаивала не Джима, а сама себя, потому что, как только мы пошли, я поняла, про что он. Мой костюм тут был ни при чем.

— Это все Сесил, — немного погодя сказал Джим. — Ну, теперь он нас не проведет. Пойдем потише, пускай не думает, что мы трусим.

Теперь мы ползли как черепахи. Я спросила, как это Сесил идет за нами в такой темнотище и почему же он на нас не наткнулся.

— А я тебя вижу, Глазастик, — сказал Джим.

— Как же так? А мне тебя не видно.

— У тебя полоски сала светятся. Миссис Креншо намазала их светящейся краской, чтоб они блестели. Я тебя очень хорошо вижу, и Сесилу, наверно, тебя видно, вот он за нами и идет.

Я вдруг подумала, пускай Сесил знает, что на этот раз ему нас не провести. Обернулась и закричала во все горло:

— Сесил Джейкобс — мокрая ку-у-рица!

Мы остановились. Но Сесил не отозвался, только где-то у школы откликнулось эхо — «ку-у-рица!».

— Вот я его, — сказал Джим. — Э-эй!!

«Эй-эй-эй!» — откликнулась школа.

Что-то непохоже на Сесила — так долго терпеть, раз уж ему удался какой-нибудь фокус, он его сорок раз повторит. Сесил бы уже давно на нас прыгнул.

Джим опять меня остановил. Потом сказал очень тихо:

— Глазастик, ты можешь снять с себя эту штуку?

— Могу, но ведь на мне почти ничего нет.

— Твое платье у меня.

— В темноте мне его не надеть.

— Ладно, — сказал он. — Ничего.

— Джим, ты боишься?

— Нет. Мы, наверно, уже около дуба. А там уже и дорога в двух шагах. И уличный фонарь видно.

Джим нарочно говорил медленно, очень ровным голосом. Интересно, долго еще он будет рассказывать мне сказки про Сесила?

— Давай запоем, а, Джим?

— Не надо. Тише, Глазастик, не шуми.

Мы шли все так же медленно. Ведь, если пойти быстрее, непременно ушибешь палец или споткнешься о камень. Джим знает это не хуже меня, и он помнит, что я босиком. Может, это ветер шумит в деревьях? Да, но ветра никакого нет, и деревьев тут нет, один только старый дуб.

Наш спутник шаркает и волочит ноги, будто у него тяжелые башмаки. И на нем холщовые штаны: я думала, это шелестят листья, а это его штаны шуршат и шуршат на каждом шагу.

Песок у меня под ногами стал холодный — значит, мы у самого дуба. Джим надавил мне на макушку. Мы остановились и прислушались.

На этот раз шарканье продолжалось. Холщовые штаны все шуршали и шуршали. Потом стало тихо. Потом он побежал, он бежал прямо на нас, тяжело, неуклюже — мальчишки так не бегают.

— Беги, Глазастик! Беги! — закричал Джим.

Я сделала один огромный шаг и чуть не упала: руки у меня были все равно что связаны, кругом тьма — разве тут удержишь равновесие.

— Джим, помоги! Джим!

Что-то смяло на мне проволочную сетку. Железо чиркнуло о железо, я упала на землю и откатилась подальше. Я изо всех сил барахталась и извивалась, стараясь вырваться из своей клетки. Где-то совсем рядом дрались, топали, тяжело возили ногами и всем телом по земле, по корням. Кто-то подкатился ко мне — Джим! Он мигом вскочил и потащил меня за собой, но я совсем запуталась в проволоке, я успела высвободить только голову и плечи, и мы недалеко ушли.

Мы были уже у самой дороги, как вдруг Джим отдернул руку и опрокинулся на землю. Опять послышался шум драки, что-то хрустнуло, и Джим пронзительно крикнул.

Я кинулась на крик и налетела на чей-то живот. Человек охнул и хотел схватить меня за руки, но они были под костюмом. Живот у него был мягкий, но руки как железо. Он сдавил меня так, что я не могла вздохнуть. И пошевелиться не могла. Вдруг его рвануло в сторону, он опрокинулся наземь и чуть не повалил меня тоже. Наверно, это Джим подоспел.

Иногда соображаешь очень медленно. Меня совсем оглушило, и я стояла столбом. Шум драки затихал; кто-то захрипел, и опять стало очень тихо.

Тихо, только кто-то дышит тяжело-тяжело и спотыкается. Кажется, он подошел к дубу и прислонился к нему. И страшно закашлялся, со всхлипом, его всего так и колотило.

— Джим?

Никакого ответа, только тяжелое дыхание совсем близко.

— Джим?

Джим не отвечал.

Тот человек отошел от дуба, начал шарить в темноте — наверно, что-то искал. Потом он протяжно, со стоном вздохнул и потащил по земле что-то тяжелое. И тут я начала понимать, что под дубом нас уже четверо.

— Аттикус?..

Кто-то тяжелыми, неуверенными шагами уходил к дороге.

Я пошла к тому месту, где, как мне казалось, он только что стоял, и принялась торопливо шарить ногами по земле. Скоро я на кого-то наткнулась.

— Джим?

Босой ногой я нащупала штаны, пряжку пояса, пуговицы, потом что-то непонятное, потом воротник и лицо. На лице колючая щетина — нет, это не Джим. Запахло винным перегаром.

Я побрела туда, где, я думала, проходит дорога. Я не знала, верно ли иду, — ведь меня столько раз поворачивали в разные стороны. Но я все-таки вышла на дорогу и увидела уличный фонарь. Под фонарем шел человек. Шел неровными шагами, будто нес что-то очень тяжелое. Он повернул за угол. Он нес Джима. Рука у Джима свисала перед ним и как-то нелепо болталась.

Когда я дошла до угла, человек уже шел по нашему двору. Открылась дверь, из нее упал свет, на секунду я увидела Аттикуса — он сбежал с крыльца, вдвоем они внесли Джима в дом.

Я дошла до двери, а они уже шли по коридору. Навстречу мне бежала тетя Александра.

— Позвони доктору Рейнолдсу! — крикнул из комнаты Джима Аттикус. — Где Глазастик?

— Она здесь! — И тетя Александра потащила меня к телефону. Она очень торопилась, и я не поспевала за ней.

— Я сама дойду, тетя, — сказала я. — Вы лучше звоните.

Она схватила трубку.

— Дайте доктора Рейнолдса, Юла Мэй, скорее! Отец дома, Эгнес? О Господи, где же он? Пожалуйста, как только он вернется, скажите, чтобы шел к нам. Пожалуйста, это очень спешно!

Тете Александре незачем было называть себя, в Мейкомбе все знают друг друга по голосу.

Из комнаты Джима вышел Аттикус. Не успела тетя Александра дать отбой, Аттикус выхватил у нее трубку. Постучал по рычагу, потом сказал:

— Пожалуйста, соедините меня с шерифом, Юла Мэй. Гек? Это Аттикус Финч. Кто-то напал на моих детей. Джим ранен. Между нашим домом и школой. Я не могу отойти от мальчика. Пожалуйста, съездите туда за меня, посмотрите, может быть, он еще недалеко ушел. Вряд ли вы его сейчас найдете, но, если найдете, я хотел бы на него взглянуть. А теперь мне надо идти. Спасибо, Гек.

— Аттикус, Джим умер?

— Нет, Глазастик. Займись ею, сестра! — крикнул он уже из коридора.

Трясущимися пальцами тетя Александра стала распутывать на мне смятый, изорванный костюм на проволочной сетке. Не сразу ей удалось меня освободить.

— Ты цела, детка? — опять и опять спрашивала она.

Какое это было облегчение — вылезти наружу! Руки у меня уже затекли, и на них отпечатались красные шестиугольники. Я стала их растирать, и они немного отошли.

— Тетя, Джим умер?

— Нет... нет, детка, он без сознания. Вот придет доктор Рейнолдс, тогда мы узнаем, насколько серьезно он ранен. Что с вами случилось, Джин-Луиза?

— Не знаю.

Больше она не спрашивала. Она пошла и принесла мне одеться; если бы мне тогда это пришло в голову, я бы уж не дала ей про это забыть: тетя была так расстроена, что принесла мне комбинезон!

— На, оденься, детка, — сказала она и подала мне ту самую одежду, которую всегда терпеть не могла.

Она побежала к Джиму, потом опять вышла ко мне в прихожую. Рассеянно погладила меня и опять ушла к Джиму.

К дому подъехала машина. Шаги доктора Рейнолдса я знала не хуже, чем шаги Аттикуса. Он помог нам с Джимом появиться на свет и пройти через все детские болезни, какие только существуют; он лечил Джима, когда Джим вывалился из нашего домика на платане, — и мы с ним всегда оставались друзьями. Доктор Рейнолдс говорил, будь мы золотушные, все было бы по-другому, но мы ему не поверили.

Он стал на пороге и сказал:

— Боже милостивый! — и пошел было ко мне, потом сказал: — Ну, ты по крайней мере на ногах, — и повернул прочь. Он знал в нашем доме каждый закоулок. И знал: если мне плохо пришлось — значит, и Джиму не лучше.

Прошло десять тысячелетий, и доктор Рейнолдс вернулся.

— Джим умер? — спросила я.

— Ничего подобного, — сказал доктор и присел передо мной на корточки. — У него шишка на лбу, точь-в-точь как у тебя, и сломана рука. Посмотри-ка сюда, Глазастик... Нет, головой не верти, только скоси глаза. А теперь вон в ту сторону. Перелом у него скверный, насколько могу сейчас судить — в локте. Похоже, что кто-то старался открутить ему руку напрочь... Теперь посмотри на меня.

— Значит, он не умер?

— Да нет же! — Доктор Рейнолдс поднялся. — Сегодня мы мало что можем сделать, только устроить его поудобнее. Надо будет сделать рентгеновский снимок... Вероятно, придется на время положить руку в гипс. Но ты не беспокойся, он будет у нас как новенький. У мальчишек все заживает в два счета.

Доктор Рейнолдс говорил, а сам все разглядывал меня и осторожно ощупывал шишку, которая вздувалась у меня на лбу.

— А у тебя нигде ничего не сломано, как тебе кажется? — пошутил он.

Я невольно улыбнулась.

— Значит, по-вашему, он не умер, нет?

Доктор Рейнолдс надел шляпу.

— Ну, понятно, я могу и ошибаться, но, по-моему, он даже очень живой. Все симптомы налицо. Поди взгляни на него, а когда я вернусь, мы с тобой решим окончательно.

У доктора Рейнолдса походка молодая и легкая. Мистер Гек Тейт ходит по-другому. Под его тяжелыми башмаками веранда так и застонала, и дверь он отворил неуклюже, но на пороге он ахнул, совсем как доктор Рейнолдс. Потом спросил:

— Ты цела, Глазастик?

— Да, сэр, я пойду к Джиму. Аттикус и все тоже там.

— Я с тобой, — сказал мистер Тейт.

Тетя Александра заслонила лампу в изголовье Джима полотенцем, и в комнате было полутемно. Джим лежал на спине. Одна щека у него была разбита. Левая рука торчала вбок и согнулась в локте, только не в ту сторону, в какую надо. Джим хмурил брови.

— Джим?..

— Он тебя не слышит, Глазастик, — сказал Аттикус, — он выключен, знаешь, как лампу выключают. Он уже приходил в себя, но доктор Рейнолдс его усыпил.

— Да, сэр.

Я отошла к стене. Комната Джима большая, квадратная. В качалке у камина сидит тетя Александра. В углу стоит тот человек, который принес Джима, он прислонился к стене. Какой-то незнакомый — видно, из загородных. Наверно, смотрел наше представление, а потом оказался поблизости, когда все это случилось. Услыхал, наверно, наши крики и прибежал на выручку.

Аттикус стоял у постели Джима.

Мистер Гек Тейт остановился на пороге. Шляпу он держал в руке, карман штанов оттопыривался — видно было, что там фонарик. Мистер Тейт был в своей охотничьей куртке, бриджах и высоких сапогах.

— Входите, Гек, — сказал Аттикус. — Нашли что-нибудь? Не представляю, какой негодяй способен на такое, но, надеюсь, вы его найдете.

Мистер Тейт посопел носом. Пронзительно посмотрел на человека в углу, кивнул ему, потом обвел взглядом комнату — посмотрел на Джима, на тетю Александру, потом на Аттикуса.

— Присядьте, мистер Финч, — любезно предложил он.

— Давайте все сядем, — сказал Аттикус. — Вот вам стул, Гек. Я принесу другой из гостиной.

Мистер Тейт подсел к письменному столу Джима. Подождал Аттикуса — он вернулся и тоже сел. Почему-то он не принес стул для человека в углу; но ведь Аттикус знает привычки фермеров лучше, чем я. Иногда приедет к нему кто-нибудь из глуши за советом, привяжет своего мула во дворе под платаном, и Аттикус так и беседует с ним на заднем крыльце. Этому, наверно, тоже уютнее там, в углу.

— Мистер Финч, — сказал шериф, — сейчас я вам скажу, что я там нашел. Нашел платье какой-то девочки — оно у меня в машине. Это твое, Глазастик?

— Да, сэр, если розовое и со сборками, значит, мое.

Мистер Тейт вел себя так, будто давал показания в суде. Он любит рассказывать все по-своему, чтоб ни прокурор, ни защитник ему не мешали, и иногда это получается довольно длинно.

— Еще я нашел какие-то странные клочки бурой материи...

— Это мой костюм, мистер Тейт.

Мистер Тейт погладил свои колени. Потер левую руку и стал рассматривать каминную полку, потом его, кажется, очень заинтересовал сам камин. Потом он стал ощупывать пальцами нос.

— В чем дело, Гек? — сказал Аттикус.

Мистер Тейт поднял руку и потер себе сзади шею.

— Там на школьном дворе под дубом лежит Боб Юэл, и между ребер у него торчит кухонный нож. Он мертв, мистер Финч.

Глава 29

Тетя Александра встала и ухватилась за каминную полку. Мистер Тейт поднялся и хотел ей помочь, но она только покачала головой. Аттикусу первый раз в жизни изменила его всегдашняя учтивость, он так и остался сидеть.

Мне почему-то все вспоминалось, как мистер Боб Юэл тогда сказал — дай только срок, он с Аттикусом расправится. Он чуть не расправился с Аттикусом, и на этом ему пришел конец.

— Вы уверены? — каким-то тусклым голосом спросил Аттикус.

— Как есть мертвый, — подтвердил мистер Тейт. — Окончательно и бесповоротно. Больше он вашим детишкам ничего плохого не сделает.

— Я не о том...

Аттикус говорил как во сне. Стало видно, какой он старый, — только по этому всегда и можно узнать, что у него нехорошо на душе: упрямый подбородок обмяк, морщины вдоль щек сделались глубже, и уже не так заметно, что волосы у него черные как смоль, зато сразу замечаешь, что виски седые.

— Может быть, перейдем в гостиную? — сказала наконец тетя Александра.

— С вашего позволения, я бы предпочел остаться здесь, если только это Джиму не вредно, — сказал мистер Тейт. — Я бы хотел взглянуть на его ранения, а Глазастик нам пока что расскажет... как все это было.

— Вы разрешите мне уйти? — спросила тетя Александра. — Сейчас я тут не нужна. Аттикус, если понадоблюсь, буду у себя. — Тетя Александра пошла к двери, но вдруг остановилась и обернулась. — У меня сегодня было предчувствие, Аттикус, — начала она. — Я... это все моя вина. Мне надо было...

Мистер Тейт поднял руку.

— Идите отдыхать, мисс Александра. Я понимаю, вы переволновались. Только вы себя не мучайте... ведь это если на всякое предчувствие обращать внимание, так и с места не сойдешь — знаете, вроде кошки, которая ловит себя за хвост. Мисс Глазастик, попробуй-ка нам рассказать, как было дело, покуда не забыла. Ладно? Вы видели, что он за вами идет?

Я подошла к Аттикусу, и он меня обнял. Я уткнулась головой ему в колени.

— Мы пошли домой. Я сказала — Джим, я забыла туфли. Мы хотели вернуться, а тут в школе погас свет. Джим сказал — возьмешь туфли завтра...

— Подними голову, Глазастик, а то мистеру Тейту ничего не слышно, — сказал Аттикус.

Я забралась к нему на колени.

— Потом Джим сказал — помолчи минуту. Я думала, это он про что-нибудь думает, он не любит, когда ему мешают думать... А потом он сказал — ему что-то послышалось. Мы думали, это Сесил.

— Какой Сесил?

— Сесил Джейкобс. Он нас сегодня один раз напугал, мы и подумали — это опять он. Он сегодня был ряженый. За лучший костюм давали приз — четвертак. Только я не знаю, кто его получил...

— Где вы с Джимом были, когда подумали, что это Сесил?

— Совсем близко от школы. Я ему покричала...

— Что покричала?

— Сесил Джейкобс — жирная курица, что ли. Ответа не слыхать... Тогда Джим заорал ему «эй» или еще что-то, да громко, во все горло...

— Погоди минуту, Глазастик, — сказал мистер Тейт. — Вы слышали, как они кричали, мистер Финч?

Аттикус сказал — нет. У него было включено радио. И у тети Александры в спальне тоже. Он это помнит, потому что она попросила, чтоб он у себя немножко приглушил, а то ей ничего не слышно. Аттикус улыбнулся:

— Я всегда включаю радио на всю катушку.

— Интересно, а соседи что-нибудь слышали? — сказал мистер Тейт.

— Вряд ли, Гек. Почти все вечером тоже слушают радио или ложатся с петухами. Может быть, Моди Эткинсон еще не спала, да и то вряд ли.

— Рассказывай, Глазастик, — сказал мистер Тейт.

— Ну, Джим покричал, и мы пошли дальше. Мистер Тейт, у меня голова в этом костюме была закутанная, но тогда я уже и сама слышала. Шаги слышала. Мы идем — и за нами кто-то идет, мы остановимся — и он остановится. Джим сказал — ему меня видно, потому что миссис Креншо намазала мой костюм светящейся краской. Я была окорок.

— Как так? — удивился мистер Тейт.

Аттикус объяснил ему, что я представляла и как был устроен мой костюм.

— Вы бы ее видели, когда она пришла домой, — сказал он. — Вся эта конструкция превратилась в кашу.

Мистер Тейт потер подбородок:

— А я не мог понять, откуда на нем эти знаки. Рукава у него все в мелких дырочках. И в нескольких местах под этими дырочками руки чем-то проколоты. Дайте-ка мне взглянуть на эту штуку, сэр.

Аттикус принес жалкие остатки моего наряда. Мистер Тейт поворочал их и так и сяк и расправил, чтобы понять, как было раньше.

— Похоже, что эта штука спасла ей жизнь, — сказал он. — Посмотрите.

Длинным пальцем он ткнул в мой костюм. На тусклой проволочной сетке ярко блестела царапина.

— Боб Юэл знал, чего хочет, — пробормотал мистер Тейт.

— Он был не в своем уме, — сказал Аттикус.

— Уж извините, мистер Финч, только вы сильно ошибаетесь. Никакой он был не сумасшедший, просто подлец подлецом. Гад ползучий, расхрабрился спьяну убивать детишек. С вами-то сойтись лицом к лицу храбрости не хватило.

Аттикус покачал головой.

— Не могу себе представить, чтобы человек был способен...

— Есть такая порода людей, мистер Финч, их надо приканчивать без разговоров, да и то обидно пулю тратить. Вот и Юэл был такой.

— Я думал, в тот день, когда он грозился меня убить, он отвел душу — и дело с концом. А уж если ему этого мало, он со мной и расправится.

— Ну нет! Пакостить несчастной негритянке — вот это пожалуйста, и судье Тейлору — тоже, когда он думал, что судьи дома нет. Но неужели, по-вашему, он посмел бы с вами повстречаться лицом к лицу среди бела дня? — Мистер Тейт вздохнул. — Рассказывай дальше, Глазастик. Значит, ты услышала, что он идет за вами...

— Да, сэр. Когда мы дошли до старого дуба...

— А откуда ты в такой темноте узнала, что вы дошли до старого дуба?

— Я шла босиком, а Джим говорит — под деревом земля всегда холоднее.

— Придется сделать его помощником шерифа. Давай дальше.

— Тогда меня вдруг что-то схватило и смяло мой костюм... Кажется, я присела и вывернулась... Слышу, под дубом вроде дерутся... как будто они налетали на него и стукались. Джим меня нашел и потащил к дороге. Кто-то... мистер Юэл, наверно, дернул его и повалил. Они еще подрались, потом как-то странно захрустело... Джим как закричит...

Я запнулась. Так вот что это было — у Джима сломалась рука.

— Ну вот, Джим как закричит, и больше я его не слышала, а потом... мистер Юэл, наверно, хотел задавить меня до смерти... Потом кто-то его дернул и повалил. Я думала, это Джим подоспел. Больше я ничего не знаю...

— А дальше что было? — Мистер Тейт так и уставился на меня.

— Кто-то там ходил, и спотыкался, и все пыхтел, и кашлял... прямо разрывался. Сперва я думала, это Джим, только по голосу было непохоже, и я стала искать Джима на земле. Я думала, это Аттикус пришел нас выручать и очень устал...

— Кто же это был?

— Да вот он, мистер Тейт, пускай он вам сам скажет, как его зовут.

И я было ткнула пальцем в того человека в углу, но поскорей опустила руку, пока Аттикус не рассердился. Ведь показывать пальцем невежливо.

Тот человек все стоял у стены. Он все время так стоял, с тех пор как я вошла в комнату, — прислонился к стене и руки скрестил на груди. Когда я стала на него показывать, он опустил руки, уперся ладонями в стену. Руки у него были совсем белые, будто он никогда не бывал на солнце; в комнате у Джима было довольно темно, а стена кремовая, и даже удивительно, как на ней выделялись эти белые-белые руки.

После рук я посмотрела на его штаны цвета хаки, они были все в песке, а грубая холщовая рубаха разорвана. Он был очень худой, лицо тоже совсем белое, как руки, только подбородок немножко темнее. Худые щеки ввалились; рот большой; виски впалые, как будто в них ямки; а серые глаза светлые-светлые, мне даже показалось — он слепой. И на макушке редкие бесцветные волосы, прямо как пух.

Когда я показала на него пальцем, руки у него съехали по стене, и на ней остались пятна, потому что ладони вспотели, и он взял и зацепился большими пальцами за пояс. Его как-то передернуло, будто ножом царапнули по стеклу, а я все смотрела на него разинув рот, и под конец лицо у него сделалось не такое деревянное. Он тихонько улыбнулся, и тогда у меня на глазах почему-то выступили слезы, и лицо нашего соседа вдруг расплылось.

— Привет, Страшила! — сказала я.

Глава 30

— Мистер Артур, дружок, — мягко поправил меня Аттикус. — Джин-Луиза, это мистер Артур Рэдли. Думаю, что ты ему уже знакома.

Уж если Аттикус мог в такой час и меня назвать по всей форме... ну, на то он и Аттикус.

Я невольно кинулась к постели Джима. Страшила посмотрел на меня и опять тихо, робко улыбнулся. Мне от стыда стало жарко, и я сделала вид, будто хотела только поправить на Джиме одеяло.

— Нет-нет, не трогай его! — сказал Аттикус.

Мистер Гек Тейт через свои роговые очки в упор смотрел на Страшилу. Он уже хотел что-то сказать, но тут в прихожей послышались шаги доктора Рейнолдса.

— Вы все здесь, — сказал он с порога. — Добрый вечер, Артур, в первый раз я вас не заметил.

Удивительное дело, голос у него был такой же бодрый и непринужденный, как походка, будто он вот так здоровался со Страшилой каждый день всю свою жизнь... Это было, пожалуй, еще удивительней, чем то, что Страшила Рэдли тоже, наверно, иногда болеет. А может быть, и нет.

Доктор Рейнолдс принес с собой что-то большое, завернутое в газету. Он положил этот сверток на письменный стол Джима и снял пиджак.

— Ну, теперь ты сама видишь, что он живой? — сказал мне доктор Рейнолдс. — Сейчас я тебе скажу, как я это узнал. Когда я начал его осматривать, он меня здорово лягнул. Пришлось его хорошенько усыпить, а то он не давал до себя дотронуться. Ну, брысь отсюда!

— Э-э... — начал Аттикус и покосился на Страшилу. — Пойдемте на веранду, Гек. Стульев там сколько угодно, и еще не так прохладно.

Почему это Аттикус приглашает нас не в гостиную, а на веранду? А, понятно: в гостиной очень яркий свет.

Мы гуськом пошли из комнаты за мистером Тейтом — Аттикус ждал его у двери и хотел было пойти первым, но передумал и пропустил его вперед.

Странная у людей привычка — при самых удивительных обстоятельствах они ведут себя как ни в чем не бывало. И я, оказывается, тоже.

— Идемте, мистер Артур, — вдруг сказала я. — А то как бы вам у нас тут не запутаться. Вы ведь не очень хорошо знаете дорогу. Сейчас я вас провожу на веранду, сэр.

Он посмотрел на меня сверху вниз и кивнул.

Я вывела Страшилу через прихожую, мимо гостиной, на веранду.

— Может быть, присядете, мистер Артур? Эта качалка очень удобная.

Когда-то мне почти так и представлялось: он сидит на веранде... Просто прелесть что за погода, правда, мистер Артур?

Да, погода просто прелесть. Как во сне, я отвела его к той качалке, которая была подальше от Аттикуса и мистера Тейта. Она стояла в самой тени. В темноте Страшиле будет уютнее.

Аттикус сел на качели, мистер Тейт — в кресло рядом. На них падал яркий свет из окон гостиной. Я села возле Страшилы.

— Так вот, Гек, — заговорил Аттикус, — мне кажется, прежде всего нужно... о Господи, никак не соберусь с мыслями... — Аттикус сдвинул очки на лоб и прижал пальцы к глазам. — Джиму еще нет тринадцати... или уже исполнилось... никак не вспомню. Как бы то ни было, этим займется окружной суд...

— Чем займется, мистер Финч? — Мистер Тейт подался вперед в своем кресле.

— Разумеется, это чистейшая самозащита, но мне надо пойти в контору и перечитать статью...

— Мистер Финч, вы что? По-вашему, Боба Юэла убил Джим? Так, что ли?

— Вы же слышали, что говорит Глазастик, тут нет никаких сомнений. Она говорит — Джим подоспел и оторвал от нее Юэла... вероятно, в темноте он как-то перехватил у Юэла нож... завтра мы это выясним.

— Стоп, мистер Финч, — сказал мистер Тейт. — Джим вовсе не ударил Боба Юэла ножом.

Минуту Аттикус молчал. Он так посмотрел на мистера Тейта, будто взвешивал его слова. А потом покачал головой.

— Это очень великодушно с вашей стороны, Гек, и я понимаю, в вас говорит ваше доброе сердце, но не вздумайте ничего такого затевать.

Мистер Тейт поднялся и подошел к перилам. Сплюнул в кусты, потом сунул руки в карманы штанов и повернулся к Аттикусу.

— Чего не затевать? — спросил он.

— Извините мою резкость, — просто сказал Аттикус, — но я не допущу, чтобы эту историю замяли. Для меня это невозможно.

— Никто и не собирается ничего замять, мистер Финч.

Мистер Тейт говорил спокойно, но так упрямо расставил ноги, будто врос в пол. Между моим отцом и шерифом шел какой-то непонятный поединок.

Настал черед Аттикуса подняться и подойти к перилам. «Э-кхм», — сказал он и тоже сплюнул во двор. Сунул руки в карманы и повернулся к мистеру Тейту.

— Вы не сказали этого вслух, Гек, но я знаю, о чем вы думаете. Спасибо вам за это. Джин-Луиза... — Он обернулся ко мне, — ты говоришь, Джим оттащил от тебя мистера Юэла?

— Да, сэр, тогда я так подумала... я...

— Вот видите, Гек? Огромное вам спасибо, но я не желаю, чтобы мой сын вступал в жизнь с таким грузом на совести. Самое лучшее — сделать все в открытую. Пускай люди знают все, как есть, пускай будет суд. Я не желаю, чтобы у него за спиной всю жизнь шептались, чтобы кто-то мог о нем сказать: «А, Джим Финч... пришлось его папаше раскошелиться, чтоб вызволить его из этой скверной истории». Чем скорей мы с этим покончим, тем лучше.

— Мистер Финч, — невозмутимо сказал мистер Тейт, — Боб Юэл напоролся на собственный нож. Он сам себя заколол.

Аттикус отошел в угол веранды. И уставился на ветку глицинии. До чего они оба упрямые, каждый на свой лад! Интересно, кто первый уступит. У Аттикуса упрямство тихое, его почти никогда и не заметишь, а все равно он ужасно неподатливый, не хуже Канингемов. Мистер Тейт не такой сдержанный, он рубит сплеча, но он такой же упорный, как мой отец.

— Гек, — сказал Аттикус, все еще стоя к нам спиной, — замять это дело — значит просто-напросто закрыть для Джима дорогу, к которой я старался его подготовить. Иногда мне кажется, что я никуда не годный отец, но, кроме меня, у них никого нет. Прежде чем посмотреть на кого бы то ни было, Джим смотрит на меня — и я стараюсь жить так, чтобы всегда иметь право в ответ смотреть ему прямо в глаза... А если я пойду на такое попустительство, я уже не смогу спокойно встретить его взгляд, и с этой минуты он для меня потерян. Я не хочу терять его и Глазастика, ведь, кроме них, у меня никого нет.

— Мистер Финч, — мистер Тейт все еще стоял, расставив ноги, будто врос в пол, — Боб Юэл упал и напоролся на собственный нож. Я могу это доказать.

Аттикус круто обернулся. Глубже засунул руки в карманы.

— Гек, неужели вы не можете меня понять? У вас тоже есть дети, но я старше вас. Когда мои дети станут взрослыми, я буду уже стариком, если вообще до этого доживу, но сейчас я... если они перестанут верить мне, они вообще никому не будут верить. Джим и Глазастик знают, как все это было на самом деле. Если они услышат, что я всем говорю, будто это случилось как-то по-другому... они для меня потеряны, Гек. Я не могу дома быть одним человеком, а на людях другим.

Мистер Тейт приподнялся на носках, опять опустился на пятки и терпеливо сказал:

— Он швырнул Джима наземь, споткнулся о корень дуба и — вот смотрите, я покажу.

Мистер Тейт вытащил из бокового кармана длинный складной нож. И тут на веранду вышел доктор Рейнолдс.

— Этот сукин... покойник там под дубом, доктор, сразу, как войдете в школьный двор, — сказал ему мистер Тейт. — Есть у вас фонарь? Вот, возьмите лучше мой.

— Я могу въехать во двор и зажечь фары, — сказал доктор Рейнолдс, но все-таки взял у мистера Тейта фонарик. — Джим в порядке. До утра, думаю, не проснется, так что вы не беспокойтесь. Это и есть нож, которым его убили, Гек?

— Нет, сэр, тот торчит в нем. Судя по рукоятке, обыкновенный кухонный нож. Кен со своими дрогами, верно, уже там, доктор, так что до свидания.

Мистер Тейт неожиданно раскрыл нож.

— Вот как это было, — сказал он и сделал вид, что споткнулся: он наклонился, и левая рука с ножом дернулась вперед и вниз. — Вот так, видите? Он его сам себе воткнул между ребер. А потом повалился на него всей тяжестью и вогнал по рукоятку.

Мистер Тейт сложил нож и сунул в карман.

— Глазастику восемь лет, — сказал он. — Она сильно испугалась и не могла толком понять, что происходит.

— Вы ее еще не знаете, — хмуро сказал Аттикус.

— Я не говорю, что она все это сочинила, я говорю — она сильно испугалась и не могла толком понять, что происходит. Тьма была такая, хоть глаза выколи. Тут в свидетели годится только человек, привычный к темноте, такой, что видит не хуже кошки...

— Я на это не пойду, — тихо сказал Аттикус.

— *О черт подери, да я не о Джиме забочусь!!!*

Мистер Тейт так топнул ногой, что в спальне мисс Моди зажегся свет. И у мисс Стивени Кроуфорд зажегся свет. Аттикус и мистер Тейт поглядели через дорогу, потом друг на друга. Помолчали.

Потом мистер Тейт заговорил тихо-тихо:

— Мистер Финч, мне очень неприятно с вами спорить, когда вы в таком состоянии. Не дай Бог никому пережить такое, как вам нынче вечером. Не знаю, как вы еще на ногах держитесь. Но одно я знаю, такой уж вышел случай, что вы, видно, не в силах понять самые простые вещи, а нам надо нынче же во всем разобраться, завтра будет уже поздно. Боб Юэл напоролся на свой нож.

И мистер Тейт стал говорить — зря Аттикус уверяет, будто у мальчишки такого роста и сложения, как Джим, да еще со сломанной рукой, могло хватить пороху, чтобы в этакой темнотище сладить со взрослым мужчиной и убить его.

— Гек, — вдруг прервал его Аттикус, — а что это у вас за складной нож? Откуда вы его взяли?

— У одного пьяного, — хладнокровно ответил мистер Тейт.

Я изо всех сил старалась вспомнить. Мистер Юэл набросился на меня... потом упал... Наверно, это Джим подоспел. По крайней мере так я тогда подумала...

— Гек?

— Я же сказал — я отобрал этот нож сегодня в городе у одного пьяного. А тот кухонный нож Юэл, наверно, отыскал где-нибудь на свалке. Наточил его и ждал удобного случая... Вот именно, ждал удобного случая.

Аттикус медленно вернулся к качелям и сел. Руки бессильно свесились между колен. Он опустил голову и смотрел в пол. Вот так медленно он двигался в ту ночь у тюрьмы, когда мне показалось — он целую вечность складывал газету.

Мистер Тейт неуклюже, но тихо бродил по веранде.

— Это не вам решать, мистер Финч, а мне. Я решаю, я и отвечаю. Такой уж вышел случай, хоть вы со мной и не согласны, а ничего вы тут не поделаете. А если и попробуете, я вам в лицо скажу, что это вранье, — и все тут. Ваш Джим и не думал ударить ножом Боба Юэла, просто даже ничего похожего не было, так и знайте. Он хотел только живым добраться с сестренкой до дому.

Тут мистер Тейт перестал ходить взад-вперед. Он остановился перед Аттикусом, спиной к нам.

— Не такой уж я хороший человек, сэр, но я шериф округа Мейкомб. Живу в этом городе весь век, а мне уже скоро сорок три. Я наперечет знаю все, что тут случилось за мою жизнь и еще даже до моего рождения. У нас тут умер черный, погиб ни за что ни про что, и тот, кто за это в ответе, тоже помер. И пускай на этот раз мертвые хоронят своих мертвецов, мистер Финч. Пускай мертвые хоронят своих мертвецов.

Мистер Тейт шагнул к качелям и подобрал свою шляпу. Она лежала возле Аттикуса. Мистер Тейт откинул волосы со лба и надел шляпу.

— Я никогда еще не слыхал, чтоб это было против закона — сделать все, что только в силах человека, лишь бы не совершилось преступление, а он именно так и поступил. Может, вы скажете, что мой долг — не молчать про это, а рассказать всему городу? А знаете, что тогда будет? Все наши милые леди, сколько их есть в Мейкомбе, и моя жена в том числе, станут ломиться к нему в дом и завалят его своими распрекрасными пирогами и тортами. Я так понимаю, мистер Финч, человек сослужил и вам и всему городу великую службу, и взять его, вот такого скромного и пугливого, и вытащить всем напоказ — по-моему, это просто грех. Это грех, и не хочу я, чтоб он был у меня на совести. Будь это кто угодно, кроме него, — дело другое. А с этим человеком так нельзя, мистер Финч.

Мистер Тейт усиленно старался провертеть носком сапога дырку в полу. Подергал себя за нос. Потом потер себе левое плечо.

— Может, мне и невелика цена, мистер Финч, но я пока что шериф округа Мейкомб, и Боб Юэл упал и напоролся на свой нож. Доброй ночи, сэр!

Мистер Тейт протопал по веранде и зашагал со двора. Хлопнула дверца автомобиля, и он уехал.

Аттикус еще долго сидел и смотрел себе под ноги. Наконец он поднял голову.

— Глазастик, — сказал он, — мистер Юэл упал на свой нож. Ты это понимаешь?

У Аттикуса было такое лицо — надо было его подбодрить. Я подбежала к нему и обняла и поцеловала изо всей силы.

— Ну конечно, понимаю, — успокоила я его. — Мистер Тейт все правильно говорил.

Аттикус высвободился и посмотрел на меня.

— Что ты хочешь этим сказать?

— Ну, это было бы вроде как застрелить пересмешника, ведь правда?

Аттикус потерся щекой о мою голову. Потом встал и пошел через всю веранду в тень, и походка у него опять стала молодая и легкая. Он хотел уже войти в дом, но остановился перед Страшилой Рэдли.

— Спасибо вам за моих детей, Артур, — сказал он.

Глава 31

Страшила Рэдли зашаркал ногами и медленно поднялся, свет из гостиной заблестел у него на лбу. Он двигался так неуверенно, будто боялся, что не попадет рукой или ногой туда, куда надо. Он опять страшно, хрипло закашлялся — ему даже пришлось сесть. Нащупал карман и вытащил носовой платок. Кашлянул в платок, потом утер лоб.

Я так привыкла, что его нигде нет, а тут он все время сидел рядом — даже не верится! И ни разу не шелохнулся.

И вот он опять поднялся на ноги. Повернулся ко мне и кивнул на дверь.

— Вы хотите попрощаться с Джимом, да, мистер Артур? Пойдемте.

Я повела его через прихожую. У постели Джима сидела тетя Александра.

— Войдите, Артур, — сказала она. — Он еще спит. Доктор Рейнолдс дал ему очень сильное снотворное. Отец в гостиной, Джин-Луиза?

— Да, мэм, наверно.

— Пойду скажу ему два слова. Доктор Рейнолдс оставил кое-какие... — Ее голос затих в коридоре.

Страшила побрел в угол, остановился там, вытянул шею и издали старался разглядеть Джима. Я взяла его за руку, странно — такая белая рука, а совсем теплая. Я тихонько потянула его, он не стал упираться, и я подвела его к кровати.

Доктор Рейнолдс устроил над рукой Джима что-то вроде навеса, верно, чтобы ее не касалось одеяло; Страшила наклонился и заглянул поверх навеса. Лицо у него было такое испуганное и любопытное, как будто он сроду не видал живого мальчишки. Он даже рот приоткрыл и разглядывал Джима с головы до ног. Поднял руку и сразу опустил.

— Вы можете его погладить, мистер Артур, он спит. Вот если бы не спал, ни за что бы не дался, — сама не зная почему, объяснила я Страшиле. — Да вы не бойтесь!

Его рука нерешительно замерла над головой Джима.

— Ничего, сэр, не бойтесь, он спит.

Страшила тихонько погладил Джима по голове.

Я уже начинала понимать его без всяких слов. Другой рукой он крепче сжал мою руку и кивнул — значит, хочет уйти.

Я вывела его на веранду, он ступал неуверенно, а тут и вовсе остановился. Он все еще не выпускал моей руки.

— Ты отведешь меня домой?

Он говорил тихо, почти шептал, совсем как малыш, который боится темноты.

Я начала было спускаться с крыльца, но на первой же ступеньке остановилась. По нашему дому я сколько угодно могла водить его за руку, но по улице — нет уж!

— Мистер Артур, согните-ка руку, вот так. Вот хорошо, сэр.

Я взяла его под руку.

Ему пришлось немного наклониться, чтобы мне было удобнее, но, если мисс Стивени Кроуфорд смотрит из окна, пускай видит, Артур Рэдли ведет меня по дорожке, как полагается джентльмену.

Мы дошли до уличного фонаря на углу. Сколько раз Дилл стоял тут в обнимку с фонарным столбом, и сторожил, и ждал, и надеялся. Сколько раз мы с Джимом ходили этой дорогой, но во двор к Рэдли я попала с улицы второй раз в своей жизни. Мы со Страшилой поднялись по ступеням веранды. Он нащупал ручку парадной двери. Тихо отпустил мою руку, открыл дверь, вошел в дом и затворил за собой дверь. Больше я его никогда не видела.

Если у вас кто-нибудь умер, соседи приносят вам поесть, если кто-нибудь болен — приносят цветы, и так просто иной раз что-нибудь подарят. Страшила был наш сосед. Он подарил нам две куколки из мыла, сломанные часы с цепочкой, два пенни на счастье — и еще он подарил нам жизнь. Но соседям отвечаешь на подарок подарком. А мы только брали из дупла и ни разу ничего туда не положили, мы ничего не подарили ему, и это очень грустно.

Я повернулась и хотела идти домой. Наша улица тянулась далеко к центру города, и вдоль нее мерцали фонари. В первый раз я увидела наш квартал с этой стороны. Вот дом мисс Моди, вот — мисс Стивени, а вот и наш, вот и качели на нашей веранде, а за ними хорошо видно дом мисс Рейчел. Я даже разглядела дом миссис Дюбоз.

Я оглянулась. Слева от двери было окно с закрытыми ставнями. Я подошла, стала перед ним и поглядела по сторонам. Днем из него, наверно, виден угол почты.

Днем... Мне представилось — кругом светло. День на дворе, и все соседи заняты своими делами. Мисс Стивени спешит через дорогу поделиться с мисс Рейчел самой последней новостью. Мисс Моди наклонилась над своими азалиями. Лето, и двое детей вприскочку бегут по тротуару, а вдалеке им навстречу идет человек. Он машет рукой, и дети наперегонки мчатся к нему.

Все еще лето, и двое подходят ближе. Мальчик понуро плетется по тротуару и волочит за собой удилище. А отец подбоченился и ждет. Лето, и дети играют с приятелем в палисаднике, сами сочиняют и представляют какую-то непонятную пьеску.

Осень, и двое детей дерутся на тротуаре перед домом миссис Дюбоз. Мальчик помогает сестре подняться, и они идут домой. Осень, и двое детей торопятся в школу, скрываются за углом, потом возвращаются домой, и по их лицам видно, радостный у них был день или печальный. Они останавливаются перед виргинским дубом, и на лицах — восторг, изумление, испуг.

Зима, и его дети дрожат от холода у калитки — черные тени на фоне пылающего дома. Зима, и человек выходит на середину улицы, роняет очки и стреляет в бешеную собаку.

Снова лето, и он видит — у его детей разрывается сердце. Снова осень, и детям Страшилы нужна его помощь.

Аттикус прав. Однажды он сказал — человека по-настоящему узнаешь только тогда, когда влезешь в его шкуру и походишь в ней. Я только постояла под окном у Рэдли, но и это не так уж мало.

Мелкий-мелкий дождик, огни уличных фонарей расплылись и затуманились. Я иду домой и чувствую, что я очень старая, а потом я скашиваю глаза и гляжу на кончик своего носа — на нем сидят мелкие капельки дождя, а потом у меня начинает кружиться голова, и я скорей перестаю косить. Я иду домой и думаю — есть что рассказать Джиму. Ох и разозлится же он, что все прозевал, наверно, целую неделю и разговаривать со мной не станет. Я иду домой и думаю — мы с Джимом будем еще расти, но нам мало чему осталось учиться, разве что алгебре.

Я взбежала на крыльцо и вошла в дом. Тетя Александра уже легла, и у Аттикуса тоже темно. Может быть, Джим уже приходит в себя? У постели Джима сидел Аттикус. Он читал какую-то книгу.

— А Джим еще не проснулся?

— Спит крепким сном. Он не проснется до утра.

— А-а. И ты будешь сидеть возле него?

— Посижу часок. Иди ложись, Глазастик. У тебя был трудный день.

— Я немножко посижу с тобой.

— Сделай одолжение, — сказал Аттикус.

Было, наверно, уже за полночь, удивительно, как это он легко согласился. Впрочем, он был догадливей меня: как только я села на пол, у меня начали слипаться глаза.

— Ты что читаешь? — спросила я.

Аттикус заглянул на обложку.

— Это книга Джима. Называется «Серое привидение».

Сон мигом соскочил с меня.

— А почему ты ее взял?

— Сам не знаю, дружок. Просто подвернулась под руку. Раньше мне как-то не пришлось ее читать, — обстоятельно ответил Аттикус.

— Почитай, пожалуйста, вслух. Она очень страшная.

— Незачем, — сказал Аттикус. — Пока что хватит с тебя страхов. Это слишком...

— Аттикус, так ведь я не испугалась.

Он поднял брови.

— Ну да, я испугалась, только когда стала про все рассказывать мистеру Тейту. И Джим не испугался. Я его спросила, он сказал — не боится. И потом, настоящее страшное бывает только в книгах.

Аттикус хотел что-то сказать, открыл рот и опять закрыл. Вернулся к первой странице. Я придвинулась поближе и положила голову ему на колени.

— Э-гм, — сказал Аттикус. — Сектейтери Хоукинс. «Серое привидение». Глава первая...

Я не велела себе спать, но дождь за окном шептал так мирно, а в комнате было так тепло, а голос Аттикуса гудел так тихо, и коленка у него была такая удобная, и я уснула.

Кажется, прошла одна минута, не больше, и он носком башмака легонько подтолкнул меня в бок. Поднял меня, поставил на ноги и повел в мою комнату.

— Я все-все слышала, — пробормотала я. — И совсем я не спала... Это про корабль, и про Трехпалого Фреда, и про этого мальчишку Стоунера...

Аттикус отстегнул лямки моего комбинезона, прислонил меня к себе и стащил с меня комбинезон. Одной рукой он придерживал меня, другой потянулся за моей пижамой.

— Да-а, и они думали, это он там у них переворачивает все вверх дном, и разливает чернила, и...

Он подвел меня к кровати и усадил. Поднял мои ноги и сунул под одеяло.

— И они хотели его поймать и никак не могли, потому что не знали, какой он, и знаешь, Аттикус, в конце концов они все поняли, и оказывается, он ничего этого не делал... Аттикус, а если по правде, то он хороший...

Он укрыл меня до самого подбородка и подоткнул одеяло со всех сторон.

— Почти‹все люди хорошие, Глазастик, когда их в конце концов поймешь.

Он погасил свет и пошел к Джиму. Он будет сидеть там всю ночь, и он будет там утром, когда Джим проснется.

Литературно-художественное издание

12+

Ли Харпер

Убить пересмешника

Роман

Ответственный корректор И.Н. Мокина
Компьютерная верстка: Р.В. Рыдалин
Технический редактор Г.А. Этманова

Подписано в печать 02.02.2015. Формат 84x108 $^1/_{32}$.
Усл. печ. л. 21, 84. Доп. тираж 20 000 экз. Заказ № 879.

Общероссийский классификатор продукции
ОК-005-93, том 2; 953000 — книги, брошюры

ООО «Издательство АСТ»
129085, г. Москва, Звездный бульвар, д. 21, строение 3, комната 5
Наш электронный адрес: www.ast.ru
E-mail: astpub@aha.ru
ВКонтакте: vk.com/ast_neoclassic

«Баспа Аста» деген ООО
129085, г. Мәскеу, жұлдызды гүлзар, д. 21, 3 құрылым, 5 бөлме
Біздің электрондық мекенжайымыз: www.ast.ru
E-mail: astpub@aha.ru

Қазақстан Республикасында дистрибьютор
және өнім бойынша арыз-талаптарды қабылдаушының
өкілі «РДЦ-Алматы» ЖШС, Алматы қ., Домбровский көш., 3«а», литер Б, офис 1.
Тел.: 8(727) 2 51 59 89,90,91,92
Факс: 8 (727) 251 58 12, вн. 107; E-mail: RDC-Almaty@eksmo.kz
Өнімнің жарамдылық мерзімі шектелмеген.

Өндірген мемлекет: Ресей
Сертификация қарастырылмаған

Отпечатано с готовых файлов заказчика
в ОАО «Первая Образцовая типография»,
филиал «УЛЬЯНОВСКИЙ ДОМ ПЕЧАТИ»
432980, г. Ульяновск, ул. Гончарова, 14

11/15